25 天地皆同力

○ 烽火戏诸侯 著

001　第一章　数座天下第十一

025　第二章　又一年五月初五

053　第三章　朱颜敛藏

085　第四章　十四境修士

115　第五章　圆脸姑娘

141　第六章　只驱龙蛇不驱蚊

162　第七章　时来天地皆同力

190　第八章　陈十一

215　第九章　不是剑客心难契

237　第十章　贾生让人失望

第一章
数座天下第十一

老秀才被白也一剑送出第五座天下的时候，是嘉春三年。

老秀才拜访过白泽，重返中土文庙之时，是嘉春四年，而当老秀才来到东宝瓶洲中部的大骊陪都，与昔年首徒重逢，一同置身于气象一新的齐渡之畔之时，已是嘉春五年的开春时分，杨柳依依，杂花生树，莺飞雀跃，稚童放学早，纸鸢乘风高。

这一幕暖春风景，看得老秀才愁眉舒展，问一旁崔瀺关于第五座天下的命名，有没有想法。

崔瀺说没有。

跟在两人身后的崔东山倒是有些想法，可惜老秀才没问他，只说文庙那边，起先是想以"规矩"二字命名，但是礼圣没答应，说"规矩"二字是春风润物，不需摆在纸面上。诸子百家各有建言，例如阴阳家、农家在内数位老祖师联袂提议"桃源"，附和者较多，取世外桃源之意，既寓意美好，又能够让人铭记儒家开辟出一座崭新天下的莫大功德，而且新天下东南部，确实有一棵桃树，大有异象，只开花不结果久矣，可等到白也仗剑分出天地之时立即结果，不过亚圣还是拒绝了这个提议。

所以至今第五座天下还是没有一个名正言顺的命名。

崔东山嗤笑道："逃难逃出来的清净地，也能算是真正的世外桃源？我就不信如今第五座天下能有几个心安之人。那些人劫后余生，稍稍放宽心，就要争抢地盘，偷鸡摸狗，把脑浆子打得满地都是，等到形势稍稍安稳，站稳了脚跟，过上几天的享福日子，只说那拨桐叶洲人氏，肯定就要秋后算账，先从自家骂起，骂玉圭宗、桐叶宗是废物，守不住故土，再骂中土文庙，最后连剑气长城一起骂了，即便嘴上不敢，心里又有什么不敢骂，就这么个乌烟瘴气的地方，桃源个什么。"

老秀才点头道："亚圣也差不多是这么个意思。"

崔东山立即改口道："那就叫桃源天下吧，我举双手双脚支持这个提议，要是还不够，我就把高老弟拉过来充数。"

老秀才当成耳旁风。奇了怪哉，崔瀺当年游学到陋巷之时，好像不是这么个脾气啊。

崔瀺离去之前，老秀才将那个从礼记学宫大祭酒暂借的本命字，交给崔瀺。

崔瀺没有拒绝。

老秀才说这个"山"字是我借的。

崔瀺点点头。

老秀才的言下之意，这个本命字，还不还，何时还，怎么还，都只是老秀才的事情，与他崔瀺和大骊无关。

崔瀺离去之后，崔东山大摇大摆来到老秀才身边，小声问道："要是老王八蛋还不上那个'山'字，你是打算用那份造化功德来弥补礼圣一脉？"

崔东山倒是从不怀疑老秀才收拾烂摊子的本事。昔年文圣一脉，其实就一直是老秀才在缝缝补补，为学生们四处赔礼道歉，或是撑腰，跳脚与人讲理，袖子乱挥的那种。

在裴钱眼中，小师兄走路如大白鹅，两只大袖瞎晃荡，这最早是跟谁学的，答案显而易见。

有个老先生，当年像一只老母鸡，死命护着鸡崽儿。

老秀才斜眼白衣少年。这个小王八蛋，怎么看怎么不顺眼。

崔东山缩了缩脖子，乖乖喊了声师祖，先生的先生，辈分比天高。

崔东山侧着身子行走，手持行山杖轻轻戳地，暗示老秀才自己如今好歹是你的徒孙，就算动口，也别动手打板子，教训学生是先生事，轮不到你这位师祖。

崔东山义愤填膺道："崔瀺这家伙，从头到尾没放几个屁，大不敬！回头我帮师祖你多骂几句啊。"

老秀才缓缓说道："你们终究是两个人了，好好珍惜，以前带着你们走过那么多山河，你们应该明白，同源之水，分岔之后，许多河流说没就没了，一定要源远流长。"

崔东山小鸡啄米般点头道："除了川流不息，渊澄取映，做人还要学师祖这般顶天立地，不被风雨摧折，如此一来，哪怕犹有那'逝者如斯夫'之感，亦是无惧，每一处学问，都是让后人心安理得的休歇渡口，安心远游再远游。"

老秀才会心一笑："落魄山的风气，果然都是被你带歪的。"

不过渊澄取映之后，容止若思，言辞安定，确实是一个很美好的说法。嫡传弟子当中,小齐和小平安,都是配得上的。

崔东山病恹恹道:"先生这么说了,师祖这么认为,那就这样吧。"

老秀才轻声问道:"落魄山那边,嗯?"

问得比较没头没脑,但是崔东山立即心领神会,屁颠屁颠走近几步,小声答道:"回禀祖师,如今虽说缺钱还是缺钱,但家底越来越厚了,供奉周肥比较厚道,莲藕福地的品秩,不降反升,先生又从剑气长城那边拐回了一位长命道友,是天底下金精铜钱的老祖宗,她本身就是一份财运的大道显化,她到了落魄山,更是来对了地方。而且莲藕福地里边,又有一位文气凝聚而生的女子精魅,如今咱们落魄山文气、财气兼备。"

老秀才抬了抬下巴。

崔东山又立即说道:"大风兄弟已经去了,金身境纯粹武夫不可进入新天下,这个规矩订立得好。"

老秀才点头道:"读书人不用羞于谈钱,也不用耻于获利,好像凭本事挣了点钱就不斯文了,荣辱之大分,君子爱财,先义而后利者荣,是为取之有道。"

崔东山好奇问道:"那第五座天下,如今是不是福缘极多?"

老秀才嗯了一声:"像那棵桃树,就是可以排前十的一桩大福缘。白也在那边,潦草打造了一座临时的草堂,然后将那把仙剑留在了那边,是要向那位大玄都观孙道长,报答当年的借剑之恩。白也要在那边等待道门剑仙一脉的某位道士,等着了人,归还了仙剑,白也就会重返浩然天下。所以这处草堂,是谁都不敢抢的了。"

崔东山嬉笑道:"白玉京道士成群结队,都一头撞上去才好。"

老秀才当然去过那边做客,那棵根深千百里、得天独厚的奇异桃树,其实看着并不显眼,与山野桃树无异,乍一看也无任何祥瑞气象。只是老秀才和白也连天地都能够分开,眼力自然不是一般神仙可以媲美。而白也功劳极大,别说是一棵桃花树,便是十棵,都可以由着他想搬到哪里就搬到哪里。

白也收剑,结茅读书。桃在草堂,渐次结果。树间花实,阶下仙剑。

读书人偶尔远游,留下一把长剑看家。

老秀才在树下捡取了一大兜的桃花瓣,说是拿去酿酒,顺便请白纸福地打造几十张桃花信笺,老秀才顺便连树旁土壤也偷偷抓了几大把,名副其实的万年土,不常见的,想着以后关门弟子用得着,所以老秀才又多拿了点。

老秀才自然是事先与主人白也打过招呼了,大声询问了此事成不成的,当时草堂里边不说话,老秀才就当是白也兄弟为人仗义,默认了。事实上等到老秀才离去后数天,白也才远游归来,当时读书人看着一干二净的树下,再抬头看了眼树上,最终就有了白也那送客一剑。

当然老秀才在中土文庙那边的措辞是,白也将自己礼送出境了。

天地初生，第一位玉璞境，第一位仙人境，第一位斩杀"古怪"的修道之人……得天道青睐。

第一位在那破境的纯粹武夫，第一位在那跻身远游境或是山巅境的武人……得武运庇护。

第一座打造祖师堂、烧香挂像并且开枝散叶的山头，第一座粗具规模的山下世俗王朝，第一位诞生在崭新天下的婴儿，第一对在那方天地缔结契约、双方皆是中五境的神仙眷侣……得人道馈赠。

总之，大千世界，三才齐聚，福缘不断。

崔东山突然忧心忡忡道："我那大师姐裴钱，六境、七境破境太快，在北俱芦洲又傻乎乎舍了两境最强不要，若是在皑皑洲早早跻身山巅境，到时候肯定是要去一趟扶摇洲的，那边不比死水一潭的桐叶洲，要更乱，真让我担心。"

老秀才却问道："去过青冥天下吗？"

明知故问，大爷我又不是飞升境，崔东山没好气道："你去过啊？"

都怪那个老王八蛋阴魂不散，让自己习惯了跟人顶嘴，意识到这么跟师祖聊天没好果子吃，崔东山立即亡羊补牢："师祖没去过，先生也没去过，我哪敢先去。"

老秀才没计较崔东山的大不敬，他又不是什么小心眼的人，先记账本上，回头去了皑皑洲，给裴钱借阅一番。

老秀才抬头看了眼天幕，坐镇此地的儒家陪祀圣贤，位列文庙最后一位，所以当年才会被白玉京三掌教陆沉，打趣为"七十二"。

老秀才缓缓而行，说道："不光是在青冥天下，我们浩然天下也差不多，凡是道门宫观山门内，第一座大殿都是那灵官殿，而那大灵官神像，委实是巍峨气势，当年我第一次出远门，游历乡邑郡城一座不大的宫观，对此记忆深刻啊。哪怕后来有了些名气头衔，再看其他壮丽景象，还是不如当年那一眼带来的震撼。"

崔东山知道老秀才的意思了，说道："所以师祖让那裴钱跟在先生身边，正是此意？让先生仿佛始终身在观道观，以道观道？有裴钱在身边一天，就会自然而然，水到渠成，越发近了慎独一分？"

青冥天下有四大天师，皆道法通玄，各具神通，却不在白玉京修道，而是负责镇守天下四方，其中一位昔年与那尊灵官之首，有一个典故广为流传。按照诸多道门典籍记载，大致是说那尊灵官证道之前，杀伐极多，被一位过路大天师按律责罚，他事后敲响天鼓，白玉京大掌教便让他暗中跟随大天师游历天下，足足三百年之久，承诺天师只要犯下一错，就让双方位置更换，到最后，当然是那位大天师三百年间，言行皆无一错。

老秀才哑然失笑道："裴钱不也向善了吗？这就不重要了吗？你以为不是我那关门弟子的言传身教，裴钱会是今日之裴钱吗？"老秀才拍了拍自己心口，"我得心安，天下得利,何乐不为?"

老秀才语重心长道:"事功学问,好是好,但是已经足够好了吗?我看未必。只说三事,能够让那大祭酒借字给我吗?能够让白先生取出搜山图吗?能让世间多出一个向善远恶的远游境少女吗?读书人,总不能觉得我做得够好了就高枕无忧,觉得万事心安了,世道胆敢再与我奢求一分,我便要朝世道吐口唾沫,大骂世人愚钝没良心。"老秀才说到这里,挠挠头,道:"捏脖子咳几声,再重重吐了一口浓痰,真他娘的……还是有点恶心的。"

这是在说那打砸神像一事,记得邵元王朝有个读书人,尤其起劲。

其实老秀才说的是两回事了,不过崔东山足够聪明,都听得懂。一个是追求正本清源的天下事,一个是关起门来的自家人牢骚话。

老秀才说道:"裴钱如今境界高了,反而怕事,是好事。因为拳头太重,年纪却小,所以不用太早想着改变世道。世道世道,无非就是条世人道路罢了。"

老秀才随便伸手一指道:"一条错误拥簇的道路上,看似捷径,别管人有多少,路有多好走,每一位教书夫子,都得告诉每一个在学塾识字读书学礼的孩子,不能那么走。以后等孩子们长大了,多了几分气力,说不得还要去那条路上挡一挡,与旁人说这是错的,错的就是错的,然后可能被某些世道打了个鼻青脸肿。你们的那门事功学问,如果能够让这些落在好人身上的错误拳脚少些,就是善莫大焉了,是很好的。"

崔东山闷闷不乐道:"为何与我说这些,不与崔瀺说?"

老秀才不言不语。唯有两人眼前的那条大渎之水,缓缓流逝。

崔东山自言自语道:"见贤思齐。"

沉默许久,崔东山埋怨道:"走吧走吧,都走了拉倒。"

老秀才说道:"我去见见某位前辈。"

那位前辈,曾有千古万古至奇之问,开篇即问,遂古之初,谁传道之?光是此问,简直就要问得某些寂寞圣贤,泪水直流。

老秀才也曾有过意气风发的年轻岁月,一次难得饮酒至醉,高呼我来答之,我可答之……

而在剑气长城之上,弟子左右,也曾让师弟陈平安作天对。

崔东山犹豫了一下,道:"能不能不要答天问。"

还是个问题,依旧不以询问语气言语。

不回答,余着,曾经的先生,你一直余在心中就好了啊。

老秀才一手揪须,一手轻拍肚子,道:"不合时宜久矣,不吐不快。"

崔东山好奇问道:"齐静春一早就知道那人在书简湖吗?"

老秀才摇头道:"我也是合道之后才知道这个秘密,早年老头子都瞒着我。"

老秀才突然一巴掌拍在崔东山脑袋上，道："小兔崽子，成天骂自己老王八蛋，好玩啊？"

崔东山眼神哀怨道："你先前自己说的，终究是两个人了。"

老秀才又一巴掌拍过去，道："怎么跟师祖说话的？"

崔东山挨了一巴掌后，伸手护住脑袋，道："差不多就可以了啊。"

老秀才突然说道："先有圣贤在书简湖冷眼看人间，后有白也仗剑去国、远游天地。灵，言神也。均，语调也。言正平可法则者，莫过于天，养物均调者，莫神于地，故而最为中正平和。第五座天下该如何命名，我有想法了。"

伏清白以死直兮，固前圣之所厚。

白也诗无敌，飘然思不群。真清白之士，其气浩然亦飘然，若浮云在天。

崔东山眨了眨眼睛，道："善。"

老秀才一抬手，崔东山双手乱挥，阻拦那一巴掌。

老秀才收手，抚须而笑，得意扬扬，道："哪里是一个'善'字就够的？远远不够。所以说取名字这种事情，你先生是得了真传的。"

崔东山嬉皮笑脸道："找媳妇这件事呢？"

老秀才用手心摩挲着下巴，道："这也没教过啊，无师自通？"

崔东山呵呵笑道："要是教过，估计就没戏了。"

老秀才走后，崔东山御风来到云海中，看那现出真身的稚圭，浩浩荡荡沿着大渎走江，路程过半就已经遍体鳞伤，但是去势汹汹，问题不大。

老秀才先去了书简湖，见过了一位大道亲水至极，以至于投水的老人，他高冠博带，相貌清癯，学问不在文庙文脉内。

老秀才作揖行礼。老人以古礼还礼，不那么儒家正统就是了。

然后老人带着老秀才来到一处山头，曾经在此，他与一个形神憔悴的牵马年轻人，好不容易讨要了些竹简。年轻人是年轻，但是不容易糊弄啊。

双方还曾有过一番梦中问答。不问天地，只问本心。

老人沉默许久，开口道："对自己有些失望，做得不够好，只是对世道不那么失望了。"

老秀才点头笑道："与先生们一路同行，哪怕终不能望其项背，到底与有荣焉。若是还能吃上绿桐城的四只大肉包子，肯定就又有力气与人讲理、继续赶路了。"

老人说道："弟子可以为世道开山，弟子能够让先生关门。不坏啊。"

老秀才开怀道："不坏不坏。"

老人感慨道："人情冷暖可无问，手不触书吾自恨。"

老秀才说道："眼尚明，心还热，天公成就老书生。"

老人笑道："与你弟子一样，都会聊天。"

老秀才摇头道："'聊天'一事，天下人都是晚辈。"

老人说道："除了《天问》不用多说，《山鬼》《涉江》只管拿去。"

老秀才犹豫了一下。

老人说道："《东君》《招魂》也一样。"

老秀才再次作揖。

先前是问礼，这次是答谢。

老人叹息一声，身形消逝，只留下四篇文章悬停空中。

老秀才收入袖中，亦是叹息一声。

此后老秀才将《山鬼》《涉江》两篇交给了负责坐镇大渎的崔东山，再让崔东山将那篇《东君》转交给小镇药铺，在这之后，老秀才只携带《招魂》篇，不但一路南下去了老龙城，还趁着形势虽险峻却不至于是一摊烂泥之时，偷溜去了一趟桐叶洲，帮着太平山稳固了几分山水阵法。

再去了趟连皇帝都悄悄跑路了的大泉王朝，在那埋河之畔的碧游宫门外，老秀才扯了扯袖子，站了半天，结果没人理会。

老秀才只好开口询问："埋河水神娘娘在吗？"

一个矮小女子大摇大摆现身门口，一手托着大碗底部，一手持筷，她坐在门槛上皱眉不已，打量着那个看不出道行深浅的老儒士，她最后问道："老先生来这里瞎逛荡作甚，不晓得如今世道乱吗？我这碧游宫巴掌大地儿，护不住谁的，说不定我都要自身难保，真不是我小气，老先生赶紧去那大伏书院，那边安稳些。"

老秀才只得厚着脸皮自报名号，说自己是那左右和陈平安的先生。

埋河水神娘娘如遭雷击，脑子里边一团糨糊，涨红了脸，愣是说不出半个字来，她像是醉汉晃悠悠起身，双手托起大碗举过头顶，大概意思，是想要请文圣老爷吃顿夜宵？

她之后陪着说是盛情难却那就小坐片刻的文圣老爷，一起回了碧游宫大堂，迷迷糊糊地让刘厨子给文圣老爷端来小碟子似的一碗面。

最后在那桐叶洲中部某地，离开桐叶宗地界的左右横剑在膝，坐在云海之上，看守那道大门，两座天下仅是一门之隔。

远处有金丹剑修王师子和一个名叫于心的姑娘，帮着一拨书院子弟和山上修士，处理护送各地流民入门避难一事，千头万绪，杂乱无章，并不轻松。

王师子再是个后知后觉的傻子，也瞧出了姑娘对左前辈的那点意思了。不然她完全没必要涉险赶来此地，王师子是因为到了一个剑心微动、将破未破的修行瓶颈，跟那南婆娑洲剑修曹峻差不多，需要观剑悟道破瓶颈，毕竟左右前辈在此出剑杀妖，哪怕远远看一眼，就是一分可遇不可求的剑道裨益。

但是，左前辈在得知于姑娘陪着自己一起来到此地后，竟然还拍了拍自己的肩膀，当时的眼神，大概是左右前辈觉得他王师子开窍了？

今天于姑娘问他要不要去向左右前辈请教剑术，王师子当然不会再傻乎乎当二愣子了，点头说需要，然后加了一句，说其实左右前辈除了剑术冠绝天下，其实道法一样不俗，于姑娘你在我请教之后，一定不要错过。于姑娘看了他一眼，因他作大义凛然状，便没有再次瞪他。

结果到了被左右暂时当作修道之地的云海上，王师子先与左右前辈诚心问过了剑术，然后就先行告辞，不忘提醒左右前辈，于姑娘有些修行路上的难题疑惑，想要与左右前辈请教。

左右摇摇头，说自己除了剑术一途，勉强可以教人，此外不敢与任何人言说修行事，桐叶宗祖师堂秘法可以直达上五境，于姑娘只要按部就班修行，肯定没有问题。

刚刚向两位剑修姗姗走来，好似白云足下生的于姑娘，闻言便立即扭头走了，走出去没几步，她急急一个下坠，匆匆御风返回人间大地。

王师子跟上于姑娘后，只敢远远跟着，女子为伤心事伤心时，大概是不愿让外人瞧见的吧？

不过于姑娘好像很快就收拾好了情绪，在原地御风停步，只是既不去云海，也不去大地，王师子这才敢凑近。

于心抬头看了眼云海那边，轻声问道："左先生是不是既无法离开这边，又很想要重返剑气长城？所以一直很……为难？"

王师子点头，以心声言语道："前辈的小师弟，咱们那位隐官大人，好像独自一人留在了那边，所以左右前辈很想去那边。只是桐叶洲如今这般境地，左前辈确实很难离开。"

于心喃喃道："他剑术那么高，却总是这么为难吗？"

左右为难，是因为不知道自己何时才能去剑气长城，接回小师弟。

于心不忍，是不忍心他某天就一去不返。她不愿意自己眼中，有天就再瞧不见那个好像永远孤孤单单的落寞身影。

人间应该有个不用为难的左右。

有个老秀才气呼呼去往云海，来到坐着的左右背后，左右刚要起身，老秀才都不用跳脚，就是一巴掌摔在他脑袋上，骂道："是不是傻子？！先生没教你怎么找媳妇，可先生一样没教你怎么可劲儿打光棍啊！"

左右又挨了先生一巴掌，一头雾水。不过习惯就好。

郑大风离乡早，目的地也很明确，但是反而一直到了嘉春五年，他才谨遵师命，不再是去往莲藕福地，而是慢悠悠走入了第五座天下。

这趟悄然离乡，跨洲远游，郑大风按照老头子的吩咐行事，游历路线很是奇怪，先去的北俱芦洲，先在那座狮子峰山脚小镇，找师兄和嫂子蹭了几天好酒好菜，嫂子破天荒没骂人，竟然与他细声细气说话了，这让郑大风挺心疼自个儿的，以前郑大风是真没觉得有啥，见嫂子那模样后，才觉得自己是真的比较可怜了。

只是当郑大风酒足饭饱，瞥向屋外空荡荡的院子，就好心好意询问嫂子要不要让自己搭把手，去山上砍几根竹子，帮忙打造几根牢固的晾衣竿，好晒衣服。

李二当时忙着收拾碗筷，对此置若罔闻。一天不讨骂，就不是师弟了。

妇人原本想要骂他个狗血淋头，只是瞥了眼胡子拉碴、好像个头矮了一大截的驼背汉子，她便大为反常，也不骂人了，只说不用了，一低头，快步走出屋子。

这让郑大风长吁短叹，只得小声问师兄，嫂子是不是在这边给外人欺生，半点没有家乡那会儿的豪杰气概了。

李二刚收拾好碗筷，不承想妇人去而复还，拎了两壶酒过来，几碟佐酒菜，说是让师兄弟两个好好聊，这都多久没见面了，又要分开，多喝点不打紧。直到这一刻，妇人才稍稍恢复几分昔年风采，指着郑大风就是一通骂，说他不老老实实在老家待着看大门，哪怕挣钱不多，可好歹是门铁打营生，外边到底有什么好厮混的，长得这么丑，大晚上站门口就能辟邪，比门神还灵验。屁大本事没有，兜里还攒不下点钱，每天只晓得拿一双狗眼瞟那过路的娘们，是能让她们帮你生个崽啊？

妇人这一骂，郑大风就立即神清气爽了，连忙喊嫂子一起落座喝酒，拍胸脯保证自己今儿要是喝多了酒，醉鬼比死鬼还睡得沉，打雷声都听不见，更别说是啥床铺梦游，四条腿晃荡走路了。

她气得不行，离了屋子，犹豫了一下，最后连铺子都没待，找关系不错的几个妇道人家，打探口风去了。看看有没有合适的女子，又瞎了眼，觉得自己男人的那个师弟还凑合，兴许能一起过日子。

早年郑大风看大门或是在街边喝酒的时候，喜欢对着好看女子比画大小，先比画胸脯，再比画屁股蛋，眼睛没闲着，手也没闲着，嘴更不闲着，说丢了魂在她们衣襟里边，让大风哥好好找找，找着了最好，找不着也不怨人……

就这么个看门却嘴巴不把门的混不吝玩意儿，真要能够拐个媳妇回家，倒也罢了，可惜一个色坯老光棍，一直有贼心，偏没狗胆，到最后也没能找个正经女子当媳妇。也对，就他那模样，又没出息，哪个正经人家的女子愿意跟着他吃苦。妇人以往骂归骂，私底下也劝过自己汉子，实在不行，就帮着你师弟说说情，先去杨家铺子或是龙窑那边，讨个过得去的差事，再找有那女子未嫁、人也不坏的相熟邻里，撮合撮合，哪怕入赘也好，只要郑大风嘴上少说几句荤话，不管是当个铺子伙计、庄稼汉，还是当个砍柴搬土烧瓷的,怎么也能撑起一个小门小户了。

妇人一走,李二就开始与师弟谈正事:"先熬着,等到了那边再破境,这里边的分寸你自己把握,师父既然还了你剩余魂魄,就别糟践了。万一在接下来的游历途中,不小心破境了,会很麻烦。扶摇洲离着东宝瓶洲太远,师父也很难帮你打点门路,也不适合师父出马。"

在狮子峰,李二帮着郑大风喂拳一场,令他终于重返武夫六境,虽然离着昔年武道巅峰还有一大段距离,但问题不大,而且郑大风新结了一颗武人英雄胆,品秩不低。毕竟是一位得过最强二字的纯粹武夫,吃过苦头之后,关键是心气没坠,这就是一份福祸相依的最好磨砺。

纯粹武夫,拳法之高低,就看心中那一口气之长短。

一拳递出之前,就要有让天高地陷各三尺的大意思。

郑大风一条腿踩在长凳上,抿了一口酒,点点头道:"我心里有数。"

等到妇人回到家中,打算告诉男人一个好消息,至于好事到底能不能成,就看郑大风自己的造化了。可妇人却发现那个郑大风已经不在家中,酒桌上,只剩下两只空酒壶,几碟子佐酒菜也吃完了。回家路上也没瞧见他啊。

妇人疑惑道:"这就走了?"

李二嗯了一声。

妇人叹息一声,落座后望向屋外,道:"不知道你们男人都是怎么想的,不晓得江湖有啥子让你们喜欢的。"

既是说一年到头不着调的郑大风,又是说她打心眼极其喜欢的年轻人,当半个女婿看待的陈平安。

李二没什么话可说,起身再次收拾桌子,顺便弯腰拿起郑大风那只酒壶,轻轻晃了晃,真没剩下一点半点的。

妇人瞥见这一幕,笑骂道:"瞧你这点出息。"

李二欲言又止,神色尴尬。

门外,有客人了。

妇人试探性问道:"怎么,你该不是也要出远门?"

李二挠挠头。确实是打算去趟骸骨滩,女儿如今还在那边,李二不太放心,何况于情于理,自己都该出几斤气力。

如果不是儿子李槐和师弟郑大风先后来这里,李二其实早就要跟媳妇开口了。前不久,有客到狮子峰,一个是与太徽剑宗帮忙刘景龙问剑第二场的剑仙,一个是脑子好不容易恢复了几分清明、得以恢复自由之身的老武夫,打算一起去骸骨滩南边的海上。

两人如今都在门外等着李二这边的消息。一位成名已久的北俱芦洲剑仙,一位曾经惹来数位剑仙围殴的十境武夫,就这么等着李二,准确说来,是等着李二说服他媳妇,准许他出门远游。

倒也不觉得太过奇怪,反正北俱芦洲山上山下的男子,是出了名的天不怕地不怕,只怕北俱芦洲的自家娘们。

妇人一拍桌子怒道:"是不是跟郑大风喝了几两马尿,听了几句荤话,心就野了?!"

妇人大嗓门哀怨道:"我这苦命人哟,儿子最孝顺最懂事,结果常年不在身边,女儿是个死犟死犟的,模样随娘,出息随爹,结果一来二去就成老姑娘了,死活嫁不出去……怨我自己,还能怨谁,早年迷迷瞪瞪找了个废物男人,什么本事都没有,喝过了酒,如今连这点老实劲儿都没了,到头来还是个负心汉子,每天就会念着家外边的年轻娘们,我不怨个儿,还能怨谁去……"

李二闷不吭声,不敢搭话。

妇人抹了抹眼角,又道:"瞧着是个老实本分的闷葫芦,里边尽是花花肠子装坏水,造了哪门子孽啊,找了你这么个汉子当顶梁柱……"

李二瞥了眼屋外,门口那边看热闹的剑仙,以心声调侃了一句,老武夫又附和了一句。

李二没理会,告诉他们先行一步,自己肯定不会比他们更晚到达骸骨滩。

那剑仙转身离去,老武夫又笑言了两句,剑仙就又搭茬了一番,聊得还挺起劲。

李二皱了皱眉头。这俩找抽不是?

妇人眼角余光瞥见李二皱眉头,这可是破天荒的事情,她越发伤心,趴在桌上,先前是装模作样居多,这会儿妇人是真有几分心慌且伤心了,不过嗓门小了几分,呜咽道:"如今都敢给我甩脸子了,这日子没法过了,嘴上不说,心里边怨我是个不讲理的黄脸婆……"

李二来到妇人身边落座,轻轻拍了拍她的手背,轻声解释道:"柳儿如今一个人在外边闯荡,我打算去看看她,很快就回家。"

妇人抬起头:"是不是还要帮李槐李柳,在外边找个狐狸精当二娘?"

李二摇头道:"你晓得的,我做不来那种混账事。"

汉子都不舍得说自己媳妇说了混账话。

妇人看着李二的脸色,小声道:"其实李槐和大风跟约好似的,都是来了就走,你时不时发呆,我便晓得你心思不在这边了。去吧,路上小心,哪怕是学了大风的色坯,也别学大风在外边给人欺负了。当然最好是什么都不学。"

李二点点头,帮着妇人擦了擦眼角。妇人说什么时候走,李二说今儿就动身,早去早回。妇人就去帮忙收拾包裹。

那老匹夫在外边没完没了,又开了一句荤腔,原本蹲在门口耐心等着包裹的李二突然起身,大步前行,原先磨磨蹭蹭收拾包裹的妇人听闻动静,赶紧问李二出去做啥子,李二说门外有狗叫。

郑大风从北俱芦洲去往皑皑洲,此后途经流霞洲、金甲洲,再从扶摇洲中部那道大门进入第五座天下,因为是别洲武夫,又不是金身境,所以他凭借一袋子金精铜钱,便得以过门,来到了新天下的最北边。

扶摇洲不同于元婴之下皆可避难的桐叶洲,别说是金丹地仙,所有本洲的中五境,一般情况下,都休要奢望跨过大门,不然所需神仙钱,能让一座宗门或是一位上五境传道人,都感到肉疼。而且还不是光有钱就行,得有一位境界更高的师门长辈、同门,战死在扶摇洲东海岸线上,才能赢得一个通关名额,这使得许多破境无望,尤其是魂魄趋于腐朽的老修士,都纷纷去往沿海地带。为的就是给各自晚辈让出一条活路,送出一条充满风险和机缘的修行大道。

扶摇洲之风俗,由此可见一斑。山上山下相互牵连,打生打死惯了,反而远远比那一潭死水的桐叶洲,更有血性。

当郑大风双脚踩在这座天下的大地之上,就悄无声息跻身了金身境,只不过没有武运馈赠,道理很简单,这座天下的武夫当中,藏着一个打熬体魄极好的六境天才,之所以来此,无非是在浩然天下注定捞不到武运馈赠,就来这边占便宜。就这种货色,郑大风都不稀罕当成同道中人。

郑大风对于武运一物,全然无所谓,自己是不是以最强六境跻身的七境,甚至八境九境都一样,根本不重要,他确实半点不着急,老头子要是为这个着急,就会直接让他去桐叶洲那边等着,再来这里了。事实上老头子早早提醒过他,不用把武运当成什么囊中物,没什么意思,只以破境快作为第一要务,早早跻身十境就足够。

最迟一百年,最少山巅境瓶颈。不然以后就在那座天下混吃等死好了。

郑大风打算去天地中央看一看,听说剑气长城在大战中,通过飞升遗留下来的那座城池,就落在了那边。

在跟郑大风进入崭新天下差不多的时候,桐叶洲太平山女冠,元婴剑修瓶颈的黄庭,也跨过另外一道大门来到这方天地,独自背剑远游,一路御剑极快,风尘仆仆。她在一月之后才停步,随便挑了一座瞧着比较顺眼的大山头落脚,打算在此温养剑意,不承想惹来一只古怪存在的觊觎,结果好事成双,不仅跻身了玉璞境,还寻见了一处适宜修行的洞天福地,灵气充沛,天材地宝,都超乎想象。

要说运气和福缘,黄庭确实一直不错。不然当初东宝瓶洲贺小凉,也不会被誉为黄庭第二。

黄庭跻身了玉璞境后,在山巅矗立起一道石碑,以剑篆刻"太平山"三字,然后就下山逛荡去了，原路返回，看看能否碰到几张熟面孔。

她一向喜欢江湖恩怨。

在御剑南下途中，黄庭遇到了一个年纪轻轻、深藏不露的黑衣书生，不过双方只是打了个照面。黑衣书生似乎认得她，主动合拢折扇，停下脚步，与她点头致意。

黄庭没理会。

之后随着见到越来越多的北游修士，黄庭得知如今桐叶洲那帮神仙老爷好似在"搬山"，除了旧有山上风气越来越重，也有些新的变化，例如当下诸子百家练气士当中，能够掐算方位、拣选适宜远游去处的阴阳家，精准勘验风水宝地的堪舆家，农家，药家，擅长让钱生钱的商家，都成了人人争取的香饽饽，总之一切能够帮助建造山头的练气士，都会身价倍增。

至于昔年的山上四大难缠鬼，剑修、兵家、法家、师刀房女冠，随着倒悬山已成过眼云烟，形势更是变化极大。当今天下，除了中央，东西南北四个方向，剑修实在太少。兵家修士多在家乡被强行征调参战，法家也不例外，至于师刀房女冠，别说这里，估计就连浩然天下可能都没几个了。

一座新天下，在嘉春五年，就已经变得越来越鱼龙混杂。

既是金身境瓶颈武夫，又是修道之人的杨凝真，化名杨横行，与早早炼化了那把宝镜山三山九侯镜的弟弟杨凝性，先后走入第五座天下，兄弟二人，相互间都没有打招呼，甚至都没想着要碰头。

作为崇玄署云霄宫的小天君，杨凝性已经凑齐五行之属本命物，来此只为破境跻身玉璞，再成仙人。

有一个名叫蜀中暑的不知名练气士，连来自哪个大洲都不清楚的一个家伙，占据一处山清水秀之地，打造了一座超然台，设置山水禁制，方圆三百里之内，不许任何地仙修士进入，不然格杀勿论。此人身边有数位婢女跟随，分别名叫小娉、绛色、彩衣、大弦、花影，她们竟然皆是中五境剑修。

扶乩宗宗门的根本术法，是撰写青词绿章请神人，还可以邀鬼仙。宗主嵇海请下一位神将"捉柳"，一位鬼仙"花押"，双方境界都是元婴境，联袂庇护扶乩宗的下任宗主，进入崭新天下。

有一个白衣飘带的山泽野修，少年面容，从桐叶洲进入这座天地后，并不着急赶路，反而开始四处逛荡，专门拣选那些诗家、词家、曲家和赋家之流的练气士，这些练气士急哄哄进入崭新天下后，便开始大声吟诵自己的诗词歌赋，豪放词、边塞诗、婉约词、游仙诗，甚至连那闺阁怨体都用上了，只为求得与这方新天地的共鸣，凭借诗文与大天地小小合道一番。

少年在失去所有兴趣后，终于开始独自游历，最终在一处河水与云霞共绚烂的水畔，席地而坐，取出笔墨，闭上眼睛，凭借记忆，绘画一幅万里河山长卷，取名《芥子》，另一幅长卷之上只有一点墨，却取名《山河》。

少年掏出两枚印章，在那幅《芥子》画卷上钤印"和月色于白云苍石佳处"，在那幅《山河》画卷上钤印"曾为梅花醉十年，又为桂酿误半生"。

少年后仰倒去，双手作枕头，笑语喃喃："动我心弦者，明月、美人、落雪、剑光。"

剑气长城那座城池，刚刚命名为飞升城。

陆沉重返青冥天下，孙道长比他先行一步，返回玄都观。

陆沉到了白玉京，见到了那位身材高大的师兄道老二，懒洋洋凑上前去，趴在五城当中最高一城的最高处栏杆上，微笑道："不用生气，玄都观，自孙道长到最小的小道童，都对师兄你有情绪。"

陆沉看着那云起云落，如海上潮起潮落，轻声道："容得自家人有点情绪，也是一种道理嘛。"

对于这位白玉京三掌教而言，整个青冥天下，无论是不是修道之人，其实都在一家屋檐下。

很多情绪是不讲道理的，陆沉却说这就是道理。

道老二默不作声。

陆沉转过身，背靠栏杆伸懒腰道："哪有不帮师兄帮外人的师弟？五百灵官，误不了。"

道老二说道："那个家伙，还被托月山压着？"

陆沉笑了起来，道："怨不得别人，谁让他当年一个客人，有事没事就在鞋底板写字，一只写道老二，一只写陆沉。这下遭报应了吧。"

桐叶洲的山上山下，一界线分明，一是此洲仙家势力并不如别洲那么众多，再者桐叶洲修士早早习惯了各扫门前雪，对于山下市井的兴趣，要远远少于浩然天下其余八洲。

而桐叶洲疆域广袤，这就使得一洲版图上的许多闭塞之地，并不知道世道早已不太平。

一处偏远藩属小国的京城，一户既是官宦之家又是书香门第的富贵人家中，古稀老人取出两物，一只皇帝御赐的退思堂瓷碗，一块君王赏赐的进思堂御墨，为心爱的孙子解释退思堂为何烧造此碗，进思堂为何要制造御墨，为何退而思，又为何进而思。

一座小县城，戏台下边，小女孩学着戏妆女子弯腰，翘兰花指。青壮汉子和妇人们多不以为意，老人瞧见了就要骂几声。

一个游学士子，在驿站休息，翻看前朝文人的笔札，从书上看到了那井水可以报时，以及生长在宫城的规矩花，都觉得好生奇怪。

某个满口金牙的浪荡汉子，带着一群帮闲无赖子，在家乡每天都过着大鱼大肉的舒坦日子，虽听说山上兴许真有那神仙，他们却半点不羡慕。

一处郡城，有个行当，专精模仿某些书画名家的款儿，足可以假乱真，故而按字算钱，要价极高，正在与一位老主顾讨价还价。

然后在某一天，就什么都没了。

黑云密布处，桐叶洲一座沿海仙家山头的上空，蓦然破开一个窟窿，阳光洒落，兵器坠地，一只大妖随后重重砸地。

又一座大如山岳的巨石，倾斜砸入一座王朝京城的雄伟城池。

大石之上，一个纤细少女，拖刀而行，背后跟随每一步都震颤大地的披甲傀儡。

在那第五座天下的嘉春六年。

偌大一座桐叶洲，除了三座书院和十数座仙家山头，已经悉数沦陷。

在这期间，一个名叫钟魁的昔年书院君子，横空出世，力挽狂澜。

而在那扶摇洲山水窟，曹慈在一场出海厮杀当中，破境跻身十境，反杀大妖。

皑皑洲一处常年天寒地冻的冰原，一群涉险猎杀妖物的北游修士，遇到了一只强悍无匹的妖物，修士们身陷绝境，只能拼命往南边逃遁，精疲力竭后一个个束手待毙，这时，只见北边那白雪茫茫中，缓缓走出一个年轻女子，手持行山杖，背着绿竹箱。

那女子在风雪茫茫之中现身，身姿消瘦，天地雪白，便衬托得肌肤微黑的她越发黑了。

她的发髻盘成一个俏皮可爱的丸子头，露出高高的额头，没有任何珠钗发饰。

瞧着岁数不大的年轻女子站定，离着那拨惊疑不定的游猎之人约莫十数丈，她掏出一张来自狮子峰库藏的皑皑洲北方堪舆图，打量了几眼，距离冰原最近的山上仙家，是皑皑洲北方地界一处名为幢幡道场的山头，不是"宗"字头仙家，比较与世无争，山下城池则是雨工国霖滩府的投蜺城。她将堪舆图重新收入袖中，先向众人抱拳致礼，然后用醇正的皑皑洲一洲大雅言开口问道："敢问这儿离着投蜺城还有多少距离？"

一位老修士战战兢兢起身后，试探性问道："前辈可是柳大宗师？"

这是最好的情况，最坏的情况，则是对方其实是大妖幻化人形，故意逗弄他们这拨板上钉钉的盘中餐。

广袤冰原之上，有四只大妖，各据一方，最南边一只大妖，自号细柳，偶尔骑乘一头雪白狮子，巡狩辖境，传闻喜好以俊美男子的姿容现世，十余年前与有没有事就来此"挣点脂粉钱、攒些嫁妆本"的柳大宗师，有过一场搏命厮杀，当时远在雨工国投蜺城，都能够感受到那场惊天动地的战场异象，在那之后，柳大宗师虽然受伤惨重，但是因祸得福，以最强远游境打破瓶颈，成功跻身九境，大妖细柳好似同样受伤不轻，开始闭关不出，所以这些年来此游猎妖物的皑皑洲修士，趁着南境冰原妖物暂时失去靠山，成群结队，络绎不绝，大肆狩猎冰原南境的大小妖物，搜刮天材地宝。

不过大妖细柳麾下有两位得力干将，帮忙镇守自家地界，一个是流窜北方的魔道修士，自号秋水道人，还有一只大妖，老妪面容，背着一只大麻袋，见着了修士就笑，口头禅是那句"咱们细柳少爷的开胃菜又有着落了，得谢谢诸位"。

只是双方都不常见，如果不小心撞见了，那就只能寄希望于下辈子投个好胎。

其实冰原南境，原先还有一只蛮横无匹的大妖，只是被老修士嘴里的那位柳大宗师给剥皮了。

裴钱摇头道："不是。"对方的前辈称呼，让她有些不自在。但是身在异乡，萍水相逢，人心叵测，裴钱就没有自报名号。

裴钱倒是知道对方所谓的柳大宗师是何方神圣，九境武夫，名为柳岁余，皑皑洲财神爷刘氏的记名供奉，是皑皑洲最有希望成为第二位十境武夫的山巅境强者。先前在狮子峰练拳，李二前辈在闲暇时，大致说过皑皑洲的武道形势和宗师姓名，皑皑洲武夫第一人，沛阿香，姓氏古怪，名字更古怪，绰号"雷公"，拳法刚猛，栖身之所是一座名不见经传的寻常雷公庙。

而柳岁余就是他的三位嫡传弟子之一。这位练拳与收徒都一等一的老武夫，在武学登顶路上，光是为了"阿香"这么个名字，就不知打过多少场架，其中就曾与北俱芦洲年纪最大的那位十境武夫王赴愬约战海上，缘由就是后者喜欢称呼他为阿香妹子，逢人就说皑皑洲那个阿香妹子拳脚很爷们。

传闻王赴愬从海上返回北俱芦洲之后，虽然伤痕累累，但是意气风发，有山上好友询问结果，王赴愬嗤笑不已，只撂下一句，一个皑皑洲娘们弹棉花的拳头，能有几斤重？那场十境武夫之争的胜负，显而易见。事实上沛阿香在那之后，确实就在雷公庙闭门谢客，至今已有数十年隐居不出。

后来顾祐问拳猿啼山剑仙嵇岳，双双身死，北俱芦洲失去一位十境武夫，皑皑洲的山水邸报，比北俱芦洲的还要篇幅更多，尤以幸灾乐祸居多。

那拨修士一个个惴惴不安，一时间都不敢靠近那名不知敌友的年轻女子。

冰原大妖，几乎一个比一个性情古怪，就说眼前女子，当真是凑巧路过，然后救下他们？真不是猫抓耗子一般的歹毒手段？

在皑皑洲冰原狩猎妖物，本就是把脑袋拴裤腰带上的挣钱营生，还是裤腰带不牢固的那种。所以只能讲究一个人多势众，每一个赶赴冰原的游猎之人，动身之前都会签订一份北岳山盟的生死状，还要明确抚恤金。当然若是无功而返，或是全军覆没，便万事皆休。

一般最少三人结伴：阵师一人，负责设置陷阱，此人最为关键；纯粹武夫或是兵家修士一人，最好同时身负一件防御重器和一件攻伐重宝，负责诱使妖物进入阵法禁止之地，因为相较于其余修道之人，这两种人最为体魄坚韧，既能自保，又可以拖住那些皮糙肉厚的妖物，不至于与妖物狭路相逢，一触即溃；此外还必须得有一位精通水法的练气士，能够占据天时地利，以术法配合前者击杀妖物。

若是带头人能够拢起一支五人队伍，往往会增添一位极具攻伐威势的练气士，靠着所谓的"一招鲜"，在围剿当中给予妖物致命一击，然后可能会再加上一位药家修士，能够帮着同行持久作战，如此一来，围猎队伍进可攻退可守，哪怕冰原之行没有收获，至少也能够保全性命，安然撤回投蜺城或是那座幢幡道场，从长计议。

但哪怕结伴而行，还是意外极多。今天他们就出门没翻皇历，碰到了一只金丹大妖。

裴钱知道这些人的担忧所在，也不愿过多解释，自己只需径直南下，去那投蜺城暂作休整，他们的心中疑虑自然会烟消云散。

无论是与李槐游历北俱芦洲，还是如今独自闯荡皑皑洲，裴钱一心只在练拳，并不奢望自己能够像师父那样，一路结交豪杰知己，只要相逢投缘，就可以不问姓名而饮酒。

裴钱自认学不来，做不到。就像崔东山私底下所认为的那般，只要他的先生、她的师父陈平安不在裴钱身边，那么昔年藕花福地之外的浩然天下，就还是南苑国京城的大街小巷，所有人还是南苑国京城的那些人，对于裴钱来说，除了师父和落魄山，她脚下的江湖，一直没什么两样，以前如今将来，都很难改变这一点。

裴钱突然停下脚步，将手中行山杖重重戳入雪地，对他们说道："你们先走，速速去往投蜺城，路上多加小心，危险还在。"

然后裴钱皱起眉头，瞥了眼那拨练气士后方远处。

有些晚了。

她身后一个看似脚步蹒跚实则长掠如飞的老妪，背着一只大麻袋，肩头晃荡，飘然而至，老妪所过之路，风雪自行为老妪让道。老妪停步在裴钱百余步外，咳嗽不已，眯眼一线，沙哑笑道："好个拳脚凌厉的小妮子，一路南下，竟然舍得不要所有妖丹，让我们好找。你这种只为练拳不求钱财的纯粹武夫，真是比那个姓柳的疯婆娘更可恨啊。"

除了这个老妪之外，在那拨北游狩猎之人的南下道路上，有个身披鹤氅涉雪而行的光脚道人，大声吟诵着道门典籍《南华秋水篇》，道人手里揣着好些梅花绽放的枝丫，读书间隙，时不时掐下几朵梅花放入嘴中大嚼，再伸手取雪，梅花和雪一并咽下，每次咀嚼梅雪，身上便有流溢光彩从经脉透出骨骼，好一番金枝玉骨、修道有成的仙家气象。

一南一北，堵住去路。

裴钱见那老妪和光脚道人暂时没有动手的意思，便一步跨出，瞬间来到那老修士身旁,摘下竹箱,她与不断聚拢过来的那拨修士提醒道:"你们只管结阵自保,可以的话,在性命无忧的前提下,帮我照看一下竹箱。如果情况紧急,各自逃命就是。我尽量护着你们。"

裴钱停顿片刻,补充了一句:"我会尽力而为。"

既然老妪和光脚道人是冲着自己来的,那么裴钱就得多出几拳了,为人为己都理当如此。行走江湖,道义当头。

先前她随手击杀那只妖物,救下那拨修道之人,就真的只是随手为之,既然心有余力且足,就该出拳,不念回报。

至于这方天地人心的善意恶意,与我裴钱练拳出拳,有何关系?

裴钱在乎的,只有师父的教诲,崔爷爷传授的拳法,两事而已。

老妪再次瞥了眼那根被年轻女子留在原地的绿竹杖,先前凝神定睛望去,竟然无法完全看穿障眼法,只能依稀感知到那根竹杖丝丝缕缕的森寒之气,这也是老妪没有着急动手的一个重要原因。

老妪这种在冰原修行得道的大妖,最怕招惹皑皑洲刘氏子弟,其次就是忌惮雷公庙沛阿香一脉的嫡传、再传弟子。在这之外,问题都不大,是生嚼还是红烧了那些运道不济的修士都无妨。除了这两种人,时不时也会有些"宗"字头门派来此历练,不过多有元婴地仙帮着护道,那就由着他们斩杀些妖物便是,老妪这点眼力还是有的,往往对方也比较有分寸,那拨娇皮嫩肉的年轻谱牒仙师们,出手不会太过发狠,何况也狠不到哪里去。

裴钱转过身,对那神色阴晴不定的老妪说道:"我只是赶路,没招惹过你们,可要是技不如人,成了妖物果腹之物,我认。拳法尚可,妖物要吃人被杀,也别怨我拳重。"

老妪笑问道:"看你出拳痕迹和行走路线,好像是在北边登岸,然后一直南下?小丫头难不成是别洲人氏?北俱芦洲,还是流霞洲?家里长辈竟然放心你独自一人,从北往南穿过整座冰原?"

老妪心中的最大疑惑是,最北边那位自家细柳少爷的死敌,竟然容得小姑娘在眼皮子底下大摇大摆过境南游。若不是担心对方祸水牵引,老妪早就出手了。沿途那几场厮杀,都是六境修为出拳,哪怕有所保留,故意隐藏实力,不过是一个至多金身境武夫的小丫头片子,她必死无疑。

裴钱说道:"你不用言语试探我的底细。问拳我接,问剑我也接。"

一位老修士着急万分,以心声言语道:"前辈,不管真实身份为何,不妨都以刘氏子弟吓唬对方,这场围剿前辈毕竟双拳难敌四手,更何况肯定还有众多妖物被这老婆娘驱使。在咱们皑皑洲,刘氏子弟就是最大的护身符,沛宗师与柳前辈师徒二人,就都是刘氏供奉,前辈习武练拳,大可以伪装成雷公庙一脉的三代弟子……"

裴钱聚音成线答道:"自有师承,不敢胡说。"

老修士哀叹不已,不敢再劝。生死一线,哪有这么多迂腐刻板的穷讲究啊?

事到如今,倒是人人不再怀疑这位前辈的身份了。

确实没必要。只说那秋水道人,就足够碾死除她之外的所有狩猎修士。

皑皑洲的修道之人,无论是谱牒仙师,还是山泽野修,对于那些高高在上的上五境的神仙,哪怕没亲眼见过几位,也通过那些乱七八糟的山水邸报了解个七七八八,数目其实并不比北俱芦洲少,比西北流霞洲自然更多。

可要说八境、九境武夫宗师,就是名副其实的屈指可数了,远远少于北俱芦洲不说,甚至连那流霞洲都不如。

皑皑洲的武运,在浩然天下是出了名的少到可怜,传说中的十境武夫就一人,作为一洲武运最鼎盛者的雷公庙沛阿香,早些年还输给了后来失心疯被剑仙拘押起来的王赴愬,北俱芦洲有曾经跨海问剑一洲的剑修,哪怕顾祐死了,结果还是比皑皑洲多出一位止境武夫,这让皑皑洲山上修士实在是有些抬不起头,加上皑皑洲那位身为修士第一人的刘氏财神爷,数次公开坦言,自己的那点道法至多能算半个趴地峰的火龙真人,这就让人觉得皑皑洲修士好像除了钱,就万般不如那个抢走"北"字的俱芦洲了。

裴钱转头看了眼那个身披鹤氅的光脚道人,她曾经在小师兄购买的那本倒悬山《神仙书》上见过记载,历史上确有一位山道人,喜欢吟诵《南华秋水篇》,赤脚行走天下,传闻头戴一顶道门铁冠,志在以梅花积雪清洗肚肠,刻枯朽白骨为道观,愿将一身道法显化之后,归还天地。其常年居无定所,曳杖远游,手中铁杖只需掷出,便可落地化作一条青龙。

那位神龙见首不见尾的山道人,是真正的得道之人,当然不会是眼前这个附庸风雅的拦路之徒。

裴钱哪怕尚未拉开拳架,就已经瞬间心无杂念,当她屏气凝神,开始倾泻拳意,一双眼眸便见异象。

刹那之间,万物静寂。好像天地间只有一个裴钱才是不被拘束的活物,唯独她可以行走无碍。

但是裴钱心知肚明,自己视野所及,并不是真正意义上的光阴长河就此停滞,只是流淌速度仿佛变得极其缓慢。越是近身,四面八方的光阴流水越是趋于静止。

裴钱独自练拳之后,归根结底,她其实就只有一件事可做,要尝试着让光阴长河好似彻底静止不动,唯我身心自由,出拳天地间,天下武夫,不管谁与我问拳,在我身前,你就要慢我出拳无数!

当然,师父例外。裴钱练拳,只是为了追赶师父,从来不会奢望与师父拳法并肩。

当年游历剑气长城,师父曾经与裴钱说过一句很古怪的言语,说他要与开山大弟子好好学一学这门神通了。

师父说起笑话来，也是很有意思的啊。师父学弟子做什么？

但是这个曾经让裴钱经常偷着乐、一想起就忍不住咧嘴的笑话，越来越不好笑了。师父日复一日年复一年都不还乡，裴钱就觉得这个曾经很能温暖人心的笑话，越来越像一座让她伤心不已的牢笼，让她几乎要喘不过气来，恨不得一拳将其打烂。先前跨洲远游，放弃御风，选择在海面上踏波奔走，裴钱每次神意圆满的出拳所向，正是那条无形的光阴长河。

一瞬间，那个老妪视野中便失去了年轻女子的身影。

果然是那预料之中的金身境?！修道之人也好，纯粹武夫也罢，境界修为兴许可以遮掩，唯独年龄一事，只要境界不要太过悬殊，观其根骨，还是能够大致看出个岁数的，那女子分明不会超过三十岁，难不成真是那雷公庙沛阿香一脉，新收的某位三代弟子？不然在皑皑洲年轻一辈的天才武夫当中，可没有这么一号人物！在皑皑洲，只要是四十岁以下的金身境武夫，个个名声比天大，刘财神有一句广为流传的话，"可惜我不能用神仙钱砸出个武运"。

老妪情急之下，一个转身，背后那只大麻袋蓦然撑开，护住老妪身形。

砰然一声，背后如遭重锤，那一拳正中老妪被麻袋护住的后背心，打得方圆数十丈之内的风雪随之震碎。

背对那位出拳女子的老妪，毫无还手之力，只能双脚离地，轰然前冲出去，笔直一线，根本没有更换轨迹的躲避机会，足可见那一拳的分量之重。

与此同时，老妪依稀察觉到身边一阵罡风拂过，一个模糊身形跃过自己，去往前方，然后在十数丈外，对方一个滑步，猛然拧转身形，当面一拳而至，老妪惊悚不已，再顾不得什么，以一颗金丹作为人身小天地的中枢，滴溜溜在本命气府当中旋转起来，激荡起无数条金色光线，与那三魂七魄相互牵连，竭力稳住震颤不已的魂魄，再阴神出窍远游，一个后撤飘荡，离开身躯，携带两件攻伐本命物，就要施展术法神通，让那出拳狠辣的小姑娘不至于太过猖狂。

其余一件留在身躯当中的本命物，被那颗金丹驾驭，顿时焕发光彩，在老妪四周凭空出现一道玄之又玄的山水阵法，竟是一座由无数条雪白银线搭建而成的亭台楼阁，晶莹剔透，宛如一处琉璃仙境，而这栋袖珍的仙府楼阁，一处屋脊之巅，又有一位拇指身高的老妪元婴坐镇其上，双手捻诀，不断汲取天地间的大雪水运，稳固阵法。

然而严阵以待的老妪，却没有等到那气势惊人的第二拳。

一个习武的，竟然拈符，缩地山河，瞬间不见踪迹。

那披鹤氅持梅枝的光脚道人，原本趁着那边打生打死，就要拿一位练气士开刀，解解闷，双指拈下一朵梅花，刚要轻轻丢向一人。

至于那个身份不明的年轻女子,他大致看出深浅了,是打熬体魄底子相当不俗的金身境。少见,但是相较于当年那个远游境的柳岁余,还是逊色不少。

不承想才刚刚心中大定的光脚道人,一个心弦紧绷,大感不妙,身上那件鹤氅法袍白光绽放,刚要施展遁法离开原地。不知为何一个毫无道理可言的凝滞,已经开始光芒四射的鹤氅竟是被强行缩回原形,就像四散雪花被人捏成雪球一般,这名自号秋水道人的魔道修士,于是莫名其妙地重新现身,好似杵在原地的呆头鹅,硬生生挨了那女子迎面一拳。

裴钱同样是一拳过后就收拳。

秋水道人身陷雪地大坑当中,坐在地上,张嘴一吸,将所有梅花嚼在嘴中,七窍流血的凄惨光景,转瞬消失。他站起身,抖落鹤氅雪屑,光脚走出大坑,向远处打了个稽首,口呼主人。

裴钱伸手一抓,将远处那根行山杖驾驭到手中。

面对老妪和光脚道人,裴钱都没有使用神人擂鼓式。

因为真正的敌人,不是这两个。一旦倾力出拳,打杀其中一个,反而会让自己真正置身于险境。

她甚至要比老妪和秋水道人更早发现那个身影。

在远处,有一个站在雪白狮子之上的年轻公子哥,一直面带笑意,旁观战场。

皑皑洲冰原南境之主,玉璞境妖族,细柳。

裴钱没觉得一个玉璞境,就是什么大妖了,因为她去过剑气长城。

雪白狮子倏忽现身,出现在那老妪身旁,那细柳毫不掩饰自己的一脸好奇,打量着那位极有可能是远游境的年轻女子,微笑道:"一来我们这些见不得光的冰原妖物,几乎从不主动南下肆虐为祸;二来你是个难得守规矩的过路人,我不会与你为难。所以我们双方没必要闹得太僵,只要你愿意离开,将这拨人交予秋水道友处置,就算两清了。"

细柳又笑道:"当然,还有个选择,就是这拨神仙老爷都可以离开,将你一人留下,那么他们可活,只是姑娘你就要成为我细柳的座上宾了。姑娘你也好,这几人也罢,总得有一方是要留下来陪我赏雪的。"

细柳丢给秋水道人一个眼神,后者立即让出道路。

老妪笑道:"我家主人,一向说话算话,你们自己掂量掂量。"

南境细柳,这只大妖确实言出必行。

所以那拨练气士纷纷以心声交流,然后几乎同时果断南撤,最后就留下了年轻女子。

细柳笑道:"替这些半点不讲义气的腌臜货色出拳,硬生生打出条生路,害得自己身陷绝境,姑娘你是不是不太值当?"

裴钱走到竹箱旁边，摇头道："拳出为己。"

她将行山杖搁放在竹箱上，缓缓卷起双袖。这场架，看样子有的打。

很好。她求之不得。

可是那细柳却继续笑问道："不谈你之前南下途中的几场厮杀，那些都是道理明显的，可你今天为这些练气士出拳杀妖，便对吗？"

裴钱还是摇头，说道："我没有杀它。信不信都由着细柳前辈。"

既然对方愿意讲理，哪怕只是暂时的，那么裴钱就愿意多说几句。

细柳愣了一下，转头望向老妪，老妪神色略微尴尬，道："回禀主人，这小姑娘只是将那着花一拳打跑了。"

先前那个追杀练气士的金丹妖族，名着花。它只是被裴钱一拳伤之，却着实给吓破了胆，误以为是九境武夫柳岁余的师妹或是嫡传弟子，当下已经远遁数百里。

而大妖细柳是被裴钱的拳意吸引而来，所以才会误以为着花已经被打杀在某处。

细柳愈发好奇："小姑娘师出何门？你这可不是雷公庙沛阿香一脉武夫的作风。"

至于对方那个"细柳前辈"的敬称，更是让这只站在雪白狮子背脊上的玉璞境大妖，备感滑稽，更是意外。

裴钱犹豫了一下，还是摇头。

细柳有些犹豫起来，然后伸手抵住眉心，头疼不已。

今天到底是怎么回事，先是一个挺讲道理、偏偏武学境界很不讲理的小姑娘，只要两者缺一，那细柳就根本不用犹豫了。

然后又来了一位让细柳背脊微凉的女子，让细柳如此忌惮，当然是剑仙无疑了。

北俱芦洲的剑仙，可比什么都稀罕。

加上对方又是女子，细柳就大致确定了她的身份，一个不太喜欢家乡皑皑洲的皑皑洲剑仙，谢松花。

据说谢松花出剑，杀力极大，与人对敌，从来一剑即分出生死。

细柳心生忌惮，却不至于太过畏惧，身处冰原南境，细柳占尽地利，打是肯定打不过，那就亲眼见过那娘们的剑仙风姿再走。

那位背负竹匣的女剑仙，御剑而来，她身后剑气所致，像是开辟出一条无风无雪的空白道路，两侧风雪茫茫，依旧遮天蔽日。

她悬停空中，神色冷漠，俯瞰那个喜欢东躲西藏的细柳。

谢松花将两个来此砥砺剑意的嫡传弟子，留在了身后的那座投蜺城，两位嫡传，分别名叫朝暮、举形。

谢松花先前同样是察觉到此地异样，才御剑出城，打算赶过来凑凑热闹。

除了在异乡收取弟子的谢松花，其实北俱芦洲浮萍剑湖郦采，也带了两个剑仙坯子离开剑气长城，自然是陈李、高幼清。

至于同样是女剑仙的金甲洲宋聘，同样收了两个小孩子作为嫡传弟子，不过皆是小女孩，名叫孙藻、金銮。

至于流霞洲那个在剑气长城跌境到了元婴的蒲禾，则从剑气长城带走了一对少年少女，少年名为野渡，少女名为雪舟。

谢松花返回浩然天下之后，先后与郦采、宋聘、蒲禾，都有过跨洲飞剑传信，相互间有过一桩甲子一见的约定。

当然不是比拼各自剑术高低，无甚意思，尤其是郦采和蒲禾受伤极重，已经伤及剑道根本，更何况经历过剑气长城的接连厮杀，就连立功最大的谢松花，都根本没觉得自己剑术上这点高不成低不就的稀烂境界，有什么值得炫耀的地方，能与左右那些大剑仙比吗？再退一步，他们这些活着返乡的剑修，能与谢稚、元青蜀那些战死的剑修比吗？都不能比。

既然如此，四位剑仙比的，就是各自传授嫡传弟子剑术的本事了，相约六十年后，到时候谢松花三人会各自携带弟子，去郦采所在的北俱芦洲碰头。

谢松花瞧见了那个脚边搁放有竹箱、行山杖的年轻女子，欲言又止。

当年在剑气长城，倒是听说年轻隐官的学生弟子，好像都是这副模样。只不过眼前女子，肯定不是剑气长城的郭竹酒，记得还有个姓裴的外乡小姑娘，个儿小小的，哪怕这些年过去了，跟当下雪地里那个年轻女子，也不太对得上。

确实哪有这么巧合，在这鸟不拉屎的皑皑洲北地冰原，还能碰到与那年轻隐官有关之人。

然后只见那年轻女子，抬起头，聚音成线，以剑气长城方言问道："可是谢剑仙？"

谢松花立即御剑落地，长剑自行归鞘入竹匣，笑问道："真是你啊，叫裴……什么来着？"

裴钱抱拳，灿烂而笑，道："晚辈裴钱！"

谢松花立即神色柔和几分，仔细打量裴钱，轻声道："很好，不愧是咱们隐官大人的开山大弟子，不错不错。"

谢松花抬起下巴，点了点那细柳，道："怎么，给欺负了？好说，等我一剑之后，一起去投蜕城。"

裴钱挠头道："方才学我师父，正与细柳前辈讲理。"

细柳有些无奈，点头道："的确如此。"

谢松花说道："既然如此，之后我就绕开南境，不找你的麻烦。"

然后谢松花就将那细柳晾在一边，帮着拿起行山杖和竹箱，裴钱接过行山杖，重新将竹箱背在身后。

谢松花以心声言语道:"听没听过一个天大的消息? 跟你师父有些关系,刚刚传开没多久。"

裴钱瞪大眼睛,道:"什么消息?!"

细柳看着那一大一小径直远去的身影,摇摇头,这算哪门子的事。

谢松花说道:"不知道是谁率先给出的一个说法,评选出了数座天下的年轻十人。"

裴钱神采奕奕,道:"我师父排第几?"

谢松花摇摇头,忍住笑:"明确说了,十人没有名次先后。有那飞升城剑修,宁姚;中土神洲大端王朝,武夫曹慈;白玉京,道士山青;托月山百剑仙第一,斐然。你师父不在十人之列。"

裴钱一头雾水,那怎就与师父有关了?

谢松花揉了揉裴钱的脑袋,说道:"明明说是年轻十人,也无名次,却罗列了十一人,单单将隐官排在了第十一的位置上,你那师父,也是唯一一个没有被指名道姓的,只说是山巅境武夫,且是剑修。所以如今浩然天下的山上修士,都在猜测这隐官到底是谁。像我这些个知晓你师父身份的,都不太乐意跟人扯这些,由着他们猜去就是了。"

裴钱颠了颠竹箱,攥紧手中行山杖,环顾四周皆风雪,她仍是大声道:"是我师父!"

第二章
又一年五月初五

谢松花没有着急御剑返回投蜺城,而是带着裴钱徒步南下。

一座边境小城,就算再藏龙卧虎,也得掂量掂量一位剑仙的飞剑。

她那两位嫡传弟子,虽然尚未跻身中五境,却是剑修,还是剑气长城的剑仙坯子,哪怕小有意外,谢松花的飞剑也能转瞬即至。

何况在进入投蜺城之前,谢松花带着朝暮和举形,先去游历了雨工国北岳山头,那位北岳山君自会小心照看两个孩子。若是在辖境之内,让一位剑仙的嫡传出现任何纰漏,尤其是还是谢松花的弟子,耽误了他们的大道修行,一小国山君自认担待不起,兴许还要连累整个雨工国被谢剑仙记住。因为谢松花的脾气,在皑皑洲是公认的不太好。

与裴钱一番闲聊过后,谢松花感慨不已,没有想到连自己都没有看出裴钱的武学深浅。

小姑娘才二十岁出头的年纪,竟是远游境的纯粹武夫了!

这是怎么个凤毛麟角?搁在山上,差不多就是二十多岁,已经是元婴剑修了。

如果不是前有曹慈,后有陈平安,谢松花都要怀疑裴钱的身份了。

可谢松花更多的还是欣慰,其实她与裴钱素未谋面,无亲无故,但是瞧见了持杖背箱远游的裴钱,谢松花就是会瞧着亲切。至于是不是爱屋及乌,不重要,我谢松花看谁顺眼,天地莫来管我。若是看谁不顺眼了,你们倒是可以管一管我的飞剑,不过胆子和本事都得够。

所以谢松花笑道:"若是担心谢姨剑术不高,在细柳那边讨不了好,可没必要,照实说，我这就去剁了细柳，至多半炷香工夫便可往返。杀个玉璞境的剑修妖族，虽不太容易，但没了'剑修'二字，便不难。"

裴钱赶紧摇头道："谢姨，不是这样的。如果真是细柳咄咄逼人、以势压人，我当时就会问拳。"

谢松花点点头，道："那就算细柳烧高香，运道不错。本来我是打算带着朝暮、举形那俩孩子，在冰原南境这边温养剑意，细柳肯定是要会一会的。朝暮有两把本命飞剑，一把虹霓，一把滂沱，其中虹霓在此温养，颇为适合。举形那把雷泽在冰原倒是裨益不大，所以回头需要去拜会一下雷公庙沛阿香，看看举形在马湖府那边，有无大道契机。"

裴钱暂时还不太清楚这位谢姨的"会一会细柳""拜会雷公庙"，到底是怎么个"会"。不过谢松花愿意与裴钱道破两位嫡传的飞剑本名，足可见她对裴钱的亲近，把小姑娘当自家人看待了。

谢松花对家乡皑皑洲一向观感不佳，早年跻身地仙之后，就多在流霞洲、金甲洲游历，在收取嫡传之前，每次有事返乡，她都不会泄露行踪，更懒得显摆剑仙身份，所以有过几场不小的冲突。谢松花从来不觉得自己是什么讲理之人，所以每次都是小的也打，老的也打，如果还有开山祖师爷在世，那更好。所以皑皑洲修士，对于这位本洲剑仙，是既敬畏又头疼。

如今谢松花在皑皑洲的威望，可谓如日中天。以女剑仙身份，游历剑气长城，立下赫赫战功，剑斩玉璞境剑仙大妖，关键是谢松花还活着返回了浩然天下。对于皑皑洲山上而言，一个死了的女剑仙，也就那么回事。毕竟皑皑洲没那举洲祭剑的习俗。

最让皑皑洲震撼的一个消息是，传闻谢松花极有可能在数十年之内，破开玉璞瓶颈，跻身仙人，成为皑皑洲千年以来首位成功跻身此境的大剑仙。

修士的数十年，不过是山巅神仙打几个小盹的短暂光阴。

谢松花笑问道："都是八境武夫了，为何不御风远游？"

裴钱有些赧颜，小声道："师父说过，行走山下，先跌两境。千万别学某人，江湖切磋先让一招。"

裴钱随即说道："谢姨，你御剑我御风就是了，规矩是死的人是活的，跟在谢姨身边，不用这么刻意讲究。"

毕竟谢松花是一位剑仙前辈，况且此次游历冰原，是要传授两位嫡传剑术大道。

谢松花大笑道："不愧是他的开山大弟子，没事，咱们继续徒步去往投蜺城，就当散步散心。"

谢松花随即好奇问道："某人是谁？能不能讲？"

能够被那年轻隐官放在嘴边的人，多半不会简单。比如那个嗜酒如命的刘剑仙，如今就是北俱芦洲太徽剑宗的宗主了。

裴钱笑道:"谢姨,没什么不能讲的,师父那朋友是北俱芦洲鬼斧宫一位兵家修士,名叫杜俞,喜好闯荡江湖,师父早年游历北俱芦洲的时候,相逢投缘,还与杜前辈学了些符箓手段。"

谢松花点头道:"虽然不曾听说什么鬼斧宫,但是既然能够让你师父一招,想来实力不俗,不过问拳下场肯定不会太好。让谁一招也别让你师父。"

裴钱挠挠头。

早已不是当年那个黑炭丫头,这个动作是如今裴钱难得的些许稚气。

冰原南境那边,细柳带着老妪和秋水道人一起返回府邸,亦是悠然散步茫茫风雪中。

老妪轻声问道:"主人,真是那剑仙谢松花?"

细柳笑着点头:"她背后竹匣里边那份剑意,可做不得假。"

身披鹤氅、惜无梅枝的秋水道人再无神仙风采,龇牙咧嘴:"小姑娘好重的拳头,这会儿还浑身生疼,刚挨上那一拳的时候,本命气府外加三魂七魄,就都跟地牛翻背似的。那张缩地山河的符箓,被纯粹武夫拿来近身对敌,真是要命。难怪开创这一脉符箓的老祖师,挨了几千年的骂。"

细柳说道:"回头来看,小姑娘应该是一直在故意隐藏实力,说不定朝你们出拳,都是为了藏拳,因为在我现身之后,她心中的敌人就只有我了。估计连那符箓,都是障眼法。我猜那小姑娘一旦彻底放开手脚,绝对要比使用符箓,身形更快。如此说来,我既要感谢剑仙,让我不至于损兵折将,又要感谢小姑娘,免去一场灾殃。"

细柳心中忍不住感慨道:"天理昭昭,报应不爽?"

老妪疑惑道:"主人远游至此,气息收敛,浑然无漏,不比那书院圣人坐镇小天地逊色多少,就连我都无法察觉丝毫,小姑娘如何能够发现的?"

细柳无奈道:"你问我我问谁去。"

投蜺城是雨工国霖滩府的府城,此处是去往冰原南境的两处重要渡口之一。

在城门口那边,裴钱递交了关牒,先前游历北俱芦洲,路引铃印极多,狮子峰李二前辈就帮着重新打造了一份山水关牒,山上修士的专用路引,其实也是山下豪阀、收藏大家的重要杂项之一。

谢松花自然没有什么通关文牒,投蜺城看了眼裴钱,便对谢松花睁一只眼闭一只眼,一并放行了。

在仙家客栈,裴钱见到了那两个剑仙坯子,都是约莫十岁出头的孩子,一男一女,女孩叫朝暮,男孩名为举形,都很灵秀。只不过举形略显稳重,眼神沉寂,与年纪不太相符。

老规矩，裴钱送了两张落魄山特制书签当见面礼。

听师父说裴钱姐姐是隐官大人的开山大弟子后，那个举形蓦然间便神采奕奕起来，朝暮也很开心，因为小女孩与郭竹酒是一条街上的，而郭竹酒又喜欢以"我家师父暂时的关门弟子"自居，再者关于那个隐官大人的事迹传闻，实在太多太多。

坐庄坑人，卖酒还是坑钱，扇面题款，肚子里装满了大大小小的神怪志异、山水故事，与宁姚是天造地设的一对神仙眷侣，为了她才两次远游千万里，连过三关，连那齐狩和庞元济都败在他拳下，主动顶替宁姚，去与那托月山离真捉对厮杀，一战成名，成为剑气长城历史上最年轻且是首位外乡人的隐官，郁狷夫问拳他接拳，结果一拳就倒，最后却还是三场连胜，阴阳怪气的言语不计其数，大剑仙听了都要揪心，亲笔撰写了《斫剑仙印谱》，坐镇避暑行宫运筹帷幄，到了战场上，比那大妖绶臣还要阴险，甚至装扮过女子，还喜欢四处捡破烂……

拥有虹霓、滂沱两把本命飞剑的小女孩，双指捏住那枚竹叶书签，高高举起，在阳光下轻轻拧转，她十分喜欢这份礼物。

先前收礼，她先小心翼翼瞥了眼举形，见后者收下礼物，自己才敢收下。

因为跟随师父来到浩然天下之后，师父带着他们两个先后走过金甲、流霞、皑皑三洲，路过不少仙家府邸，许多和蔼长辈都要送礼给他们，举形只是神色淡漠，双手笼袖，师父也不管这个，她就跟着拒绝了。有次小姑娘私底下询问举形缘由，结果不太爱说话的举形突然大怒，只问她还要不要脸。朝暮又怕又伤心得大哭起来，举形见她哭鼻子，反而更加恼火，撂下一句话，让朝暮以后都别跟他说话，不然就揍她。

后来还是师父过来安慰，朝暮才稍稍好受些。其实在皑皑洲游历途中，举形真就一句话不跟她讲了，朝暮不是不想跟举形说话，而是不敢，几次主动找由头，跟他套近乎，举形只会当聋子。

所以今天举形收人礼物，是破天荒的事情。

举形早已将那枚青翠欲滴且篆刻一行美好文字的书签，轻轻收入袖中，打算好好珍藏起来，到了这个浩然天下，读书最是普通事了。

谢松花打趣道："一个每天装聋作哑，一个动不动就哭哭啼啼，带俩孩子真难。裴钱，说实话，你师父带孩子，是这个，比当隐官还厉害。"

谢松花竖起大拇指。

裴钱有些难为情。师父带她远游那些年，确实辛苦。

谢松花嘴上发牢骚，实则心中还是自豪更多，她还真不觉得郦采的陈李、高幼清，蒲禾的野渡、雪舟，还有宋聘的孙藻、金銮，以及其余那些流散在浩然天下四方的孩子，会比自己的这两位弟子更出彩。绝不可能！她谢松花就收了这么两个弟子，倾囊相授,六十年后,一定会比那早早有了小隐官绰号的陈李,还要更加小剑仙。

不过,就算没有又如何,朝暮和举形,依旧是她谢松花的心爱弟子嘛。

举形双臂环胸坐在廊道栏杆上,轻轻摇晃双腿,以前在家乡,他就喜欢在城头上这么坐着,这个习惯这辈子都改不了。

朝暮小声反驳道:"师父,就三次,没有动不动就哭。"

举形嗤笑一声。朝暮立即病恹恹的。

谢松花起身道:"裴钱,你们聊着,我先去找个人聊点事情,跟她约好了在这边碰头,差不多该到了。"

裴钱就陪着两个孩子闲聊。

朝暮像只叽叽喳喳的小麻雀,在裴钱问起后,小姑娘就与裴钱姐姐详细说了那年轻十人的天大热闹。举形当然是要为隐官大人打抱不平的,说除了宁姚之外,至多加上曹慈,其余八人,有什么资格将隐官挤出十人之列,只捞到个"第十一"?!

裴钱好奇问道:"飞升城是怎么回事?"

朝暮笑道:"第五座天下,年号是嘉春,以我们家乡那座城池落地之时,作为天地初开时分,被取名为飞升城了。"

举形说道:"有消息说宁姚姐姐不但是那座天下的第一位玉璞境剑修,如今都是仙人境了。"

裴钱看着眼前这个俏皮可爱的小姑娘,便有些想念落魄山的小米粒,也想念好像永远都不会长大的暖树姐姐。

直到这一刻,裴钱才终于后知后觉地发现,原来宝瓶姐姐长大了,自己也长大了。

宝瓶姐姐的小师叔,自己的师父,如果知道了这件事,是高兴呢,还是会伤感呢?

裴钱打开书箱,开始抄书。

朝暮坐在一旁,安安静静,托着腮帮子看着裴姐姐写字。

举形在想着第五座天下的第二次开门,到时候自己就可以回家乡了。听说到时候第五座天下会开门三十年,此后就会彻底关上大门。再想要往返于两座天下,就只能老老实实成为飞升境大修士了。

举形有些眼馋裴姐姐的行山杖和竹箱,小男孩学那隐官大人,双手笼袖,坐在栏杆上发呆。

这次评选出来的年轻十人,都是在五十岁之下,入榜之人,没有高下之分。

道理很简单,太年轻,登山修行,证道长生,最少还要看百年才行。

飞升城宁姚,在第五座天下接连破两境,跻身仙人境。

大端武夫曹慈,在扶摇洲山水窟海外,跻身十境武夫。

白玉京道士山青,玉璞境,身上法宝没有一件,因为本命物全是仙兵、半仙兵,是走五行之属的路数,品秩被誉为当世第一。

托月山百剑仙之首,斐然,玉璞境剑修。据说喜好压境。

一位亚圣嫡传,据说那个年轻读书人,家乡是青冥天下,早年被亚圣带回浩然天下,不但获得了一阵翻书风,还有了一个本命字的雏形。

一位走入第五座天下的少年僧人,手持十二环锡杖。

青冥天下,一位原本寂寂无名的道门女冠,年龄不到二十,修道不过八年,在柳筋境这个留人境之上,停滞了六年,然后一步登天,跻身玉璞境。

浩然天下,同样在这之前名声不显的山泽野修,刘材,暂时境界还不高,只是金丹境剑修,但是此人飞剑杀力之大,超乎想象。哪怕修士只是观看那份邸报,就足够让人咋舌不已。因为宁姚、曹慈、山青这些当之无愧的天之骄子,境界都足够高,唯独刘材此人,只是金丹而已,一般而言,别说是五十岁之下的金丹剑修,就连元婴剑修都根本不够看,完全没资格登榜入评。

因为随着此人的横空出世,两枚养剑葫也随之水落石出,正是失传已久的"心事"与"立即"。刘材拥有两把本命飞剑。养剑葫"心事",温养飞剑碧落,剑修本已被誉为一剑破万法,碧落一剑又可破万剑。养剑葫"立即",帮忙温养刘材第二把飞剑白驹,飞剑之细微、迅捷,可以无视光阴长河的阻滞。所以如今浩然天下有了个说法,能与宁姚做同境争胜的剑修,唯有百年后的刘材。

神诰宗天君祁真的小师弟,早年赶赴中土神洲上宗,担任守藏室史,传闻三年之内,看遍道教书籍。

蛮荒天下,与那剑修刘材、道门女冠一样,好似蛮横撞入天下视野的年轻修士,赊月。

最后外加一个好似做买卖给点彩头添头的隐官——一个好不容易有了点别洲名声,还是因为"陈凭案"而声名狼藉的年轻人。

早先据说还有候补十人,只是迟迟未曾公布。

朝暮壮起胆子,转头偷偷看着许久没有理睬自己的举形。其实他年纪比自己还小,同年同月,但是举形比她晚了几天。可是小姑娘总觉得举形比自己要大好多岁。

举形察觉到朝暮的视线,立即瞪了她一眼,朝暮眨了眨眼睛,好像在说我又没与你说话,这都要管我,你好没道理。

举形双指并拢,轻轻一划,示意小丫头赶紧乖乖转头。

朝暮转过头,趴在桌上,继续看着裴姐姐抄书写字。

小姑娘很想问这个姐姐,既然是在家乡,为何要离乡呢?自己要是能够留在家乡,肯定就不会出远门了。

裴姐姐还是一个人,胆子真大,真能吃苦。

朝暮肯定不知道，眼前这个个儿高高、瘦瘦微黑，很能够让她觉得心安的裴姐姐，其实当年学拳之前，只是给黄庭在老龙城药铺里边，轻轻捏了一下肩膀胳膊，就当场疼得嗷嗷叫，比她朝暮更能一把鼻涕一把泪，跑去跟师父诉苦。那会儿，裴钱其实比朝暮年纪还要稍稍大些。至于胆子，那是真不大，可能还比不得小米粒。甚至如今还随身带着那张普普通通的黄纸符箓。

裴姐姐抄书很认真，朝暮却突然慌张起来，赶紧转头望向举形。

举形望向朝暮那边，伸出手指在嘴边，摇摇头，示意朝暮千万不要说话。

朝暮蹑手蹑脚站起身，原来那位裴姐姐明明在抄着书，却不知怎么的在流泪。

裴钱在伤心，以后师父再敲她栗暴的时候，好像再不用弯腰了。

那么以后就算师徒终于重逢了，再一起游历山水，师父大概就再不会伸手牵起一个小姑娘的手了。

怎么就长大了呢。

以前大白鹅小师兄说过一个笑话，问她这个大师姐，晓不晓得天底下哪个家伙的忧愁最多。

裴钱当然说是自己的师父，因为师父最喜欢想事情，最喜欢照顾别人啊。

小师兄当时笑着摇头，给出一个很混账的答案。

说是那个名叫"长大"的家伙。

大骊京城，关老尚书坐在檐下藤椅上，哪怕穿得厚重严实，依旧畏寒，手捧暖炉，望着院中那棵青桐。

老人咧开嘴，伸出大拇指，轻轻抵住一颗牙齿，哀叹不已。

风尘仆仆的嫡玄孙关翳然，这趟回京正式卸去齐渎督造官职务，即将在户部补缺，只是没有像柳清风那样升迁为一部侍郎，说实话，哪怕是相较于将种子弟刘洵美，关翳然的此次升迁都过于寒酸小气了。虽然边关随军修士出身的关翳然不太情愿，倒不是嫌弃官小，而是从骨子里就习惯了粗粝沙场，但还是听从太爷爷吩咐，选择回京任职。这次一回家，关翳然就立即赶来老人身边。

关翳然蹲在老人脚边，伸手贴在暖炉上。

老人笑道："户部是个不讨喜的衙门，多多习惯，反正吏部就算了，你这辈子都别奢望去那儿当官，毕竟别人都觉得大骊吏部姓关，可你们这些关家子弟真要这么认为，就是求死之道了。做人啊，得给人留出条道来。蹲茅坑不拉屎，或者蹲那儿拉屎太久，都是要被人往茅坑里砸石子的，到时候溅了一屁股，怨不着别人。"

关翳然笑了笑。大骊朝廷的最早一拨庙堂重臣，其实都不太文雅的，哪怕是读书人出身，也一样。

老人抬头望向天边晚霞似锦的美景，唏嘘道："牙齿落，头发掉，走不动路，烦啊。见着了年轻好看的姑娘啊，无心也无力，至多就只能遥想当年，想一想英雄当年勇了。年轻真好，有官可升。飞来飞去的天上神仙，也是让人由衷羡慕。"

老人自顾自言语，年轻人听着。

"国破山河在，城春草木深，卷帘人却道依旧。这是昔年卢氏遗民一位文豪的集句诗，写得妙。可惜文章写得好，做官就比较差劲了。

"饿肚子时候的饭菜香，年轻时候的女子脂粉香，其实还有一香，也是不错的，知道吗？那就是夏日避暑凉席上，抠那脚丫子。

"去，帮太爷爷偷一壶酒来，先前书房里边藏好的几壶，都给你爹偷偷拿走了，就放在他自个儿书房里。放下酒后，你让太爷爷一个人坐会儿。哈哈，好一个得酒且大嚼，勿令儿辈知。"

关翳然嗯了一声，起身离去。

老人突然喊道："翳然。"

关翳然立即转身。

老人笑着不说话。

关翳然心领神会，说道："晓得了，拿两壶。"

老人点点头道："当官要好好当，只是别忘了先做人。别学那些个大渎督造辅官，平日里不出门，一有机会跟随官帽子更大的一起巡查大渎，就要先与人借一双磨损严重的靴子，这种聪明人做的聪明事，你就别做了啊。不然太爷爷以后就真要睡不安稳了。"

关翳然眼眶微红，使劲点头，道："晓得了！"

在年轻人离开院子后，关老爷子轻拍藤椅扶手，轻声喊道："国师大人？忙不忙，不忙的话，陪我唠唠嗑？"

大骊国师崔瀺现出身形。

关老爷子没有致礼，连招呼都省了，老人只是继续望着日渐昏暗的天幕，喃喃道："崔先生，世道会更好吧？年轻时候就与你问过这个问题，你当时只说让我自己瞧，如今我年纪有些大了，老眼昏花不说，瞪大眼睛也瞧不见多远，以后更要瞧都瞧不见了，崔先生你说说看，我好走得放心些。"

崔瀺说道："最少在关莹澈为官之时，大骊世道是更好了。"

老人轻声道："可还是有好些委屈，让人难受。都不晓得怎么说，跟谁说。"

崔瀺说道："家家饭菜，户户春联，都是读书人心中委屈的作答。"

老人点点头："曾经有个满腹诗书的年轻读书人，说那花开花落、草枯草荣，都是天上月色的人间作答声，崔先生此语，半点不差啊。"

崔瀺笑道:"谁说不是呢。"

大骊曾经有个进京赶考的寒族士子,弱冠之龄,便敢说一国文宗舍我其谁,可事实上,诗篇文采,委实平平。

老人遗憾道:"倒不是怕死,只是难免不舍。"

那个年轻人,曾在山崖书院求学多年。

老人说道:"崔先生,很高兴能够遇见齐先生和你啊。书院生涯,向齐先生问学,庙堂为官,与崔先生为伍。"

崔瀺点头道:"相信齐静春也会庆幸自己的学生当中,能有个关莹澈。"

老人问道:"那我能不能为齐先生,骂大骊国师几句?"

崔瀺笑道:"得先骂吏部尚书,再来骂我。"

老人跟着笑了起来,摇头道:"那还是算了。"

许多老人之间的谈心,差不多就是盖棺定论了。

等到关翳然拿来两壶酒,就只有国师一人能够饮酒了。

第五座天下的嘉春六年。

蛮荒天下的半座剑气长城,已被阵法隔绝天地,陈平安是真正的孑然一身,年复一年地独自游荡。

在斐然那次离去之后,他便行走在悬崖峭壁之上,偶尔以狭刀斩勘破开阵法片刻,瞧几眼那浩浩荡荡北去的妖族大军。

六年过去,还是没能等到妖族的南撤。最后他就干脆坐在一处勉强能算洞窟的峭壁中,时不时出刀斩开禁制,无所事事,只能看那妖族继续北去。

不过陈平安每次出刀,禁制很快就会自行缝合。

离真得知此事后,建议托月山再心狠一点,在两座悬崖之间,设置出一道玉璞境剑修都破不开的稳固阵法,都不给那年轻隐官过过眼瘾的机会。

只可惜甲子帐那边搁置了这个方案,只说暂时顾不上这边,再议。

这一天,一袭鲜红法袍的年轻隐官盘腿而坐,横刀在膝,伸手轻轻拍打刀鞘。

一只大袖中,全是那本山水游记的小炼文字,密密麻麻,如一支大军集结屯兵。

事实上,陈平安第一次翻完书,就意识到了这本书暗藏的玄机,所以才有那个"亏得没有写那真正在意事,否则以后不能好好说话"的念头。

因为陈平安对于"十一"极为敏感,至于"得哉字"更是知道,那么多的竹简不是白刻的,对于生僻字、晦涩词汇,陈平安反而要比许多自幼读书的读书人更加喜欢收集。尤其是解字一事,早年在酒铺子那边的街巷拐角处当说书先生,那帮孩子其实早早领教过这位二掌柜的厉害。

如今出刀斩破禁制，除了观察妖族大军数量和推衍战局形势之外，陈平安更要以此推断那道大门是否会偶尔关闭，担心托月山那边已经察觉到那本山水游记的门道，会关了大门，以此隔绝两座天地，或是早早设置了其他的山水禁制，那么陈平安一旦仓促出手，反而会让崔瀺的那桩秘密谋划，付诸流水。

光是知道山水游记的不同寻常，其实毫无意义。这也是崔瀺最为缜密的地方。

在这些年里，小炼书上全部文字之后，陈平安为了破解那封密信，可谓绞尽脑汁，将那些文字各种排兵布阵，十分辛苦。重新反复阅读游记，可能是在某个章回，每隔十一个字，取一字，全部收拢起来，看看能否聚拢为一封密信，可能是在"瀺巇"两字上下功夫，用各种脉络发散开来，可能是以倒叙之法，搜寻蛛丝马迹……

崔东山曾说，但凡脑子没病的，都扯不出这条脉络的线头。

但是事实上，他的先生，不但看了山水游记第一遍，就扯出了线头，而且连那丢掷书籍再取回，都是一种障眼法，此后更是一边炼字，一边念头思虑千万里。

人生中所有让人觉得不轻松、难受的琐碎事情，兴许就会在未来道路上的某个地方，如灯火星星点点，最终攒簇在一起，大放光明。

陈平安缩着身躯，双手笼袖，怔怔出神。

今天在那浩然天下，是五月初五。

身边有人在的时候，陈平安不会太在意是不是五月初五。

没有人的时候，反而次次想起。

爹娘走后，某天泥瓶巷尾巴上有户人家开了门，后来那户人家多了个小鼻涕虫，之后还遇到了宋集薪和稚圭这两位邻居，后来又遇到了刘羡阳。

再后来离开家乡，有李宝瓶李槐他们，又后来，有张山峰刘远霞他们，也有裴钱他们，有了落魄山。哪怕在书简湖，以及到了剑气长城，都有在意的人在身边。

唯独这些年，陈平安又是一个人了。

陈平安轻轻呼出一口气，轻轻敲击心口，反正一个人，还可以自言自语。

对面悬崖高处，离真和流白今天一起来到龙君身侧。

离真笑问道："最近咱们这位隐官大人怎的如此消停了，是不是应了浩然天下那句老话，咬人的狗不出声？"

龙君瞥了眼他，懒得言语。

你小子倒是喜欢出声。流白微微一笑，显然理解了龙君前辈的那个眼神。

离真扯开嗓子喊道："隐官大人，若是那本游记上边没写错，今儿是个好日子？"

陈平安抬起头，下一刻就现身在城头之上。

离真嬉笑道："告诉你两个好消息，一个是如今隐官在几座天下都很出名了，再一个好消息，则是咱们甲子帐那边，对隐官大人越发重视了，要彻底关门打狗了。下次见面,麻烦隐官大人不要摇尾乞怜啊。"

龙君斜眼离真,说道:"提醒一句。"

陈平安微笑道:"马上玉璞。"

桐叶洲一洲之地,仙家累累,还能依靠山水阵法抵御妖族的山上门派,屈指可数。

玉圭宗、桐叶宗、太平山和扶乩宗合力打造出来的那座三垣四象大阵,越来越黯淡。若从天幕俯瞰一洲大地,一处处人间灯火好似渐次熄灭。每一次灯火消散,都是一座仙家山头的覆灭,是桐叶洲的气运流逝,转而被妖族收入囊中,此消彼长,一洲山上山下,胆魄尽碎,大局已定。

南方仙家宛句派,多女修,祖山箜篌山,祖师堂名为绕雷殿。不算太大的仙家山头,但是由于地理位置太过偏僻,好似鸡肋一般,反而暂时没有遭受妖族大军的侵袭。

如今宛句派已经聚集了十数个流离失所的山上门派修士,原本高高在上的谱牒仙师,如今人人都是丧家犬。其中,有个小门派出身的青衫剑客,先前手持自家祖师堂玉牌,再上缴一笔神仙钱,得以进入宛句派避难。

他今天独自来到箜篌山地界的一处形胜之地,犀渚矶观水台。犀渚矶下有深潭,水深不可测,青衫剑客登上高台,在一枚被誉为万年的灯犀角照耀映彻下,观看深潭水族,幽冥异路,但是在仙家术法的加持下,俗子可见众多奇形异状的水族精怪,被宛句派山上神仙千百年驯化之后,温顺异常,在水中优哉游哉。

青衫剑客坐在观水台上,手中有几份前不久拿到手的军帐谍报,甲申帐在内的三十军帐,都已各自占据一处山上仙家祖师堂或是世俗王朝京城,已经对大伏书院在内的三大书院,和玉圭宗在内的四大宗门,彻底完成了包围圈,蛮荒天下每一天都在不断蚕食、攫取和转化一洲山水气运,妖族大军登岸之后的大道压胜,随之越来越小。

如果不是那个钟魁,处处牵制王座枯骨大妖白莹,使得白莹的一支支白骨大军极难形成气候,每次遇到钟魁便自行溃散,并凭借那匪夷所思的本命神通,使得山下众多战场遗址鬼物凭空少去大半,甚至是仿佛死后再战死一次,给蛮荒天下这条战线带来极大麻烦,不然大伏书院和扶乩宗在内的几个宗门,如今肯定已经失守。

在绥臣、甲申帐木屐提议后,各大军帐开始主动吸纳桐叶洲修士,同时开始约束深入腹地的各路大军,再不可肆意屠城筑京观,将东宝瓶洲大骊铁骑那一套策略悉数照搬过来,再做适当的修改完善,驱使山下王朝、藩属军队,攻伐山上门派。在青衫剑客看来,唯一的美中不足,是蛮荒天下各大军帐还是比不得大骊宋氏的文武官员,做不到那种令行禁止。

简单来说,就是杀人都很擅长,可是诛心一事,太不入流。不过这些都在预期之内,别说是他们蛮荒天下,就连浩然天下极多的读书人,不也是问以经济策,茫然坠云雾？因此无须苛求，等到玉圭宗或是太平山一破，整个桐叶洲连仅剩的一点人心士气，就都给敲烂了。

只是关于玉圭宗和太平山的战略选择上，斐然、剑仙绶臣和甲申帐木屐在内的数个军帐，都建议先攻破太平山。至于那个位于桐叶洲最南端的玉圭宗，多留几年又如何，根本不用与它过多纠缠。只要速速集结兵力，拿下左右坐镇的桐叶宗，到时候跨洲过海，碾碎东宝瓶洲就是了，绝对不能再给大骊铁骑更多兵马调度的机会了。

可是更多军帐还是认为，拿下玉圭宗，彻底占据一洲完整气运，才是最为稳妥的选择。何况蛮荒天下剑修众多，当年在剑气长城的那场相互问剑，碰了一鼻子灰，如今到了桐叶洲，刚好可以拿玉圭宗来试剑，问剑玉圭宗，打碎玉圭宗祖师堂，以此作为一洲战事的收官。

这个来冤句派避难的青衫剑客，正是较晚登岸桐叶洲的斐然，大妖切韵的师弟。

所以当斐然看到最后一份谍报，有些哭笑不得。莫名其妙就跻身了数座天下的年轻十人之列，与宁姚、曹慈、山青这些天之骄子并肩而立，已经让斐然十分别扭，尤其是那个"擅长压境"的评语，更是让斐然难免怨念，斐然恨不得几座别家天下的修士，长长久久，都不知道有他这么一号人物。

不出意外，绶臣早已身在玉芝岗，那是桐叶洲的一个大宗门，护山大阵极为坚韧，据守稳固，是一块比较难啃的骨头。绶臣也没有打草惊蛇，故意调拨大军兵马转去攻打别处宗门，暗中驱逐数万难民往玉芝岗蜂拥而去，绶臣只派遣麾下几位地仙修士在那边闹事。玉芝岗祖师堂议事，有一位动了恻隐之心的女祖师大义凛然，力排众议，最终选择打开山水禁制，让难民避难玉芝岗。

不同于斐然的游山玩水，绶臣是奔着玉芝岗祖师堂而去。

斐然抬头远望，在那玉芝岗方向，有剑光冲天而起，还有一道斐然熟悉至极的术法光彩，是师兄切韵的大手笔。

玉芝岗从这一刻起，就此成为书上人事，然后时日一久，就会是一页老皇历。

一个少年往犀渚矶观水台飞奔而来，来到斐然身边，局促不安道："陈大哥，别人都说冤句派肯定守不住，这可怎么办啊？我害陈大哥花了那么多冤枉钱，若是死了，怎么还钱。"

少年蹲在地上，闷闷道："我哪里值那么多钱，那可是神仙钱。"

如今化名"陈隐"的斐然笑道："那笔神仙钱，对我而言，就是你兜里的那串铜钱，所以你不用太在意。"

少年仍是替"陈大哥"心疼那些钱，小声道："神仙也不能这么乱花钱啊。"

斐然一笑置之。他不但改了名字，就连面皮都是那年轻隐官的模样，没什么用意，纯粹无聊。

至于这个桐叶洲乡野少年,是斐然在游历途中认识的一个小樵夫,少年没有亲人,曾经救下过一只即将化为人形的山泽精怪,后者为报恩,经常捕捉山中猎物,偷偷叼到少年家门口。斐然凑巧见到了这一幕,就带着他一起来到千里之外的冤句派筌篌山。

斐然带着少年一起观看那些千奇百怪的水族。

日渐西下,数道虹光直接撞开冤句派的山水禁制,瞧见了犀渚矶观水台的斐然身形后,改变轨迹,不去筌篌山之巅的那座绕雷殿,而是落在了斐然身边,正是腰坠养剑葫的师兄切韵和甲申帐剑仙坯子雨四。还有一个身姿纤细的佩短刀少女,昵称豆蔻,她是天生"六神无主,魂不守舍"的孱弱体魄,最易招来阴灵鬼魅寄居,但是大道无常,反而让她修炼出了一个宛如洞天福地的人身小天地。少女双眼无神,极为空洞,不过她还是对斐然点了点头。

切韵伸出双指捻动一缕鬓角发丝,眯眼而笑道:"师弟,这个小家伙,连修行资质都没有,带在身边做什么?"

斐然笑道:"无聊。"

豆蔻转头看向山巅绕雷殿,切韵说道:"小姑奶奶,算我求你了,别再像玉芝岗那样滥杀一通了,这儿好看的女子多,你别出手行不行?"

豆蔻沙哑开口道:"我砍下她们的头,留给切韵前辈。男子修士,你就别管了。"

切韵双手合十,道:"行吧行吧,记得说话算话,一定要女子善待女子啊。"

豆蔻抽出短刀,轻轻抖腕,短刀出鞘之后,蓦然变成一把好似斩马刀的雪亮巨刃,豆蔻拔地而起,去往冤句派祖师堂。

雨四与斐然说道:"绶臣前辈还留在玉芝岗那边收拾残局,下一处目标,是那大泉王朝蜃景城。"

斐然点头道:"都随意。"

切韵突然笑道:"师兄刚刚得到消息,周先生已经到了大伏书院门口。可有好戏看了。等我补妆完毕,就赶过去为周先生摇旗呐喊。师弟,怎么说,要不要与师兄同行?"

斐然摇头道:"我就算了吧。"

那樵夫出身的少年不傻,虽然听不懂这拨人的言语,仍是大致猜出了对方身份,一时间脑子似一团糨糊。

斐然蹲下身,用地道的小国官话与少年微笑道:"对不住,我是妖族。不过不用怕,你就继续当我是你的陈大哥。天崩地陷,也跟你没什么关系。"

斐然喜欢每到一地,就先与人学习各国官话、地方方言,还是无聊使然。

少年满头汗水,颤声道:"陈大哥,到底是怎么回事啊?"

斐然想了想,说道:"大概算是一拨恶客登门,不请自来,破门而入,不给主人留一口饭吃吧。"

少年眼神逐渐坚毅起来，道："陈大哥救了我，不管是谁，是不是妖族，就是我的恩人！别人怎么看待陈大哥，我都不管，不管！"

斐然笑着嗯了一声，一巴掌打死了少年，少年彻底魂飞魄散。

切韵有些意外，眨眼问道："师弟这也杀？多懂事一孩子。"

斐然起身默然，没有给出解释。

若是少年哪怕流露出一丝丝的仇恨，不管隐藏得好不好，斐然反而能让他活下去，甚至可以从此登山修行。

斐然抬头望向远方，问道："师兄，那位早先执意开门的玉芝岗女祖师，下场如何了？"

切韵轻轻拍了拍脸颊，笑道："祖师堂议事，嗓门就数她最大，等到打起架来，就又最没个动静了。"

雨四说道："绶臣前辈原本是要留下她一条性命的，只是在那祖师堂见她磕头求饶，觉得烦了才改变主意。"

斐然点头道："希望东宝瓶洲老龙城，亦是如此作为。"

大泉王朝，蜃景城皇宫。

一位愁眉不展的年轻皇后，姿容极美，她这会儿神色郁郁，双指拈着精巧的小铜火箸儿，轻拨手炉内的灰烬，尽量让炭火持久些。

姚岭之坐在一旁英气勃勃，见姐姐低头不语，也不知道如何安慰。

她们的爷爷，兵部尚书姚镇，已经重新披甲上阵，领着所有姚氏子弟，赶赴边关。

今天先前有那负责镇守京城、临时监国的藩王来到此地，美其名曰商议军国大事，事实上醉翁之意不在酒，一双眼珠子就没离开过姐姐的脸庞，若非姚岭之护着姐姐，不惜手按刀柄，抽刀出鞘些许，以此示意对方不要得寸进尺，天晓得那个色坯会做出什么事情。如今的皇宫，姐姐真没什么信得过的人了。哪怕贵为皇后，可到底还是一位柔弱女子。

那个藩王告辞离去，他跨过门槛转头露出的那抹笑意，别说是被他死死盯着的皇后姐姐，便是姚岭之见了都要心寒。

姚近之抬起头，惨然笑道："我没事。"

姚岭之心中悲愤，这要没事，怎么才算有事？

如今宫城内外，朝野上下，从庙堂到江湖再到沙场，哪里不是一团糟。

那个穿龙袍坐龙椅的王八蛋，竟然丢下姐姐一人，自己偷偷跑了，关键是他还带走了一大拨金丹供奉仙师，一起去了第五座天下避难。

最让姐姐伤心的是，那个皇帝陛下不带姐姐一起离开的荒谬理由，竟然是钦天监那边有人断言姐姐是红颜祸水,带在身边只会祸害连连。

这位大泉王朝的年轻皇后,手捧暖炉,手热却心冷。

记得当年,来这餍景城途中,她偷偷给自己算了一卦。

对她是大吉,对大泉王朝而言,却不是什么好卦象,当时她便百思不得其解。

如今再看,原来是对错皆有,算对的是大泉王朝国祚,确实岌岌可危,算错的是自己命理,注定要跟着一起遭灾了。

如果不是爷爷还在边关率军厮杀,身边还有个姚岭之入宫为自己贴身护卫,姚近之真不知道如何自处,她死不敢死,见着了房梁,不敢去想那白绫,曾经她壮起胆子,远远瞥了眼宫中水井,便更怕死了。姚岭之入宫后,她曾有次在廊道中跄跄摔倒在地,然后伏地大哭,抬起头时梨花带雨,哭着问妹妹,天底下有没有不疼的死法。

当时姚岭之蹲在地上,抱住姐姐,却不敢告诉姐姐,落在那些妖族畜生手里,只会更加生不如死。

这会儿姚近之突然说道:"要不是这些天你留在我身边寸步不离,我定然撑不住。但是等到妖族攻打餍景城,快要守不住的时候,你就杀了我,只是记得,出刀一定要快些。"

姚岭之瞬间脸色惨白,轻轻点头。

姚近之蓦然而笑,望向门外的大雪景象,没来由想起了一个人。

要是他在就好了,不管最终结果如何,自己都不会这么担惊受怕啊。

她这么些年来,只会对那个谈不上如何喜欢的男子,偶尔心心念念之。

皑皑洲偏远小国的马湖府,又名黄琅海子,有一座不大的雷公庙,庙祝是个年轻人,名为沛阿香。

今天这个年轻俊美的公子哥,在香炉点燃三炷香后,走出雷公庙大门,去迎接客人。

知道他身份的,都不太敢来打搅他,敢来的,一般都是沛阿香愿意待客的。

他白袍玉带,腰间别有一支青竹笛,穗子坠有一粒泛黄珠子。

竹笛那青竹材质不同寻常,来自竹海洞天的青神山,珠子则是市井寻常物,寻常富家都瞧不上眼。

三位客人,刘氏财神爷的嫡子刘幽州,家族供奉柳嬷嬷,以及柳嬷嬷的女儿,柳岁余,她是沛阿香的三位嫡传弟子之一。

柳岁余悬佩乌鞘短刀,一袭雪白狐裘。前些年她曾以最强远游境跻身武夫九境,是北地冰原的常客。

刘幽州在远处就大声嚷嚷道:"阿香阿香!"

沛阿香微微一笑，看在小崽子钱太多的分上，不计较。

柳嬷嬷只得小声提醒道："少爷，我们不是事先说好了，见着了沛前辈，莫要以'阿香'称呼吗？"

刘幽州哈哈笑道："情不自禁，情不自禁。"

皑皑洲唯一的十境武夫，沛阿香是他们刘氏的供奉第三人。

沛阿香坐在门口台阶上。刘幽州一屁股坐在旁边。

柳岁余见着了师父，笑道："师父今儿瞧着精神气不错。"

沛阿香打趣道："见着了善财童子登门，我很难不开心。"

柳嬷嬷松了口气，还好，沛宗师在少爷这边，还是比较好说话。

刘幽州从咫尺物当中取出一件香炉，沛阿香瞥了眼，一挥手，将那香炉送到雷公庙内。

刘幽州刚刚从扶摇洲山水窟那边返回家乡，走的金甲洲、流霞洲、皑皑洲这条归途路线，在扶摇洲山水窟送出了十多件法宝，都是刚认识没多久的新朋友，算借的。

刘幽州倒是想着他们能够还自己。不是舍不得那些法宝，而是不希望那些刚刚记住脸庞的人，一个不小心就从朋友变成故人。

沛阿香问道："那个曹慈，到了十境武夫哪一层境界了？"

刘幽州摇头道："没问。"

沛阿香有些无奈。

柳岁余坐在一旁，双手一下一下轻拍膝盖，道："年轻十人当中，还有个山巅境，叫隐官来着，又是剑修，加上先前武运涌去剑气长城，多半是刘幽州认识的那个年轻人了。"

沛阿香疑惑道："怎么个意思？"关于这一茬，他还真从未听说过。

刘幽州在装模作样地整理衣领，柳岁余立即一脚踹在刘幽州身上。

在皑皑洲刘氏府邸，刘幽州的书房里边，悬挂着一幅刘幽州的亲笔画卷，拙劣得好似稚童鬼画符，画了一叶扁舟泛海，有个背剑少年立在船头。

所谓的少年身形，就是一个圆圈加几根树枝，鬼才认得那是个人。

早年柳岁余瞧见这幅惊天地泣鬼神的"大家名作"后，就问了一嘴，刘幽州就与她显摆起来，说他这水纹画法，可是得了马远《水图》的七八分精妙。当时还是少年的刘幽州，生怕柳姨不信，就随手从书桌一排笔海中翻翻拣拣，好不容易抽出一卷《水图》真迹，要让柳姨鉴定一番。柳岁余身为一位武夫大宗师，当然对那幅价值连城的神仙《水图》不感兴趣，只问那少年是谁。

刘幽州就将桂花岛渡船路过蛟龙沟那场风波娓娓道来，柳岁余便记住了那个后来登上倒悬山没有去猿躁府做客的古怪少年。

这会儿挨了柳姨打是亲骂是爱的一脚，刘幽州嘿嘿笑道："姓陈，东宝瓶洲人氏，很大方一人。"

沛阿香笑道："被你说成大方的人，得是多大方？"

刘幽州说道："我随手送人一枚谷雨钱，跟一般人送出一枚谷雨钱，当然是我小气，对方大方，道理得这么算。"

沛阿香笑道："整个猿蹂府都给人拆了卖钱，你爹没心疼？"

刘幽州摇头道："我爹只恨倒悬山只有一座猿蹂府。"

沛阿香叹了口气道："有些时候不得不承认，你们这些有钱人，真是该你们有钱。"

老妪轻声道："少爷早早就预料到猿蹂府后来的光景了，老爷对此很欣慰，说单凭这点眼光，就值一座猿蹂府。"

刘幽州无奈道："也没觉得这是什么好事，柳婆婆说这个作甚。"

沛阿香转头问道："岁余，你是山巅境，那隐官也是，争出个最强，有没有把握？"

柳岁余说道："试试看。"

两人之间，谁率先破境，还能够得到武运，其实就算分出了胜负，双方都不用真正问拳。

沛阿香举目远眺，道："都赶一起了？你们商量好的？"

柳岁余跟着师父望去，道："好像是那剑仙谢松花。除了两位新收的嫡传弟子，身边还跟着个年轻女子……"

沛阿香点点头道："纯粹武夫，年纪比你小多了，好在模样不如你，不然真是要揪心。"

沛阿香皱眉不已，站起身，自言自语道："是那远游境？怎么可能?!"

柳岁余眼力稍逊一筹，要比沛阿香晚些发现蛛丝马迹。那谢松花御剑远游，只是照顾两个弟子，但是那个年轻女子武夫，竟然无须谢松花帮忙御风。

一行人落在雷公庙外的冷清广场上。

女剑仙开门见山道："谢松花。"

沛阿香没理睬。等你谢松花跻身了仙人境，才能靠个名字就可以吓唬人。

柳岁余猛然起身，神采奕奕，她是个武痴，能够与一位剑仙，各自问拳问剑，多痛快！

谢松花瞥了眼在皑皑洲大名鼎鼎的柳岁余，笑道："说正事之前，你们先聊。"

裴钱抱拳道："晚辈裴钱，想要与沛前辈请教拳法。"

沛阿香给逗乐了，摆摆手道："没空。"

裴钱挠挠头，放下手后又抱拳致礼，干脆利落道："好的。"

既然这位沛阿香前辈不愿指点拳法，作为武学路上的晚辈，裴钱只能作罢。

武夫问拳，不是找死。

柳嬷嬷忍俊不禁，这姑娘，倒是挺有趣的。

柳嬷嬷看了眼自家少爷。

举形和朝暮两个剑仙坯子，面面相觑，原本他们已经准备好了，一个帮裴姐姐捧书，一个帮拿竹杖。

沛阿香终于来了些兴致："小姑娘得了几次最强，跻身的远游境？"

裴钱犹豫了一下，说道："只有五次。"

刘幽州张大嘴巴。五次就五次，你别"只有"啊。天底下怎么会有这样的姑娘？她叫什么名什么？刘幽州想要认识这样的江湖朋友！可以嫌钱多，却不能嫌朋友多啊。

柳岁余揉了揉眉心。沛阿香神色凝重起来。

柳岁余好奇问道："你是在哪两个境界出了岔子？"

裴钱摇摇头，闭口不言。

柳岁余笑道："你要是告诉我，我就压境在远游境，答应与你切磋拳法。"

裴钱想了想，道："前辈能不能不压境？"

我是与你问拳，而你又不是教拳，压境做什么？

柳岁余走下台阶，道："好吧，我不压境就是。"

裴钱点点头，将行山杖交给朝暮，再摘下竹箱，举形立即双手接过小竹箱。

朝暮握拳轻轻挥动，压低嗓音说道："裴姐姐，小心。"

裴钱揉了揉小姑娘的脑袋，笑道："等会儿离着我远些。"

谢松花带着两位弟子御风去往高空。

刘幽州蹲在沛阿香身后台阶上，脑袋歪斜，望向那个姑娘，轻声问道："阿香阿香，八境打九境，还是柳姨的九境，她能怎么打啊？"

沛阿香说道："你去问那姑娘啊。"

刘幽州白眼道："我遇见了好看的姑娘，一直不太敢说话的。"

柳嬷嬷笑得合不拢嘴。那个姑娘，真不算好看。

柳岁余摘下狐裘，随手丢在身后台阶上。

她一手负后，一手递掌，微笑道："马湖府雷神庙一脉，武夫柳岁余。"

裴钱一脚踏出，身形微微下沉，双手握拳，摆出一个古朴拳架，沉声道："落魄山一脉，开山弟子裴钱。与柳前辈问拳！"

正阳山祖师堂。

除了两位赶赴老龙城的老祖师，陶家老祖在内的老剑仙们今天齐聚一堂，有诸多事务需要老祖们一同决断。

在那剑修如云的北俱芦洲，哪怕是元婴剑修，给人敬称一声剑仙，兴许都会不太自在，可是在东宝瓶洲，没有这样的风俗。每一位金丹剑修，都是当之无愧的山上剑仙。

一个姿容平平的妇人，座椅位置偏后，手腕系红绳，正襟危坐，显得有些拘谨。

她管着正阳山的山水邸报和镜花水月，在正阳山上一直是个跑腿的，空有辈分，因为不是剑修，又经常外出，所以远远没有那些剑仙老祖来得让人敬畏。

尤其是在这正阳山祖师堂内，在那些剑仙老祖师眼中，这是个精明却不够聪明的女子。

苏稼最初曾是她带上山门的弟子，结果却被转送给了别峰山头，作为交换，她得了件法宝，苏稼后来被收为祖师堂嫡传，事实证明，那笔买卖是她做亏了。

不然山下是那母凭子贵，山上也有许多混吃等死的老修士，一样可以师凭徒贵。

当然，最后苏稼的下场不太好，在风雪庙神仙台，输给了风雷园现任园主黄河，剑心崩碎，连剑修身份都保不住。

不过正阳山祖师堂只是收回了那枚紫金养剑葫，而未将苏稼从祖师堂谱牒上除名，但是取消了她的嫡传身份。

众人需决议的第一件事，是商议那几位嫡传候补人选，挑选一个黄道吉日，让他们的名字正式载入祖师堂谱牒。

正阳山是大骊钦定的"宗"字头候补，所以如今已经着手准备下宗选址一事，肯定是要在那旧朱荧王朝境内的。正阳山这些年从旧朱荧王朝，吸纳了相当数量的年轻剑修，除此之外，还有个相当不俗的剑仙坯子，龙泉剑宗那边竟然眼瞎了不去好好栽培，在神秀山那边修行数年，阮邛竟然都不愿意收为嫡传。那少年到了正阳山后，破境极快，如今跟寒露峰的仙子童真，有希望结为道侣。

这第一件事，其实是小事，没什么好争执的。

第二件事，是商议正阳山第二批弟子的下山一事，先前一拨在两位老祖师的带领下，已经赶赴老龙城。正阳山与藩王宋睦，一向关系不错，还要归功于陶紫当年游历骊珠洞天，与当时还叫宋集薪的少年，结下一桩天大的香火情。

只是这第二批，谁来负责护道，该派遣哪些弟子下山，都有大讲究。分量不够，容易让大骊宋氏恼火；分量太足，正阳山容易伤了元气。所以需要好好拿捏分寸。

那位陶家老祖明显早有腹稿，给出了一番章程，众人没有太大异议。

再就是商议参与中岳山君晋青的夜游宴一事，又是小事。唯一需要上心的，是探探晋山君的口风，免得将来下宗选址一事，起了不必要的龃龉事。毕竟晋青对于旧朱荧王朝的那份情谊，举洲皆知。

接下来第四件事情，是锦上添花的好事，商议与清风城许氏联姻一事。

正阳山这边，是陶家老祖最宠溺的那个修道天才陶紫，清风城许氏那边则是城主嫡子，双方曾经一起游历骊珠洞天，这些年一直关系不错，而且双方长辈都觉得这是一桩天作之合。

早先昏招不断的清风城许氏，后来与上柱国袁氏联姻，不惜以嫡女嫁庶子，才弥补了清风城与大骊王朝的裂缝。

那手系红绳的妇人轻声问道："陶丫头自己愿意吗？"

陶家老祖眉宇间闪过一丝阴霾，只是有些话，难以启齿。

陶丫头确实不太情愿，而且陶家老祖其实也更多希冀着老龙城藩邸那边，能够有些暗示给正阳山。只是那个年轻藩王，不知是装傻，还是真将陶紫当作了妹妹。

陶家老祖给了那妇人一个眼神，妇人心领神会，说道："反正此事不急，不如先让陶丫头去老龙城那边，见一见师兄妹们？"

正阳山山主只是抚须，并无言语，沉默片刻，似乎听到了一个心声言语，才点头道："可以。"

做出这个决断后，山主神色肃穆起来，加重语气道："问剑风雷园一事，今天我们必须给出一个明确说法！"

正阳山明面上只有两位元婴剑修，一位是正阳山的山主，一位则是陶家老祖。

还有一位辈分最高的老祖师闭关多年，即将出关。

此外还有三位金丹剑修祖师。

正阳山，其实一直缺一位上五境剑仙，所以才会被风雷园李抟景一人，力压数百年。

如今李抟景已死，那么约战新任园主黄河一事，就是当务之急。那个黄河资质实在太好，正阳山绝对不能掉以轻心，养虎为患。加上黄河太过锋芒毕露，如今已是元婴剑修，极有可能成为第二个李抟景，所以此事绝对不能再拖了。

现在正阳山就得找一个合适人选，去问剑风雷园。

可无论是与黄河同境的山主问剑风雷园，还是出关即玉璞的老祖师出剑，都不合适，都差了辈分，而且后者还高了个境界。

问题在于正阳山嫡传弟子当中，还真找不出一个能够与黄河问剑的，说不定连那刘灞桥出剑，就够正阳山剑修喝上一壶。

供奉、客卿，倒是有个合适的人选，是一位旧朱荧王朝的天才剑修，昔年被誉为双璧之一，获得了旧朱荧王朝的不少剑道气运，可惜由他与黄河问剑，还是显得名不正言不顺。

除非此人愿意成为正阳山祖师堂嫡传，但即便对方脑子进水，答应此事，正阳山也可能因此事惹来中岳山君晋青的心生芥蒂，所以选谁问剑一事，几乎成了整个正阳山剑仙老祖师们的共同心病。

结果今天还是没能议论出个万无一失的方案。

陶家老祖恼火道:"实在不行,就由我舍了脸皮不要,去问剑一个晚辈!"

山主摇头道:"不妥。咱们最好能够赢得让人心服口服。"

这位陶家老祖,比自己更有希望跻身上五境。对方要是问剑风雷园,赢了还好,若是输了,或是再有个意外,死在黄河剑下,那么自己这个山主就算是做到头了。

当然,山主心知肚明,这位陶家老祖,就是摆个姿态给人看的,因为对方很清楚自己这位山主的处境。

何况对方言语极有学问,既然他陶家老祖出剑,是问剑晚辈,是舍了面皮的丢人事情,是以大欺小,那么他这山主出剑,一样不妥。

那妇人见大堂内气氛沉闷,说道:"兴许有法子让那位客卿成为祖师堂嫡传。"

她对面座椅上,一位老祖师身体微微前倾,饶有兴趣,问道:"怎么讲?成了咱们嫡传,问剑黄河,确定能赢?"

妇人摇头道:"很难。元白虽然也是元婴剑修,但是比起黄河,还是差了些,元白唯一的依仗,是他那飞剑擅长以伤换伤的本命神通。"

那老祖师扯了扯嘴角,这婆姨是诚心讨骂吗?

妇人立即小声补充了一句:"但是有机会让黄河坐实了李抟景第二,比如身份,还有……境界!不过如此一来,我们正阳山便可能输了这场万众瞩目的问剑。"

此语一出,祖师堂半数剑仙老祖师依旧不闻不问,这拨老人,一向不爱理会这些正阳山事务,痴心练剑。但是其余半数,往往是身居要职的存在,个个以心声迅速交流起来。

妇人对面那老祖师冷笑道:"那元白又不傻,今天成为咱们祖师堂嫡传后,明天就要跟黄河拼命,然后说不定就没后天了,搁谁愿意?"

妇人欲言又止。

山主皱眉道:"有话直说。"

妇人这才小心翼翼说道:"元白之所以愿意成为我们的客卿,就是希望自己能够尽量护着那拨旧朱荧出身的剑修坯子,若是我们正阳山答应此人,每甲子都会额外给旧朱荧人氏一个嫡传名额,再保证这位嫡传将来一定能够跻身上五境。以五百年作为期限,之后双方契约作废。如此一来,元白很难拒绝,说不得还要感激我们。"

妇人对面那老祖师点头笑道:"既能光明正大问剑风雷园,又能护住故国晚辈,元白确实应该感谢我们,感谢我给他一个问心无愧的死得其所,风光落幕。"

有一位老剑修突然起身,默默离开祖师堂。随后又有数位老人跟着告辞离去。

正阳山山主对此见怪不怪,陶家老祖更是懒得多看一眼。一帮冥顽不化的老不死,不是喜欢练剑,不屑耍手段吗?你们倒是有本事练出个玉璞境啊。可惜一帮废物,连个元婴都不是。正阳山靠你们,能成为"宗"字头仙家,能有下宗,能力压龙泉剑宗?靠你们这些练剑数百年都没机会出剑的老废物,正阳山就能成为东宝瓶洲山上的执牛耳者?!

妇人惴惴不安。她大概当下在后悔自己的多嘴了。

山主望向妇人,难得多了些笑意,道:"此事就这么说定,你去说服元白成为祖师堂嫡传,事成之后,我们立即放出话去,元白要问剑风雷园黄河。"

妇人轻轻点头。

山主心情大好,再看这个妇人就有些顺眼了。

整座正阳山,只有他知晓一桩内幕,苏稼当年被祖师堂赐下的那枚紫金养剑葫,曾是这妇人寻见之物,她很知趣,所以才为她换来了祖师堂一把座椅。此事还是早年自己恩师泄露的,要他心里有数就行了,一定不要外传。在恩师兵解之后,知道这个不大不小秘密的,就只有他这山主一人了。

山主说道:"最后一件事,说一说那个刘羡阳。"

说到这里,山主看了一眼陶家老祖,颇有怨气。早年陶丫头和护山供奉一起游历骊珠洞天,不承想既没能取回那部剑经,又没能斩草除根,连一个当窑工的乡野少年都没解决干净,结果就留下了这么大一个隐患。虽说当时因为李抟景还在世,而那刘羡阳的本命瓷,据说一路辗转到了风雷园手中,所以那只搬山猿有些顾忌,出于为正阳山考虑,不宜与当时的风雷园彻底撕破脸皮。

可如今想来,还是让山主觉得头疼不已,万事最恨一个"早知道"!

陶家老祖转过头,下巴抬起,点了点那妇人,然后与山主说道:"按照她的情报,刘羡阳如今是龙泉剑宗祖师堂嫡传,由于刘氏祖辈曾是醇儒陈氏先祖坟地的守墓人,后来在南婆娑洲醇儒陈氏求学十年,如今刘羡阳是什么境界了?与风雷园私底下有无接触?"

妇人起身,从袖子里取出一页纸,陶家老祖伸手一抓,先行浏览起来。

山主神色自若,对此不以为意。

陶家老祖皱眉道:"尽是些鸡毛蒜皮的破烂事!既然能够成为阮邛弟子,他如今是什么境界?是不是剑修,飞剑本命神通为何?在南婆娑洲醇儒陈氏求学期间,可有什么人脉?这些都不清楚!"

陶家老祖将那张纸推到山主那边,山主看完之后,道:"照着情报来看,这刘羡阳少年时就是个藏不住话的,还爱出风头,返回家乡之后就没有跟人谈及求学经历?"

妇人摇头道:"性情变化很大,虽然喜欢每天闲逛,但与街坊邻里言语,只聊些家乡故人故事,从不提及醇儒陈氏。甚至整个槐黄县城,除了曹督造在内的几人,都没几个人知道他成了龙泉剑宗弟子。而神秀山上,龙泉剑宗人数太少,阮邛的嫡传弟子,更是屈指可数，不宜刺探消息，免得与阮邛关系交恶。阮邛这种性情的修士，既是大骊首席供奉，又有风雪庙当靠山，据说与那魏剑仙关系不错，还是与我们大道相争的剑宗，我们暂时好像不宜过早招惹。"

陶家老祖哈哈笑道："倒是说了几句颇有见识的正经话。"

山主没来由感慨道："若是有个魏晋，我正阳山何愁未来，我就算给魏晋让出山主位置，都是可以的。"

魏晋先后两次问剑北俱芦洲天君谢实，当之无愧的东宝瓶洲剑仙第一人。

妇人置若罔闻。

山主问道："刘羡阳的本命瓷，确定在那风雷园手中？"

妇人点点头："应该无误。"

山主伸出手指揉了揉太阳穴，道："事已至此，算是死仇了，尤其是这些吃不得半点亏的年轻人，最记仇。万一以龙泉剑宗的嫡传身份，与我们问剑，到时候正阳山该对他如何处置，是打死还是不打死？怎么看都是个麻烦。万一再与那风雷园勾连起来，使得风雷园与龙泉剑宗一起针对我们正阳山，哪怕问题不大，终究不美。"

妇人试探性说道："我有个想法，山主听听看。"

山主欣慰笑道："说说看，若是真能成事，解决一个潜在麻烦，我们正阳山一向赏罚分明。"

山主说到这里，瞥了眼一张空着的座椅，比那妇人位置靠前几分。

妇人心领神会，立即露出笑颜，只是突然犹豫起来。

山主更是善解人意，说道："今天商议，已无大事，各位只管回去修行练剑。"

又有一些老剑修起身离去，祖师堂便空了一半。

那妇人这才说道："我们琼枝峰有一名女修，先前游历狐国的时候，与那清风城一名骊珠洞天出身的卢氏子弟，相互爱慕，咱们不妨顺水推舟，让他们喜结连理，结为一双山上神仙道侣，再与清风城许氏打个商量，让那男子入赘正阳山。此人祖籍大骊槐黄县，出身福禄街卢氏，与那刘羡阳更是死仇。那卢氏子弟，早先就差点将刘羡阳打死在一条陋巷，后来陶丫头游历骊珠洞天那次，此人亦是被清风城许氏妇人相中，帮忙带路，所以刘羡阳对此人一定怨气不小。"

山主点头，大致意思已经明了，又是一个意外之喜，难不成眼前这个始终恪守规矩、不太喜欢出风头的妇人，正阳山真要将她重用起来？

妇人继续说道："我们婚宴办得热闹些，然后故意放出风声给槐黄县城那边，刘羡阳肯定会听说。冤家宜解不宜结，就算刘羡阳大闹婚宴，打杀了那卢氏子弟，总好过刘羡阳将怨恨憋在心里。闹过之后，其实是好事，他往后就没借口与我们正阳山纠缠了。"

坐在妇人对面的那位老祖师，再次笑眯眯开口道："妇人之仁。"

妇人没有反驳什么。

那老祖师说道："只要刘羡阳在婚礼上敢出手，我就能让那卢氏子弟死得恰到好处。不仅如此，还要让那刚刚穿上嫁衣没多久的琼枝峰弟子事后殉情。至于她是真死还是假死，还不都是由我们说了算。大不了让她学那苏稼，隐姓埋名，反正正阳山不会亏待她。我就不信闹出这么一场，阮邛还有脸护着那个刘羡阳。"

妇人轻声道："晏祖师远见。"

那老祖师身体后仰，靠着椅背，道："好说。"

山主说道："还得再想一个让刘羡阳不得不来的理由。"

陶家老祖笑道："简单，让那清风城许氏家主顺便参加婚礼。他如今身上还穿着刘羡阳祖传的那件瘕子甲，相信清风城比我们更希望刘羡阳早早夭折。"

妇人轻轻呼出一口气，似乎今天说了这么多，让她有些疲惫。

正阳山一处对雪峰上，一对主仆在建造于崖畔的仙家府邸廊道中赏景。

主人正是旧朱荧王朝剑修元白，他身边婢女名叫流彩，在外人跟前，就是个面瘫，死气沉沉，长得还不好看，极其不讨喜。

元白有些黯然神伤，没有想到只是出门游历了一趟皑皑洲，就已经家国皆无。

婢女的家乡，其实不算完全意义上的浩然天下，而是皑皑洲那座享誉天下的天井福地。

天井福地是皑皑洲刘氏的私人家产，最早发现之时，还是座灵气稀薄的下等福地，后来硬生生靠神仙钱砸成了上等福地。天井福地每年都会有那"天女散花"的盛况。每年开春，刘氏家族的年轻女子便身穿七彩法袍，抛撒雪花钱。就连玉圭宗姜氏掌握的云窟福地，都没办法跟天井福地媲美。只可惜天井福地受那无形大道压制，至多就是上等福地了。

不过，没办法提升福地品秩，也难不住皑皑洲刘氏财神爷。传闻其嫡子刘幽州，小时候不小心说了句玩笑话，"砸出个小洞天来，以后就是我的修道之地了"，皑皑洲财神爷便觉得此事可行，在那之后，看刘氏砸钱的架势，仿佛就是个无底洞，也要用雪花钱给它填平了。

所以浩然天下一直有个谐趣说法，谁能嫁给皑皑洲刘幽州，谁就是天底下最有钱的管家婆了。

元白转头看着流彩，轻声道："放心吧，我会帮你找到那位福地旧主人。"

流彩点点头。

一位从祖师堂御风而至的妇人，落在廊道中。

元白与她相互行礼。

妇人面有为难神色，以心声言语，与元白说了先前正阳山祖师堂那个提议。

元白听过之后，毫不犹豫道："我答应了。"

妇人轻轻叹息。

到了正阳山就足不出户的元白笑道："前辈不用如此。"

在妇人离去后，元白对那婢女愧疚道："流彩，我争取帮你讨要一个正阳山嫡传身份，作为你未来修行路上的护身符，找你主人一事，我恐怕要失约了。"

婢女点点头道："没关系。"

妇人缓缓御风回了自家山头，正阳山规矩森严，每一位修士的御剑御风轨迹，皆有定例，高低都有讲究。

到了十分简陋的修道之地，妇人嗤笑一声，她坐在一张蒲团上，伸手捻动手腕上的那根红绳，想起正阳山和风雷园的那点仇怨，好一个泥娃儿到水里打架，螃蟹进锅里翻浪。

她现在唯一感兴趣的事情，是久未露面的师兄，为何会破天荒主动找到自己，还要她帮忙照顾那个从皑皑洲天井福地走出的流彩，也不用多事，保证流彩不死就行了，此外都无所谓。

可她绝对不敢有任何多此一举的举动，更不敢在流彩身上动手脚，不然以她的一贯作风，那流彩，与元白，再与刘羡阳，是可以有些姻缘的。

师兄之天算，堪称匪夷所思。不然也无法凭借一己之力，压过整个中土阴阳家陆氏。

她至多是玩弄、操控一洲剑道气运的流转，再以一洲大势砥砺自身大道罢了。

但是师兄却远远不止于此，她那师兄眼中，仿佛一直看着所有的天下。

她自言自语道："师兄，何为以一消一？"

龙须河畔的铁匠铺子，刘羡阳坐在竹椅上晒着太阳打着盹。

先前从神秀山那边得了两份山水邸报，让刘羡阳很乐和。

前一份邸报是关于那数座天下的年轻十人，最新一份，则是列出了候补十人。

刘羡阳既佩服两份评点的幕后人，又佩服那些很快就能给出更多详细内幕的情报。

这些个山上神仙，难道成天没事就喜欢逛荡来晃荡去打探他人消息吗？

刘羡阳瞬间退出痴呆状态，一抬头，笑着打招呼道："余米兄。"

原来是被魏山君丢到自己跟前的剑仙米裕。

米裕拎着张竹椅，坐在刘羡阳一旁，然后递给刘羡阳一把瓜子。

两人一起嗑着瓜子，米裕笑道："披云山那边刚刚得知，福禄街那个姓卢的年轻人，要跟正阳山琼枝峰一名仙子结为道侣了。"

刘羡阳笑呵呵道:"那么清风城那位许城主肯定也会在婚礼上露面了。"

米裕愣了一下,道:"你没想着去那边砸场子?我可是都做好打算,要陪你一起走趟正阳山了。"

刘羡阳吐出瓜子壳,笑道:"我家小平安,是不是与你早早打过招呼了,要你盯着我点,不让我意气用事?"

米裕摇头道:"还真没有。"

刘羡阳大怒道:"这家伙如此没良心!都没让余米兄为我护道?!他娘的有了媳妇就忘了兄弟,大概是忘记猴子偷桃的滋味了。"

米裕有些头疼。刘羡阳这家伙的脑子,转得不太合常理啊。不愧是隐官大人的兄弟!

刘羡阳继续嗑着瓜子,弯着腰望向远方,道:"要是没有那份山水邸报,我就真去正阳山走一遭了,可既然小平安还活着,那就两说,以后等他一起吧。他不仗义,我仗义啊。"

米裕笑道:"候补十人,有个杏花巷马苦玄。"

刘羡阳点头道:"可怜的搬柴兄,与马傻子每天朝夕相处,肯定恶心坏了。"

米裕疑惑道:"搬柴兄?谁?"

刘羡阳解释道:"泥瓶巷那个宋集薪,如今的藩王宋睦。"

米裕不再多问,这些与隐官大人有关的陈年往事,米裕兴趣不大。

刘羡阳嗑完瓜子,双手抱住后脑勺,无奈道:"刘大爷不济事啊,别说两份榜单都没有登榜,就连先前北俱芦洲选出的东宝瓶洲年轻十人,一样没我,难道是因为我没找到媳妇的缘故,不然没理由比小平安差啊。"

米裕听过就算了。

他感兴趣的,当然是那两份榜单。

新鲜出炉的候补十人,一样没有先后名次。

除了真武山马苦玄,还有蛮荒天下王座大妖刘叉的首徒,背篓。

青冥天下大玄都观,剑仙一脉的某位女冠。

守心寺的一位僧人。

符箓派修士蜀中暑,出身于流霞洲的天隅洞天,洞主独子,他诞生时便有祥瑞异象,恰逢中秋夜,太液池有白莲数枝盛开,有神女怀捧白玉灵芝,亲手为其赐福,点额头。不但如此,还赠送一株解语花,先后花开六瓣,各有一字,"一语天然万古",即将开出第七瓣,多半会是个"新"字。

竹海洞天的少女纯青,是那位青神山夫人的唯一弟子。精通炼丹、符箓、剑术,武学技击,无所不精。纯青也是年轻十人、候补十人当中,唯一一个年龄详细到年月日的存在。

青冥天下,不被白玉京认可的米贼一脉,道士王原箓。

中土神洲一个叫许白的年轻人,出身于一个藩属小国,那有一处位于市井的许愿桥,守桥人姓许,有个儿子,少年风姿卓绝,好似谪仙人,故而绰号许仙。据说许白在年幼读书时,便有神人仙灵在背后帮忙燃灯照明。后来夜宿桥上,少年梦见有一老道人曳杖而来,癯然山野之姿,似有道气者。少年似睡非睡,骤然点灯之后,人在星海鱼在天。

流霞洲一个福缘深厚的年轻人,给了个梦游客的古怪说法。

青冥天下,捉刀客一脉的一位纯粹武夫。年近五十,山巅境瓶颈。

除此之外,候补十人,也有第十一人,因为先前那个隐官,有了"第十一"的说法,所以此人就有了个"二十二"的绰号。

此人并不算长的人生,简直就是一部最神怪志异的传奇小说,最早资质尚可,故而只是成为宗门的外门不记名弟子,受尽白眼,历经坎坷,情伤亦有,然后在一次下山历练途中,为了救下他人,不幸遇难,最终沦为半死不活的鬼物。

当他重见天日之时,竟手握一座洞天。

年纪轻轻,就是一座宗门的宗主。重新整肃宗门,宗门之内有一大堆的祖师爷,偏偏能够服众。

传闻与游历青冥天下的儒家亚圣,自家天下的白玉京三掌教陆沉,玄都观孙道长,以及炼丹第一人,都有过交集,他们皆有传授道法或学问。

他的神仙眷侣,更是惊世骇俗,是另外一座宗门的飞升境开山祖师。

双方无论是年纪、修为还是身份,都极为悬殊。

关键是两座宗门之间,本是结仇数千年的死敌。

所以当双方成为道侣之后,几乎半座青冥天下的修士都在瞠目结舌。

刘羡阳摇晃着小竹椅吱呀作响,喃喃道:"流霞洲梦游客,有那么点意思。"

如今许多东宝瓶洲修士,除了备感与有荣焉,更是扼腕痛惜,风雪庙魏晋刚刚过了五十岁,藩王宋长镜也是一样的道理。不然先有宋长镜和魏晋共同跻身年轻十人,分别占据一席之地,又有马苦玄紧随其后,跻身候补十人。

数座天下,两份榜单,总计二十二人。浩然天下最小的东宝瓶洲,就会是独占三人的气象!

刘羡阳突然转过头,盯着米裕,一本正经道:"余米兄,你长得如此风流倜傥,以后落魄山要是有那镜花水月的活计,肯定能挣大钱。到时候你带带我啊,我给你当绿叶!"

米裕目瞪口呆,突然有点明白当年隐官大人的真诚眼神了。

所以米裕立即挺直腰杆,这种事情,在所不辞,理所应当,更是灵光乍现道:"拉上魏山君一起,有福同享!"

刘羡阳赶紧道:"再来点瓜子,庆祝庆祝。"

米裕又摸出一把小米粒赠送的瓜子,分给刘羡阳一半。

第三章
朱颜敛藏

热热闹闹的清风城,三教九流融洽杂处。熙熙攘攘,都是求财。

许氏又有那狐国,所以这座清风城,是东宝瓶洲出了名的英雄冢温柔乡。

一个开设香料铺子的年轻男子,名叫颜放,岁数应该还没到而立之年,可是他的眼神,好像早已到不惑之年,气态雍容,好似家道中落的贵公子。

前些年在这边落脚,在山上神仙满大街的清风城,这个掌柜,还是不起眼。

与香料铺子打交道的,自然都是女子,多是家境殷实的妇人,或是爱美的少女。

这样的一个男人,又卖着香料,哪怕待客算不得殷勤,只能算是礼数周到,生意也不会差的。

女子的发髻、珠钗、衣饰,这位掌柜什么都懂。

年轻掌柜喜欢逛书肆买书,于是结识了一个家境尚可的书商朋友。

那书商家底丰厚,清风城的书肆买卖,属他最大。只是在这清风城,就算不得什么大富大贵的门户了,相较于那些神仙往来的豪门府邸,根本不够看。

今天颜放被那书商拉着去家中喝酒,喝高了,书商就开始与颜掌柜称兄道弟,开始诉苦自己在清风城的立足不易,嫁个如花似玉的女儿都那么坎坷,竟然会被那未来亲家瞧不起,说自己这份产业,搁在任何一个藩属小国都算富甲一郡了,结果在这清风城竟然会被人嫌弃门槛太低。

而他那个原本幽怨不已的女儿,其实如今早已不再每天以泪洗面了。就像今天,她便隔三岔五来问父亲酒菜够不够。

颜掌柜便给了一条颇为奇怪的生财之道，拧转酒杯，缓缓道："袁兄，我未必能够帮你挣大钱，但是可以帮你子孙三代有笔细水长流的收入。"

书商愣了愣，小声道："老哥我洗耳恭听。"

颜掌柜笑道："我自认书、画、文、篆刻，还算精通，又不至于太好，注定成为不了什么大家，但是靠这个做点营生，还是不难的，只不过我缺那本钱，袁兄刚好有，刚好拿来献丑了。袁兄是清风城最大的书商，那么版刻书籍，就很容易了，每隔一年，我负责为袁兄编撰出一部印谱，一百方印章，东拼西凑个九十七八方，都是千真万确、有据可查的大家手笔，其余几方才是假。"

书商疑惑道："作假？怎么卖？不是老哥信不过你的篆刻，实在是兜里有大钱的，个个人精，不好糊弄啊。"

颜放抿了一口酒，笑道："我曾看过不少各国史书、地方县志，打个比方，我帮袁兄篆刻一枚模仿篆刻名家的印章，印文故意更改名字、字号的某个文字，故意给出一个看似破绽、又非漏洞的地方。事实上，偏偏是符合族谱记录的，所以这笔买卖，是定然挣不着俗人兜里钱的，得挣那些看书够多够杂的斯文人，只要稍稍考据一番，他们反而会误以为捡了个大漏。类似这样的偏门法子，还有许多。"

书商略微心动："真能成？"

颜放瞥了眼屏风后的女子，笑道："事先说好，若是让袁兄亏了版刻印谱的钱，我便喝罚酒，与袁兄赔罪、赔钱；若是将来挣着了钱，袁兄记得请我喝上一壶仙家酒酿。"

一番详细计较过后，书商觉得此事多半可行，最后摇摇晃晃起身又落座，只得让那女儿送颜掌柜离开。

等到女儿返回后，书商已经端坐酒桌旁，问道："你确定了，真是那旧朱荧王朝渝州地带的口音？"

那女子点头道："可惜不是剑修，是个六境武夫，不过已经很天才了。只要能够确定对方是朱荧遗民，就可以招徕。"

书商皱眉道："不像是个贪财之辈，谈吐风雅，十分不俗。"

女子玩笑道："袁兄将他真心实意当兄弟，可惜他却想要当袁兄的女婿。"

书商忍俊不禁，摇头道："你这狐媚子，未必能够让此人真正动心，若说让他死心塌地为我们许氏所用，更是痴心妄想了。"

女子犹豫了一下，说道："可以让我家老祖亲自出马。"

"说笑话吗？！"书商随后跟着犹豫起来，开始权衡利弊，"不至于如此兴师动众吧，除非……"

女子点头道："除非此人能够跻身金身境，最好还有一丝希望，成为远游境大宗师。我们清风城，不缺文运，最缺武运！"

书商说道:"不着急,再观察一段时日。你家老祖要不要现身,不是你我可以决定的,得问过夫人才行。"

那颜放醉醺醺走回自家铺子,神色落寞,喃喃自语:"朱雀桥边,乌衣巷口,王谢堂前,百姓家中。昨日何日,今日何日,明日何日……落雪时节与君别,落花时节又逢君……不喝酒时,心想事成。喝酒醉后,美梦成真……"

背后一个行人快步而行,不小心撞到了颜放的肩头,不料那人反而一个趔趄,说了声对不住,继续快步离开。

此人绕路返回书商家中,将那年轻掌柜的言语一字不差说了遍,然后说道:"六境武夫的底子,很好,甚至会让我怀疑此人是不是已经七境了。"

书商和那女子对视一眼。眼前这位临时借调而来的武夫,是一位货真价实的六境武夫。

至于那个颜放会不会因此起疑,根本不重要了,说不得没多久就是清风城同僚。

临近自家香料铺子,在一条与骑龙巷有些相似的僻静小街上,颜放缓缓走下台阶,在巷子底部有个被大白鹅追赶的棉袄小姑娘,脏兮兮、黑乎乎的,先一边笑一边跑,被啄后,一边跑一边哭。

颜掌柜驻足停步,看着那一幕,他眯眼而笑的时候,神色温柔。

一个女子刚好在巷子下边,缓缓拾级而上,当她抬头瞧见了那一幕,便再难释怀。

颜放与那女子擦肩而过,微风拂过颜放的鬓角,他身形微微摇晃,身上既有腰间那枚香囊的清淡香味,又有些酒香。

当男子眼中没有女子的时候,反而可能更让女子放在眼中。

颜放回了暂时关门的铺子,时辰还早,已经有些女子在那边等着,抱怨不已,等到瞧见了年轻掌柜,便又立即笑靥如花。

今天生意还是很好。

虽然铺子尚未打烊,但是终于暂时没了客人,颜放端了条小板凳坐在门口,又看到了一对青梅竹马的少年少女,结伴在街上走过。

片刻之后,少年原路返回,来到颜放这边蹲下身,闷闷道:"掌柜,我没敢将那香囊送给她。"

然后少年抬起头,自己给自己打气:"明天吧,明天一定送给她!"

颜放微笑道:"没关系,你送了一份礼物给她,她也收下了。比香囊更好。"

少年纳闷道:"我什么都没送给她啊。"

颜放笑道:"送了的。还是一盒胭脂。"

少年摸不着头脑,问道:"啥?"

颜放抬头望向天边云霞,轻声道:"你用心看她时,她会脸红啊。"

少年想了想，似懂非懂。

颜放拎起小板凳，关了铺子。

回了后院，等到一缕不易察觉的气机涟漪渐渐散去，颜放依旧躺在一张藤椅上，轻摇折扇，凉风徐来。

这些年在清风城，这个外乡生意人，都是如此慵懒的。

手中折扇，自古便有凉友的雅称，又被誉为障面。

之后某天，有个带着两位丫鬟的妇人，来此购买香料，眼光比较挑剔，颜放斜倚柜台，妇人问什么，便答什么。

再后来，香料铺子生意太好，颜放嫌弃实在太忙碌，便雇了一位女子帮忙。

不料，铺子生意反而一落千丈。

颜放依旧不太上心，将铺子生意交给那女子打理，自己躲在后院纳凉摇扇。

那女子在月色中，掀起一道竹帘，站在后院门口，望向那个躺在藤椅上的年轻掌柜，笑问道："知不知道我是谁？"

颜放依旧摇晃玉竹折扇，懒洋洋道："反正不是那位许氏夫人。"

女子说道："你其实见过她的。"

颜放哦了一声。

女子说道："我知道，你覆了一张面皮，你若是愿意以真容见我，我便以真容见你。"

颜放合拢折扇，轻轻旋转，最后一把握住，轻轻敲打额头，道："可是我习惯了你现在这张面容啊。"

女子有些羞恼，轻咬嘴唇，然后蓦然瞪眼道："既然早就知道我不是什么市井女子，为何一直假装不知？还是说你其实对清风城有所图谋，故意将我留在身边？"

颜放稍稍转头，望向那施展了障眼法的女子，微笑道："你说了算。"

女子问道："你到底是谁？"

颜放收回视线，望向天幕，道："我啊，烂醉鬼一个。"

女子嗤笑道："如果我没有记错，你从不喝酒。"

他随意道："明儿就喝。"

那个即将成为清风城许氏供奉的年轻掌柜，还有一道关隘要过。

但是女子与他朝夕相处久了，破天荒有些不忍心。

可一想到清风城许氏家主的手腕，以及自己的寄人篱下，她还是撤去了障眼法，然后轻轻喊了声颜放。

他闻声缓缓转头，立即打开折扇，遮掩自己的脸庞，不再看她，微笑道："原来是狐国之主，人间真有眼福。"

女子皱紧眉头，大袖一挥，将他那手中折扇拍飞出去。

她瞬间来到他身前，伸出并拢手指，抵住他的眉心处，然后问了几个问题。

她松了口气，收回手指，看着好似昏睡的年轻人，她抿嘴一笑，重新伸出手指，抵住他鬓角处，轻轻一扯。

随后她身不由己，后撤数步，瞪圆眼眸，一手掩嘴，一手捂心口。

那人微皱眉头，清醒过来，睁开眼睛，冷声道："滚出去。"

她稳了稳心神，笑道："哟，原来是一位深藏不露的金身境。"

他伸手一抓，将那折扇驾驭在手，站起身，蓦然而笑，走到她身边，以并拢折扇轻轻敲打她的脸颊，他眯眼而笑，轻声道："乖，以后当我丫鬟好了。以身相许就不必要了，你其实并不好看，我怕吃亏。"

她微微侧头，偏移视线，继而又与他对视，抬手推开那把玉竹折扇，笑道："不愧是个烂醉人，很喜欢说醉话。"

被推开折扇，他反手就是一巴掌甩在她脸上。

她似乎有些懵。堂堂狐国之主，元婴境修士，竟然挨了一耳光？

他竟是好似没事人一般，抬头望向夜幕。她嫣然一笑，竟是转过身，安安静静，陪他一起看那夜幕。奇了怪哉，一轮圆月竟是恰好没入云中。

明月躲云中，羞见身旁人。

他聚音成线，问道："我已经等你多年，不能主动找你，只能等你来见我，等你主动现身。接下来我的言语，不是醉话，你听好了。"

她开始天人交战，凭借直觉，不敢听他接下来的言语，她嘴上却是说道："你马上就会是清风城许氏的三等供奉了。"

他笑道："我当然会继续当这个供奉的。"

她摇头道："劝你别说多余的话，容易画蛇添足，一个金身境武夫，稍稍努力，将来是有希望成为头等供奉的。"

然后她心中悚然，不对劲！此人绝对不会只是什么金身境！

果不其然，那人无奈道："可惜我没那么多闲工夫啊，至多再待三年，一座清风城，实在没资格让我消耗更多光阴。"

她冷笑道："你会死的。可能是今晚，至多是明天。"

他自顾自说道："想不想搬迁整座狐国，去一个身心自由的地方？最少也不用像如今这样，每年都会有一张张的狐皮符箓，随人离开清风城。

"我不是六境七境八境，而是山巅境。

"若是不答应，我就只能一拳打死你了。"

她颤声道："你是不是疯了?!"

他以折扇抵住下巴，笑容醉人，道："算了，委实是舍不得打死姑娘啊，你要是不答应,就去与那位清风城许氏夫人通风报信好了,然后让那位城主来打死我,我正好领教一下东宝瓶洲上五境之下第一人的能耐,前提是他舍得毁掉半座清风城。但是如果你答应,我就与你详细说搬迁一事的具体步骤,三年足矣。听过之后,你应该可以确定,我不是与你痴人说梦。"

她转过头,死死盯住那张侧脸。即便不敢多看,也要多看。此人的胡说八道,到底是让她有一丝心动的。只是不知为何,她觉得他好像更期待自己的不答应?

他从袖中取出一张面皮,轻轻覆盖在脸上,与先前那张年轻面容,一模一样,动作轻柔且细致,如女子贴花黄一般。他好像早就预料到会有这一天,会被她亲手撕下面皮,而她又会答应他的那个要求,所以才用得上这张面皮。

他躺回藤椅。

她始终站在原地,只是转头望去,再不见先前容颜,让她如释重负,又有些惋惜。

她问道:"你真名叫什么?"

他以折扇指了指那张竹帘。

竹帘,谐音朱敛。

而清风城许氏,对那昔年骊珠洞天的那座落魄山,十分上心,她作为关系着清风城半数财源的狐国之主,还是清楚这件事的。

她怒道:"你真以为我不会告诉清风城?!"

如果不是此人自己主动泄露天机,她如何都无法相信,眼前此人,会是落魄山上那个常年身形佝偻的老管家!

朱敛挥动那把合拢折扇,道:"过来揉肩。"

她脸色阴沉:"信不信我这就传信那位夫人?"

朱敛说道:"你自己信吗?"

她颓然道:"你说说看那些步骤,我听过之后再做决定。"

不料那朱敛以折扇敲肩,她一咬牙,走过去,蹲下身,正要忍着羞愤,帮他揉肩。

不承想朱敛侧身而躺,与她对视。

他笑道:"今晚莫要偷溜进我屋子,大夏天的,不用暖被窝。"

她鬼使神差道:"揭了面皮吧。"

他用折扇轻轻敲打了一下她的额头,然后重新躺好,道:"如此明月夜,你我煞风景。"

她怔怔无言,突然说了一句先前朱敛说过的言语:"可是我习惯了你现在这张面容啊。"

朱敛嗯了一声。

她问道:"你真是山巅境武夫?"

朱敛轻轻点头。

崔前辈已逝，李二更早就离开了东宝瓶洲。

自家公子远游未归，就连裴钱都去了他乡。

如今的东宝瓶洲，就只剩下个宋长镜是十境武夫。

他这要还没办法赶紧成为十境武夫，面皮再多，也没脸见人了。

只是还缺一两场架，所以先前身旁这位狐国之主的直觉，半点不错，这个武疯子，是真心希望她传信清风城许氏。

昔年在那家乡藕花福地，贵公子朱敛闯荡江湖，以大醉酣畅出拳时，最让女子心动心醉，真会醉死人。

她拎了一张板凳，坐在藤椅旁，与他一起赏月。

两两无言。

朱敛轻轻打开折扇，扇动阵阵清风。

清风依次拂过两人鬓角。

她说道："朱敛，狐国真能成功搬迁到落魄山吗？我真的可以相信你吗？我怕死惜命，更怕整个狐国被我连累。"

他说道："先相信自己，再来相信我。不然三年之内，你就算愿意涉险与我共事，也会露出马脚。那位许氏夫人，脑子比你好。你不是她的对手，我才是。"

她沉默许久，最终忍不住问道："你这样的人，为何甘心为落魄山卖命？"

他答非所问："谁人不是笼中雀，哪个不是人间客？"

朱敛朱敛，朱颜敛藏。

马湖府雷公庙外，沛阿香由衷赞叹道："好拳。"

似乎"好拳"二字，还不足以说尽此拳之妙，沛阿香伸手轻轻摩挲膝盖，眼神熠熠，频频点头，补充道："单说拳法绵延之长，拳意累加之重，我不如此拳开山祖师。真是好拳，好一个瀑布挂天，拳法颇高，拳头落地就极重。"

世间十境武夫，没有一盏省油灯。能够让一位心高气傲的止境武夫，如此由衷推崇别家拳法的高妙，其实相当不易。

原来那个自称裴钱的小姑娘，同一种拳意，竟然能够接连递出十七拳，拳拳击中沛阿香的最得意弟子柳岁余。以至于柳岁余不得不打断了那份拳意，再不敢任由裴钱累加拳意。

躲在沛阿香身后的刘幽州伸长脖子，轻声嘀咕道："接连十多拳，打得柳姨只有招架功夫，毫无还手之力，实在是太夸张了。这要传出去，都没人信吧。"

沛阿香笑骂道："你懂个屁，小姑娘这十七拳，只算一拳。"

雷公庙外的广场上，拳罡激荡，沛阿香一身拳意缓缓流淌，悄然护住身后的刘幽州。

至于那个柳嬷嬷就没有这份待遇了,哪怕老妪是地仙境界,只是远观看拳,依旧略感不适。

广场上被那拳意牵扯,处处光线扭曲,晦暗交错,这便是一份纯粹武夫以双拳撼动天地的迹象。

柳嬷嬷倒是不担心岁余会输,皑皑洲的武夫千千万,当然是雷公庙沛阿香境界最高,可一洲武运,只要岁余能够以最强跻身山巅境,就会是岁余最多。柳岁余得过三次最强,说来古怪,按照她师父沛阿香的推衍,根据天下武运的去留迹象,柳岁余几次与最强二字的失之交臂,好像都与那小小东宝瓶洲有关。

这意味着大骊宋长镜之外,最少还有两位至少九境的大宗师隐匿其中。

刘幽州感慨万千,缓缓道:"我听说过东宝瓶洲落魄山,与披云山那尊北岳山君魏檗关系莫逆,牛角山渡口的生意很不错,如今与北俱芦洲披麻宗、春露圃做着不小的买卖。只是不曾听说有这么一号拳法通天的年轻姑娘,东宝瓶洲真是一个古怪地儿,米粒大小的地盘,总是让人意外。武夫宋长镜,剑仙魏晋,修士马苦玄,真不差了。"

沛阿香打趣道:"你小子胳膊肘往哪拐的?当自己是嫁出去的闺女了?"

刘幽州惊讶道:"柳姨总算出拳了!"

听他语气,似乎柳岁余从头到尾挨拳头不还手才正常。

沛阿香只好为这个门外汉耐心解释道:"这个小姑娘既是问拳,又是客人,而岁余的年纪和境界,都算对方的前辈,还是半个东道主,按照江湖规矩,当然要先接一拳,所以就有点吃亏。当然,小姑娘将这一拳,打磨得炉火纯青,是根本,对方拳好,咱们得认。至于岁余这一拳,是我当年见那蛟龙渡江而悟出的大江横式,当然不会太差。"

其实弟子柳岁余打断对方拳意的这横江一拳,亦是妙不可言,尽得沛阿香之真传。

当然柳岁余身为拳意大圆满的山巅境,比对方裴钱高出一境,也很重要。

不然若是同为远游境,估计这场问拳,只凭裴钱这一拳,双方想要分出胜负,就只能靠分出生死了。

柳岁余不但一拳打断了对方拳意,第二拳更砸中那裴钱太阳穴,打得后者横飞出去十数丈。

裴钱脑袋一晃,身形在空中颠倒,一掌撑在地面,蓦然抓地,瞬间止住,横移身形向后翻去,刹那间,柳岁余就出现在裴钱一侧,递出半拳,因为裴钱并未出现在预料位置,若是裴钱挨了这一拳,估计问拳就该结束了。九境巅峰一拳下去,这个晚辈就需要在雷公庙待上个把月了,安心养伤,才能继续游历。

柳岁余收回那半拳,却没有追赶裴钱身形,而是驻足原地,这位山巅境武夫,心中有些讶异,小姑娘体魄坚韧得有点不像话了。

沛阿香笑道:"你要是能够让小姑娘成为刘氏供奉,你爹最少能赚回来一座倒悬山猿蹂府。"

刘幽州摇头道:"我爹叮嘱过我,千万千万别轻易与真正的好朋友做买卖,很容易朋友当不成,买卖难善终,怎么都是亏的。"

刘氏有条祖训,天下钱财分两种,一种是实打实的神仙钱,一种是人心。

沛阿香讥讽道:"小姑娘怎么就是你朋友了?你问过她,她答应了?"

刘幽州默不作声,看着那个年纪不大的好看女子,她比雪花钱微微黑。

雷公庙高空,谢松花些许剑气流溢如浮云,让两位嫡传弟子有立足之地。举形手捧竹箱,朝暮手持行山杖,她发现这根绿竹杖入手极沉,师父便解释了,这根行山杖施展了障眼法,真实材质是类似雷池浆液凝聚而成,被人炼为行山杖样式而已。结果朝暮说行山杖里边好似有丝丝缕缕的纯粹剑意,谢松花接过手后,仔细感受那几份剑意后,微微叹息,说这是你们剑气长城女子剑仙周澄的馈赠。

举形问道:"师父,裴姐姐现在的武学境界,能够跟元婴修士媲美吗?"

谢松花说道:"只要是剑修之外,裴钱对敌元婴,也有几分胜算。"

不过这位女子剑仙很快改口:"胜算极大才对。"

因为裴钱一旦经历生死战,极有可能再次破境,山巅杀元婴。

裴钱见那柳岁余收拳停步,便只好跟着稳住踉跄身形,她微微皱眉,似乎在奇怪为何这位柳前辈没有乘胜追击,这使得她的一记后手拳招落了空。先前太阳穴一侧挨了那柳岁余极沉一拳,当然不太好受,只是裴钱还真不觉得这就有损战力了,不然她的竹楼练拳多年,李二前辈的狮子峰喂拳,就是个天大笑话。她所在落魄山一脉,从师父到崔爷爷,哪怕加上那个老厨子,再到自己这个资质最差、境界最低的,受伤的唯一用处,就是可以拿来长拳意!顺便是障眼法,到时候下一拳,还会是神人擂鼓式,并且会比第一拳,更快更重。

老厨子曾言:"除非我死,问拳不止。"

而武夫练拳第一紧要事,便是先出拳打死人身小天地畏死怕疼的本能。

那会儿裴钱刚刚去竹楼二楼练拳没多久,老厨子好些系围裙、拿锅铲炒菜,或是拿饭勺打饭时的随口言语,裴钱每个当下都当耳旁风掠过了。一直到后来与李槐游历北俱芦洲,闲来无事,每天徒步而走便是练拳,浑然天成,裴钱才重新捡起来那些被刻意遗忘的言语,好似坛子里的一条条腌菜,给裴钱拎出来反复咀嚼,嘎嘣脆,便觉得老厨子说话,原来还是有点水平的。

柳岁余笑问道:"裴钱,我马湖府雷公庙一脉拳法,可不是只有挨打的份,一旦真正出拳,不轻。咱们这场问拳是点到为止,还是管饱管够?"

裴钱毫不犹豫道:"选后者。柳前辈接下来不用再担心我会不会受伤。问拳结束,两人皆立,就不算问拳。"

柳岁余笑着点头,这裴钱,对脾气。

她方才既然能够以大江横式,先接裴钱一拳,再断去对方拳意,若说同境问拳,便算后发制人,胜了第一拳。但是柳岁余毕竟高出裴钱一境,而且没有让对手递出完全一拳,那么这第一拳,勉强能算平手。

裴钱一脚脚尖轻轻蹍动地面,死死盯住柳岁余道:"柳前辈先前一拳,尽显前辈风范,晚辈心领! 可如果此后还是故意拳拳让我,便是马湖府雷公庙一脉拳法,瞧不起我落魄山一脉拳法了。"

柳岁余哈哈笑道:"好,那我接下来就高看你落魄山武夫一眼!"

裴钱最后说道:"若是我输了,是裴钱学拳不精,不是落魄山拳法不高。"

柳岁余缓缓拉开一个拳架,双臂有数道雷光交织,一双眼眸更是呈淡金色,道:"管你高不高,都给我躺着说话!"

沛阿香伸出手指,揉了揉眉心,道:"这小姑娘好像讨打惯了。"

刘幽州说道:"别伤了和气。"

沛阿香挺直腰杆,握住那支来自青神山的翠绿竹笛,道:"问拳含糊,才伤和气。堂堂正正,拳分高低,才是武道。"

刘幽州境界不够,如今都还不是金丹地仙,只是个龙门境修士,他甚至无法清晰看见双方身形,只能依稀通过双方的衣物颜色来判断形势,柳姨每次出拳皆有雷震气象,雷电交织,经久不散,所以出拳一多,广场上就像一座拳意造就出来的雷池。

柳姨仿佛一尊被贬谪人间的雷部神灵,事实上,皑皑洲雷公庙一脉,练拳大成,皆是如此,就像天生披挂一副神人承露甲,水火不侵,寻常术法根本难以破开那份拳意,最让与他们对敌的练气士头疼,只不过沛阿香嫡传和再传当中,就数柳岁余最得拳法真意。

柳嬷嬷瞧见了自家岁余的出拳,自然无比欣慰。

谢松花与两位弟子传以心声说道:"雷公庙后边,有座小山坡,便是大名鼎鼎的雷藩山,是传说中远古雷部神灵的兵器铸造处,只不过少有人知晓它就在这小小雷公庙附近。举形你的本命飞剑雷泽,最适宜在此淬炼,事半功倍,我们剑修一把飞剑,若是能够跻身半仙兵品秩,与那练气士大炼某件半仙兵,其实有着天壤之别。"

当然剑修炼剑所花费的神仙钱、天材地宝,是一座吃钱无数的无底洞,要远远胜过其他练气士,更是山上公认的事实。

例如举形要在这雷藩山炼剑,谢松花就得准备好三件攻伐法宝和一大笔谷雨钱,作为对雷公庙沛阿香的补偿。问题是沛阿香还未必会点头,这就需要谢松花背后竹匣藏剑来砍价了。

朝暮高兴道："避暑行宫的评点，将举形的雷泽列为乙中，品秩很高很高了。"

剑气长城的每一把甲等飞剑，例如吴承霈的甘霖，最适宜战场大范围厮杀，所以屈指可数，更多是避暑行宫在战略层面上的一种选择。真要搁放在剑修之间的对敌，反而未必占优。

故而离开战场之后，更多是那山上修士间的捉对厮杀，反而是隐官一脉评选出来的那些个乙等品秩飞剑，杀力最为出众，尤其是乙上的那拨本命飞剑，无一例外，都拥有百年一遇的本命神通，例如陈三秋的那把白鹿，还是因为文运的关系，才得以跻身乙上。

而举形的雷泽，之所以能够被评为乙中，当然是因为举形这位剑仙坯子的本命飞剑所具神通，既可与人捉对厮杀，杀力巨大，又适宜战场，气象万千。

反观小姑娘朝暮，她虽然有两把本命飞剑滂沱、虹霓，但分别只被评为乙下、丙上两个品秩。

不过所谓的"只"，只是相对举形而言。甲字之外，乙丙两品秩，上中下总计六阶，其实本命飞剑都算好。

谢松花身边的举形、朝暮，和作为郦采嫡传的陈李、高幼清在内，这些被浩然剑仙带离剑气长城的剑仙坯子，本命飞剑就皆是乙、丙品秩。

只不过飞剑品秩是一回事，到底还是纸面功夫，真正临阵厮杀又是另外一回事，天下事无绝对，总有意外一个个。

当然就像那山下官场，翰林出身，当大官、得美谥，终归比一般进士官更容易些。

举形神色倔强道："师父，我不太乐意借助他人来温养飞剑。"

不过他补了一句："可如果师父一定要我这么做，我也不会炼剑懈怠的。"

举形说这个，有些泄气。朝暮有些担心师父会生气。

谢松花伸手按住孩子的脑袋，柔声说道："隐官说过，你们到了浩然天下之后，不要意气用事，要学会入乡随俗，就像他到了剑气长城，也要先学会尊重你们剑气长城的所有风俗。举形，隐官对你们的希望，你做得到吗？"

举形嗯了一声，神采明亮，使劲点头道："隐官大人通过邓凉转交给师父的那封信，我时常翻看的。信上说了，要我们慢慢学习浩然天下的种种风俗习惯，不要急，但是都要用心记住。好的坏的都要多看看，看过了还要多想一个为什么。信的末尾，还叮嘱我们一定要先好好练剑，等到境界高了，最少能够自保，再来与人讲理。"

举形随即斜瞥一眼身边手持行山杖的小姑娘，与师父笑道："隐官大人在信上对我的教诲，篇幅可多，朝暮就不行，小小豆腐块，看来隐官大人也知道她是没啥出息的，师父你放心，有我就足够了。"

小姑娘委屈地皱着脸，泫然欲泣，哭又不敢哭，可怜兮兮。

举形看着朝暮那模样，难得有些后悔，裴姐姐在那投蜕城，其实私底下与他说过，以后不要总对朝暮那么板着脸，"朝暮是个小姑娘，你是男孩子，欺负她不算本事，你们既是同乡，又是同门，多难得的缘分，所以你应该多多护着她，最少最少也不能让她被别人欺负。"

举形觉得裴姐姐说得挺有道理，就拍胸脯答应了。只是他有些时候，就是忍不住要说朝暮两句。再说了，自己也不是别人啊。唉，可惜一直没有外人欺负朝暮这个蠢丫头，师父太好，在皑皑洲太无敌，也让弟子犯愁。

广场上，裴钱被柳岁余一肘撞在脸颊上，砰然倒地，立即双手格挡，拦住柳岁余那戳向心窝的脚尖。

这要是被一脚戳中，问拳多半就算结束了。

裴钱整个人在地面倒滑出去十数丈。刚刚以掌拍地，飘然起身，就被如影随形的柳岁余以膝撞砸在胸口。

身姿纤细的年轻女子，轰然倒飞出去，摔落在地。

柳岁余双脚落地时，轻轻吐出一口浊气。

一连串九境出拳，虽非拳拳都是巅峰倾力出手，但是一口纯粹武夫真气，到此为止。

刘幽州觉得今天这场问拳，大概可以算是双方尽兴了。他看着那个站起身的年轻女子，吐出一口淤血在地，竟然再次摆出一个拳架，看她模样，对于伤势浑然不觉，没来由想起了昔年在金甲洲那处古战场遗址，郁狷夫问拳曹慈，大概也是差不多的光景，只是又有些不一样，可具体哪里不同，刘幽州不是武夫，说不上来，约莫是郁狷夫明知不敌？

而眼中这个奇怪极了的女子，未必就觉得自己不如柳姨？可她越是如此，就武痴柳姨那脾气，只会出拳更重。

刘幽州有些不忍心再看，转去瞥了眼沛阿香手中的竹笛，问道："阿香，青神山的那些祖宗竹，一向极少离开竹海洞天，多是那位夫人亲手赠送，文庙功德林在内，整个浩然天下好像拢共才四五处。不谈竹海洞天的寻常青竹，每件以祖宗竹作为材质的竹制品，都会被山神府准确记录在册，你这支竹笛好像一直没有记载，有说头？之前我问柳姨，柳姨一直不肯说。"

沛阿香听闻此问，脸色有些古怪，摇摇头，轻轻旋转手中竹笛，那颗坠着的泛黄珠子轻轻敲击竹笛，清脆悦耳，沛阿香笑道："往事不堪回首。"

刘幽州最不怕这个，立即压低嗓音说道："最近十年的供奉钱，小翻一番。"

沛阿香竖起两根手指。

刘幽州一把拍掉那阿香的手指，笑道："阿香真是爽快人，成交！"

沛阿香这才说道："听没听过一个叫阿良的王八蛋？"

刘幽州点头道："阿香你说什么废话,那位前辈的大名,当然是如雷贯耳啊。再说了,我姑姑对那个男人,一直念念不忘,整个皑皑洲谁不知道此事?一拳打断中土那条大渎水,曾经还扛起一座"宗"字头的祖山搬迁数十里,不过这些都不是我最佩服的,听说他在打架之前,喜欢吟诗一首,我最仰慕此事,他自封的'百花丛中小浪蝶,十里八乡俊哥儿',在我看来,绝非浪得虚名。思慕他的仙子,真是茫茫多。"

柳嬷嬷听得忧心不已。自家少爷,可莫要学那汉子才好。

沛阿香提起手指竹笛,道:"被那人打了一顿,事后得了这份补偿。"

刘幽州哪壶不开提哪壶,道:"你们几个人单挑他一个?"

沛阿香无奈道:"五六个吧。"

刘幽州轻轻拍了拍他肩膀,道:"阿香你可以啊,传出去长脸了。"

沛阿香笑道:"倒也是。"

确实不丢人。毕竟曾有山上十人围杀一人,结果只有一人逃出生天。

其实在浩然天下的时候,那个男人的剑术,并不彰显,是后来在剑气长城游历百年,剑斩飞升境巅峰大妖,整个浩然天下,尤其是被他祸祸惯了的中土神洲,才恍然大悟,原来那个人如此了得,以前还是出手含蓄、藏拙了的。至于后来此人飞升离开浩然天下,去往那天外天,最终与白玉京真无敌的道老二,互换一拳,各自将对方打回家乡天下,更是让人咋舌。

与有些人是同龄人,同处一个时代,好像既值得悲哀,又会与有荣焉。

就像沛阿香这拨人,遇上了那个阿良。

更早之人,则是遇上了那位一剑引来天上水的人间最得意。

如今所有天下的年轻武夫,则是遇上曹慈,以及那位第十一隐官。

沛阿香想到这里,瞥了眼广场上还在切磋拳法的两人。

裴钱再一次被柳岁余一记鞭腿打得身形晃荡,竭力稳住身形之后,被柳岁余接连递出六拳,额头、脸颊、脖颈,皆中双拳。

这同一处出两拳,便是马湖府雷公庙的拳法精髓之一,名为叠雷,是沛阿香跻身十境后新悟出的一招,返璞归真,看似同样拳招,拳意却刚好正反,最是能够重创武夫拳意或是练气士气府。

裴钱最后胸口被接连两拳重重砸中,双脚离地,颓然摔落在地。

不过二十岁出头的瘦弱女子,竟然以手肘点地,身形拧转,立即再次飘然起身站定,虽人受了不轻的伤,双方胜负也了然,但她一身拳意不坠不减反升反增。

七窍流血,对于远游境武夫而言,小事。

沛阿香点点头。

柳岁余神色凝重起来,同时还有些火气。

自己已经换了两口纯粹真气，对方却一口未曾更换。

当然柳岁余更多是存了教拳、喂拳心思，所以才两次主动更换真气，可这个小姑娘，是不是也太犟了些，真当马湖府雷公庙一脉，拳法就不如你落魄山了？难道是一开始就打定主意，要掂量她柳岁余九境武夫巅峰的拳头，到底有多重？

举形和朝暮看得紧张不已，才发现原来裴姐姐与人问拳之时，跟平日里那个抄书时认真、远游时沉默、闲聊时笑颜的裴姐姐，判若两人。

谢松花则唏嘘不已，隐官收徒弟，眼光可以的。

陈平安真正传授裴钱拳法的机会，肯定不多，毕竟裴钱如今才这么点岁数，而陈平安早早去了剑气长城。所以那座一直云遮雾罩、名声不出一洲的落魄山，肯定另有高人坐镇山头。

至于刘幽州早早知晓落魄山，那是这位未来皑皑洲财神爷太闲的缘故。

在谢松花看来，陈平安和裴钱这师徒两人，骨子里的那股子精神气，太像了，简直就是一个模子里刻出来的。

再看那选择对敌的拳法拳招，双方倒是不太像。

眼前的裴钱，出拳一往无前，一以贯之。

而作为裴钱师父的陈平安，就要思虑重重，极少追求那种酣畅淋漓，拳招极多，拳法变幻不定，讲求因时因人因地而异，近乎吹毛求疵，每一拳都在铺垫和算计，最终达到利益最大化。裴钱则截然不同，出拳时，大有身前无人的豪杰气概，简直就像是小小年纪，就懂了一个"天地无二人，问拳唯问己"的道理。

谢松花毕竟是喜欢远游的剑仙，与那流霞洲、金甲洲十境武夫都有接触，有些还是好友，其中两位拳法、性情迥异的止境老人，唯一的共同处，便是都推崇那"天地千古，一人双拳"的玄妙深远之境。只是这个大道理，说来简单，旁人听了更不难理解，唯独脚踏实地去往此处，却是太过虚无缥缈，很难以自身武道显化这份大道。

只是谢松花又有疑问，既然在家乡是聚少离多的光景，裴钱怎的就那么敬重那个师父了？

她自己的两位嫡传，举形和朝暮俩孩子，当然也懂事、念恩，不但将她视为主心骨，还将她当作亲人长辈，所以谢松花很满意，挑不出弟子们的半点毛病，但是比起陈平安之于裴钱，好像还是有些不同。

虽说江湖中人，有那投师如投胎、师徒如父子的古板说法，可那年轻隐官，在弟子裴钱心目中，天地君亲师，好像根本就已经合为一体。

带孩子这种事情，果然还是年轻隐官擅长啊。谢松花只能如此解释了。

一直关注场中问拳的沛阿香啧啧道："能够这般问拳，裨益不会小了。说不定岁余都有意外收获。"

刘幽州嘀咕道:"竹笛来历,阿香你还没说呢。那笔供奉钱,晚辈好意思给,前辈好意思收?"

沛阿香笑道:"没什么不能说的,不过你听过就算了,别四处宣扬。"

刘幽州点点头。

原来早年在那风景绝美的竹海洞天,沛阿香作为皑皑洲历史上最年轻的九境武夫,正是最意气风发的时候,作为一场青神山水宴的客人,沛阿香曾经与数位好友醉酒游历山水,与一个当时鬼祟偷挖竹鞭、竹笋的邋遢汉子起了争执。就没见过那么不要脸的人,一开始说自己是青神山土地公,要挖采竹笋拿去款待贵客,后来被人揭穿,就口口声声说自己是青神山夫人的私人家宴座上宾,挖点竹笋算什么,结果有一位年轻剑仙立即飞剑传信青神山,那汉子也是好胆识,斜靠一竿竹,双臂环胸,说:"你们惹上我,算你们晦气,等着被夫人下逐客令吧,以后你们还能再进入竹海洞天半步,老子就跟你们姓。"

随后山神府回信,说夫人不认得此人,于是沛阿香一伙人就跟撵狗似的,追着那个蟊贼打,一开始谁都没太当真,更多是当个乐子,只是当一位剑修出剑不小心过重后,就被那人嚷嚷着"一拳一个小兄弟",将沛阿香一伙人全打趴下了。不仅如此,那汉子还把所有人都埋土里了,说是明儿就会生长出好多的玉璞境剑仙、山巅境武夫,就当是他回礼青神山。

先前那个传信的年轻剑仙被填土最多,因为那汉子一边拢土埋人,一边嘀嘀咕咕埋怨,就数你们剑仙最多最风流,真烦人,今儿落我手里了吧……

土埋众人脖颈处,好似一处处雨后春笋冒尖尖。有人想要破土而出的,都被一拳直接打晕过去。沛阿香就没敢动,免得自取其辱。

那汉子在埋沛阿香的时候,还问沛阿香自己的拳法如何。

后来还是竹海洞天山神府一位传令女官现身,才替所有人解了围。

正蹲地上撅屁股归拢泥土埋沛阿香的汉子,见着了那位女官,以迅雷不及掩耳之势站起身,背靠竹竿,一脚脚尖点地,吐口水在手心,使劲捋头发,露出大额头,双手抱拳喊姑娘,自称阿良哥,一气呵成,行云流水。

如此自然,唯手熟尔。

那女官不理睬汉子,径直问道:"既是儒生,又是剑修,为何要出拳对敌?是要故意羞辱这些人?"

女官瞥了眼那汉子背剑在身,又问道:"胆敢在此偷盗竹笋、竹鞭,那就与读书人没半点关系了,是要问剑我们青神山?"

那汉子摇摇头,轻轻提了提裤腰带,微微偏移视线,不敢与那女官对视,腼腆一笑。

大丈夫好男儿,从不轻易出剑。

一切尽在不言中。

在那之后，就是一场鸡飞狗跳的追杀，那个叫阿良的家伙在竹海洞天四处流窜，刚好应了他那句故意含糊其词的口头禅："信不信我被无数仙子追过？"

大概是追杀也算追求。

直到他遇到了那位传说中"美姿容，喜赤足，鬓发绝青"的青神山夫人，就又有了一个不足为外人道也的新故事。之后众说纷纭，一直没有个定论。

而那个阿良看沛阿香比较顺眼，不打不相识，帮着沛阿香砍了一截青神山绿竹，让他带出竹海洞天。

刘幽州听完这个精彩纷呈的故事后，忍不住问道："阿香你不是后来又重返青神山，参加过夜游宴吗？难不成阿良就跟了你们姓？"

沛阿香无奈道："他的意思是不介意更换姓氏，当我们所有人的祖宗。"

刘幽州大开眼界，这也行？有点道理啊。

沛阿香拎着竹笛，站起身，打算让双方停拳了。

那个一根筋的小姑娘，已经倒地七次之多。再这么打下去，小小雷公庙就真要多出一张病榻。

而柳岁余也打出了真火，次次出拳，越来越趋于九境巅峰圆满的神意，光是那叠雷一招，寻常远游境挨了半数，这会儿就该倒地不起，呕血不止，而且不是伤筋动骨那么简单，足以落下病根。

底子再扎实的远游境体魄，也经不住一位山巅境武夫这么摧折。双方只是问拳而已。哪怕柳岁余能够凭此增长拳意，有望让她百尺竿头更进一步，沛阿香却觉得如此做，不合江湖规矩。

江湖中人，纯粹武夫，护短一事，得有个度。

重伤一个低一境的小姑娘，以此让马湖府雷公庙一脉武运加一分，很丢人。

沛阿香丢不起这个脸，所以出声道："差不多可以了。"

谢松花轻轻点头，这个沛阿香还算厚道，他再不出声，她就要出剑了，直接问剑雷公庙，问年纪最大、辈分最高的。

柳岁余虽然意犹未尽，但仍是仓促收拳，而那裴钱似乎浑然忘我，依旧递出一拳，只是蓦然惊醒，强压一口纯粹真气逆行，拼着气血翻涌，也要收拳后撤数步。

纤细瘦弱的年轻女子，身形摇摇欲坠，那张微黑脸庞皮开肉绽，一处眼眶红肿得厉害，显得十分狼狈，她微微歪着脑袋，便有鲜血从耳中流淌而出。

同样是女子，对方的九境拳头，确实不轻。

那裴钱的惨状，看得刘幽州头皮发麻，太渗人了。

裴钱抬起手，以手背擦拭从鬓角滑至脸颊的鲜红血迹。

柳岁余开始收敛一身拳意，看着裴钱，遮掩不住地眼神赞赏，点头笑道："此次我没赢，你没输，我们算打个平手。以后等你破境了，再来问拳一场。你来马湖府找我，或是我去落魄山找你，都可以。"

裴钱抱拳致礼，只是默不作声，似乎有话想说。

举形发现自己手心满是汗水，转头看了眼抱着行山杖的朝暮，她更是满头汗水。

朝暮察觉到他的打量视线，转头朝他挤出笑脸。

举形一下子就来了气，道："裴姐姐都受伤了，笑，你还笑，你怎么不干脆把嘴角咧到耳朵上……"

不等举形说完，就挨了谢松花一记栗暴，谢松花教训道："朝暮一个小姑娘家家的，哭鼻子你也说，笑你也说，难道要她学你当个闷葫芦啊？"

举形哀叹一声："她那么笨，怎么学我？"

谢松花记起一事，与举形正色道："与朝暮认个错。隐官在信上怎么告诉你来着，有错就认真豪杰，知错能改大丈夫？"

举形愣了一下，好嘛，师父都知道拿隐官大人镇压自己了，哪怕心不甘情不愿，仍是拗着性子，气呼呼道："对不住就对不住喽。"

谢松花抬起手，作势要打，道："你给我诚心实意点！"

举形见那朝暮在傻乎乎地使劲摇头晃手，他便心一软，硬着头皮轻声道："对不起。"

朝暮展颜一笑。

谢松花倒是没来由想起信上另外一句言语，先前觉得那年轻隐官，过于婆婆妈妈事无巨细了，尤其是为了俩屁大孩子写这么多的言语，言之过早，只是不知为何，这会儿倒是觉得不该嫌早，反而嫌那年轻人在信上写得少了。类似"入乡随俗还不够，移风易俗大剑仙"这样的道理，确实不嫌多。相信举形和朝暮俩孩子，在未来的人生道路上，才会真正意识到"移风易俗大剑仙"这些言语，到底承载着年轻隐官多大的期望。

站在雷公庙门外的远处台阶上，沛阿香对那裴钱越来越刮目相看。最讲究一分耕耘一分收获的武道一途，越是年轻的天才，越容易在体魄打熬一事上，落下一个阻碍将来武道登顶的大隐患。

武学宗师相互问拳、砥砺体魄，往往利弊皆有，好处是可长拳意、完善拳法，但是就怕一场场伤势，筋骨未能痊愈，落下诸多细微不可查的病根，以后境界越高，问题越大。例如止境第一层，是谓气盛，人身小天地，一旦身体筋骨、经脉多有山河破碎，还如何气盛？

沛阿香自己就吃了天大的亏，虽然有个脂粉气很重的名字，但沛阿香的拳法，是出了名的刚猛，早年性情更是桀骜，之所以成为刘氏供奉第三人，当然不是沛阿香贪图那点神仙钱,作为纯粹武夫,最讲究一个身无外物,主要还是担心弟子退路、香火传承,别看沛阿香是俊俏公子哥的年轻容貌,实则年岁已高,与那北俱芦洲老匹夫王赴愬,是差不多的高龄了,沛阿香在年轻时树敌太多,王赴愬只是其中一罢了。

沛阿香属于有苦自知,因为他确实跻身了十境武夫第二层的归真,可惜先前气盛的底子,打得实在糟糕,如今沛阿香是强提一口心气,不让自己对那第三层神到绝望。

所以这些年偶尔指点柳岁余在内三位嫡传弟子,沛阿香要他们切记一点,拳法求高之外也求大,得追求一个气壮山河,例如学一学那北俱芦洲的远游剑仙。但是除了柳岁余之外,其余两位嫡传,还有再传弟子七人,显然没有谁真正理解沛阿香的意思,无一人去往剑气长城砥砺体魄、拳意。

有些是故作不知,不太乐意去剑气长城送死,道理很简单,连剑仙都会死,武夫在那边只会死得更快,往往是一出城,就注定是有去无回的下场。有些则是自认走到了武道尽头,开始享福了,致力于传拳给马湖府雷公庙一脉的第三代弟子,美其名曰帮助师祖沛阿香开枝散叶,拳镇一洲。当然也有些是在那世俗王朝担任武将,需要帮着君主帝王镇压、收拢一国武运,确实脱不开身,沛阿香的那位大弟子,便是这般处境。

很多时候,千挑万选,好不容易收了几位得意弟子,数年数十年的倾心栽培,传以拳法真意,可是随着时日推移,弟子们就有了自己的人生,久而久之,就真的只剩下那点师徒名分了。哪怕是拳法一脉,师徒之间也会渐行渐远。哪怕那些弟子在内心深处,依旧敬重师父,但多是身不由己,拳不由人。

沛阿香对此小有遗憾,但谈不上太多伤感失望。自家马湖府雷公庙一脉,除了柳岁余已经独当一面,还有那个少年岁数的关门弟子,足可继承衣钵香火。

事实上,那次在竹海洞天撞上阿良,对方就告诉过沛阿香,心大些,反正板上钉钉的十境武夫,就别总瞪大眼睛瞧着这个境界了,又跑不掉,多去看看更高远更壮阔的风景,穗山之巅爬一爬,剑气长城去瞅瞅,北俱芦洲逛一遍,天隅洞天串个门……

可惜那会儿的沛阿香,没有多想,当然也怪那个阿良很快就话头一转,两眼放光,醉醺醺抹嘴,聊某些仙子的身段去了。

沛阿香心中叹息复叹息,人生总是冷不丁地来上那么一拳,不轻不重的,让人无力招架,大概这就是所谓的无力之感了。

十境武夫,概莫能外。

沛阿香收敛这份心思,笑道:"裴钱,不介意地方小的话,这段时日就安心在此养伤。"

这个自称落魄山开山弟子的小姑娘,不愧是"只有"五次最强的远游境,底子打熬之好,简直到了匪夷所思的地步。

在此养伤,想必不用太久。

沛阿香越发好奇落魄山上传授裴钱拳法、帮忙打熬体魄的那个师父,到底是何方神圣,难不成是东宝瓶洲宋长镜之外的某位九境武夫?止境武夫,可能性很小,不然沛阿香不可能没有听过对方的名号。浩然天下的十境宗师,相较于上五境修士,实在太少,比如邻居北俱芦洲,不过王赴愬、顾祐、李姓武夫三人,一位九境武夫,就已经涉及一洲武运的流转去留,很难藏得太深。

问拳过后,令沛阿香头疼的,就是那个女剑仙谢松花了,怎么看都是来者不善的架势。

一直沉默的裴钱终于开口道:"晚辈还有最后一拳,想要跟柳前辈请教。"

柳岁余伸出两根手指,分别抵住太阳穴两侧,轻轻揉捏起来。

谢松花犹豫了一下,问道:"裴钱,真想好了?"

裴钱点点头,转身望向谢松花,咧嘴一笑,道:"就出一拳。"

柳岁余则转头望向身后的师父,沛阿香想了想,道:"那就让小姑娘在这儿多待几天。"

言下之意,就是让柳岁余不用太拘着辈分高低、境界之差了。

不过沛阿香聚音成线,提醒弟子:"记住,出拳可以重些,但是绝对不许伤及对方的武道根本。"

既是不愿与那落魄山结仇,更是出于武夫前辈的本心。

柳岁余笑着答道:"哪里舍得。这样的好苗子,天下越多越好。"

裴钱向柳岁余抱拳说道:"晚辈知道,是我无礼了。与柳前辈……"再望向沛阿香,道:"也与沛宗师道一声歉。"

柳岁余点头道:"那我们就互换一拳,你算给见面礼,我帮着马湖府雷公庙回礼。"

谢松花忍住笑,与俩孩子说道:"都学着点,你们裴姐姐,这才是大家风范。"

举形点头道:"我想学就能学,某人就难说了。"

朝暮轻轻扯了扯谢松花的袖子,颤声道:"师父,我有些怕。"

然后裴钱停下脚步,做了一个奇怪动作,她抬起手掌,轻轻一拍额头。

在北俱芦洲狮子峰李二拳下,陈平安是以六境跻身七境金身境。而李二喂拳,一向有的放矢,极具针对性,故而许多拳,不适宜打在一个六境武夫身上,却适合锤炼裴钱体魄。

也亏得李槐那半年都在山脚小镇,帮着娘亲做买卖挣钱,一次都没见过裴钱的练拳路数,不然肯定彻底没了练拳的心思。

练拳太苦,真真切切。而最怕吃苦一事,昔年裴钱,如今李槐,其实如出一辙。

只不过李槐运气确实要比裴钱好些,暂时还不知道自己根本不用吃苦。

一般人要说跟李槐比学问比胆识,都有戏,唯独比拼出门踩狗屎,真没法比。

沛阿香突然问道:"先前那第一拳,叫什么?"

既然拳意明了,再问对方拳招,就谈不上不合江湖规矩。

裴钱缓缓后撤,不断与柳岁余拉开距离,答道:"拳出落魄山,却不是师父传授给我,名为神人擂鼓式。"

沛阿香笑着点头,道:"你师父多大年纪了?"

裴钱摇摇头。

能说什么,不该说什么,裴钱很清楚。不能说的,就闭嘴不言,也算以诚待人。

昔年在剑气长城的那场武夫问拳,郁狷夫曾经断去师父那神人擂鼓式的拳意。

今天在这马湖府雷公庙外,裴钱也被柳岁余打断神人擂鼓式,只递出了十七拳。

果然天下武夫多奇人。

裴钱笃定自己只要能够递出二十四拳,对方就一定会倒地不起,哪怕是九境武夫也一样。

但是对方一样能够在第二十二拳前后,再以那一拳断去自己拳意。无论是切磋分胜负,还是厮杀分生死,都是自己输。

没办法,师父与人对敌,能够无视纯粹武夫之间的一境之差,她裴钱却依旧没办法。

当下能做的,就是递出这一拳而已。

这是裴钱自己悟出来的。没想好名字,得等师父回家帮着取名字。

师父取名字,一绝。

景清,暖树,多美好?再看看自己,裴钱,赔钱?

裴钱环顾四周,屏气凝神,心神沉浸,一双眼眸熠熠生辉。

双膝微曲,一掌竖立递出,一拳紧握身前。

此拳未出,拳架而已。

谢松花便带着俩孩子御风远去数十丈。

沛阿香在台阶上眯起眼,然后轻轻挪了一步,挡在刘幽州身前。

裴钱背后,犹如一轮大日破开海面,初升现世,然后骤然间迅猛悬空。

我拳一出,如日中天。

天下武夫,只能磕头。

中土神洲第六大王朝,邵元王朝。

国师晁朴在与得意弟子林君璧复盘那头绣虎在东宝瓶洲的早期布局。

亭内温煦如春,亭外却是大雪纷飞。

不过这位国师少有言语,而是让林君璧来为自己解释大骊王朝山上山下,那些环环相扣的复杂策略,点评其优劣,阐述得失在何处,叮嘱林君璧不用担心见解有误,只管畅所欲言。

这在国师府并不奇怪,因为晁朴始终认为人世一大症结,在于人人学问深浅不一,偏偏喜好为人师,其实又不知到底如何为人师。

所以晁朴传道授业解惑的一个奇怪习惯,就是喜欢让自认学有所成的弟子,不论年纪,都可以模仿那些学塾教书匠,或在学塾为他人拆解道理,或是在书房先说服自己,以理服人先服己。

在林君璧偶尔沉思不语的间隙,晁朴便会说些题外话,他们先生学生之间,还不至于为此分心离题。

这位在邵元王朝一人之下万人之上的国师,高冠博带,相貌清癯,手捧一柄雪白拂尘,搭在手臂上。关键是老人显得十分儒雅随和,半点不像一位被皇帝放心授予国柄之人,更像是一位悠游林泉的清谈名士。

晁朴微笑道:"那文圣的三个半嫡传弟子,勉强能算四人吧。当然如今又多出了一个关门弟子,隐官陈平安。我儒家道统,大体分出六条主要文脉,以老秀才这一脉最为香火凋零,尤其是其中一人,始终不承认自己身在儒家文脉,只认先生,不认文庙道统。而这四人,因为各有气度,曾经被誉为春夏秋冬,各占其一。"老儒士娓娓道来:"无论是谁,与齐静春相处,都会如沐春风。"

林君璧问道:"听闻齐先生成为书院山主之前,脾气其实也不算太好?"

自家先生能够直呼齐静春名讳,林君璧却要敬称一声齐先生。哪怕是师徒相处,林君璧也不愿逾越规矩。

晁朴笑道:"春寒料峭,冻杀年少。"

随后又说道:"读书人平易近人,讲理守礼,又不是当个好好先生。书生意气,风骨一物,岂会是一摊稀泥?

"那剑仙左右,如炎炎夏日,容易给人酷暑之感,文圣一脉的外人,实在难以亲近。左右治学耿直,不近人情。后来转去练剑,一个不小心,便剑术冠绝天下了。没什么道理好讲。

"那个被老秀才称呼为傻大个的,真名始终没有定论,哪怕是文圣一脉的师兄弟,也习惯称呼他为刘十六,当年此人离开功德林,就不知所终。有说他是年纪极大的十境武夫,也有说他是位鬼魅之身的仙人,甚至与那位最得意都有些渊源,相传他们曾经一同入山采药访仙。关于此人,文庙那边并无记载。约莫是早先写了,又给老秀才偷偷抹掉了。

"此人言语不多,是文圣一脉最沉默的人,一些个说法,多是阿良外传,信不得。秋风肃杀,此人唯一一次出手,就惹下一桩天大的风波,不过此事最后还是老秀才出面,真不知该说是收拾烂摊子,还是捅出更大的娄子,使得一座山岳下沉。不过浩然天下如今只知后事,不太清楚真正的起因了。"

林君璧听到这里,疑惑道:"这么一号深藏不露的人物,骊珠洞天坠落时,不曾现身,左剑仙赶赴剑气长城时,依旧没有露面,如今绣虎镇守宝瓶一洲,好像还是没有半点消息。先生,这是不是太不合情理了?"

晁朴点头道:"所以有传闻说此人已经去了别座天下,去了那座西方佛国。"

林君璧神色古怪,那阿良曾有一次大闹某座书院,留下了脍炙人口的说法,是奉劝那些君子贤人的一句"金玉良言":你们少熬夜,僧人谱牒不容易拿到手的,小心秃了头,寺庙还不收。

晁朴一挥拂尘,换了手臂,笑道:"阿良跟文圣一脉走得太近,最早的时候,争议不小。三四之争落幕后,阿良就去了剑气长城,未尝没有大失所望的意思在其中。"

老儒士然后说到了那个绣虎,崔瀺,作为文圣昔年首徒,其实原本是有望成为那冬日可亲的存在。书院山主、学宫祭酒、中土文庙副教主,按部就班,最终成为一位排名不低的陪祀文庙圣贤,对于崔瀺而言,这几个头衔易如反掌。

最重要的是崔瀺此人,与文庙之外的众多势力,关系极好。

与武帝城城主下出彩云谱,跟郁家老祖是忘年交、棋友,本命字为"水"的那位书院山主,还有白纸福地的小说家老祖,其实都由衷认可崔瀺此人的学识、人品。只不过后来非议汹汹,大势所趋,加上崔瀺也不是那种喜欢呼朋唤友的人,就使得崔瀺越发沉寂,直到天翻地覆、山河变色之际,才重新闯入天下视野,哪怕想要对其视而不见,都很难了。

比如晁朴,就看崔瀺很不顺眼,恨不得崔瀺就乖乖老死于大骊一国国师的位置上。如今崔瀺帮助大骊占据一洲,阻滞妖族北上东宝瓶洲,晁朴佩服归佩服,但也只是认可此人的学问深邃、算计深远,不等于晁朴能够接受崔瀺的欺师灭祖。晁朴甚至一直将崔瀺的仓促推出事功学问、叛出文脉,视为文圣一脉由盛转衰的那个关键转折点。

只不过晁朴亦是一国国师,反而比一般读书人更得承认,崔瀺的事功学问,在那东宝瓶洲推行得可谓到了极致。

山上山下,一洲之地,确实尽在崔瀺掌握中。

晁朴轻声感叹道:"冬日宜晒书。人心阴私,就这么被那头绣虎拿出来见一见天日了。若是不如此,东宝瓶洲哪个藩国没有国仇家恨?人心绝不会比桐叶洲好到哪里去。"

林君璧低头看着案上那副东宝瓶洲棋局,轻声道:"绣虎真是狠。心狠,手更狠。"

哪怕是在一国即一洲的东宝瓶洲,大难临头之际,挂冠辞官的读书人,退出师门的谱牒仙师,隐匿起来的山泽野修,都不少。

可那大骊王朝，似乎对此早有预料，不等这种态势愈演愈烈，很快就拿出了一整套应对之策，并且运转极快，好像一直就在等着这些人物浮出水面。

大骊年轻皇帝宋和，颁布圣旨，传令一洲所有藩属。

一洲境内所有藩国的将相公卿，胆敢违抗大骊国律，或是阳奉阴违，或是消极怠政，皆按例问责，有据可查，有律可依。

胆敢知情不报者，报喜不报忧者，遇事捣糨糊者，藩国君主一律记录在案，而且需要将那份详细档案，即时交由大骊的驻军文武，当地大骊军伍有权越过藩属君王，先斩后奏。

按最新颁布的大骊律法，东宝瓶洲那数百位辞官之官员，子孙三代，此后不得入仕途，沦为白身。各地朝廷官府，还会将那些在历史上赐予家族的旌表、牌坊、匾额，一律取消，或就地拆除，或收回捣毁。朝廷还敕令地方主官重新修补地方县志，将辞官之人指名道姓记录其中。

观湖书院，一位被誉为"大君子"的读书人，亲自负责此事，与大骊吏部、礼部两位侍郎联手，奔赴四方。

这个为人温文尔雅、治学严谨的读书人，说得好听是如此，说得难听，可就是性格温暾、过于和善了，但是在那场问责各个大骊藩国君主的游历途中，展现出极为雷厉风行的行事手段，此人一次次出现在君主身侧，大加申饬，有一次，竟然逾越书院规矩，直接出现在君臣议事的庙堂上，当面呵斥满朝文武，尤其是那拨勋贵文官，更是被骂了个狗血淋头。

他那番言语，既然林君璧所在的邵元王朝都知晓了，相信整个文庙、学宫书院也都听说了。

"吃书如吃屎，平常时候，也就由着你们当那腐儒犬儒了。在此关头，谁还敢往圣贤书上拉屎，有一个，我问责一个！哪个君主敢包庇，我舍了君子头衔不要，也要让你滚下龙椅；再有，我便舍了贤人头衔，再赶走一个；还有，我就舍了儒生身份不要，再换一个君王身份。"

倒是有个老儒说，值此险峻关头，是不是将那些是非对错，先放放，再缓缓，容得那些人将功补过，岂不是更有利于大局形势？

结果此人的下场，就是被那位一直冷眼旁观的大骊吏部侍郎，一脚踹翻在地。

沿海战场上，大骊铁骑人人身先士卒，这拨养尊处优的官老爷倒是半点不着急。

另外一位礼部侍郎当场冷笑道："当官个个都是一把好手，可惜当了官，就忘了做个人。"

庙堂之上，满朝文武，瑟瑟发抖。

至于那些临危退缩的谱牒仙师，大骊军令传至各大仙家祖师堂，掌律为首，若是掌律已经投身大骊行伍,则交由其他祖师,负责将其缉拿归山,若有反抗,斩立决。一年之内,未能捕捉,大骊直接问责山头,再由大骊随军修士接手。

三位大渎督造官之一的刘洵美,与大骊刑部左侍郎,共同负责此事。

林君璧突然说道:"如果给大骊本土文武官员,再有三十年时间消化一洲实力,想必不至于如此仓促、吃力。"

晁朴点了点头,然后却又摇头。

林君璧会意,神色复杂道:"大骊有无绣虎。"

晁朴言语则更远一步:"有绣虎当然最好,若无绣虎,只要事功一脉的学问能够持久,大骊国势就可以继续往上走。齐静春在山崖书院,为半洲之地培养了一大拨或显或隐的读书种子,崔瀺则以事功学问授之、用之。这就是齐静春与师兄的默契了,双方学问,既相互掣肘,又相互补充。"

晁朴指了指棋盘,道:"君璧,你说些细微处。再说些我们邵元王朝想做却做不来的精妙处。"

林君璧说道:"沿海战线所有战略要地,大骊铁骑分为前后两军,前者主攻,以慷慨先死,生发士气,保证军心,后者兵力相对单薄,督战中军各地藩属兵马。"

说到这里,林君璧感慨道:"往往是数千兵马,就敢督战数万大军,由此可见,大骊铁骑之强盛。"

林君璧继续说那仙家山头的山水邸报,竟然能够张贴在东宝瓶洲各地藩属的州郡县,这彰显着大骊王朝对一洲山上修士的惊人掌控力。

此时,有飞剑传信凉亭内。

晁朴一手捧拂尘,双指捏住飞剑,打开一封飞剑秘制的山上紫泥封密信后,喟然长叹道:"扶摇洲守不住了,周神芝已经战死。齐廷济开始率队退守金甲洲,会继续担任中流砥柱,可多半也只能争取守住金甲洲的半壁江山,以待后援。多少学宫书院的读书种子,就这样说没就没了。"

林君璧心情沉重。

在这之前,犹有噩耗,相较于撤退有序的扶摇洲,大批扶摇洲修士退守金甲洲,桐叶洲更加惨绝人寰。

太平山被攻破,无一修士存活。

失去了三垣四象大阵,扶乩宗上下悉数战死,无一人苟且偷生。

大伏书院,则被蛮荒天下那个化名周密的王座大妖,以儒家手段镇压。

这意味着整座桐叶洲,就只剩下两处还有些许的人间灯火,摇摇欲坠,一个根深蒂固的玉圭宗,一个左右仗剑退敌的桐叶宗。

一洲山河,虽未全部陆沉,但是一洲气运,十之八九,都已经落入妖族之手。

林君璧问道:"先生,醇儒陈氏?"

晁朴更是感伤不已,因为他出身亚圣一脉。而南婆娑洲醇儒陈淳安,更是亚圣一脉顶梁柱一般的存在。

晁朴无奈道:"陈先生做了一个最坏的选择,天下人觉得他理当该死的时候,不死;对个人而言该活的时候,不活。"

晁朴站起身,望向亭外大雪飘落,落地成为厚重积雪,喃喃道:"何谓该死?在世人眼中,他应该成为第一个轰轰烈烈战死的浩然天下飞升境。何谓该活?是非功过,只要陈淳安人活着,只要守住了南婆娑洲,就有机会解释清楚当初他为何不死。哪怕陈先生不说,自有我晁朴,有我们亚圣一脉,替先生解释。"

林君璧跟随先生站起身,道:"可是没有陈先生坐镇,南婆娑洲守不住的。哪怕有那位白先生赠予的搜山图,还是守不住一洲之地的。陈先生一旦为了保全自己名声,选择擅自离开南婆娑洲,看似慷慨赴死,实则才是浩然天下真正的千秋罪人。"

晁朴说道:"陈先生只要不离开南婆娑洲,所有与桐叶洲、扶摇洲有关系的修士,哪怕明知是这么个道理,仍然会对陈先生心生怨怼。虽说这还是人之常情,可是只讲恩怨、不明事理的人,世间何其多也。上山修道修皮毛,只会修力不修心。后患无穷!"

老儒士神色沉重,接着道:"相传那周密在大伏书院,笑言'你们儒家既然掌权,为何放权给世俗君王?既知人心,为何万年不管?好一个人性本善,既然是你们儒家咎由自取,那我就手持照妖镜,让你们浩然天下看一看,到底是一肚子的浩然正气,还是在照妖镜之下,人性善恶,原形毕露。如今一个桐叶洲看不够,那就再多看几个洲'。"

这并不是那周密的危言耸听,只说南婆娑洲内部,就有多少人在窃窃私语,对陈淳安指指点点?

两洲沦陷,唯独南婆娑洲置身事外。而桐叶洲和那扶摇洲,如今若有落雪之时,已经没几个扫雪人了。

晁朴笑了笑,转头对林君璧说道:"对了,勉强有个好消息,藩邸在老龙城的那位大骊年轻藩王,拒绝任何一个桐叶洲修士的北渡登岸,不但如此,这个宋睦还下令,任何靠近老龙城十里之内的修士,皆视为大骊敌寇。所有桐叶洲修士,不仅仅无法进入老龙城,事实上还无法进入东宝瓶洲沿海任何一处,一经发现,不问身份,斩立决。"

林君璧赞叹道:"难怪绣虎放心让此人督造陪都、驻守老龙城。"

晁朴继而说道:"但坏消息就是妖族的重心,一直就是桐叶洲、东宝瓶洲、北俱芦洲和皑皑洲这一线四洲。你等着吧,托月山大祖在浩然天下的第一次出手,肯定是用在东宝瓶洲身上,而且一定会是某个道法通天的大手笔。"

晁朴瞥了眼天幕,沉默片刻,有意无意道:"君璧,力挽狂澜,是壮举,缝补山河,也是。既要与正人君子、清白之士,结为莫逆之交,又要学会驾驭那些蝇营狗苟之辈,如此一来,你才能够真正做点实事,不然至多就是当个讲学家、教书先生、清谈名士,都不差,但是不够好。"

林君璧作揖道:"先生教诲,学生受教。暂时难挽天倾,愿为补天匠。"

晁朴点点头。

如今雪渐大,已经让人觉得寒风刺骨,但是等到化雪时,其实道路更加泥泞不堪。

化雪时最天寒,最见人心。

晁朴突然问道:"那个隐官,到底是怎么个人?"

林君璧思量片刻,答道:"足够聪明的一个好人。"

晁朴自言自语道:"齐静春已逝,左右困在桐叶宗,崔瀺据守东宝瓶洲,关门弟子独自留在剑气长城,老秀才当真是……舍得啊。"

林君璧忍不住说道:"陈平安曾经说过,真正的壮举,其实从来人间处处可见,人性善心之灯火,俯拾即是,就看我们愿不愿意去睁眼看人间了。"

晁朴笑道:"雪夜羁旅远游客,哪怕一点灯火飘摇,依旧可慰人心。人生路上,确实是每多见一点灯火,眼中心中,就都会光亮一分,哪怕置身于人间夜幕。"

老秀才提议第五座天下命名为清白天下,只是中土文庙没有答应,此事依旧被搁置起来。

晁朴蓦然大笑道:"好家伙,人性且不去先谈善恶,只说好人与善心,好让儒家道统把更多气力放在教化一事上,这句话分明是借你之口,说给我们亚圣一脉读书人听的。"

林君璧有些紧张。

又有飞剑传信而至。晁朴看过密信之后,怔怔出神。

林君璧轻声道:"先生?"

晁朴回过神,说道:"我们文脉之内,专门写了一篇道德文章,讲解何为醇儒。"

林君璧脸色阴沉,道:"是被人幕后怂恿,还是发自本心?"

晁朴丢出那封密信,以拂尘拍碎,冷笑道:"是真蠢。"

林君璧双手使劲揉脸。

晁朴自嘲道:"突然有些羡慕崔瀺了。"

除了那座居中的飞升城,在刑官一脉的率领下,修士与凡夫俗子,一起在城池周边地界,一鼓作气开辟出了八座灵气沛然的仙家山头,处处大兴土木,或是依山建府,或是临水筑城,并且打造出一个个山水阵法,不断秘密安置压胜之物。

等于圈画出了一道涵盖方圆千里的另类禁制,这将是飞升城的第一层山水地界,此后自然还会不断向外扩展。

一位远游至此的剑修,成为第一拨拜访飞升城的客人。其实不算真正意义上的客人,甚至可以算是半个自家人。

因为他是皑皑洲邓凉,作为剑气长城的旧隐官一脉剑修,昔年待在避暑行宫长达数年之久,与徐凝、郭竹酒他们自然再熟悉不过。

离开倒悬山时,邓凉还是元婴境瓶颈剑修,年轻隐官就给他写了一封亲笔密信。

邓凉所在宗门,很快就开始秘密运作,以便让邓凉进入第五座天下,在那边寻找破境契机。这无论是对邓凉,还是对邓凉所在宗门,都是好事。

年轻隐官在信上提醒邓凉,如果能够说服宗门祖师堂让他去往崭新天下,最好是去桐叶洲,而不是南婆娑洲或者扶摇洲,但是关于此事,绝不可与宗门明言。最终在嘉春二年末,万事俱备,邓凉选择了北俱芦洲、东宝瓶洲和桐叶洲这条远游路线,北俱芦洲的太徽剑宗翻然峰、中部的浮萍剑湖,还有东宝瓶洲的落魄山、风雪庙,邓凉都故意路过,但是都没有登门拜访。

哪怕宗门已经与文庙一座学宫打过招呼,帮助邓凉讨要来了一份极具分量的通关文牒,可邓凉还是有些担心,担心那个太过天高皇帝远的桐叶洲,个个都是脑子一团糨糊似的。事实上,究其根本,还是邓凉对桐叶洲印象太差,连带着对那边的三座书院都观感不太好,邓凉甚至做好了在那边吃闭门羹的准备。

邓凉是在嘉春三年的春夏之交,到的桐叶洲大门。然后邓凉改变主意,在那边待了将近三年,与左右前辈、剑修王师子一起镇守大门,直到大门即将关上的最后一刻,邓凉才进入第五座天下。然后他一路御剑,往飞升城而来。

邓凉在半路途中,凭借那三年与左右前辈并肩作战的守门厮杀积攒下来的剑意,再加上左右前辈的指点,终于在崭新天下跻身了玉璞境。

也刚好在这座飞升城东南方的紫府山,邓凉遇到了那个正在督促阵法打造的刑官领袖,同样是跻身了玉璞境的齐狩。

齐狩对邓凉的到来,显然也很意外,他热情地带着邓凉游历这座紫府山,看了那块已经被设为禁地的古老石碑。石碑铭刻有两行古老篆文,"六洞丹霞玄书,三清紫府绿章"。齐狩与邓凉并无任何隐瞒,坦言在那山脚处,已经挖出一只形制古朴的玉匣,只是暂时无法打开,实在是不敢轻举妄动,担心一个不慎就触发古老禁制,连匣带物,一并毁于一旦。

虽然邓凉出身于旧隐官一脉,但对这位曾经多次出城厮杀的外乡剑修,齐狩的真诚还真是发自肺腑,因为在战场上,双方有过一次合作,配合十分默契。事实上,齐狩对曹衮、玄参这拨年轻外乡人,观感平平,唯独对邓凉,十分投缘。

到了紫府山,邓凉就不着急进入飞升城了。反正他要到百年之后再次开门,才能离开这座连个名字都没有的崭新天下。

邓凉还不至于痴心妄想自己能够在百年之内,就可以连破两境,跻身飞升境。

所幸还有个年号。据说时辰、斤两，这两事，目前一样没有定论。

齐狩听闻此事后，微微错愕，显然还没有意识到这两件事的意义所在。

邓凉也不藏掖，直接与齐狩说了这两件事为何不容小觑，一个牵扯着时令、历律的某种大道显化，一个则决定了世间万物重量的衡量计算。

至于如今飞升城内，刑官、隐官和财库泉府三脉的暗流涌动，邓凉稍稍思量一番，就大致猜得出个大概了。毕竟要说这些宗门事务、山头林立，浩然天下的谱牒仙师，实在是要比剑气长城熟稔太多太多。

邓凉更不会主动掺和其中。所以他跟着齐狩去往飞升城，却没有恢复隐官一脉剑修身份，而是担任了飞升城历史上的第一位记名供奉。

然后邓凉去见了董不得，一个让邓凉懂得自己注定求而不得的姑娘。

董不得当时刚刚返回飞升城，去了叠嶂酒铺那边喝酒，邓凉走在那条并不陌生的大街上，发现铺子没了大掌柜二掌柜，生意依旧还不错，不过代掌柜却成了个身形佝偻的外乡汉子，这会儿正在陪着董姑娘同桌喝酒，罗真意和郭竹酒也在，刚好一人一张长凳，就姓郑的掌柜一个男人，难怪他满脸笑意，唾沫四溅说着些东宝瓶洲的风土人情，邓凉落座的时候，那个男人正好说到了骊珠洞天与年轻隐官的一些陈年往事。

没人会跟邓凉客气，打过招呼就没什么客套寒暄了。邓凉说了句终于破境了，至多是罗真意道贺一句，郭竹酒鼓掌一番，董不得甚至都懒得说什么。

邓凉反而喜欢这样的熟悉氛围，因为都没把他当外人。

郭竹酒一直帮着郑大风倒酒，郑大风便继续说那陈平安送一封信挣一枚铜钱的小故事。

董不得来这里是为了喝酒解闷，随便郑大风瞎扯，郭竹酒却是缠着郑大风多聊她师父。

罗真意便只是听着，偶尔喝酒，她不说话。

郭竹酒听到郑大风说，她师父少年时每天奔走在福禄街、桃叶巷和栅栏门，然后就在那边第一次遇见了宁姚。

至于那位英俊潇洒酒量好的郑掌柜，当然便是双方的见证人了。

郭竹酒只觉得听见了天底下最精彩的故事，以拳击掌，道："不用想了，我师父肯定第一眼瞧见了师娘，就认定了师娘是师娘！"

这些事情，师父当年没说过，师娘也从来不提的。

郑大风点头道："是啊是啊，那会儿绿端你师父，其实就已经很老到，早早晓得女子学武和不学武的区别了，把我当时给说得一愣一愣的，好几天才回过味来。也不用奇怪，穷苦孩子早当家嘛，什么都会懂点。"

郭竹酒微微歪头，皱着眉头，郑掌柜这话怎么听着不太对劲。

罗真意微微讶异，低头默默喝了口酒，依旧不言语。

郑大风咳嗽一声，说我再与你们说说那条泥瓶巷。那边真是个风水宝地，除了咱们落魄山的山主，还有一个叫顾璨的混世魔王，一个名叫曹曦的剑仙，三家祖宅都扎堆在一条巷子里边了。说到这里，郑大风略微尴尬，好像在浩然天下说这个，很能吓唬人，唯独与剑气长城的剑修聊这个，就没啥意思了。

郭竹酒趴在桌上，突然说道："师父那么些年，一个人在泥瓶巷走来走去的，离了祖宅是一个人，回了家也还是一个人，师父会不会很寂寞啊？"

郑大风揉了揉下巴，点头道："约莫是有些的。反正你师父每次远游返乡，都会先去泥瓶巷祖宅坐一会儿。"

郭竹酒低声道："郑掌柜，我师父少年时，是咋个模样啊？师父小时候的模样，我就更无法想象啦。"

郑大风笑道："成天风吹日晒，黝黑瘦瘦的，个头还不高，所以很不起眼，再小些时候……除了同样穿草鞋，大概也是差不多的光景。"

郭竹酒挠挠头，继续趴在桌上，盯着自己眼前的那只白酒碗，道："我还以为师父嗖一下，就变成了少年，再嗖一下，就变成了我熟悉的那个师父。"

郑大风抿了一口酒，不再言语。

邓凉突然说道："先前有人评选出了数座天下的年轻十人，单单将不说姓名的隐官，排在了第十一，最少说明隐官大人还在剑气长城，而且还跻身了武夫山巅境，还是一位金丹剑修了。"

郭竹酒猛然坐起身，道："真的？！"

邓凉点点头，笑道："千真万确。"

邓凉瞥了眼罗真意。

董不得瞪了一眼不安好心的邓凉。

邓凉自罚一碗酒水，结果连罗真意也对他没好脸色了。

邓凉只得转移话题，问道："宁剑仙就一直没有返回城中？"

郭竹酒叹了口气："没法子，师娘肯定比谁都想师父啊，又不好意思当着我们面借酒浇愁，只好一个人跑远了，然后在谁也瞧不见的地方，可劲儿想念师父。唉，师娘捎上我多好，还能借用一下袖子擦擦眼泪来着……"

郭竹酒的脑袋突然被人一把按住，额头紧贴桌面。

脑袋抵住桌子的郭竹酒，只能先笑哈哈，再闷声献殷勤："师娘师娘……你咋个回来，也不在天上御剑炸出一连串雷，我都没机会敲锣打鼓昭告天下嘞，师娘是如今咱们这座天下的唯一一位仙人呀……"

宁姚使劲按了两下，郭竹酒小脑袋咚咚作响，宁姚这才松开手，在落座前，与郑大风喊了声郑叔叔,再与邓凉打了声招呼。

郑大风这是自当年骊珠洞天一别,第一次重新见到宁姚。少年已不再是少年许多年,昔年少女如今也已是惊世骇俗的仙人境。

郑大风笑道:"宁姚你放一千一万个心,最少在那由我看门多年的落魄山上,陈平安绝对没有对谁有半点歪心思。"

宁姚一笑置之。

郭竹酒坐在宁姚身边,抬起手,小声道:"师娘,你来之前,我掐指一算,就算到了师父已经是山巅境,而且马上就是玉璞境剑仙了。"

邓凉有些无奈,可惜顾见龙和曹衮、玄参他们仨都没在,不然别说玉璞境,飞升境都是隐官大人的囊中物了。

这第五座天下,哪怕扶摇洲和桐叶洲两道大门已经关闭,依旧乱象横生。奇人异事,更是数不胜数。

天隅洞天洞主蜀南鸢的独子,蜀中暑,打造出了一座超然台之后,与一个登门拜访的黑衣书生,相逢投缘。后者名为陈稳,来自北俱芦洲,却不是剑修。

然后一些个原本还觊觎那处超然台的桐叶洲修士,得知此人竟是那年轻十人之一,差点没当场吓破胆。

一个名叫杨横行的练气士,擅长符箓,脾气极差,跟桐叶洲修士纷争不断。结果惹了众怒,被近百号练气士追杀。不承想这厮在这座天地悄悄跻身了元婴境、远游境,那一大拨修士,被他反过来杀了个大半。

再就是有传闻剑气长城的一位女剑仙,曾经独自御剑南下,极为靠近那道南大门,剑斩多人。

而那浩然天下的中土神洲,有人独自出门远游,然后顺便路过那处许愿桥。

夜幕中,一袭白衣夜读书的许白,独自站在桥上,遥望对面山巅有一轮明月,有一骑策马山脊上。

许白凝神远眺,便见那红衣女子,身骑白马,腰悬狭刀系酒壶,仿佛骑马入月中。

皑皑洲马湖府雷公庙。

裴钱以八境武夫,递出相当于九境圆满的无名一拳。

柳岁余则以九境巅峰武夫,还以十境一拳。

两人互换一拳。

裴钱那一拳,既问拳也接拳,倒滑出去数十丈,虽然浑身浴血,身形摇晃数次,但她仍是强提一口气,使得双脚陷入地面数寸,这才晕厥过去,身形却依旧站立不倒。

柳岁余被那一拳打得整个人撞破雷公庙外墙,在雷公庙内踉跄止步,呕出一大口鲜血。

沛阿香当时只小声嘀咕了一句话："又一个姓裴的。"

裴钱醒过来，已经是三天之后，然后在雷公庙又养伤一月有余。

在这期间，她没有搭理那个叫刘幽州的陌生人，只是与谢姨、举形、朝暮他们问了些剑气长城的事情。比如师父在她离开剑气长城之后，在担任隐官之后，做过哪些事，说了什么话。也问那谢姨，成为一位金丹剑修，是不是很难。

最终在离去之前，裴钱独自出门一趟，帮着举形和朝暮，分别打造了一只普通材质的竹箱和一根行山杖，作为临别赠礼。

既然被他们称呼为裴姐姐，又年长十多岁，其实就是半个长辈了。

裴钱先与沛阿香和柳岁余两位前辈道谢和告辞，随后背好竹箱，手持行山杖，在雷公庙外与谢姨他们师徒三人告别。她弯下腰，与那两个剑仙坯子笑道："好好练剑，然后多读书，多行游，要在一起少别离。"

背着崭新竹箱的举形使劲点头，道："裴姐姐，你等着啊，下次咱们再见面，我一定会比某人高出两个境界。"

朝暮攥紧手中行山杖，同样小鸡啄米道："裴姐姐，以后我们去落魄山做客啊，一定要在家啊。"

裴钱笑了笑，直起腰，拍了拍俩孩子的脑袋，道："有师父在身边呢，不要着急长大。"

谢松花让两名弟子留步，她单独送了裴钱一段路程，两人一起徒步。

举形和朝暮远远望去，好像裴姐姐的个子又高了些。

刘幽州坐在门外台阶上，心思悠悠不在雷公庙了。

他掏出一枚雪花钱，高高举起，真是好看。

远方，裴钱只是看着地面，轻声说了一句话："师父曾经在家乡对我说过，他照顾自己的本事，天下少有，师父骗人。"

谢松花无言以对。

裴钱快步走出，然后笑着倒退而走，与那位谢姨挥手告别。

谢松花笑道："路上小心，照顾好自己。"

裴钱重新转过身后，快步而行，走出一个六步走桩，猛然间拔地而起，御风远游天地间。

刘幽州抬头望去，手中雪花钱好看，今夜月色也好看。

浩然天下。

老秀才在那扶摇洲北部现出身形，以心声大喊道："喂喂喂，白兄弟，在不在，应一声？！有个家伙说，你有没有仙剑在手都不咋的，搁我我是绝对忍不了的！"

孙道长毫无征兆地返回两座天下接壤的大门处,朗声道:"还个屁的剑,只管拿去!"

于是一位原本守着桃花与草堂的青衫书生,一剑随手劈开天幕,重返浩然天下的扶摇洲中部,望向一只王座大妖,淡然道:"好的。白也已至。"

第四章
十四境修士

半座剑气长城的悬崖畔，一袭灰袍随风飘荡。

流白来到此处，要与龙君前辈道别，她刚刚跻身元婴境，并且先后得到了两道纯粹剑意的馈赠。

在此练剑的九十余位托月山剑仙坯子，大多已经早于流白破境或是得到一份剑意，得以先后离开城头，御剑去往浩然天下，赶赴三洲战场。

那些游荡在天地间百年、千年甚至万年的一缕缕剑意精纯，无偏无倚，只要剑心澄澈、与之契合者，便是被它们认可的天下剑修，便能够得到一桩机缘，一份没有任何所谓香火、师徒名义的纯粹传承。

唯独一种存在，无论天赋多高、资质多好，绝无可能获得剑意的青睐。

例如蛮荒天下被列为年轻十人之一的赊月，以及那个昵称豆蔻的少女。

流白轻声道："龙君前辈，我即将离开此地，去往桐叶洲追随先生和师兄，不知前辈有无话语，需要晚辈捎给先生？"

城头罡风阵阵，那一袭灰袍并未开口言语。

流白也不敢催促这位性格古怪的前辈，她不着急离开城头，便望向对崖，却不见那一袭鲜红法袍的踪迹。

甲子帐下令，针对对面那半座剑气长城，设置了一道极具威势的山水禁制，彻底隔绝天地，流白可以清楚看到对面风景，对面城头看向此处，却只会看到白雾茫茫。

她身边这位龙君前辈，确实太过性情难测，作为万年前问剑托月山的三位老剑仙之一，他曾是陈清都的挚友，曾经一起起剑于人间大地，问剑于天，沦为刑徒之后，最终与观照一起再次沦为托月山傀儡，但是与那魂魄四散、神志不清的观照大不相同，龙君是自己舍了皮囊肉身不要，甚至任由王座白莹脚踩头颅。在战场上，龙君斩杀自己一脉的最后一位剑仙高魁。

高魁问剑，龙君领剑，仅此而已。

最终被他亲手斩断剑道最后一炷香火。

流白确实不太理解龙君前辈的所思所想，所作所为。

事实上流白就连那个离真，都琢磨不透。离真如今还留在城头上，好像打定主意要与那年轻隐官死磕到底了。

随着一位位托月山剑仙坯子各有所得，一份份剑运大道流转，自然而然，对面半座剑气长城就会越来越单薄，那个家伙的处境也越来越岌岌可危。因为那半座剑气长城的稳固程度，与剑道气运戚戚相关，相信那个与半座剑气长城合道的年轻隐官，会是天地间对此感知最清晰最敏锐的一个。

山下的凡夫俗子，懵懵懂懂，不知命理阳寿，故而不知老之将至，不知哪天才算大限将至。但是那个年轻隐官，如同每天瞪大眼睛对着一盏祖师堂长命灯，却只能眼睁睁看着那盏灯火的光亮，日渐黯淡。

龙君开口道："让你先生去请刘叉返回此地倾力出剑，最晚一年，务必要迫使那小子跻身玉璞境。迟则有变。"

流白错愕不已，不知为何龙君偏要让那人跻身玉璞境，难道？不对！自己绝不能受那人的言语影响心境，龙君前辈绝不可能与他同气连枝。

于是流白心有疑惑便询问，绝不让自己疑神疑鬼，开门见山问道："龙君前辈，这是为何？烦请解惑！"

龙君笑着解释道："对于陈平安来说，碎金丹结金丹，都是水到渠成之事，成为元婴剑修，虽不容易，但也不算太难，只不过暂时还需要些时日的水磨功夫，他对于练气士境界拔高一事，确实半点不着急，更多心思放在了如何增长拳意之上，大概这才是那条小疯狗眼中的燃眉之急。毕竟修行靠己，他一直如同入山登高，唯独练拳一事，却是雷打不动，如何能够不着急呢？在浩然天下，山巅境武夫，确实有些了不得，可是在这里，够看吗？"

流白只觉得头晕目眩，颤声道："他当时不是说自己马上要跻身玉璞境吗？"

"他说什么你们就信什么啊？"

龙君嗤笑道："真相自然是他随口吓唬你跟离真的，我当时本想要说他马上是元婴剑修，只是见你们信以为真，就懒得说话了。"

流白幽幽叹息一声。

龙君望向对面，道："这小子性情如何，很难看破吗？一切被视为他眼中可见之物，无论距离远近，无论难度大小，只要心神往之且行之有路，那他就都会半点不着急，默默做事而已，最终一步一步，得偿所愿。但是也别忘了，此人最不擅长的事情，是那无中生有，靠他自己去找到那个一。他对此最没有信心。"

说到这里，龙君笑问道："是不是不信此说？"

流白根本不知如何作答。龙君前辈这个说法，她将信将疑。

龙君无奈道："看来是真被他那两把本命飞剑给吓傻了，我问你，一个如此年轻的九境武夫，还是以外乡人身份当了隐官并且能够服众的一个聪明人，远游、历练、厮杀不断，但是他陈平安可曾悟出真正属于自己的一拳？有吗？没有。"

流白恍然，轻轻点头。

龙君说道："一切作为皆在规矩内，你们都忘记了他的另外一个身份——读书人。自省，克己，慎独，既是修心，其实又都是重重约束在身。"

所以越是如此，越不能让他有朝一日真正悟出一拳，因为那意味着最重修心的年轻隐官，有望能够凭借自己之力，为天地划出一道线。尤其不能让此人真正悟出一剑，大凡物不平则鸣，这个年轻人，心中积郁已经足够多了，怒气、杀气、戾气、悲愤气……

到时候被他归拢起来，最终一剑递出，说不得真会天地变色。

说到这里，龙君以无数条细密剑气，凝聚出一副模糊身形，与那陈平安最早在剑气长城露面时，是差不多的光景。

龙君伸手拨开那道山水禁制，继续说道："他要修心，循序渐进，那就要逼得他走捷径，逼得他不讲理。哪怕成为元婴剑修，这家伙想跻身玉璞境，依旧大不易，仓促之下，多半要用上一种以折损大道高度作为代价的捷径秘法，而一旦跻身了玉璞境，他就要彻底与剩下半座剑气长城共存亡，真正成为陈清都第二。"

流白瞥了眼对面悬崖，并无那人踪影，试探性问道："再难离开剑气长城？"

"所以不只你们担心他跻身玉璞境，其实他自己更怕。"龙君点头道，"若是他无法跻身玉璞，只能以真元婴、伪玉璞的稀烂境界，继续死守城头，那更好。刘叉一剑下去，将对面城头再一斩为二，他就要被伤及大道根本，半死不活。刘叉再多几剑，人依旧不会死，可是他的修道一途，就算彻底毁了。剑道先于武道行至断头路，他与剑气长城的合道，会变得名不副实，便是让他跻身了十境武夫又能如何？任人宰割，坐地等死罢了。迟早有一天，无论是我，还是故地重游的你，或是绶臣、斐然，谁来出剑，其实都一样，剑剑伤他大道根本。"

他人登城即上坟，坟冢之中有个活人，实则与死人无异。

流白好似山穷水尽之时，豁然开朗见那山清水秀。

唯一碍眼的，便是龙君前辈故意打开禁制后，那一袭鲜红法袍，好像如约而至，只见他手持狭刀，一路轻敲肩头，缓缓走来，最终站在了悬崖对面。

肩扛狭刀，对峙而立。

流白先前虽然跻身了元婴境，但并没有太多欣喜，反而忧心忡忡，简直比跌境还不如。

一天不曾真正跻身玉璞境，流白一天难以释怀。尤其是一想到自己将来要想打破元婴瓶颈，就需要面对那个心魔，简直让流白觉得，跻身了元婴境，就像是走近了那人一大步。

心魔之可畏，就在于玄之又玄的道高一尺魔高一丈、资质、道法、境界，甚至心性，都仿佛天边流云，如何抵得过坚若磐石的那尊心魔？

而许多跻身上五境的得道之士，之所以能够降服心魔，很大程度上是早先根本不知心魔具体为何，既来之则安之，反而容易破开瓶颈。

一旦早早知晓了心魔为何物，所有早早准备好的破解之法，对于心魔而言，其实反而皆是它的滋养壮大之法。

但是如果流白面对心魔之时，那个年轻隐官已经身死道消，那么流白跻身上五境，反而恨不得心魔是那陈平安。因为到时候流白在内心深处，就可以维持一点灵光，深知那心魔是已死之物。

今天听闻龙君前辈一番言语过后，流白道心大定，望向对面那人，微笑道："与隐官大人道一声别，希望还有重逢之时。"

当下有此道心，流白只觉得剑心愈发澄澈了几分，对于那场原本胜负悬殊的问剑，反而变得跃跃欲试。

陈平安面带笑意，破天荒沉默不言，没有以言语乱她道心。

流白看得出来，对方这几年并不好受，好不容易跻身山巅境，使得容貌稳固之后，反而一天比一天形神憔悴。

一位久居山中的修道之人，不知寒暑，酣眠数年，乃至于数十年，如死龙卧深潭，如神像枯坐祠庙，其实并不奇怪。

例如北俱芦洲趴地峰的火龙真人，更是以擅长大睡著称于世，披雪作衣。而新评出年轻十人之一，流霞洲的那位梦游客，应该也是火龙真人的同道中人。

或是坐忘形骸、勤修道法数年之久，其间只是小憩片刻，用以温养魂魄，也不奇怪。这类小憩，大有讲究，契合"人身大死"一说，是山上修道极为推崇的熟睡之法，真正不起一个念头，按照佛法说法，便是能够让人远离所有颠倒梦境，故而相较凡俗夫子的最是寻常的夜中熟睡，更能够真正神益三魂七魄，神魂大休歇，故而会给练气士格外香甜之感。

从目从垂，意坐寐也，修道之人，静坐养神，无梦而睡，正是练气士跻身中五境的一个征兆。

但是一位练气士，不眠不休整整七年，并且每时每刻都处于思虑过度的境地，就很罕见了，自然会大伤心神。

故而空有境界，心神日渐憔悴。

陈平安笑问道："龙君前辈，我就想不明白了，我是在巷子里蹦过你啊，还是拦着你跟离真抢骨头了？你们俩就非要追着我咬？"

龙君笑道："虽说只剩下半座剑气长城，但陈清都这把老骨头，确实让人有点难啃。给你熬过了这么些年，确实值得自傲了。"

陈平安转移视线，与那流白说道："还不走？我再怜香惜玉，也是有个度的。"

流白眼神坚毅道："今天你我一别，极有可能就是生死别离一场，你只管多说些，将来我与心魔问剑，面对的毕竟不是真正的陈平安了。"

陈平安摆摆手，道："劝你见好就收，趁着我今儿心情不错，赶紧滚蛋。"

流白不挪步，身形纹丝不动。

龙君讥笑道："不过悟出一点粗浅的白骨观，以此洗涤心湖戾气，心情就好了几分？禅味不可着，死水不藏龙，禅定非在定时定，你还差了十万八千里，不妨说句大实话，白骨观于你而言，便是实打实的旁门左道，渐悟万年也顿悟不得。便是看出了自身化作极尽白净之骨，念头倒下，由破及完，白骨生肉，最终流光溢彩，再心神外放，无量无边皆白骨杂处，可惜终究与你大道不合，皆是虚妄啊。只说那本书上，那馨竹湖所有枉死众生，真是一副副白骨而已？"

说到这里，龙君前辈瞥了眼陈平安，轻轻摇头，不以为然道："想要自欺欺人，将千百念头散落累累白骨上，好凭此勉强休憩片刻，那你就该乖乖躲起来，别来我这边自讨没趣。"

事实上，陈平安肯定不会在白骨观一途走得太远，就如龙君所说，只是一门试图暂时拿来"休憩片刻"的取巧之法。所以哪怕陈平安今天不来，龙君也会一语道破，绝不给他半点温养魂魄的机会。

陈平安微微皱眉，然后洒然一笑，手持斩勘，遥遥指向那一袭灰袍里边的模糊老者，道："龙君前辈，好高的道法，为晚辈指点迷津，避免误入歧途，如何谢你？这么多年的辛苦护道，助我砥砺道心，如果不是你这副尊容，我都要误以为前辈是我家乡骑龙巷的那条左护法了。"

龙君笑道："人之将死其言也善，你倒是反其道行之。"

陈平安再次转头，好奇问道："真不走？真以为站着不动，多看我几眼，就是磨砺道心剑意了？"

流白看着那个年轻人，没来由地感慨道："你真可怜。"

陈平安眯眼而笑。

龙君突然以一份沛然剑气瞬间隔绝天地，不让那陈平安言语有传入流白耳中的可能，甚至不让她多看对方一眼。

没了龙君的剑气压制，遮蔽半座剑气长城的山水禁制重新关门。

流白发现自己视线模糊，无法看见对面丝毫，她愣了愣，道："龙君前辈，这是为何？"

龙君说道："你只需要知道一点，他先前让你见好就收是对的，并且他说这句话，本就是为最后一句话做铺垫，不然他说出口，你听见了，就可以让你心魔暴长。"

流白摇头道："我不信！"

由纵横剑气凝聚而成的老人身形，渐渐消散，再次变成空荡荡的一袭灰袍，龙君语重心长道："走吧，没必要跟一条疯狗一般见识。以后好好练剑，若是你当真能够斩却此人显化的心魔，对你大有裨益，因祸得福，大道成就有可能比先前更高。"

流白虽然不明就里，对陈平安的那句言语充满好奇，却也不会违逆龙君教诲，更不敢将自身剑道视为儿戏，与那陈平安做无谓的意气之争，她立即御剑离开城头。

在流白离开城头后，一直站在不远处的离真来到龙君身旁。

离真委屈道："你对流白那小娘们，可比对我好多了。"

龙君只是转头望向北边那座城池遗址。万年之前，以戴罪之身迁徙至此的刑徒，万事万物，一切由无到有。

离真问道："你为何如此针对陈平安？"

龙君淡然道："一个年轻人，能与我有何仇怨？只是任何一个想要成为陈清都第二的剑修，都该死。"

离真又问道："我虽不是观照，但是也知道观照只是失望，为何你会如此？"

观照的心态，跟那十万大山当中的老瞎子差不多，剑仙张禄之辈，大抵亦是如此。对于新旧两座浩然天下，是同一种心态。

龙君收回视线，默不作声。

离真问道："咱们这位隐官大人，当真尚未元婴，还只是破烂金丹？"

龙君懒得言语。

离真自言自语道："不过流白由衷可怜对方，也不算奇怪。"

天地寂寥，孤单一人，日月照之何不及此？

偶有飞鸟飞往城头，经过那道山水阵法之后，便倏忽掠过城头。

既然不见日月，便没有昼夜之分，更没有什么四季流转。

脱胎换骨，心神凝聚，身外有身，是为阳神，喜光明，是金丹之绝佳栖息之所。

一粒灵光，出幽入冥，无拘无束，是为阴神，喜夜游，是元婴之寤寐修行之地。

陈平安与剑气长城合道，代价不小。三者早已熔铸一炉，不然承载不了那份大妖真名之沉重压胜,也就无法与剑气长城真正合道,只是年轻隐官此后注定再无什么阴神出窍远游了,至于儒家圣贤的本命字,更是绝无可能。

离真笑了起来:"流白笨是笨了点,笨点好啊,她未来的心魔,反而不至于太过死结无解。"

龙君果断阻断天地,等于是救了流白半条命。

不然那位隐官大人只需说一句话,就可能让流白丢掉半条命。

很简单,一句"你喜欢我作甚",就能让流白道心崩溃大半。

至于流白是不是真心喜欢,半点不重要,这恰恰才是最棘手的症结所在。

毕竟世间不喜欢,无非是个无所谓了,世间之喜欢却有千百种,缘由更有百千个。

龙君突然以剑气隔绝出一座不易察觉的小天地,问道:"你到底看到了什么?"

离真反问道:"你到底在说什么?"

龙君沉声道:"你的那把本命飞剑,名为光阴。"

离真笑道:"是又如何?你难道不是比谁都清楚,我算是天底下最无事可做的剑修,最少也该是之一。就我这点境界,能看到什么,又能做什么?"

离真自顾自摇头,自嘲道:"我什么都没有看到,什么都没有做啊。"

离真之所以死活不愿成为观照,其根源便在于那把好似一座天地大牢笼的本命飞剑。

当年甲申帐多位年轻剑修,围杀陈平安一人,事后背篓察觉到离真的萎靡心境,当面劝说离真,如果以他当下心境,未来百年,兴许成就还不如流白。背篓还询问一心想要"远离观照得真我"的离真,这辈子到底能否不问观照、离真,只为剑修身份,真正递出一剑。而当时离真的回答十分古怪,反过来询问背篓有无走过光阴长河,并且离真最终给出了"河床"和"命运"两个说法。

老大剑仙陈清都,曾经见到一位"故友"之后,也曾有一番感慨,若是他在光阴长河当中,逆流而上一万年,重返战场,足可问剑任何一位"前辈"。

离真望向对面,喃喃道:"很羡慕你啊。"

而那个被离真羡慕的年轻隐官,腰间悬佩斩勘,正在城头上缓缓出拳。

一如当年,独自出拳而走,那时候,剑气长城的城头上犹有大小两座茅屋,老剑仙还在,连赢自己三场的曹慈也在。

相对于纷杂念头时刻急转不定的陈平安而言,光阴长河流逝实在太慢太慢,如此出拳便更慢,每次出拳,好似往返于山巅山脚一趟,每趟只挖一捧土,最终搬山。

在对面那半座剑气长城之上,蛮荒天下每斩杀一位人族大修士,就会在城头上篆刻下一个大字,而且甲子帐似乎改了主意,无须斩杀一位飞升境,哪怕是仙人境,或是某位大宗之主,便可刻字,既刻大妖化名,也刻它们斩杀之人姓名。

由于大妖刻字的动静太大,尤其是牵扯到天地气运的流转,哪怕隔着一座山水大阵,坐拥半座剑气长城的陈平安,还是能够依稀察觉到那边的异样,偶尔出拳或是出刀破开大阵,更不是陈平安的什么无聊举动。

苦夏剑仙的师伯,中土神洲十人之一的周神芝。

扶摇洲一位飞升境。此外还有桐叶洲太平山老天君,太平山山主。扶乩宗宗主稽海。三位书院圣人,其中就有君子钟魁的先生,大伏书院山主……

都已战死。

所幸没有南婆娑洲陈淳安,师兄左右。

桐叶洲玉圭宗荀渊,姜尚真也都无事。

通过这些,陈平安就能够大致判断出妖族在浩然天下的推进速度。

原本毫无意义,只会徒增烦恼。但是有了那本山水游记之后,当陈平安将所有文字一一炼化,得到了那封来自大骊国师的密信后,就变得至关重要了。

然后陈平安心底就生出一个感觉,这个崔瀺,但凡脑子没病,就想不出这样的法子来送信。

崔瀺真正厉害之处,甚至不在于赌他陈平安能够拼凑出这封密信,而是笃定那只通天老狐,自号老书虫的周密,会在自己之后获悉这封密信!尤其可怕的是,在那崔瀺看来,好像周密知不知道此事,都不会改变崔瀺心中的那个既定大局。若是周密毫无察觉,当然最好;可哪怕周密当真学究天人,获悉了此事,也无碍大局。

不过这里边还藏着几个大大小小的意思,让陈平安后悔自己脑子跟那崔瀺一样有病,竟然误打误撞拆解出了这封密信。

知道还不如不知道。

桐叶洲大伏书院旧址,一只青衫儒士模样的王座大妖,心思微动,便立即让人去拿来一部山水游记,炼化了那本山水游记所有文字,略作思量,他先后中炼了"崔、巉、瀺、十、一"在内的五字,又分别试过了所有组合,最终在心湖当中得到了那封只有八个字的密信:"时机适宜,山水颠倒。"

周密哑然失笑,以心声称呼崔瀺,然后伸出一手,道:"有请崔国师,闲聊几句。"

对方本就是阳谋,赌东宝瓶洲最后能够决定天下大势的走向。

东宝瓶洲守得住,所谓的山水颠倒才有意义,毕竟留在蛮荒天下的那仅剩半座的剑气长城,依旧属于浩然天下的版图。若是守不住,崔瀺撑死了只是以命换命,至多救下一个年轻人,而且还得看对方愿不愿意离开剑气长城,与他崔瀺更换位置。最有意思的地方,在于周密敢断言,陈平安一旦真的求助于东宝瓶洲失守的崔瀺,极有可能会大失所望,崔瀺会视而不见听而不闻,那就真是一场极有意思的问心局了。

崔瀺身形缓缓凝聚在周密眼前。

周密问道:"所谓'时机适宜',是东宝瓶洲成功阻滞蛮荒天下大军北上,最终两座天下僵持不下之际?"

只是法相降临桐叶洲大伏书院的老儒士微笑点头,正是大骊国师崔瀺。

如果周密不是身在书院遗址,崔瀺自然不会现身。

周密又问道:"崔国师就如此笃定陈平安已经率先得到密信,再笃定东宝瓶洲一定守得住,还笃定陈平安撑得到那一天?特别是需要笃定陈平安熬得住性命之忧,不至于早早与你更换位置,不会害得你前功尽废?"

崔瀺说道:"文圣一脉的关门弟子,这点脑子和担当还是有的。"

周密笑问道:"崔国师,我最后只有一个问题了,你如何确定那半座剑气长城,撑得到你所说的适宜时机?就不担心我腾出手来,亲自针对他?"

崔瀺淡然道:"你我之间,争的不只是两座天下的大势。你要是这点气魄都没有,没资格谈什么重整儒家道统、收拢文脉、立教称祖。"

周密沉默片刻,摇头叹息道:"崔瀺,原来你是要用一个陈平安的性命,加上半座剑气长城,作为诱饵,换来礼圣……不对,是亚圣与我的换命?"

崔瀺微笑道:"也可能是至圣先师亲自出手嘛。"

周密笑道:"求之不得。"

崔瀺说道:"赶紧让那托月山大祖打破天幕窟窿,我倒要看看那些被礼圣阻滞的远古神灵,能够在我东宝瓶洲折腾出些什么。"

周密点头道:"如你所愿。"

然后两人几乎同时望向扶摇洲方向,周密笑道:"惹他做什么。"

蛮荒天下十万大山里边的那个老瞎子,早早表明了会袖手旁观。

东海观道观,那个臭牛鼻子,更多是选择了置身事外,甚至携道观飞升之前,还算小小帮了个忙。

那个老和尚暂时还不确定身在何方,最大可能是已经到了东宝瓶洲,可这仍然在托月山的预料之中。

唯独那位中土神洲被誉为人间最得意的读书人,按照原先推算,去了第五座天下,就会留在那边,并且会将那把剑归还青冥天下的玄都观。

本不该持剑返回浩然天下的,不承想此人还是出剑了。

十四境修士,读书人白也,手持仙剑,现身于已算蛮荒天下版图的西南扶摇洲,总计递出三剑,一剑将对手打退出扶摇洲,一剑跨海,一剑落在倒悬山旧址附近,斩杀王座大妖。

嘉春七年开春时分。

飞升城祖师堂，举办了所有嫡传务必到场的第二场正式议事，所有在外建府、游历剑修，一律按时返回。

距离第一次的挂像敬香，已经时隔六年。

祖师堂大堂，当下摆放了四十一把椅子。唯独挂像下那张桌子旁，空着两把。

刑官一脉，座椅在左，隐官和财库泉府这两脉，居右。

隐约有两两对峙之势。

刑官一脉领袖，齐狩，跻身玉璞境没多久。

座椅依次南下，是两位老元婴剑修的位置，他们分别来自太象街、玉笏街的小家族，昔年分别是陈氏、纳兰两个大姓的附庸门户。

两位老人与齐狩关系平平。他们都已魂魄腐朽，至多剩下百年寿命，所以更大的兴趣是帮着飞升城开枝散叶，为年轻剑修们倾囊传授剑术。这就像世俗王朝的官场上，即将卸任的老人，往往都会比较耿介，敢说、敢做一些以往不敢的话或事。

如今飞升城气象一新，剑修练剑，再无门户之见，避暑行宫隐官一脉，先前通过翻检档案、整理秘录，给出了原本封禁重重的诸多剑仙遗留下的道诀、剑经。

只不过上山修行，讲究一个道不可轻传，法不可轻授。虽不能太当回事，却也不能太不当回事。所以年轻剑修必须凭借各自天赋、功劳，以及本命飞剑的品秩，尤其是飞剑本命神通的大致脉络，然后经过刑官和隐官两脉的共同勘验，才可以翻阅不同品秩、条目的众多秘档、剑谱。门槛依旧有，但是相较于以往的剑气长城，门槛低了太多太多。

不但如此，隐官一脉还拿出了一门改善过后的剑气十八停修炼之法，对飞升城所有剑修公开，剑修皆可修炼。据说这新十八停，最早传自阿良，早年只有宁姚、陈三秋、叠嶂在内这拨屈指可数的年轻人得以修炼此法。

陆陆续续有剑修跨过大门，在各自椅子上落座。

不但绝大多数都是年轻面孔，而且更是名副其实的年轻岁数。

这些年纪轻轻的天才，境界最低也是龙门境剑修。还有几位尚未二十岁的剑仙坯子，属于例外。有小道消息说，这五个跻身中五境却仍未地仙的少年少女，极有可能是隐官一脉剑修的候补人选。

飞升城祖师堂内，老人太少，年轻人太多。这在浩然天下任何一座仙家祖师堂，都是绝无仅有的场面。

离着定好的时辰，约莫还差一炷香工夫。

齐狩已经落座，主动微微侧身，与身旁一位元婴老剑修议事。如今刑官一脉剑修，在飞升城权柄最重，每天都有忙不完的事情。齐狩事必躬亲，飞升城周边八处山头的选址、安置压胜物、打造山水阵法，都需要齐狩定夺，能够在这种忙碌形势中跻身上五境，足可见齐狩惊才绝艳的资质。

而齐狩这些年来,始终没有一味专注练剑,刻意追求那个玉璞境,而是年复一年,为飞升城奔波忙碌,这为齐狩赢得不少的人心。

由于宁姚尚未现身,所以祖师堂内氛围暂时还算比较轻松。

因为所有人都心知肚明,飞升城祖师堂,宁姚一人,可占一半。

郭竹酒将行山杖横放在两侧椅把手上,轻轻晃荡双腿,她旁边分别坐着个老姑娘和公道话。

顾见龙以心声言语道:"绿端,宁姚怎么还没有跻身飞升境?说实话,我有点失望啊。"

关于宁姚的称呼,其实是旧避暑行宫隐官一脉的一大难题。称呼为隐官大人,好像不太妥。直呼其名,似乎更不合适,毕竟宁姚已经是一位千真万确的大剑仙。可要说喊宁大剑仙,又太生分了。所幸宁姚先前自己开口了,直呼其名就可以。最终没人客气,也不敢跟宁姚客气。何况隐官一脉剑修,本来就都不是什么客气人。

郭竹酒双手轻拍绿竹杖,同样以心声嗤笑道:"你懂什么,什么都懂不得,这是师娘给他们刑官一脉剑修留点面子。"

董不得突然一巴掌拍在郭竹酒后脑勺上。

郭竹酒一个双手抬起,胡乱拳架,双肩一震,好似给她辛苦打散了董不得的那份"拳意",然后恼火道:"董姐姐,吗呢,我又没说你坏话,天地良心!"

董不得一手的手指间,正在灵巧翻转一枚霜降玉材质的藏书印,微笑道:"手痒。"

郭竹酒小声埋怨道:"隐官师父不在,隐官师娘还没来,你就可劲儿欺负我吧。"

王忻水突然问道:"米大剑仙,还有曹衮、玄参两位好兄弟,还算咱们隐官一脉的剑修吗?"

顾见龙白眼道:"傻了吧唧不是,多搬几条椅子很难吗?咱们避暑行宫自家谱牒上,不还留着他们的名字?"

王忻水点头道:"在理,在理。"

早年避暑行宫,顾见龙、王忻水、曹衮、玄参,发自肺腑地称兄道弟,视彼此为同道中人,于是被董不得称呼为隐官座下四大狗腿,然后四人加一起,等于一个郭竹酒。

罗真意,没来由有些伤感。

在如今的飞升城,罗真意有点类似剑气长城宋彩云、周澄、纳兰彩焕这些前辈,不但天生姿容绝美,还注定会成为剑仙。

当年避暑行宫,愁苗剑仙还在,林君璧、宋高元这些外乡年轻人都在。

光是看林君璧和曹衮或是玄参下棋对弈就很有意思,双方身后的臭棋篓子一大堆,却一个比一个喜欢当狗头军师。

有个双手笼袖一旁观战的年轻人,棋术不高,却最喜欢胡乱指点,唯恐天下不乱。

曹衮或玄参若是赢过了林君璧，自有郭竹酒领衔其余四大狗腿，对他吹嘘拍马，输了棋，那人就理直气壮撂下一句"怪我咯？没道理嘛"。

范大澈落座后，神色肃穆，沉默寡言。他是隐官一脉剑修最坐有坐姿的一个，也是最伤感的一个。

最喜欢的姑娘，已经嫁为人妇，曾经街上偶遇，她的孩子都晓得喊他范叔叔了。不知为何，他当时只是有些失落，却反而不再痛彻心扉了，看着眉眼似她的那个孩子，范大澈只知道当时自己释然地笑了，只是不知自己那份笑容，落在已为人妇、再已为人母的女子眼中，又会是什么模样。

最要好的朋友陈三秋，去了浩然天下。

最信任的年轻隐官，独自留在了剑气长城。

十分怀念那一声"大澈啊"。

范大澈悄然转头往后看去一眼，自嘲一笑，便很快收回视线，继续屏气凝神，默默温养剑意。

范大澈自知自己的剑道资质，比不过任何一位隐官一脉剑修，是一路跌跌撞撞、历经坎坷才跻身的金丹境，而且郭竹酒、顾见龙他们，不但先天资质极好，而且后天努力更是远超常人，所以范大澈压力不小。

身为刑官二把手的捻芯，几乎从不抛头露面，平日里身穿一袭宽大法袍，已是元婴境瓶颈修为，却不是剑修。她的真实身份，好像连避暑行宫都不太清楚。在飞升城横空出世，然后莫名其妙就成了刑官一脉的大人物。

她是飞升城最新的四大古怪之一。

捻芯的那把座椅，位于刑官和两位元婴老剑修之后。

不过捻芯与那宁姚一样，尚未露面。

捻芯座位往南的三把椅子，也坐着四大古怪之一。

是三位师出同门的金丹剑修，虽为男子却身穿女子衣裙。

他们来自昔年毗邻种榆仙馆的那座剑仙私宅簸箕斋，凭借他们师父传下的那门神通，如今三人负责帮助飞升城寻觅年幼的剑修坯子。

其实他们更愿意成为隐官一脉剑修，但是对外宣称暂领隐官一职的宁姚没答应。

簸箕斋那位与阿良私交极好的老剑仙，收藏了众多古砚台，所以歙州、水玉、赝真这三位境界不高、杀力却尤其出众的金丹剑修，与年少时喜欢翻墙串门的郭竹酒，又最是熟悉不过。

故而一座祖师堂，虽说派系分明，但之间的渊源关系，实则千丝万缕，或投缘为友，或祖辈香火情，相互牵扯在一起。

一名女子跨过大门，悄然落座，其间没有跟任何人打招呼，甚至连眼神交汇都没有。

来人正是捻芯。

捻芯开始闭目养神,今天议事,她注定是不会开口说话的。

如今飞升城想要成为刑官一脉成员,练气士当中唯有剑修有此资格,这是飞升城的一条铁律。

反观隐官、财库泉府两脉,就无此约束,诸子百家练气士,都无碍。

刑官一脉,若非练气士,就只有以旧躲寒行宫作为发轫之地的纯粹武夫,才能够在刑官谱牒上写下名字。

旧躲寒行宫武夫一脉,聘请那个酒铺代掌柜郑大风,作为教拳人。

只是郑大风婉拒了飞升城的供奉一职,答应为姜勾、元造化那拨少年少女传授拳法,只收取一笔俸禄。

如今刑官辖下武夫一脉,人数骤增,已经六十余人。除去最早被白炼霜教拳的姜勾那十人,以及城池落地之初,捻芯新收的两个孩子,第三拨几乎多是五六岁的孩子。

习武一事,虽然对资质的要求远远不如剑修,但是学拳要趁早,是定论。

故而最终刑官一脉,无形中就出现了一脉三山头的格局。

齐狩手握大权,捻芯负责栽培武夫,此外两位元婴老剑修与来自簸箕斋的三位金丹剑修比较得来,因为一方传授剑术,一方寻找剑修坯子,双方合作顺畅。

不过哪怕如此,管着将近半数剑修的齐狩,还是当之无愧的飞升城权势第一人。

齐狩与身旁老剑修聊过了正事,重新恢复坐姿,瞥了眼对面那张椅子。

对面那隐官一脉,宁姚领衔,此外是董不得、徐凝、罗真意、顾见龙、王忻水、常太清、郭竹酒,还有个范大澈。

目前总计九人。相较于山头林立的刑官一脉,隐官一脉人数更少,而且人心显然更为凝聚,远远不是刑官一脉能够媲美的。

在宁姚第二次远游归来之时,齐狩发现她分明已是仙人境瓶颈,名副其实的大剑仙。

可在所有飞升城剑修看来,宁姚御剑返乡之时,竟然没有破境,才叫人觉得意外。

由此可见,宁姚在飞升城剑修心中的地位。

成为剑仙很难,成为大剑仙更难,成为一位飞升境,更是登天难。

但宁姚是唯一的例外。

齐狩对此谈不上有任何愤懑,因为飞升城确实需要这样一个存在。

毕竟如今这座天下,群雄割据,不独有一座飞升城。

无非是剑道一途,注定争不过宁姚,但是齐狩却有一整座天下可以去争。

齐狩视线微微偏移。

高野侯的那把座椅,位于宁姚一侧。

此人比齐狩更早来到祖师堂,如今还是元婴境,想要跻身玉璞,不是三五年就能够成的。一步慢,步步慢,齐狩并没有将高野侯视为对手,甚至愿意与邓凉一样,与高野侯成为朋友。

泉府,管着飞升城的财政大权,衣坊、剑坊、丹坊三坊合并,以元婴剑修高野侯为首,只不过高野侯作为财神爷,自身并不擅长钱财事,真正管事的,还是从晏家和纳兰家族当中提拔起来的几位剑修,年岁不低,境界不高,但是最适合当账房先生。

泉府,光看名字,就知道是那位年轻隐官的手笔了,不然不至于这么文绉绉。

齐狩曾经跟陈平安在城头并肩作战。

在战场上,双方不是朋友胜似朋友,陈平安还与齐狩主动做过一笔大买卖。

不过战场之外,两人各凭本事恶心对方,却也不至于到分生死的地步。

齐狩内心深处,不得不承认一点,如果那个家伙跟着来到这座天下,自己肯定要处处束手束脚,但说不定更能生出一分斗志。

而且除了齐氏家族底蕴深厚,自家老祖齐廷济,毕竟是唯一一个依旧位于剑道巅峰的老剑仙。哪怕齐廷济如今身在浩然天下,继续仗剑杀妖,对当下的飞升城而言,也依旧是一种巨大的威慑。

邓凉的位置,位于靠近大门处,所以与几位资历最浅、资质却好的孩子为邻。

这不太合规矩,身为飞升城第一位记名供奉,座椅怎么都该在高野侯、捻芯附近。

是邓凉执意如此安排。这也让邓凉在飞升城本就不差的人缘,变得相当好。

他出身皑皑洲大宗门九都山,作为嫡传,又是元婴剑修,是九都山肃然峰的山主,返乡之后,以闹编郎身份,秘密位列绿籍,这比成为祖师堂嫡传更加艰难,因为一旦跻身九都山的仙家绿籍,修士就能够分走宗门一部分山水气运。

邓凉是旧隐官一脉的出身,同时又与刑官领袖齐狩关系莫逆。所以邓凉选择两不投靠,有意与隐官一脉稍稍拉开距离,是极有分寸的明智之举。

邓凉来此就三事。

自己练剑破境,求个大剑仙。

见一见心爱女子董不得,但不奢望更多。

再就是成为飞升城和九都山的那座桥梁,邓凉也希望自己能够为飞升城做些实事,以及尽量避免刑官、隐官两脉剑修之间的势同水火。所以邓凉的位置,必须不偏不倚,许多以供奉身份说出的言语,才能让飞升城剑修真正听得进去。

他此次游历飞升城,带来了相当数量的宗门特有仙家物资,情意重礼不轻,分别是那山下君主最为青睐的岁旦酒,以及重思米和却鬼符。

邓凉此次来到第五座天下,随身携带了宗门专门赐下的一件咫尺物和一件方寸物,其中有:蕴含充沛灵气的仙家酒酿岁旦酒,六十坛;名为重思米的仙家稻,米如石榴籽,色泽鲜红,味如菱角,总计八百斤,最适宜当作下五境修士的药膳,是山上修士一等一的食补。

而那三百张却鬼符,更是珍贵异常,在皑皑洲又被誉为绿筋金书。符箓材质是九都山独有的一种仙家树叶,制成符纸之后,绿筋在日光、月色照耀下,金光流转,张贴一张符箓,宛如一尊有灵门神,庇护家宅。

这些仙家物资全部被邓凉赠送给了泉府。

宁姚现身大门外。

祖师堂内诸多小声攀谈,瞬间停止。

这些年间,宁姚破境、远游两不误,对这座天下的了解程度,不作第二人想。

宁姚没有落座,而是为飞升城祖师堂挂像上香。

刑官齐狩,泉府高野侯,分别紧随其后。

三人的九炷香,都由祖师堂最年长者给出。

这是飞升城祖师堂第一场议事新订立的一条规矩,由宁姚提出,无人提出异议。

今天负责递出香火之人,正是刑官一脉的元婴老剑修之一,这是老人第一次为三人递香,竟是有些热泪盈眶。

先前此地每年都会有几场议事,只是隐官宁姚皆远游在外,她不现身点香,就算不得真正的飞升城议事。

加上先前议事,往往祖师堂人数空了一半椅子,老剑修每次为齐狩、高野侯递出香火,都无今天这般心境。

除了这三人上香,其余祖师堂人员皆起身。

宁姚落座后,并不言语。

齐狩说道:"开始议事。"

此次兴师动众的祖师堂议事,刑官一脉,哪怕是两位元婴老剑修,和歙州在内三位金丹修士,其实都比较担心飞升城祖师堂即日起成为一言堂。

有此担忧,不全是出于私心。

宁姚第一次返回飞升城,就一剑砍了齐狩,是举城皆知的事情。那么会不会以后每次隐官一脉"受了委屈",不管有无道理,宁姚就是干脆利落递出一剑了事?

没有人会怀疑宁姚的一城领袖身份,甚至都不会觉得宁姚会假公济私,道理太简单不过了,没必要,宁姚根本瞧不上这些所谓的权柄,她如今视野所及已是飞升境壮丽光景。连同刑官齐狩、泉府府主高野侯在内都很清楚,想要成为第五座天下的第一大宗门,飞升城可以缺少任何人,唯独不能缺少宁姚。

可是飞升城想要稳稳屹立于第五座天下,终究不能全部依仗宁姚的境界和剑术,来帮助飞升城解决所有事情。

所以就有一拨老剑修，来此之前就私底下碰头，大致意思，都是希望宁姚能够干脆脱离隐官一脉，成为一个地位超然的存在，或者可以更直接一点，就是成为陈清都第二。

大事皆由她一言决之，但是飞升城平时庶务、寻常琐碎，宁姚最好就别插手了，大可以专注练剑，一举跃升为这座天下的第一位飞升境剑仙！

供奉邓凉，对于飞升城当今三脉的大致心思，了然于胸。

到底是九都山这种浩然天下大宗门出身的谱牒仙师，早年又做过许多年的山泽野修，邓凉没觉得这些纷杂心思，就一定是坏事。甚至会觉得如今的飞升城，若是不去说战力，反而要比早年的剑气长城，更加朝气勃勃。

太象街、玉笏街犹在城池之中，只是如今再无什么名副其实的豪门家族、剑仙家主。

老人，真没剩下几个了。

毕竟剑仙，几乎都战死在了遥远的家乡。好像那场战争，老大剑仙有意逼着所有剑仙、老人，为年轻人让出一条道路来。

虽然这里如今是异乡，但是终究有一天，会成为飞升城越来越多年轻人、孩子的家乡。

齐狩率先开口，所说的第一件事，就是汇总、筛选所有仙家势力的消息，重点是那些"宗"字头门派，例如位于天下最东边的白玉京、玄都观、岁除宫。

再一个是收集关于所有在此跻身玉璞境的天才修士的相关谍报。例如桐叶洲女冠黄庭，已经是玉璞境，在一处山头，打造石碑，剑刻"太平山"三字。此外，还有一个化名杨横行的男子，既是远游境武夫，又是元婴修士，不容小觑。

除了宁姚独自御剑远游四方，还有四拨刑官剑修，分别去往某个方向，探查消息，收集了大量来自扶摇洲、桐叶洲的山水邸报。

齐狩说道："我们按照避暑行宫旧例，编订正副两册，一个记载所有宗门势力，一个记录上五境、地仙修士。如何？"

宁姚点了点头。

高野侯说道："无异议。"

经过六年的不断扩张，由于飞升城位于天地中央的缘故，开始与外方有越来越多的接触。剑修不断外出远游，他人纷纷游历至此。

除了飞升城不断壮大，井然有序，人人肉眼可见，许多别家人事，也都逐渐浮出水面。

年轻十人当中，白玉京道士山青，是道祖关门弟子。少年僧人，手持十二环锡杖，独自远游。

候补十人之中，又有流霞洲的天隅洞天蜀中暑，已经打造出一座超然台。

此外，这座天下已经有多位玉璞境修士，比如青冥天下大玄都观，剑仙一脉的某位女冠。

隐官一脉，反正一切都有旧例可循，按部就班就是了，事实上旧避暑行宫还早有谋划，给出了一份详细方案。

旧避暑行宫，曾经留下一本内容翔实的书，由年轻隐官亲笔书写，林君璧、宋高元在内的所有外乡剑修，合力编撰此书，分为如下篇目。

架构篇，其中包含北俱芦洲披麻宗、春露圃，桐叶洲太平山，宋高元所在的鹿角宫，林君璧所在邵元王朝的庙堂、沙场，等等，其运转方式，皆是一个个案例。

外拓篇，讲如何打造仙家府邸、布置阵法、对外安插谍子，以及各洲宗门、雅言、风俗，又细分为十二大条目。

人心篇，其中就有如何打造学塾，以及相关的注意事项。

山水篇，专门讲解浩然天下的各地五岳、山水神灵。

这本洋洋洒洒十余万字的书，被隐官一脉删去了人心篇之后，祖师堂成员人手一本。所以如今飞升城剑修，对于那座浩然天下的烦琐规矩，兴许还不算真正熟悉，但是绝不至于陌生。

"刑官，我有话要说。"顾见龙突然起身笑道，"刑官一脉其中两拨剑修，总计十四人，在分别去往南北两个方向的途中，都与桐叶洲、扶摇洲修士起了不小的冲突，听说还杀了人，回了飞升城之后，酒桌上都是在说那两洲修士皆废物，我听说之后，都要觉得好像浩然天下那两洲的修士，金丹境完全可以视为观海境了。若是属实，我顾见龙一个金丹剑修，岂不是可以一人就横行南北两处了？反正如今天下元婴不多，玉璞更少。"

顾见龙最后补了一番言语："当然，刑官一脉两拨剑修所杀之人，都是该死的，这一点，我要说清楚。可话又说回来，如今所谓的一个该死一个该杀，暂时还只是通过刑官远游剑修的言论来判断，至于事实如何，是不是与真相有出入，需要我们隐官一脉进一步确认。一家人关起门来，不怕丑话说前头，确定了真有剑修出门在外，肆意滥杀，帮着咱们飞升城赢得偌大威名，好意心领，必须还礼，我到时候可是要登门找人讲道理的。"

名为水玉的簸箕斋金丹剑修，微微皱眉道："顾见龙，你是不是太小题大做了？"

王忻水与之针锋相对，皮笑肉不笑道："水玉兄，人间当真有小事？哪个大事不是小事来。"

那与顾见龙和王忻水关系都不差的水玉，正要继续言语，却被师兄歙州以心声拦阻下来。

一位刑官一脉的年轻剑修讥笑道："当年大战之时，某些人出力不多，如今闲了，对付起自家人来，倒是不遗余力。若是如此，我看以后只要遇见了外人，我们飞升城剑修就主动让道,遇事先道歉,如何?"

难不成就你隐官一脉剑修可以说阴阳怪气的言语?谁不会!

董不得和罗真意几乎同时要站起身。

不承想宁姚看了一眼那年轻剑修,转瞬之间,那剑修连人带椅子飞出祖师堂大门外。

然后宁姚说道:"议事完毕,就换个人,换条新椅子。"

那个年轻剑修摔落在地后,又惊又惧更恨,他正要开口说话,然后好似被剑气笼罩全身,变成一个惨不忍睹的血人,当场昏死过去。

宁姚说道:"继续议事。"

齐狩神色从容。高野侯无动于衷。一位元婴老剑修欲言又止。

邓凉轻轻叹了口气,门外那人,说话就全然不过脑子的吗?

顾见龙之言语,就事论事,门外那个却偏偏对人,并且针对了整个旧避暑行宫一脉剑修。

大节私德,善恶功过,对错是非,何其复杂。一旦对人不对事,如何讲得清楚某个道理?

宁姚看着寂静无声的众人,淡然说道:"坐在这里的人,可以不是剑修,可以境界不高,但是脑子不能太蠢。飞升城如今就这么点人,不过是圈画出千里地,就已经略显捉襟见肘,所以玩弄山下庙堂党争那一套,还早了点。祖师堂议事,唯一的规矩,就是对事不对人,喜欢对人不对事的,就别来这里占位置了。"

宁姚随后望向齐狩,问道:"此人在刑官一脉内的举荐人、担保人,各自是谁?"

齐狩报上两个名字。祖师堂内立即站起两名金丹剑修。

宁姚转头对徐凝说道:"将此事记录下来,再去翻翻门外那人的档案。"

徐凝起身领命再落座。

宁姚缓缓道:"连同隐官一脉在内,所有人说事情,说话都注意点。以前在剑气长城议事,一般玉璞境都没资格露面,仙人境才能现身,只有老剑仙才能开口说话。"

顾见龙立即点头道:"知道了,会注意。"

宁姚转头望向祖师堂大门外,冷笑道:"不足七年,就这么一个个心比天高了吗?百年之后,岂不是个个天下无敌。"

一时间氛围凝重至极。

邓凉只得站起身,解释道:"如果我们还将所有飞升城剑修之外的练气士,视为潜在敌人,那么我们飞升城终有一天,会沦为一处四面树敌的兵家孤地。如果我们还将天下所有练气士视为杀力低下的绣花枕头,那我们肯定要吃大亏,会被其他势力施以合纵连横之术,我们迟早会发现与人问剑,根本不在剑上,只会意外横生,逐一身死道消。"

邓凉逐渐加重语气："心中如何想，手上如何做，是截然不同的两回事，如果我们祖师堂剑修都如此托大，可见门外剑修是何等的不可一世。喜欢将所有外人视若鸡犬蝼蚁，觉得他人之性命无足轻重，一切可杀可不杀之人，一律以剑杀之，那么我觉得飞升城不用去争什么天下，能够在百年之后，侥幸站稳脚跟，就可以与祖师堂挂像烧高香了。浩然天下的练气士，与飞升城剑修相比，境界不高，杀力不够，又如何？山上厮杀，钩心斗角，阴谋重重，伏线千里，动辄深埋百年，所以才能够杀人无形，这番言语，不是我邓凉故作危言耸听！"

邓凉最后抱拳道："若是在浩然天下别家宗门，一位供奉终究还是半个外人，这种会得罪所有人的言语，其实是不该说的。我之所以还是忍不住，是因为邓凉所站之地，值得我斗胆为诸位泼上一盆冷水！"

簸箕斋剑修水玉起身道："受教了。"

高野侯难得主动开口："在这座天下，我们飞升城占尽天时地利人和，在未来百年之内，哪怕我们人心一盘散沙，也不会有哪个势力能够与我们掰手腕，但是想要长远发展，就如邓供奉所言，得用心学一学浩然天下练气士的长处，为我们飞升城取长补短。到时候我们既有天下独高的剑术，又有不输他人的权谋手腕，飞升城才有希望在这座天下一家独大。不然百年之后，积弊尽显，再来拨乱，就晚了。大势一去，飞升城哪怕依旧拥有最多的剑仙，也于事无补。"

这是老成持重之论。祖师堂在座剑修，都觉得理所当然。

齐狩附和道："剑修和人心，才是飞升城的立身之本。除此之外，境界高，地盘大，人数多，都是纸面优势。"

高野侯点头道："所以当务之急，是为飞升城刑官、隐官、泉府三脉权力，圈画出极其清晰的界线，减少不必要的消耗。三脉，除了明确知道必须要做什么，还有我们可以做什么，不可以做什么，都应当人人心中有数。"

这番话，其实算是高野侯所在泉府一脉，为刑官一脉"仗义执言"了。

看似不合理，其实极为合适。大概这就是高野侯的大局所在。

高野侯早有腹稿，开始阐述三脉的职权、界线所在。

在这期间，刑官一脉当中，有歙州提出异议，隐官一脉，徐凝和罗真意有不同意见。

只是有先前那场意气之争作为铺垫，当下三脉剑修的就事论事，哪怕有些争执，还是显得十分轻松的。

最终三方谈定此事，只剩下一些细节需要继续磨合而已。

宁姚始终一言不发。这些事情，确实是董不得、徐凝他们比较擅长处理，所以宁姚就懒得多说。

宁姚从来不太喜欢管闲事,等到她都觉得需要管上一管的时候,那就说明飞升城出现了不小的问题。

齐狩接下来的盖棺定论,无异于平地起惊雷:"从今天起,飞升城剑修高人一等的心思,可以有,但是别太明显。祖师堂内,喜欢以境界高低来决定道理大小的习惯,也要改一改。"

几乎所有人都有意无意望向宁姚。因为齐狩此语,似乎意有所指。

不料宁姚神色如常,说道:"隐官一脉剑修,以后若有任何逾越规矩的行事,刑官、泉府两脉,都可以越过我,直接按律责罚。并且每次责罚,宜重不宜轻。"

这让众人既大为意外,更如释重负。

奇怪的是,那些隐官一脉剑修,个个神色平静,没有半点委屈。

宁姚信得过隐官一脉所有剑修。

再者她一想到短则数年,至多数十年,要么她去找他,或是他就来这里,到时候都让他忙去啊。她不愿意打交道的这些事情,反正他是最擅长的。况且避暑行宫的风气、规矩、情理,本就是他一手造就。

以后记名、不记名的供奉客卿,以及来此游历或是扎根定居的外乡人,注定会越来越多。飞升城会逐渐变得鱼龙混杂。外乡人与飞升城本土剑修之间的冲突,或明或暗,只会不断累积,还会反过来影响飞升城本土剑修的人心,人心之复杂,甚至要比昔年剑气长城更加麻烦。

避暑行宫那本书的人心篇,早已坦言此事,既然选择了这条崭新道路,就只能一步一看一回头,有错改错,每改一个错,非但不是什么坏事,反而是一种收获。那人断言,只要我们用不断纠小错趋向于最终无大错的笨法子,人心就一定不会大乱。

"别学浩然天下那些'宗'字头山门,更多本事是掩盖错误,我们剑气长城剑修,一定要有那改正错误的魄力和实力。"

在书上这句话后,那人额外多写了一遍"一定"二字,落笔极重,力透纸背。

手中权力一大,往往倨傲心重。剑气长城的剑修,既然已经再无蛮荒天下这样的生死大敌,那么真正的敌人,其实就是自己了,所以此后要多修心。

祖师堂议事,只要出发点是为了飞升城,那么隐官一脉所有剑修,就一定要容得有人说难听话,容得有人拍桌子骂娘,而这类人出了祖师堂大门,绝对不能被他人记恨在心,更不能被排挤在外。

一旦愿意讲理之人越难讲理,久而久之,最终——沉默,那么祖师堂有无剑仙,剑仙数目是不是冠绝天下,就意义不大了。

还要让城池里长大的所有孩子,一定要记住那些前辈剑修,也要记住那些来自浩然天下的外乡剑修,两者都要牢牢记住。通过一座座学塾,通过一位位夫子先生,教会他们到底何谓剑修，真正的剑仙又是什么风采。

书页最后还夹了一张纸，一贯楷书写字批文的年轻隐官，破天荒以行书写下一句言语：让你分心，非我所愿。

郭竹酒是第一个翻书的，找到了这张纸，大摇大摆拿去向师娘邀功，结果宁姚接过纸张后，可怜郭竹酒就是脑袋叩门，咚咚咚。

宁姚沉默片刻，只额外说了一句："至于我对谁出剑何时何地出剑，谁都可以试着拦阻。"

郭竹酒快速拍掌，手心不碰，毫无声息，极有技巧。

不过无形中已经带着隐官一脉大退一步的宁姚，补上这句话后，非但没有让人觉得心情沉重，反而更多是一种久违的……熟悉感觉。

好像宁姚在，她来说这种话，更能证明如今的飞升城，还是曾经的剑气长城。

还是那个剑修如云、剑仙最风流的剑气长城。

还在那个以一城剑修抵抗一座天下妖族的家乡。

宁姚言语过后，一边听着议事，一边分心神游万里。

她如今对一位来历不明的剑修比较在意，就是那个同样跻身数座天下年轻十人之列的刘材。

一人拥有两枚养剑葫，以养剑葫心事温养飞剑碧落，以养剑葫立即温养飞剑白驹。

所以此人，才是唯一让宁姚比较关注的外人。

并不是因为那个"与宁姚做同境之争，唯有刘材百年后"的说法，而是刘材的那两把飞剑的本命神通，实在太过奇怪，冥冥之中，简直就是最为针对，甚至可以说是专门克制陈平安。

飞剑白驹，无视光阴长河，压胜陈平安的那把笼中雀。

飞剑碧落，一剑可破万剑，正好针对陈平安的井中月。

宁姚微微皱眉。

齐狩继续说那带队历练远游一事，毕竟没有了那座剑气长城，剑修的成长速度，就要慢太多太多。还有往南北两处安插谍子、拉拢外方山头势力一事。以及拣选武夫坯子一事，还要为飞升城目前六十余位纯粹武夫，分出个辈分高低来。想要做到真正的传承有序，一些个看似繁文缛节的事情，必不可少。

至于培养谍子死士一事，事关重大，这就涉及了别开一脉的可能性。或者是由隐官一脉剑修，全权负责，凭此增添一份权柄。

齐狩对此早有决定，提出此事后，直接说道："此事交由隐官一脉负责就是了，不然仅仅监察飞升城，过于大材小用。"

邓凉轻轻点头。

身为刑官,该有此肚量。既能防止隐官一脉对刑官一脉吹毛求疵,每天仿佛双方都在大眼瞪小眼,导致内讧消耗太多,也可以让最是熟稔谍报、战役运转的避暑行宫剑修,彻底放开手脚,帮助飞升城真正放眼整座天下。

经过今天这场祖师堂议事,邓凉对齐狩、高野侯,以及歆州在内三位地位会越来越高的剑修,都有了更深的认知。

在邓凉看来,兴许歆州、水玉、赝真三位拥有独门师传神通的剑修,暂时都还不清楚,同门师兄弟的三人小山头,外加那两位老元婴,其实是类似半个吏部外加半个兵部衙门的关键存在了。而且相较于两位老人,歆州三人更年轻,大道成就更高。

所以邓凉有机会肯定会找他们三人喝酒的,邓凉从来承认且正视自己的私心。知人者智,自知者明。

随后讨论了被宁姚斩杀颇多的那些古怪存在,身份类似远古神灵的余孽,但是又与古书记载存在差异。

高野侯询问能否收为己用,作为坐镇气运、聚拢灵气的山水神灵。

宁姚说道:"很难收服,勉强有机会。隐官一脉事后会拿出本册子,但是这本册子,不宜流传开来。"

如今能够斩杀这类存在的修道之人,一座天下,屈指可数。所以册子上每一个字,其实都是神仙钱。

齐狩沉声道:"除了隐官一脉剑修,祖师堂之内,至多十人可以翻阅,稍有泄露,都要被隐官一脉追责到底!"

此后刑官一脉又有事可做了,齐狩打算调拨出十位地仙剑修,专门去与这类存在打交道。

高野侯要求同行。因为这些存在占据的山头,往往拥有数量可观的天材地宝,甚至可能会出现洞天福地大机缘,桐叶洲太平山那位女冠,已经证明了这点。

而管着所有神仙钱的泉府,当然不会坐视不管,更没有理由置身事外。就算高野侯要当闲云野鹤,其他泉府下属修士也会跳脚骂娘。毕竟钱权不分家。如今泉府不知怎的流传出一句,咱们泉府剑修境界不够,就用堆积成山的神仙钱拿来凑。尤其是那些个比较年轻的剑修,一个个嘴边动辄什么捡破烂也是一门手艺活儿……

风气堪忧。

如今飞升城四大古怪,一是宁姚的不当城主。至于宁姚的破境,反而最不奇怪。

二是捻芯的真实身份。

三是簸箕斋三剑修的女子装束,以至于去年刚刚拜在歆州、赝真门下的两位年少剑修,一同拜师之前,都苦着脸询问是不是要穿娘们衣裳啊。这把歆州给气了个半死,师弟水玉就学那顾见龙说了句公道话,笑着询问俩兔崽子,穿女子衣裙咋了,当年那位隐官大人在战场上都穿,不一样婀娜多姿?!

最后就是泉府年轻一辈账房先生的两眼放光、四处敛财了。

之后议事,都非小事。

一位元婴老剑修禀报了如今飞升城的剑修人数,以及未来百年本土剑修的预测人数。

水玉便提议由他带队远游,剑修人数不用多,三五人足矣,他要为剑气长城寻觅外乡的剑修坯子。

高野侯建议在飞升城藩属八处山头之外,再开辟出四座城池,既可以分镇四方,又可以接纳更多人。与此同时,一定程度上还能够防止外人对飞升城内的快速渗透。

而紫府山在内的八处山头,坐镇人选也在今天得以顺利通过,刑官一脉五人,泉府一脉三人,其中一把交椅,是高野侯争来的,泉府修士与刑官一脉争了个面红耳赤。

隐官一脉人数太少,也不适宜,就没有掺和,倒是顾见龙替泉府一脉说了几句公道话。

在高野侯提出再开辟四座新城后,罗真意开口说隐官一脉剑修,或是他们扶植起来的台面人物,将来必须占据一座城池,担任藩属城主。

高野侯与齐狩对视一眼,先后认可此事。

谈到了城池建设,罗真意就又顺势提及远离飞升城的"飞地"一事,说此事必须早做准备。

这亦是一桩既至关重要又需慎之又慎的大事,因为极有可能会与各方势力起冲突。

由于先前隐官一脉问责刑官剑修,又有邓凉一番肺腑之言,使得祖师堂内修士一时间有些犹豫不决,实在是担心触霉头。

宁姚冷声道:"如今天下,除了东西南北四端尽头,其余各处都是无主之地,没什么名正言顺的山头,我们去极远处,在四方各自寻一高处,矗立一碑,分别篆刻下"剑""气""长""城"四字,有不服气胆敢与我们争抢地盘,都以问剑飞升城视之!若是据守剑修接不住对方的神仙术法,我去问剑!"

祖师堂内,人人吃下一颗天大的定心丸。

邓凉会心一笑,佩服不已。

不愧是宁姚。一个从不曾去过避暑行宫的女子。

宁姚起身说道:"剑修就是剑修,再过一百年一千年,这座飞升城祖师堂,必须最少有半数人得是剑修。不管以后如何,千年万年,如果几座天下,到时候只剩下最后一位剑修了,这个人也必须身在这座祖师堂内。

"百年之后,飞升城剑仙的数量,必须多过这座天下其他剑仙的累加。

"天下剑修,飞升城最多。天下剑道,飞升城最高。这不是什么壮举,是天经地义的事情。"

宁姚身穿法袍金醴,背剑匣,眉眼飞扬。

齐狩率先站起身,笑道:"高府主怎么讲?何时玉璞境?"

高野侯起身笑道:"不会让刑官等太久的。"

祖师堂内众人,尤其是那些剑仙坯子,人人眼神坚毅。

两位元婴老剑修同时起身,那负责祖师堂递香的迟暮老人,抱拳沉声道:"那就拜托各位了!"

太象街陈氏府邸,这些年有个性情孤僻的孩子,喜欢晒太阳,深居简出,偶尔在陈氏府邸大门口那边,看几眼外边的大街。

名为陈缉。这是他给自己取的新名字。

一座飞升城,知道他本名的,只有隐官一脉宁姚,刑官一脉捻芯,泉府一脉高野侯。

除此之外,就只剩下陈氏家族的一位死士,死士名义上是金丹剑修,却是事实上的元婴。这位元婴剑修不但极其年轻,资质极好,并且对太象街陈氏忠心耿耿,随时可以为这个名为陈缉的孩子慷慨赴死。

熙,光也,广也。

缉、熙皆明也。《大雅》文王篇,则说那"缉熙,光明也"。

镇定民心,缉宁外内。制礼作乐,有身致太平之功。

如今不过七虚岁的陈缉,或者说曾经的剑气长城老剑仙陈熙,其实是读过不少书的。

不然陈氏家族也不会有陈三秋这样的子孙。

太象街陈氏曾经有个小风俗,一年当中,在陈熙城头刻"陈"字的那天,会往街上撒出一大簸箕的照明珠子,太象、玉笏两条街上的孩子们,经常一大清早就开始扎堆,等着捡取那些珠子。一辈辈一代代的孩子当中,有过很多未来成为剑仙的,也有过更多来不及成为剑仙就战死的。

今天陈缉站在门口,看着那条寂静无人的冷清街道,笑了笑。

曾经有个家伙,次次厚着脸皮,蹲在孩子堆里,拳打脚踢,外加屁股顶开,靠着这些手段,每年都能抢走一大捧,然后他屁股后头就会跟着一群哇哇大哭、哭爹骂娘的孩子。

此刻陈缉身旁,站着一位姿容寻常的年轻婢女,小心翼翼盯着大街各处,她轻轻以心声提醒道:"家主,可以回了。"

陈缉点点头,转身走回府邸。

他在兵解转世后,旧有魂魄不全,未能完全开窍,但是记忆都在,不过通过陈氏祠堂的一盏长命灯,重新补足一魂一魄,难免性情会有些变化。

那个出自老聋儿牢狱的缝衣人捻芯,曾经悄悄为他这位陈氏家主,送来一封密信,信上年轻隐官断言,城池之内,还有蛮荒天下安插的关键棋子,境界肯定不高,但是隐藏很深,当城池在第五座天下迅猛拓展之时,一定要小心某颗或某几颗棋子看似不露痕迹地窃据高位,提防他们与那些通过三洲大门进入崭新天下的妖族,里应外合,做那长远谋划。

所以在甲子之内,恳请陈熙前辈找机会提醒避暑行宫,尤其要紧密关注那些已经身在祖师堂的老面孔,以及未来两拨有望凭借功劳跻身祖师堂的新面孔,隐官一脉务必仔细审查。除此之外,还要盯着那些原本年岁不小、不以天资著称的剑修,突然破境变快,若是地仙,在百年之内,能够破两境者,尤其要多加留心。

陈缉行走在最熟悉不过的府邸之中,微微一笑。

这位隐官大人,真是为剑气长城操碎了心。

密信内容,措辞温和,行文缜密,关键是言语处处,执晚辈礼。

而密信之上,年轻隐官最担心的事情,是负责镇守扶摇洲山水窟的老剑仙齐廷济,违约进入第五座天下。

绝对不能让齐廷济掌握所有剑修的生死。所以一定要小心桐叶洲率先关门,最终扶摇洲比那南婆娑洲更晚关门。

陈缉自言自语道:"还好。"

扶摇洲大门确实是最晚关闭的,但是齐廷济留在了浩然天下。

说到底,那个年轻人,还是担心那个未过门媳妇的安危嘛。

事实证明,是陈平安多虑了。

一来事实证明,齐廷济脸皮没陈平安想的那么厚。

再者宁姚破境太快。齐廷济就算野心极大,来此先夺权,再裹挟一城剑修,叫板儒家规矩,但是有宁姚在,又有文圣帮忙盯着,齐廷济就不会轻易得逞。何况白也与那老秀才的关系,以及家族子孙齐狩的大权在握,齐廷济肯定都有过一番权衡利弊。

不过陈缉没觉得这种"事后证明是多虑"的思虑没有必要。恰恰相反,最有必要。

毕竟齐廷济,当年差点就成为第二个萧愻。

这样一个人,要说没有想过成为一座崭新天下的第一人,占据大道气运,最终借此跻身十四境,没人信。

反正年轻隐官第一个不信,他陈缉第二个不信。

一旦齐廷济丧心病狂,彻底撕破脸皮,选择闯入第五座天下,第一个要杀的,是宁姚,第二个要杀的,肯定就是他"陈熙"了。

至于陈缉自己,这些年不急不缓,一年破一境,如今刚好是金丹境。

飞升城祖师堂挂像之下的桌子，之所以有两把椅子都空着，是大有深意的。

一把是未来城主的头把交椅，至于另外一把，是为飞升城历史上首位飞升境剑仙留着的。

一个是飞升城的面子，一个是飞升城的里子。

不过能够成为飞升城的面子，也不会差。

不出意外的话，是陈缉坐一把椅子，宁姚坐另外一把椅子。

不过陈缉倒是不介意宁姚一人独占两把椅子，甚至都不介意齐狩那个孩子，迅速成长起来，足够出息，坐上原本属于自己的那把城主椅子。

陈熙兵解转世后，魂魄略有变动，心性难免有了些变化，对那浩然天下、青冥天下比较感兴趣。他挺想将来独自一人，仗剑飞升，远游两座天下。

可如果百年之内，始终没有一个合适的晚辈，能够表现出坐稳城主之位的资质，那就没办法了，到时候就需要他走入那座飞升城祖师堂。

可是不管如何，飞升城的崛起，势不可挡。

哪怕有人阻挡，陈缉毕竟是陈熙，是在那剑气长城城头上刻过字的剑修。

暮色中，铺子即将打烊，辛苦一天又得闲的代掌柜郑大风，悠悠然喝着酒，一脚踩在长凳上，看着大街上两侧酒楼，没有女子，便一眼扫过，有那女子出入，便目不转睛。

一个少年给代掌柜倒了一碗酒，摇头道："大风，你混得不行啊，今天祖师堂议事，多大的热闹，结果你连蹲门口当门神的旁听机会都没有，也有脸给人教拳？"

郑大风弯腰低头嗅了嗅酒香，不着急喝酒，抬头与那冯康乐笑道："你大风哥是计较这些虚名的人？在那祖师堂，我能瞧见几个姑娘？能跟坐在这里比吗？"

如今酒铺子，除了外乡人的郑大风，其余都是旧人。

两个年轻伙计，丘垅、刘娥。

两个打杂的少年，冯康乐、桃板。

酒水也是原样，竹海洞天酒、青神山酒水、哑巴湖酒，再外加酱菜和阳春面。

碗更是与以往一般大。

冯康乐哎了一声，这个郑大风，光靠哪怕是个人学都学不来的笑意和眼神，就吓走了不知道多少个原本经常来这买酒的女子。如果不是比平时多了些个老光棍和赌鬼，好朋友桃板说他就要造郑大风的反了。

在远处擦拭酒桌的桃板忍不住又一次问道："大风，你说我是不是那种谁都瞧不出的武学天才啊？"

在这少年还是个孩子的时候，其实就问过二掌柜差不多的问题，只不过将武学天才变成了剑仙坯子。

郑大风如今还负责教拳一事。这位喜好饮酒，还特别愿意监守自盗的掌柜，唯独在教拳前后，绝不喝酒。

姜匀、暮蒙巷许恭、元造化，这三个是学拳最快的。靠着崭新天下的天时，姜匀得过两次武运，许恭和元造化各自得过一次。

还有个玉笏街的小姑娘，孙蘖，学拳也可以。她有个妹妹叫孙藻，是剑仙坯子，当年被一位女剑仙带离了剑气长城。

其实第一拨十个孩子，拳意都不差。后来捻芯挑选出来的两个，资质也好。

在那之后的四十来个孩子，就要逊色一筹。

所谓的最强二字，是一种与同境武夫的横向对比。但是自身底子越雄厚，武运馈赠就多。如果破境之时，有那前无古人的高度，一旦武运临头，更是壮观。

能否以最强破境，也要看运气，比如与曹慈或是陈平安恰好同境，然后比他们更早破境，还怎么争得最强？

在曹慈和陈平安之前，与师兄李二、藩王宋长镜同境，对于其他纯粹武夫而言，也是差不多的惨淡光景。

郑大风抿了一口酒，身体后仰，转过头去，道："反正我是看不出来，只看出你小子桃花运不错。"

桃板埋怨道："桃花运有个屁用。反正你比二掌柜差远了。二掌柜在的时候，女子客人贼多贼多，结果你一来，全跑光了。"

郑大风啧啧道："你这话说得挨雷劈了。"

可惜少年不谙男女事。郑大风瞥了眼别处。

刘娥是喜欢那丘垅的，只是丘垅早早有个姐姐在心头住着了。是铺子的真正主人，大掌柜叠嶂。

郑大风这点眼力还是有的。所以私底下，汉子瞥了一眼远处招呼生意的刘娥，半开玩笑，告诉那个每天忧愁淡淡的年轻人，不如怜取眼前人。毕竟远在天边的姐姐再好，也看不见摸不着的。只可惜丘垅兴许懂得这么个浅显道理，做不到罢了。

喜欢一个人，不太难，不去喜欢一个曾经很喜欢的人，不容易。

凭着与年轻隐官截然不同的买卖风采，郑掌柜很快就在飞升城站稳脚跟，虽说生意依旧不如当年，但是好歹不再冷冷清清。

况且郑掌柜还好赌，最重要的是，一开始所有坐庄、赌鬼都将郑大风视为二掌柜的同道中人，一个比一个小心翼翼，不承想几次过后，才发现是虚惊一场，原来郑掌柜真是良心极好，赌品绝佳，逢赌必输。

一来二去，酒客们就都说早年二掌柜掉地上、狗都不叼的人品，都给郑兄弟捡起来了。

一个个与郑掌柜称兄道弟,说那浩然天下,如果多些郑掌柜这样的豪杰,少些二掌柜这样的货色,那就真是民风淳朴了。

郑掌柜的口头禅,是端着空酒碗,逢人便说"我先提一杯"。

提一杯是不假,每次都是提客人的酒水。

除此之外,郑大风评点出来的十大仙子,以及少女岁数的十大美人坯子,光棍酒鬼们,人人敬服,个个竖大拇指。

传闻郭竹酒私底下给了些钱,在酒铺多买了几壶酒,与郑大风打个商量,说让某位老姑娘的名次再高些,省得嫁不出去,瞧着怪愁人。

最喜欢来这边逛荡的,除了郭竹酒,还有那个顾见龙,一个喜欢听故事,一个喜欢喝酒同时听故事。

当然不同的人,郑大风会讲不同的故事。郭竹酒是只喜欢听与她师父有关的故事,故事大小,反而不重要。这难免让大风哥意犹未尽,觉得自己空有十八般武艺,无处施展,于是给顾见龙说那些神仙打架的故事,那就是最好的佐酒菜了。

言者有心听者会意,可谓半师徒。

顾见龙比较喜欢听男女打架的那种,等到一次大风哥说了那女子打架的故事,便傻眼了,然后下次喝酒,连王忻水都屁颠屁颠跟了过来,说一定要与大风兄弟讨教学问。

郑大风喝了一碗愁酒,唉声叹气。

那拨跟他学拳的小王八蛋,尤其是少年姜勾带头的那拨,每次练拳间隙,就开始围着他叽叽歪歪,实在是太欠揍。

不是嫌他模样不够英俊,就是嫌他出拳更丑。比那年轻隐官差了十八条大街都不止。

郑大风备感无奈。老子要是有魏檗、姜尚真那般模样,能打光棍到今天?不得每天顶着大门不让姑娘闯进来非礼自己?

只是什么时候自个儿连那陈平安都不如了?郑大风揉了揉下巴,相比那位山主,自己还是绰绰有余的吧?

只说那岑鸳机,每次路过落魄山的山门,还会与自己欲语还羞来着,可她见着了年轻山主,可是从不说话的。

冯康乐和桃板坐在一旁,各自吃着一碗阳春面。

冯康乐好奇问道:"大风,'起来搔首'是啥个意思?咋个现在有那么多酒鬼喜欢瞎扯这句话。"

一次教拳归来大醉后,郑大风一次连喝了四碗酒,以"起来搔首"开头,胡说八道了一通。

郑大风变成盘腿而坐的姿势,随口道:"骗人多喝酒的一碟佐酒菜,还是卖酒买酒都不用花钱的那种佐酒菜。"

起来搔首！看那窗外花开花落，绿肥红瘦。再看那灯火阑珊处，娇娘着新裙，细步不闻声。又看那皎皎明月夜，美人弄玉指，指甲如水晶。最后自提一杯，看那孤光自照，肝肺皆冰雪！

桃板说道："一些昧良心的王八蛋，说咱们二掌柜是读书人，所以坐庄卖酒挣钱最心黑，大风你又不是读书人，怎么也一套一套的。"

郑大风笑道："曾经在书上见过一句话，说读书人见不得钱，见不得权，只要见到了，马上连个婊子都不如！这样的读书人，你们二掌柜不是，我呢，也不是。我只是见不得好看的姑娘路过眼前时，她们羞赧低头，脚步匆匆走太快。当然如果是那大夏天的，脚步快些就快些。"

桃板就根本没听明白，只是说道："读书人不读书人的，我可不管，我只知道那些女子见着了你，绝对不是害羞。"

郑大风一拍桌子，转头大喊道："刘娥，你觉得大风哥咋样？！"

年轻女子被吓了一跳，与掌柜挤出一个笑脸，她柔柔怯怯道："掌柜眼神不正，其实人是好人。"

桃板嘿嘿一笑，从碗里卷起一坨面条，说着我也提一杯，冯康乐更是笑得放下筷子，双手拍桌子。

郑大风略微挺腰杆，高高举起酒碗，道："起来搔首，自提一杯！"

桃板突然说道："听说大门一关就要一百年，我又不是什么剑修，也不能学拳习武，会不会这辈子就见不着二掌柜了。"

冯康乐也瞬间沉默。

郑大风笑道："不会的。陈平安舍不得你们。咱们这位二掌柜，所有远游都是为了重逢。"

桃板笑了起来，道："会说话，就多喝点。我可以请你喝一壶哑巴湖酒。"

郑大风喝过了酒水，轻轻摇晃白碗，道："富贵散淡人，无事小神仙。不承想在这里，也能过上舒心的好日子。"

冯康乐突然问道："大风，你多大岁数了？"

郑大风嬉皮笑脸道："还是个屁股能烙饼的年轻壮小伙，你们要是不信，下次大风哥帮你煎荷包蛋啊。"

桃板白眼道："你要是读书人，我让冯康乐跟你姓。"

郑大风看了眼天色，说道："收拾收拾，各回各家。"

郑大风在离着酒铺不远的妍媸巷，租了座小宅子。

关了铺子去住处，郑大风打开院门后，笑着打了声招呼："捻芯姑娘。"

不知为何，有事而来的捻芯，见着了郑大风搓手咧嘴笑的那副德行，就直接离开了。

郑大风懊恼不已，待客不周了。他在正屋独自落座后，点亮灯火，开始翻阅一本从朱敛那边好不容易借来的山上神仙书，某些书页，有那彩绘图的。

郑大风正襟危坐，看得津津有味，合上书后，身形佝偻走到门口，斜靠屋门，双手抱胸，眺望夜幕。

人间许多游子，去了脚力心力能及的最远方，回首一望，山水迢迢，不怕家乡路远，归途遥遥，只怕还乡时，已是故人故事。

郑大风今天被冯康乐那么一问，才突然发现自己按照山下的算法，只要不打光棍，好像都该有孙子了。

男儿打光棍，空负八尺躯。如何能够让人不忧愁。

郑大风去桌上抓了一把瓜子，再拎了一壶哑巴湖酒，坐在门槛上，一边饮酒，一边嗑起了瓜子。

不过嗑着瓜子喝着酒，想着落魄山，郑大风就释怀几分。

昔年骊珠洞天的那座小镇，当时年轻一辈的所有孩子，郑大风都看遍了。

只是如今也都不年轻，更不是什么孩子了，毕竟连那李槐都已及冠多年。

郑大风喝着酒，想着事。确实是那"起来搔首酒莫停"。

当郑大风想起那场声势浩大的武运翻涌时，举起酒壶，笑道："值得走一个。"

天下武夫，拳法最重，落魄山头。

因为在那武道山巅，很快就会有四个人并肩而立，并且两人一定能够跻身止境，其余两人最少也是有望止境。

管家朱敛，已是山巅境。开山大弟子裴钱，即将山巅境。看门人郑大风，随时山巅境。

至于山主陈平安，更是以前无古人之最强，跻身的山巅境。

第五章
圆脸姑娘

桐叶洲中部。

本该是雨生百谷、清净明洁的大好时节,可惜与去年一样,雨前嫩如丝的香椿无人采摘了,无数绿意盎然的茶山更是渐渐荒芜,杂草丛生,家家户户,无论富贫,再无那半点雨前春茶的香味。

北晋国承平太久,相较于一洲之地,又不幸属于兵家必争之地,以前与大泉王朝的姚家边军铁骑,隔着一座八百里松针湖和金璜山神府,还算相安无事,等到一场天变,什么纵横捭阖、什么励精图治都成了过眼云烟,北晋国如今国已不国,山河万里,破碎不堪。位于大泉王朝北方的南齐,也比北晋好不到哪里去,最后只剩下一个皇帝久未露面的大泉王朝,由藩王监国、皇后垂帘参政,还在与来自蛮荒天下的妖族大军厮杀,但依旧是毫无胜算,步步败退,大泉姚家边骑十不存一。

南齐旧京城,已经成为一座托月山军帐的驻扎之地,而大泉王朝也失去了大半疆土,边军伤亡殆尽,各路州府兵马,只能退守京畿之地,据说等到打下那座名动一洲的蜃景城,军帐就会搬迁。

蛮荒天下的妖族大军,早年从桐叶洲西海岸登陆后,三十余军帐各有所指,按部就班,主攻那些根深蒂固的仙家山头,大体上是由西往东蔓延、从南往北推进的两条路线,对于沿途经过的人间王朝、藩国,不算太过重视,潮水淹没、大肆破坏而已,没有什么招降,没有什么安抚,城破人死后,再被枯骨王座大妖白莹麾下大妖修士,炼化为一支支累累白骨大军,以死人杀活人,最终皆是死人。

北晋国旧山河,大日照耀下的一大片金色云海之上,六道虹光骤然悬停,然后往大地急急坠去。

天上大风,吹拂得六人鬓角飞扬,俱是年轻面容,男女各三。

他们破开了一个个云海窟窿,视野豁然开朗。

其中一位以雪白绸带系发的黑袍男子,从天上落人间,最像谪仙人。

云海之下,是一座城头巍峨却四处破损的巨大城池,是一处州府所在,所剩不多还未被洗劫的北晋大城,差不多能算是一国孤城了。

这座州城的山水大阵,甚至要比许多藩属小国的京城还要稳固,据说是因为城内有两位红尘历练的世外高人,一位精通阵法的金丹客,一位修为不俗的元婴,出力极多,才勉强守住了破败不堪的州城。但这不是根本原因,真正让城池侥幸成为漏网之鱼的,是因为军帐一只仙人境大妖,先前被坐镇天幕、负责三垣四象大阵运转的飞升境荀渊突然出手,击杀于此地不远处。故而一些个大妖嫌弃此地太晦气,不愿在此露面。

如果不是荀渊和姜尚真这两个玉圭宗的难缠鬼,这些年依仗凝聚一洲气运的天地大阵,专门针对军帐仙人、飞升大妖,桐叶洲要更早覆灭。荀渊是境界高,又以一洲作为小天地,让几只飞升境大妖颇为忌惮,而那姜尚真虽然才是仙人境,本命飞剑却太过凶狠阴险,每次从天幕落剑人间,不去找飞升境的麻烦,甚至都不愿意与仙人境太过拼命,凭借天时地利人和,以相当于一个半境界的优势,专门斩杀那些玉璞境妖族修士。一剑之下,原本能够以一己之力捞取灭杀半国之功的玉璞境,非死即跌境。

仰止和绯妃两只王座大妖,从东宝瓶洲和北俱芦洲之间海域返回后,就专门寻觅荀渊和姜尚真的天幕踪迹。

其中仰止与那荀渊有过一场倾力厮杀,各有伤势,荀渊在那之后,就越发隐匿身形。

唯独姜尚真依旧时不时对人间戳上一剑,绯妃几次顺藤摸瓜,截住此人退路,姜尚真障眼法无数,逃遁之法更是神出鬼没,竟是杀他不得。

反观大伏书院山主的每次出手,则更多是一次次庇护王朝、书院的山水大阵,延缓蛮荒天下的推进速度。

随着太平山和扶乩宗先后覆灭,桐叶洲再无三垣四象大阵,天时更换,成了荀渊和姜尚真身在蛮荒天下,尤其是飞升境荀渊,在去年末已经被仰止联手绯妃截杀过一次,传言荀渊已经逃离桐叶洲,遁入一处海域秘境,然后有个扎羊角辫子的小姑娘,跟了过去。

黑袍男子手持长剑,先一剑破开山水大阵,再一剑劈掉数件呼啸而至的攻伐法宝。

城中有那武庙香火祭祀的一位金甲神人,大步踏出门槛,即便被仙师提醒切莫离开祠庙,这尊曾是一国忠烈的英灵,仍是提起那把香火浸染数百年的宝刀,主动现身迎战,御风而起,却被那黑袍男子以本命飞剑击裂金身,一身裂缝细密如蛛网的金甲神人,怒喝一声,依旧双手握刀,于虚空处重重一踏,劈砍向对方,只是飞剑绕弧又至,金身轰然崩碎,人间城池,就像下了一场金色雨水。

其余五位妖族修士纷纷落在城池当中,虽然护城大阵并未被摧破,但是终究未能阻挡住他们的强横闯入。

一个身高丈余的妖族纯粹武夫,落地后环顾四周,挑了个方向,选择笔直一线,横穿城池众多坊市,大小墙头、各色建筑都被一撞而开,偶有运气极差的人,被撞得稀烂,尸骨无存。一直撞到外城墙,再更换一条路线,以坚韧肉身作为锋刃,笔直切割城池,乐此不疲。

一个妖族剑修,拣选了一处建筑密集之地,缓缓而行,所过之处,方圆百丈之内,活人被汲取魂魄、精血,变成一具具干瘪尸体。

一个妖族修士相中了那座城隍阁,蓦然现出大蟒三百丈真身,鳞甲熠熠,顿时瘴气横生,腐蚀木石,他将整座城隍阁团团围住,再以头颅撞向城隍阁高处,狠狠撞碎了一块灵光流溢的北晋君主御赐匾额。他任由一道道炼师术法、攻伐重宝砸在身躯,对于城隍爷与麾下日夜游神、阴冥官吏调兵遣将,驱使大量阴物前来刀劈斧砍,更是毫不在意。

一个身穿翠绿衣裙的妙龄女子,身材修长,她手掐剑诀,祭出本命飞剑雀屏,身后如孔雀开屏,现出九九八十一道由孔雀羽毛炼化而成的璀璨剑光,翎羽大放光彩,艳丽非常。

每一道纤细剑光,又有根根花翎拥有一双好似女子眼眸的翎眼,荡漾而生出更多的细小飞剑,正是她飞剑雀屏的本命神通,凝化眼光分剑光。最终剑光一闪而逝,在空中拖曳出无数条翠绿流萤,她径直往州府官邸行去,两侧建筑被繁密剑光扫过,荡然一空,尘土飞扬,遮天蔽日。

还有一个与她模样相似的女剑修,脚踩一把色彩绚烂的长剑,落在一处甲士齐聚的城头。

雨四身形落在了一处豪阀世家的高楼屋脊上,他并没有像同伴那样肆意杀戮。他这次只是被朋友拉来散心的,从南齐京城那边赶来找点乐子,其余五位,都是老熟人。

甲申帐那拨并肩厮杀的剑仙坯子,当然也是雨四的朋友,但其实原本相互间都不太熟。

雨四脚下这些尚未被战火殃及摧毁,得以零星散落的大小城池,其中州城寥寥,像北晋这类大国的残余州城,更是难找,多是些个藩属小国的偏远郡府、县城,被那军帐修士拿来练手,还得争抢,比拼战功,不然轮不到这等好事。

雨四坐在屋脊上,横剑在膝,瞥了眼已经鸡飞狗跳的豪门府邸,没有理会。

从剑气长城被一断为二,城池飞升远去第五座天下,到倒悬山旧址那边开辟道路,为大军在海上铺路,再到今天攻下扶摇洲、桐叶洲两个浩然天下大洲,其实比预期脚步慢了两三年。不然这会儿蛮荒天下,不该是拿下金甲洲的半洲之地,而是转为将整个东宝瓶洲都收入囊中。

在剑气长城那边折损太过严重,比甲子帐原先的推衍,多出了三成战损。

事实上,这还是甲子帐那边有意说得轻巧了,雨四知道的真相,是多出四成。

牵一发而动全身,何况剑气长城战场的惨烈,何止是"牵一发"能够形容的。

甲子帐的既定策略,分兵三处不假,不过是以一小撮顶尖战力,例如刘叉在内的三到四只王座大妖,率领一部分兵力,牵制婆娑洲,做做样子罢了。至于扶摇洲,得吃下,但是对那金甲洲,不急于一时。因为甲子帐最早制定出的主攻路线,是从桐叶洲一路北推,一鼓作气拿下东宝瓶洲和北俱芦洲。然后用至多四年的时间,快速吞并且消化掉东南桐叶洲和西南扶摇洲的山河气运,尤其是桐叶洲,在前年就该成为蛮荒天下的一部分疆域。

甲申帐不是剑修的领袖,少年木屐曾经打过一个比喻,蛮荒天下大军拥入两洲陆地,是那撒豆入田垄。

上岸之初,尚未分兵,浩浩荡荡,看上去势如破竹,但是相较于一洲大地,兵力还是太少,依旧需要源源不断的后续兵力,不断填补千疮百孔的两洲版图。

在那之后,就是做成周先生所谓的"插秧水田间",不能将两洲视为涸泽而渔之地,经过前期的震慑人心之后,必须转为安抚那些破碎王朝,拉拢漏网之鱼的山上修士,争取在十年之内,迎来一场秋收,不奢望硕果累累,但必须能够将两洲一部分人族势力,转化为蛮荒天下的北征战力,重点是那些亡命之徒的山泽野修,散落在江湖中、郁郁不得志的纯粹武夫,各种惜命的王朝文武,各色人物最早归拢为一军帐,选出一两人得以进入甲子帐,要重视这拨人物的意见。

拿下东宝瓶洲和金甲洲的蛮荒天下要站稳脚跟,至多交出去一座扶摇洲、半座金甲洲,归还浩然天下便是,用来换取北俱芦洲。

到时候蛮荒天下手握桐叶、东宝瓶、北俱芦三洲。

至于所谓的归还扶摇洲,事实上,甲子帐原本早有手段,众多王座大妖会合力出手,使得一洲彻底陆沉,蛮荒天下拿不到一洲气运,浩然天下也只算是收回满地碎瓷片似的无数破碎"岛屿",如此一来,光是修复距离蛮荒天下出兵口较为靠近的那一洲旧山河,就会耗费中土文庙极大的精力财力,以及人心。

雨四因为身份特殊,远远不是甲申帐修士、托月山剑仙坯子那么简单,所以才能够知道这些惊世骇俗的内幕。

一个女剑修改了主意,御剑来到雨四这边。

长剑品秩不俗,在空中划出一条七彩琉璃色的动人剑光。

她名为仙藻,与姐姐银粟,都是剑修,虽然没有被列入托月山百剑仙,却是蛮荒天下大宗门广寒城的嫡传修士,雪霜部女官,虽面容年轻,实则却是三百多岁的女修了。

广寒城是大妖绯妃麾下宗门之一,昔年绯妃与那曳落河共主仰止,相互间征伐多年,广寒城雪霜、柳条在内六部女修,出力极多。

仙藻幻化人形后的模样,是个下巴尖尖、模样娇俏的女子,她拎起裙角,施了一个万福,喊了声雨四公子。

雨四没有起身,只是笑着点头。

蛮荒天下,等级森严。谁要是礼数过多,只会适得其反。

仙藻收起佩剑后,坐在雨四不远处,却没敢太靠近,她双手托腮望向乱哄哄的城池,轻声道:"雨四公子,真有些杀得乏了。浩然天下,怎的有这么多的城啊,京城州城郡城县城,城多,人更多,好在他们胆子太小,都是先把自己吓了个半死,没什么反抗。起先吧,我还高兴来着,想着总算不用像是在剑气长城那般凶险拼命了,可是杀多了,一茬一茬的,怪腻味。"

雨四笑道:"这就是浩然天下啊,富饶,只要不打仗,没有那大的旱水蝗灾,人与人就相处融洽,很少打生打死,所以人就多了。与我们家乡是不太一样。"

蛮荒天下,在托月山大祖现身之前,是那万年乱世。

真真正正的世道很乱,大妖横行天下,一座天下,以至于从无"滥杀"一说。

仙藻伸手指向城内一处,问道:"又瞧见了这类牌坊,好些地方都有,我和姐姐也认不得上边的字,雨四公子,你读过书,对浩然天下很了解,它们是做什么的?"

蛮荒天下,文字古老,据说与浩然天下勉强算是同源,却不同流,各有演化,可就因为文字同源,哪怕是勉强,儒家圣人的本命字,依旧让所有大妖忌惮不已。蛮荒天下约莫千年之前,开始逐渐流传一种被称为水云书的文字,是那位"天下文海"周先生所创。

雨四解释道:"这是浩然天下独有之物,用来表彰那些学问好、道德高的男女。在书上看过这边的圣贤,曾经有个说法,今承大弊,淳风颓散,苟有一介之善,宜在旌表之例。大致意思是说,可以通过牌坊来彰扬人善。在浩然天下,家族有一座牌坊立起,子孙都能跟着风光。"

仙藻疑惑道:"这些人听着很厉害,可是打了这些年的仗,好像完全没什么用处啊。"

不过她确实曾经遇到过些怪人,有那白发苍苍的老妪手持拐杖,站在家族祠堂门口,虽说最后只会死得好像一块破败棉絮,但是竟然不怕死,难不成是活得够久了?她也曾见一位身穿儒衫的老人,虽说大难临头,只能束手待毙,但是死在了堆满书籍的桌子旁,当时老人一手牵着一个稚童,要那孩子"大声说话",老人听着晚辈牙齿打战的哭腔言语,兴许是那家训,也可能是某本圣贤书上的言语?

不管如何，老人死的时候，神色要比许多双手奉送法宝、神仙钱的山上修士，许多伏地不起的帝王将相，要更坦然。

可就算如此，又有什么意义？仙藻觉得没啥意义，反正老的小的，都是个死。

倒是许多原本被军帐视为"有的打"的地方，一处处战场，一条条防线，一座座关隘，动辄数万甲胄鲜亮的精骑、步卒，全是花架子，一触即溃，一打就没。

一些高城雄关，往往撑不过三两下，就被攻破了。

甲胄太新，老卒太少。

不过一些个"宗"字头仙家，和那七八个王朝的精锐兵马，还算给蛮荒天下大军造成了一些麻烦。尤其是攻打那个叫太平山的地方，伤亡惨重，打得两座军帐直接将麾下兵力全部打没了，最后不得不抽调了两拨大军过去。

雨四哭笑不得，很难跟她解释这些虚无缥缈之物的无用和有用。于人心有教化之用，于打打杀杀自然毫无裨益。每座牌坊，太平世道间千金难买，乱世之中，好像又一文不值。

雨四看到，一个元婴气象的老修士终于按捺不住，已经离开阵法庇护之地，与银粟他们绞杀在一起。因为银粟一路杀得太多，而且是故意杀给他看的。那个纯粹武夫先前还故意扯了好些头颅，随手丢在大阵上，涟漪阵阵，好似鲜血涂抹在墙壁上。至于那个现出大蟒真身的，更是恢复人形，抓住两尊城隍阁神灵，按在大阵外壁上，将金身一点点挤压崩碎。

能够与他聊上一会儿，仙藻已经心满意足，她站起身，歉意道："雨四公子，我杀去了啊，不然姐姐嫌我偷懒，能絮叨好久。"

雨四摆摆手，笑着提醒道："还是要小心那两个人族地仙修士。不能因为自己是金丹剑修，就掉以轻心。人族修士，活的时候，心眼多。下定决心后去死了，也会比较果断。"

仙藻使劲点头。雨四公子，身份尊贵，却总是这般性情随和，言语温柔。

雨四看着仙藻御剑离去的身影，还是没打算出手。

在剑气长城那个地方，雨四出入战场太多次了，战功不少，吃亏不多，其实就那么一次，却有点重。

蛮荒天下在攻破了剑气长城之后，虽说在这座陌生天下的脚步，稍稍慢了点，可就像两个元婴练气士，辛苦打杀了一个难缠至极的金丹剑修，再来收拾一群人心涣散的下五境修士，当然会觉得很轻松，甚至是无聊。

雨四站起身，低头望去。

一个锦衣玉带的少年，大概能算书上的面如冠玉了，他躲在书房窗户那边望向自己。

一个衣衫粗陋的年轻人更是有意思,瞧见了仙鹤御剑往返的仙家景象,他一路飞奔,爬上了邻近屋脊,壮起胆子,颤声问道:"你是来救人的山上仙师吗?"

雨四用桐叶洲雅言笑道:"你这北晋官话,我听不懂。"

不承想年轻人立即将官话更换为雅言:"仙师,我能不能与你修行仙法?"

雨四摇头道:"我是妖族,不是仙师。自然不是来救人的,是杀人来了。"

那年轻人错愕不已。

雨四挥挥手,道:"赶紧躲去,熬个十几二十年,说不定还能活。"

那个年轻人突然脸色一变,眼神炙热道:"我知道府上藏钱藏宝物的地方,我愿意帮你带路,我以后能不能跟着你?"

雨四微笑道:"可以啊,带路。我还真能送你一份泼天富贵。天翻地覆之后,确实就该新旧气象更迭了。"

反正闲来无事。而且想起了甲子帐木屐的某个说法,说何时才算蛮荒天下新占一洲的人心大定?是那所有在战后活下之人,自认再无退路,没有任何改错的机会了。要让这些人哪怕重返浩然天下,依旧没有了活路,因为一定会被秋后算账。唯有如此,这些人,才能够放心为蛮荒天下所用,成为一条条比妖族修士咬人更凶、杀人更狠的走狗。例如一国之内,臣子在那庙堂之上弑君,各部衙门推选一人必死,一家一姓之内,同理,而且还要是在祖宗祠堂内,让人行大逆不道之事。山上仙家,让弟子杀那老祖,同门相残,人人手上皆沾血,以此类推。

儒家辛辛苦苦订立的一切规矩礼仪,皆要崩塌,推倒重来。废墟之上,此后千百年,所谓道德具体为何,就只有周先生订立的那个规矩了。

听说木屐如今不但跟随在周先生身边,还得了个赐姓。

雨四飘落在地,伸手一抓,将那觉得好似腾云驾雾的年轻人带到身边,雨四故意没看见对方的汗流浃背,缓缓而行,转头笑问道:"有没有想要得到的物件?比如以前想都不敢想的某个女子。有没有想杀的人?比如你最恨的某个富贵人。最想得到的,最想要杀的,你都说了,我可以帮你。"

那个年轻人一咬牙,点头道:"我不要什么东西,我觉得都该是主人你的,我一件都不敢要。但是我想要杀两个人!"

雨四好奇问道:"哪两个?"

跟在雨四身边的年轻男子咬牙切齿道:"一个叫韩诚意,是这个宅子的少爷,另外一个叫韩淑仪,是韩诚意的姐姐,是个省亲返家的女子。"

雨四笑道:"你与那姐弟,有什么深仇大恨吗?"

看得出来,此人是府邸仆役,说不定还是那贱籍出身的家生子。

年轻人默然,摇摇头,然后双手攥拳,身体颤抖,低着头,说道:"就是想他们都去死!

一个天生命好,一个是不要脸的贱货!"

雨四停下脚步,让那人抬起头,与他对视,年轻人满头汗水。

雨四微笑道:"浩然天下的坏人,就是蛮荒天下的好人,放心吧,你不会死了。我还会让你遂愿,只不过我跟在身边,担心你放不开手脚,做不来以往被视为恶事的勾当。杀人之前,你可以多做些做梦都想做的事情,比如杀两个不够,那就多杀些。我在这边等你,不用怕我久等,我很闲的。"

说话间,雨四摘下腰间一枚小巧玲珑的黄绫袋子,被他手指触碰后,立即有云霓透出,一条墨色小蛟蜿蜒袋子表面,一时间水雾弥漫。

雨四将黄绫袋子轻轻一抖,墨色小蛟坠地,化为一位双眸漆黑的魁梧男子,雨四再将袋子轻轻抛给年轻人,道:"收好,以后这蛟奴会担任你的护道人,传你仙家术法,帮你做那桐叶洲的人上人,别说是什么韩氏子弟,便是苟延残喘的昔年皇帝君主、山上地仙,见着了你,都要对你点头哈腰,喊你一声……对了,你叫什么来着?"

年轻人双手接过那袋子,神色激动,颤声道:"主人,我叫卢检心。检点的检。曾经还有个哥哥,叫卢教光。"

雨四会心笑道:"教于幼正大光明,检于心忧勤惕励。都是好名字,你爹帮你们与家塾先生求来的吧?"

卢检心擦了擦额头汗水,道:"主人真是博学多才。"

雨四挥挥手,道:"以后跟在我身边,多做事少说话,溜须拍马这一套,就免了,你会死的。"

卢检心再不敢多嘴,弯腰作揖,飞奔离去,身后跟着那墨蛟扈从,让年轻人既心生畏惧,又蓦然胆气十足。

雨四打算让这个卢检心当这州城之主,让年轻人过一过土皇帝的舒坦日子。再让墨蛟详细记录下来,将那数年间的一城风俗变迁,交给木屐观看。

至于卢检心为何独独对那姐弟如此恨之入骨,天晓得。

可能是衣衫单薄的某个大冬天,瞧见了一位身披雪白狐裘的赏雪公子哥,越发自惭形秽了。可能是思慕那女子已久,只是某天偶尔相对路过,那女子什么话都没有说,但是她那个不经意的眼神,就说了一切。

这些都不奇怪,雨四也无所谓真相如何,真正让雨四觉得好玩的地方,是先前那一刻,雨四从卢检心的眼中心中,看到了年轻人对自己的那些由衷感恩、仰慕、敬畏,以及那种愿意豪赌一场,不惜性命的毅然决然。卢检心分明愿意以一时之快意淋漓,打杀所有心中长久不快。蛮荒天下,需要这些性情容易走极端的可怜人,越多越好。这些人,大概会成为木屐所说的那种儒家填坟人。周先生曾经笑言,浩然天下有太多的读书人,太喜欢假道学真小人,真以为那份道貌岸然,世人睁眼瞎瞧不见,实则不然,一种是年复一年,敢怒不敢言,一种则是心心念念成为那种人,所以其实一直在自掘坟墓,那就怪不得如今有众人来填土平坟了。

雨四突然抬起头。

天地间有大气象,从极远处迅猛蔓延至此,是飞升境的大神通无疑了。不然不可能连他雨四都能够在这里清晰察觉到那股磅礴气机。

一个双眼猩红的女子出现在雨四身旁,轻声道:"公子,烦请暂时离开此地。那玉圭宗荀渊先是被我和仰止截杀,再给萧瑟追杀,跟着进入了那座海底隐匿秘境,彻底打烂了,逃无可逃,荀渊以法相出现在了东海之滨,打算将桐叶洲一分为二,极有可能会殃及此地。"

雨四摇摇头道:"你只需要护住我与仙藻他们便是,我倒要近距离看看,荀渊到底是怎么分开的桐叶洲。"

王座大妖绯妃点点头。

雨四皱眉问道:"那萧瑟呢?"

绯妃说道:"那处秘境大有古怪,好像被荀渊暂时骗去了别座天下。可能荀渊此次逃窜,就是打算故意引开萧瑟。"

她突然一闪而逝,片刻之后,返回原地,脸色微变,道:"萧瑟终于出剑了。"

雨四举目望去,在桐叶洲东海上空,天幕处破开一处大门,萧瑟以一剑破开此处天幕,得以飞升返回浩然天下,再朝那荀渊高达万丈的法相,落下了一道恢宏剑光,气势全然不输白也在扶摇洲所递第一剑。

那一道有那举世无匹声势的剑光,有那水光火光雷光相互拧缠在一起。

绯妃仰头望去,轻声说道:"老东西死定了。"

雨四笑道:"跟你比,荀渊真不算老。"

绯妃微微一笑,然后说道:"我去为公子抢几块琉璃金身。"

雨四刚想要摇头,绯妃已经一掠而去。终究是一只王座大妖,又不涉及大道根本,雨四总不能随随便便训斥阻拦。况且绯妃又以心声言语"小心"二字。

雨四不动声色,在这座豪门宅邸内闲庭信步。

骤然之间,雨四四周,光阴长河仿佛无缘无故凝滞。

雨四却没有如何惊惧,他如今身上那件法袍,是绯妃赠送,可以抵挡一位仙人剑修的倾力数剑而不死。

而且一旦雨四法袍遭受术法或是飞剑,绯妃只要不是隔着一洲之地,就能够转瞬即至。

雨四转头望去,一处屋脊上,一个头戴高冠、身穿金色长袍的俊美男子,轻轻抛着那只墨蛟疯狂游弋却挣脱不出的黄绫袋子。

第五章 圆脸姑娘

那人瞥了眼雨四身上法袍，微笑道："难得有瞧见了就想要的物件，不过还是我这条小命更值钱些。"

雨四抱拳道："见过姜宗主。"

姜尚真抬起一手，轻轻挥手道："不像话，客气什么，好不容易父子重逢，喊爹就行，以后记得让那小婢绯妃，帮你爹揉肩捶腿，就算你补上了些孝道。"

雨四哑然失笑，沉默片刻，问道："墨蛟奴护着的那个年轻人如何了？"

姜尚真笑嘻嘻道："他啊，魂魄与一位俊哥儿互换了，估计等下光阴长河一散，会比较蒙，我是谁，我在哪，我要做个啥？"

雨四问道："姜宗主不救一救苟渊，反而跑来这里跟我唠嗑？"

"近在咫尺的你都不杀，远在天边的人又为何要救？我姜某人一旦聪明起来，连自己都不知道自己咋想的，你们岂能预料。"姜尚真撇撇嘴，"再说了，你这野儿子就是个小废物，绯妃那贱婢竟然舍得将本命法袍送你，我胆子小，宰了你丢掉一把剑的买卖，不划算，所以不能拿你如何，白捡了这件半仙兵的黄绫袋子，已经很满意了。"

雨四默不作声。

这件法袍，神通之一在于"锁剑"，比那杜懋吞剑舟更加玄妙。

雨四一早就想要拿自己当诱饵，挨上姜尚真那号称"一片柳叶斩仙人"的一剑。

姜尚真将那黄绫袋子收入袖里乾坤当中，凝滞不前的光阴长河恢复正常。

雨四问道："你为何不去找那赊月，或是豆蔻？"

一个是数座天下的年轻十人之一，一个是候补十人之一。

关键是她们不像自己和浧滩，并没有一只王座大妖担任护道人。

姜尚真微笑不语。

一处书房，一位衣衫华美的俊哥儿与一个年轻人扭打在一起，原本没了墨蛟扈从的护卫，光凭力气也能打死韩家小公子的卢检心，这会儿竟是给人骑在身上饱以老拳，打得满脸是血。"俊俏公子"躺在地上，被打得吃痛不已，心中后悔不已，早知道就应该先去找那花容月貌的臭婆姨的……而那个"卢检心"仗着一身腱子肉的一大把气力，满脸泪水，眼神却异常发狠，一边用陌生嗓音骂人，一边往死里打地上那个"自己"，最后双手使劲掐住对方脖颈。

姜尚真微笑道："行了，绯妃姐姐，就不用躲躲藏藏了，都长得那么好看了，为何不敢见人。"

绯妃竟是从那件雨四法袍当中"走出"，与雨四说道："公子，只是一种秘法幻象，大致相当于元婴修为，姜尚真的真身并不在此。"

姜尚真点头道："那是当然，没有十成十的把握，我从不出手，没有十成十的把握，也莫要来杀我。这次过来就是与你们俩打声招呼，哪天绯妃姐姐穿回了法袍，记得让雨四公子乖乖躲在军帐内,不然老子打儿子,天经地义。"

姜尚真最后幻象消散之际,腰间那枚黄绫袋子,并未随之离去,姜尚真没傻到这份上,先前不过是逗一逗雨四罢了。这位玉圭宗最新一位,却也有可能是最后一位宗主的男子,有些黯然神伤,他转头望向东海那边,一位飞升境大修士的琉璃金身开始崩散,落幕之时再风景壮丽,终究有那好死不如赖活着的道理在心间萦绕不去,让人难受。

姜尚真喃喃道:"骂了你那么些年的老不死,死了的时候,教人真真伤心,以后讨句骂都难了啊。"

姜尚真最后只剩下一颗头颅尚未灵光消散,剩下的那点幻象,俯瞰着那对身份一个比一个古怪的主仆,微笑道:"新旧两笔账,一笔是欺负我女人,一笔是算计荀老儿,以后姜某人陪你们慢慢清算,反正就是跟你们耗上了。"

霜降时节。
值此节气,阳下入地,阴气始凝,秋燥伤津,宜外御寒、内清热。
于是山下就有了吃柿子的习俗,听说可以补筋骨,入冬唇不裂。
一场小雨过后,在一棵如挂灯笼一盏盏的柿子树下,雾蒙蒙的天空,灰黑的枝丫,衬得那一粒粒鲜红颜色,格外喜庆。

一个瞧着十七八岁的年轻女子,微胖身材,圆乎乎的脸庞,身穿棉布衣裳,她踮起脚尖,挺直腰肢,手持一根不知从哪捡来的枯树枝,将五六颗柿子打落在地,然后随手丢了树枝,弯腰捡起那些红彤彤的柿子,用棉衣兜起。

最后她蹲在一块县界碑前,一边啃着柿子,一边打量着石刻碑文,正中刻着"奉官立禁,永宁县界",左边还刻有一行小字,写着国号年号。

她觉得很厉害,就这么一块老百姓过路都不会多看几眼的石碑,就能把相邻两处地盘给敲定了。在她家乡那边,便不成。没这样的讲究,也讲究不起来。打架太凶,脾气太差,容易什么都留不住。

到了这边后,她一路游历,各国官制金银铜钱,文房四宝,诸子百家书籍,她什么都收集,见啥都有眼缘,反正到了一处战后城池,越是门多的大户人家,越是没了门,一路逛荡,就可以随便捡,遍地都是,比尸体还多。吃柿子,还需要打柿子落树,但是拾取那些据说原本能卖不少钱的玩意儿,容易多了。

如今这座桐叶洲,北边的世道,其实不如南边安稳。

桐叶洲仙家山头,是浩然天下九洲里边,相对最不多如牛毛的一个,多是些大山头。其实在任何一个疆域广袤的大洲版图上,肉眼凡胎的山下俗子,想要入山访仙,还是很难寻见,不比瞧见皇帝老爷简单,当然也有那被山水阵法鬼打墙的可怜汉。

如今桐叶洲越是穷乡僻壤、越是灵气稀薄的山水,到了乱世反而越不招灾殃。许

第五章 圆脸姑娘

多偏居一隅的小国,哪怕有几位所谓的山上神仙,还算消息灵通,也早早恨不得带着一座山头祖师堂一起跑路,哪里顾得上他人。上了山修了道,该断的早断了,一个个轻举远游,餐霞饮瀣,哪来那么多的牵挂。

如果不是她比较喜欢远游,又不贪那军帐战功、天材地宝和风水宝地,说不定这永宁县的人,得过个好几十年,才能遇到她这样的外乡存在。

是来自很远的外乡,却不是什么外乡人。

她吃过了柿子,捡起一根树枝,站起身,背靠界碑,跷起腿,轻轻刮掉鞋底板的泥垢。

先前在那县城文庙外,大概因为是霜降时节的缘故,有官员带着一帮儒生,在吟诵祝词。

"或耕或织,免风免雨。宜尔子孙,实我仓庾……"

反正都听不懂,她只学了些浩然天下的大雅言,此外桐叶洲雅言不会说,也听不来,各国官话、方言更是半点不知,只是瞧着那帮读了书当上官的和尚未当上官的,凑一堆为民请命做些事,挺像一回事的。只是那个穿官服的,是不是过于肥头大耳了些,红光满脸,连脖子都快瞧不见了。读书人难道不都该是周先生那般清清瘦瘦?

有一群骑竹马嬉戏而过的孩子,玩那抬轿子娶媳妇的过家家去了。

先前瞧见了那个站在石头旁的女子,孩子们至多瞥了几眼,谁也没搭理她,小婆娘瞧着面生,又不俊俏。

她继续独自游历。循着灵气运转的蛛丝马迹,总算瞧见了一处仙家门派,是个小门户,在这桐叶洲不算多见。

不过山上修道之人,好像出门了,她便没去登门拜访,最后在数百里之外,两座山头之间,山雾茫茫,如溪涧缓缓流淌,在那山峰之间,有那仙家练气士们,布置了一道术法大网,是要捕获一种鸟雀,宛如山下捕鱼,驱逐鱼入网,有几位御风的练气士身形,不断惊吓鸟群,一些个尚未能够御风的下五境修士,便在山中不断长掠飞奔,发出动静,故意惊起飞鸟。

棉衣女子坐在一处低矮山头的树枝上,安安静静,看着这一幕。好像蛮荒天下到了桐叶洲之后,差不多也是如此光景,不断有惊鸟飞掠,然后一头撞入大网。

只是不晓得那些原本视山下君王为傀儡的山上神仙,等到死到临头,会不会转去羡慕她当下眼中这些境界不高的半山腰蝼蚁。

应该顾不上吧,生死一瞬间,哪怕是那些所谓的得道之人,估摸着也会脑子一团糨糊?

她突然想要找个能聊天的,不奢望会说蛮荒天下的话语,好歹是会那中土神洲大雅言的。这种人如今不太容易找见,小地方的城隍庙、山水神祠,都没用,肯定只会桐叶洲的一洲雅言。可惜那些书院儒生,有的战死沙场,剩下的也都退去玉圭宗和桐叶宗两处了,大王朝的五岳山君,肯定都死了,商家子弟更是滑不溜秋,挣钱避难功夫都太厉害,很难抓到。

至于上五境修士,她先前倒是有幸见过一个,是个躲在深山老林,也未开宗立派的,大概就是浩然天下所谓的隐士了,她当时遇见了,没理睬,主要是懒得动手,因为先前去一座不大不小的仙家府邸,有那金丹、元婴地仙坐镇,聊得不太愉快,被她一拳一个,打死了。不差了,刚上岸那会儿,还有个她忘了问名字的玉璞境,不也是被一拳打死。

有数个下五境练气士的年轻男女,在她视野中缓缓下山,有那女仙师手捧刚刚摘下的菊花,霜降杀百花,唯此草盛茂。

棉衣女子双手撑在树枝上,对那女仙师没什么兴趣,更多是打量那些菊花,思绪飘远了。听说浩然天下有个地方,叫百花福地。而百花神主当中,好像此花神位很高。它雅称极多,而且都很动听,霜蕊,笑靥金,至于日精、周盈的说法,就怪了些。棉衣女子比较喜欢这些乱七八糟的事情,早年在家乡的修行路上,就一直觉得浩然天下,有趣的事情太多,所以一定要来这边走走瞧瞧,至于打打杀杀的,对她而言,意思不大。

她先前之所以在蛮荒天下"从天上返回人间",再来这桐叶洲,还是因为那只王座大妖荷花庵主,给董三更出剑斩杀的缘故,毕竟某种程度上来说,她与荷花庵主算是个邻居,当然说是邻居,其实离得极远。蛮荒天下,有那三月悬空,可明月与明月之间,只是相互间瞧着近罢了。偶尔只有那个叫曜甲的,会来她家中串个门。

那些男女行走山间,有人说那月夜秋云没落水,火烧寒涧松为烬,然后多有旁人的诗词唱和,有些是书上的,有些是自家肚子里的墨水。

棉衣女子什么也听不懂,就有些烦,搁以前也就忍了,一路跋山涉水,她都是个过客,只是刚想着要找人聊天来着,她就有些恼火,一恼火就习惯性伸出双手,一拍脸颊,动静不小,惊动了那些耳目灵光的年轻仙师,有些人眼神不善,有将她视为孟贼之流的,也有嫌弃她长得不好看的,还有那看她如那投网飞鸟差不多的,最惹她嫌。

只是当她最后瞧见了一个圆脸小姑娘瞪大眼睛,十分好奇的模样,棉衣女子便咧嘴一笑,心情大好,言语不通,她就抬臂招手,算是跟那个小姑娘打招呼了。

小姑娘赶紧使劲朝那陌生姐姐挥手示意,然后在师兄师姐们朝她看来的时候,立即双手负后,抬头看天。

看得棉衣女子笑眯起眼,圆脸的姑娘,就是最可爱。

那一行人最终没说什么,更不知道在鬼门关打了个转儿,回山上去了。

棉衣女子依旧双手撑在树枝上,笑道:"你就是姜尚真?"

一个男子站在一处树梢上,笑着点头道:"赊月姑娘圆圆脸,好看极了。所以我改了主意。"

棉衣女子依旧眺望远方,说道:"我也不是你想杀就能杀的啊。惹谁不好,惹我做什么。"

姜尚真坐在她身旁,陪着她一起等着月色来到人间,问道:"可曾见过陈平安?"

她想了想,道:"路过剑气长城的时候,见过一眼,长得不如你好看。"

姜尚真哈哈笑道:"没有的事。"

不过赊月似乎是比较执拗的性情,说道:"有的。"

姜尚真拎出一壶仙家酒酿,惬意喝酒。如今那座山头的酿酒人没了,因此每喝一壶,人间就要少去一壶。

赊月问道:"你跟那年轻隐官认识?"

姜尚真点头道:"是那关系顶好的兄弟。可惜如今难兄难弟了,患难与共嘛。"

棉衣女子伸手挠挠脸,随口问道:"为何不干脆离开桐叶洲?玉圭宗将破未破之时,你就该去那边送死了。"

姜尚真饮尽酒水,丢了酒壶,玩笑道:"世道人心汹汹奔流去低处,我偏要逆流而上,要去那山巅扯嗓子喊上几句,不然显不出姜某人的英雄气概。"

棉衣女子没搭话,聊这些太没劲,转而问道:"会不会说我家乡言语,好久没听着了,挺怀念的。"

姜尚真摇头叹息道:"我连剑气长城都没去过,哪里会说蛮荒天下的言语。"

她叹了口气,道:"那你不如那个年轻隐官,在我家乡那边,他惹出好大的阵仗,后来打听了些事情,觉得他是真喜欢那个叫宁姚的女子,我没觉得年轻十人什么的有什么意思,只觉得一个男人能那么喜欢一个女子,很了不起。就有些羡慕他们。"

其实先前姜尚真悄悄盯了她好久,也没见她出手杀人,反而没少见她在集市庙会上偷吃食,明明听不懂话语,每逢戏台唱戏,一双眼睛能瞪得跟脸一样圆。

姜尚真转过头,望着这个身份古怪、脾气更古怪的圆脸姑娘,那是一种看待弟媳妇的眼神。

这么个脑子不太正常的姑娘,当弟媳妇是正好啊。反正陈平安的脑子太好也是一种不正常。

要是能够拐了她当弟媳妇,自己也算立下一桩天大功劳了。

陈平安肯定是不认的,没关系啊,她认就行。

圆脸姑娘望向天上,轻声道:"你认不认识一个叫刘材的剑修?就是养剑葫比较多的那个。听周先生说,其实除了心事和立即,这家伙还有一长串品秩低一些的养剑葫。"

周先生要她找到这个刘材,其他什么事情都不用做。

姜尚真点头道:"认识。"

她转过头。

姜尚真继续笑眯眯道："可惜他不认识我啊。赊月姑娘，不聊那刘材，与你说些我那兄弟的事情吧，反正咱俩都是闲着没事，我可以请你喝酒。"

她重新转过头，道："你别烦我，烦别人去。"

姜尚真哀叹一声："我都快要被整个桐叶洲烦死了，能找谁诉苦去。"

她说道："那就去死啊。"

姜尚真笑道："赊月姑娘真会聊天，所以咱们就更该多聊点了。"

渐渐地，月上柳梢头，月光盈盈水，月色满人间。

圆脸女子一拍脸颊，姜尚真微微一笑，告辞一声。

她缓缓起身，不知为何周先生会如此重视那个金丹剑修。

随后她神色微变，御风而起，去往天幕，然后凭借她的本命神通，依稀看到相距极远的东宝瓶洲天幕多处，如大坑凹陷，一阵阵涟漪激荡不已，最终出现了一尊尊乘隙而入的远古神灵，它们虽然被天地压胜，金身缩减太多，但是依旧有那仿佛五岳的巨大身姿。与此同时，与之对应，东宝瓶洲大地之上，仿佛有一轮大日升空，光线过于刺眼，让圆脸女子只觉得烦躁不已，恨不得要伸手将那一轮大日按回大地。

刹那间，一片柳叶悄无声息来到她眉心处。

赊月身形轰然消散，在千里之外的一处人间山巅，她由满地月光重新凝聚出魂魄皮囊，甚至连那棉衣、靴子都不损分毫。

而且姜尚真那突兀一剑，似乎也根本没让她恼火，她的心神依旧久久沉浸在那东宝瓶洲的异象中，以至于站在山顶，显得有些怔怔发呆。

姜尚真出现在她身侧，一件金色法袍，大袖飘摇，金袍里边好像披着多件法袍，此人愧疚道："弟媳妇，误会，误会啊。"

然后又是一片柳叶洞穿了对方眉心处。

棉衣女子再次在别处凝聚身形，终于开始皱眉，因为她发现方圆三千里之内，有许多"姜尚真"在守株待兔，她道："你真要纠缠不休？"

"恶狗怕乱棍，好女怕郎缠嘛。"姜尚真双手笼袖，眯眼笑道，"只是既然老话不管用，赊月姑娘竟然心无半点男女情思，那姜大哥就只能违背良心，冒着天打雷劈的风险，也要辣手摧花了。"

赊月说道："随你。姜宗主开心就好。"

接连六次出剑过后，姜尚真追逐那些月色，辗转腾挪何止万里，最后姜尚真站在棉衣女子身旁，只得收起那一片柳叶，以双指拈住，道："算了算了，委实是拿姑娘你没办法。"

一个个身穿不同法袍、腰间悬挂不同法宝的"姜尚真"，不断与赊月身旁之人融为一体。然后在三千里之外的某处深涧，一道剑光砸在一片月光中。

赊月最终从水中浮现升起，小小水潭，圆脸姑娘，竟有海上生明月的大千气象。

她嘴角渗出的竟是雪白的血丝，死死盯住那个站在水潭岸边的男子，脸色阴沉道："姜尚真，真要互损大道？！"

出剑之人，正是姜尚真的真身。

姜尚真被追杀极多，能够次次逃命，当然还是有点本事的。

姜尚真当然不是要跟她闹着玩，瞥了眼远方，收回视线，以心声与她悄然言语一句，然后大笑着消散身形。

一座闹市中的石拱桥上，青石板缝隙里长满了野草。

一处不过数年未曾祭拜的皇家陵墓，已是狐兔出没的惨淡光景。

山泽精怪，成群结队地离开那些隐蔽的山水洞窟，在山下市井内横冲直撞，叫嚣于文武庙、城隍庙阁和山水神祠之外，有恃无恐。

一个君王醉倒美人怀，口中重复喃喃着罪不在朕。女子伸手轻轻揉捏着龙袍男子的脸颊，先前大殿上，一个个武将面无人色，文臣联袂建言出城献玉玺。

先前在那下元节，十月十五水官解厄，原本有那烧香枝布田、烧金银包和祈天灯的习俗，这一年，香枝、金银包无人烧，祈福许愿的天灯也无人放了。

有那分别担任一国宰相、侍郎的父子，与仙家供奉在密室内议事，身为一国斯文宗主的老人，不断安慰自己说，总有法子的，没道理斩草除根，不可能对我们赶尽杀绝，什么都不留下。

一座县城内的戏台，与那乡塾相邻，原本老夫子最痛恨学子去看那些脂粉女子唱戏，这天夜幕中，老夫子与蒙学稚童们一起坐在长凳上，鬼听鬼唱戏。

一个尚未被战火殃及的偏远小国，有那建造在山崖上的一处道门宫观，只有一条盘山的羊肠小道通往此地。

一个儒衫文士带着一个年轻容貌的剑修，缓缓登山而行。好似嵌入山崖的小道观，曾是某位太平山嫡传真人的短暂驻足之地，早年在那边收了个不记名弟子，虽说香火飘摇，但到底是传承了下来，不过弟子不成气候，作为修道之人，百多岁就已垂垂老矣，几个再传弟子，更是资质不堪，可谓一代不如一代，相信那老道士至今还不清楚祖师堂挂像上的"年轻"师父，到底是何方神圣。

文士与剑修联袂游历此处，无甚谋求，文士从桐叶宗那边回来，剑修刚好在附近军帐，就相约来此散散心。

先前三只大妖在桐叶洲谋划许久，其中又以这个成功成为太平山嫡传的"年轻道士"，功劳最大，所谓被扶乩宗少年揭穿谋划，使得他不得不提早动手，看似坏了大事，长远来看，反而是一记误打误撞的神仙手，只可惜未能与那白猿合力杀了钟魁。既然他如今不知所终，多半是被那观道观老道人动了手脚，那么他在浩然天下剩下的这点香火，就帮着收拢收拢。

文士说道："你不该杀她的。随便杀几个玉璞境都无所谓，唯独此人不该杀。你甚至为了她，都要保全一座玉芝岗。"

剑修说道："先生，我当时见她求饶得过于乞儿相了，便没忍住。"

文士气笑道："这种话换成斐然来说，我不奇怪，你绶臣说出口，就不是个滋味了。"

绶臣点头道："在桐叶洲太过顺遂，我有些得意忘形。"

文士说道："原本玉芝岗变故，可以成为桐叶洲形势的转折点，意味着一洲山河可以从乱世逐步转入治世，我也就能够帮着在甲子帐记你一功。早知道就该把你丢到太平山帮你师弟师妹们护道，也不至于陨落两人。连你在内，不是不能死，只是死得太早就过于暴殄天物了，你们一身所学还来不及施展抱负。"

同门战死两人，作为师兄的绶臣虽有些伤感，却无半点愧疚。

文士是周密，剑修是绶臣。双方是一对师徒。

周密带着弟子绶臣徒步走在小路上，已经可以看见那座小道观。

道门中人，观星望月，道观观道，仰视天象，俯察地仪，故而道观常在山巅。

周密没有着急进入大门紧闭的道观，而是带着绶臣远眺山河，周密轻声笑道："一个见过日月山河再瞎了的人，要比一个年幼目盲的人更难受。"

绶臣听得出自家先生的言下之意。

一个失而复得的人，则会更加珍惜当下所拥有的。所以桐叶洲山上山下的存活之人，只要蛮荒天下接下来谋划得当，就不会感谢带给他们这些的浩然天下，大多数人只会暗自庆幸，感激蛮荒天下的网开一面，再去仇视中土文庙害得整个桐叶洲生灵涂炭，将儒家视为一切苦难的罪魁祸首，更会痛恨所有未被战火祸害的大洲。

一个看门小道童，大摇大摆走到两人身边，打了个稽首，再以本国官话询问那位读书人来此为何。

小道童约莫七八岁，言语之间，满是倨傲神色。打那道门稽首，是觉得与师祖学了礼数，总不能白学，不然他哪里愿意与两个皮囊速朽的凡夫俗子瞎客气。

自家那位师祖老观主，那可是观海境的老神仙，一国之内罕逢敌手，去哪儿都会被敬称为上仙或是真人，听师父私底下说，那位师祖离着道门书籍上所谓的"地仙"，只差两步了。

眼前这两位来自山下人间的，便是有点钱又如何？来自富贵门庭又如何，不还是山下人来见山上人？

周密又看了一眼那小道童，转头笑道："踏破铁鞋无觅处，好一个得来全不费工夫，如今桐叶洲的天时大道，果然都在我们这边了。绶臣，你瞧出端倪没有？"

绶臣一头雾水，道："恳请先生解惑。"

周密伸手抓住那小道童的胳膊，再以双指轻轻一敲对方手腕，小道童好似被拎小鸡崽子似的，只得踮起脚尖，不知是福至心灵还是如何，拗着性子没有对那山下文士破口大骂。

绶臣凝神望去，只见那小道童被自家先生施展了神通后，孩子手心处，震起些丝丝缕缕的光彩，很快就随风而逝。

小道童先前就像手掌蘸墨，清洗不净，有所遗留。

周密松开小道童的手腕，问道："你这道观是不是曾经有个名叫刘材的道士，下山云游去了？他下山之时，还随身携带了些大大小小的葫芦？"

小道童揉着手腕，后退几步，畏畏缩缩道："你怎么晓得这些事儿？不过我们道观没啥刘材，只有个绰号刘木头的土包子，渔夫猎户樵夫，什么零碎活计都能做，怎么能挣钱怎么来，按照师父的说法，若是山上有个尼姑庵，他都能卖出胭脂水粉去。土包子最早是我们观里挺大一香客带来的，所以我师父这些年才没和他计较。土包子最后一次来观里，背了一箩筐松明子和几尾大青鱼，也不要铜钱碎银，只在库房里边，捡了好些吃灰多年的破葫芦，说拿来折算银子，当时我瞅着就觉得怪，他在库房那边，拿着那些个破烂货，一个个提在耳边，摇摇晃晃。"

所谓道观库房，其实就是个堆积废旧之物的柴房。

周密瞥了眼小道观，笑道："环环相扣。真乃高人。"

绶臣以心声问道："先生，那刘材的心事与立即两枚养剑葫，是得自于此？"

周密摇头道："刘材是先有的两枚养剑葫，才有的那两把本命飞剑，不然这儿的那位开山祖师爷，作为上五境，眼界还不至于差到瞧不出养剑葫的品秩高低，何况他本就有收藏养剑葫的癖好，所以真正让他瞧不出真假、深浅的，应该是那两把古怪飞剑。"

先生接下来的言语，更让绶臣神色凝重。

"那个道观的大香客，多半就是刘材的传道人和护道人，因为来此道观的刘材，就只是个出窍远游的阴神，真身说不定都不在桐叶洲。"

绶臣问道："先生要让赊月找到刘材，其实不单单是希望刘材去压胜陈平安，更是为了见一见那香客？"

周密感慨道："天下阴阳演化术，一人独占半壁江山。"

玉圭宗祖山，神篆峰。

老宗主荀渊已经壮烈战死，一个飞升境大修士，琉璃金身碎块崩散天地间，多被大妖截获。

现任宗主姜尚真，用那惊鸿一瞥现身人间的方式，证明自己还活着，而且还很活蹦乱跳。

只是大势倾塌,一个失去天时庇护的仙人境,独木难撑将倾大厦。

九弈峰峰主,原本比姜尚真更有希望继承宗主之位的韦滢,却去了东宝瓶洲担任下宗宗主,暂时为那大骊宋氏效力,注定无法跨洲返回玉圭宗。

掌律老祖瞥了眼自己对面的那张椅子,又瞥了眼祖师堂挂像下两张空椅子。

姜尚真就是从对面座位挪去了挂像下边。

实在是多看一眼就揪心,便瞥了眼大门外的月色。

一个管着玉圭宗神仙钱、天材地宝的财神爷,名为宋升堂,他怒道:"咱们那位姜宗主为何还在外边晃荡,难道要眼睁睁看着宗门上下,每天死人不断?在哪里出剑不是出剑,连自家山头都不帮衬,算怎么回事?"

称呼姜尚真为姜宗主,而不是直接去掉姓氏的"宗主",这就是一种微妙姿态。

姜尚真在玉圭宗祖师堂,并未真正服众。

不过姜尚真处境如此尴尬的一个重要原因,还是老宗主荀渊先前一直在世的缘故。

加上姜氏掌握的云窟福地,一直是玉圭宗一个类似藩镇割据的存在,太膈应人了。所以宋升堂与姜尚真一直不对路,只要神篆峰祖师堂关起门来议事,那就是出了名的狗咬狗满地毛,不过次次是姜尚真占尽优势,姜尚真还给他取了个绰号,掉毛老狗宋老秃。

一个与姜尚真有那深仇大恨的女祖师,座位靠近大门,名叫刘华茂。资质并不拔尖,早年靠着耗费大量神仙钱和天材地宝,侥幸跻身的上五境。

姜尚真每次议事,几乎都要先与刘华茂开口搭讪。

"刘姐姐好名字,风华正茂,年年十八岁,容颜岁岁是今朝。"

在如此险峻形势之下,刘华茂也不得不拗着性子,为姜尚真说一句良心话:"肯定有那王座大妖盯着这边,负责斩杀姜尚真,说不定还不止一头老畜生,在守株待兔。"

要她喊姜尚真为宗主,休想。

她年轻时,想借近水楼台好好游历一番云窟福地,至于砥砺道心,则是顺带的。结果姜尚真当时还是云窟福地的少主,竟然以古怪神通秘法,悄悄依附在一个福地女子身上,然后假意与刘华茂相逢投缘,以姐妹相称。此后两人水到渠成地结伴游历,在一次游览云窟福地名为芙蓉浦的地方时,趁着月色宜人,僻静,刘华茂还调侃了"她"几句,捏了捏那"女子"的粉嫩脸颊。

事后想起,真是天崩地裂一般的凄惨往事。

在那之后,刘华茂就开始疯狂修行,就为了能够追赶上姜尚真的境界,好随便找个由头,将他砍个半死。

只可惜修行路上，天赋、根骨、性情，一山总有一山高，而姜尚真当年作为公认的九弈峰下任峰主，也不见他如何勤勉修道，却总是随随便便比她高出两境。姜尚真曾经在被她追上一境后，对她死缠烂打，腻人吹捧了一番，结果他转身离开后没多久，当天就破境了。

玉圭宗祖师堂议事，有个很有意思的局面。

说话多的，嗓门大的，跟境界关系不大，就看谁与姜尚真关系更差了。

久而久之，在祖山神篆峰上议事，像刘华茂这般资质平平的玉璞境开口，反而分量不轻。

反观辈分高的老仙人，与老宗主荀渊都是平辈，修为也高，可就因为从来不与姜尚真面红耳赤，喜欢当和事佬捣糨糊，真的谈论起大事，反而不被重视。

连姜尚真都没骂过几句，没朝姜尚真摔过椅子，好意思说自己是一心为宗门？

掌律老祖有些心情沉重，轻轻拍打椅把手，道："天时一变，优劣反转，老宗主不该现身的。"

有那三垣四象大阵护持，荀渊虽然跻身飞升境没多久，但是由于占尽天时地利，一身修为好似处于一境巅峰的圆满无瑕，然而等到太平山和扶乩宗先后覆灭，大阵消散，就立即被打回原形。

太平山老天君，拼着身死道消，手持明月镜，以大阵飞剑击杀过一个蛮荒天下大剑仙。

至于太平山道人的斩妖除魔，战功累累，更是冠绝一洲。

而那扶乩宗宗主稽海，能够以玉璞境修为，撑到了太平山破灭之后，本身就是一桩壮举。

而玉圭宗的战功，几乎全部来自荀渊和姜尚真两位宗主。

飞升境荀渊，斩杀两只仙人境大妖，还有一个玉璞境剑仙。

至于姜尚真，东一剑西一剑的，竟然不知不觉给他宰掉了四个玉璞境，还要外加作为添头的一大拨地仙妖族修士。

宋养堂疑惑道："那个萧愻，怎么就从剑气长城的隐官，变成蛮荒天下的王座人物了？"

掌律老祖嗤笑道："缘由为何，重要吗？重要的是，她与蛮荒天下有那合道的迹象，她本身又是飞升境剑修，咱们这桐叶洲，如今都是蛮荒天下的版图了，萧愻下次出手，如果依旧还是出剑，而不是双拳乱砸一通的话，还有谁能挡下她的问剑？！"

一位资历较浅、座位靠门的供奉轻声道："桐叶宗，还有那剑仙左右。"

玉圭宗修士，对那位文圣一脉的二弟子，印象不差。

一把传信飞剑悬停在祖师堂大门外，掌律老祖伸手一抓，取出密信，看完之后，脸色铁青。

刘华茂忧心忡忡,小心翼翼问道:"怎么了?"

掌律老祖沉声道:"周密亲自现身桐叶宗地界,给了桐叶宗一个天大的承诺。只要桐叶宗撤掉护山大阵梧桐天伞,就允许他们割据自立,不但如此,还可以得到他周密和托月山的千年庇护,在这之外,还会让桐叶宗新任宗主,成为一座新军帐之主。桐叶宗除了名义上成为未来一洲主人的藩属,一切照旧,蛮荒天下甚至愿意派遣绶臣在内的两位大剑仙,分别担任桐叶宗供奉、客卿,而且这两位没有资格对桐叶宗祖师堂议事指手画脚,反而必须为桐叶宗出剑三次。"

刘华茂问道:"那剑仙左右?"

掌律老祖无奈道:"桐叶宗修士根本不用为难,无须驱逐左右离开宗门,只要撤掉山水大阵,在左右出剑之时,选择作壁上观。"

刘华茂皱眉不已,道:"左右岂不是就要被孤立了?!"

左右对于桐叶宗而言,本来就是个外人,先前仗剑护道一宗门,还能够人心凝聚,桐叶宗修士还愿意舍生忘死。如今周密此举,分明是要让左右与整座桐叶宗修士的人心为敌。

守不守桐叶宗?不守,桐叶宗的山水气运,被蛮荒天下收入囊中;守,梧桐天伞已经撤掉,他每次出剑,一旦殃及池鱼,一宗修士就会人心起伏。

那宋升堂揪须眯眼道:"难了,大难题。"

设身处地的话,确实所有人都会感到左右为难。

刘华茂问道:"传递这个情报的人是?"

掌律老祖销毁密信,说道:"是一个名叫于心的年轻女修。"

一时间玉圭宗祖师堂内氛围轻松几分,掌律老祖笑了笑,道:"就是咱们那位中兴之祖的娘亲转世。"

姜尚真擅长说怪话,将杜懋形容为"桐叶洲的一个败家崽儿,玉圭宗的半个中兴之祖"。

这句话倒是在神篆峰祖师堂,人人觉得妙极。一来二去就在玉圭宗广为流传。

反正玉圭宗和桐叶宗相互敌视,也不是一两千年的事情了。不差这一桩。

如果不是这场天大变故,神篆峰祖师堂早年都专门议论过痛打落水狗一事,要将那桐叶宗的底蕴一点一点蚕食殆尽。既符合儒家规矩,又暗中伤人。

刘华茂感叹道:"单凭此事,一个不小心,就会给她招来杀身之祸。"

掌律老祖说道:"那咱们就当没见过这份情报,这点道义,总得讲一讲,不管以后两宗命运如何,关于这于心,大家说话做事都厚道些,多念小姑娘一份香火情,有机会的话,还可以帮衬着点。"

掌律老祖重复道:"有机会的话。"

他突然站起身,很快所有人都跟随起身,一起走出祖师堂大门,只见那山水大阵之外,有个身穿棉衣的年轻女子,用刚刚学来的桐叶洲雅言,缓缓开口,照理说玉圭宗的护山大阵早已隔绝天地,对方又未使用手段暂时破开阵法禁制,不该听到她的嗓音才对,但是偏偏她的话语,玉圭宗所有修士都能听清,就如人间何处无月色。

那棉衣女子的话语不多,就一个意思,玉圭宗不用让出宗门,修道之人也不用离开山头,只需交出一座云窟福地就行了。

一个化名陈隐的青衫剑客,身材修长,背剑在后。

他在那桃叶渡买了一条乌篷船,往常身姿曼妙的船工小娘、比文人雅士还要会吟诗的老篙工,早已四散而逃。

青衫剑客就只能自己撑篙划船。

如今大泉王朝京畿之地的文人骚客、达官显贵,哪有这份泛舟赏景的闲情逸致?

所以此人必然是一位外乡仙师无疑了。

桃叶渡的乌篷船,不是那种寻常水乡湖泽的脚划小船,船头刻有一种似鹭的水鸟装饰,青衫剑客便是因为这古老船首才起了撑船的兴致。

他腰间悬挂了一枚祖师堂玉牌,上面写着"祖师堂续香火""太平山修真我"。

这块玉牌只是某个军帐的战利品之一,被他拿了过来。

斐然对大泉王朝的观感不错,多有形胜之地,人杰地灵,尤其是大泉边军精骑,各地驻军的战力,都让桐叶洲中部的几大军帐刮目相看。

桐叶洲整体的山下形势,其实比甲子帐预期要好很多,简而言之,就是桐叶洲世俗王朝在沙场上的表现,两个字,稀烂。

疾风知劲草,越发显现出大泉王朝的出类拔萃。只不过野草终究是野草,再坚韧强劲,一场大火燎原,就是灰烬。

毕竟如今桐叶洲的"天时",被蛮荒天下的托月山掌握了。

斐然丢了竹篙,乌篷船自行前去。

只是如今南齐京城的那个军帐,关于大泉刘氏国祚的存亡,争执不下。

一方执意要对屬景城赶尽杀绝,屠城筑造京观,给整个桐叶洲中部王朝、藩属,来一次杀鸡儆猴。要将藩王、公卿的一颗颗头颅砍下来,再派遣修士将它们一一悬挂在各个小国的城门口,传首示众,表明这就是负隅顽抗的下场。

另一方觉得大泉文武,多有可用之材,有扶植的本钱,只要运作得当,弄个傀儡皇帝,将成为军帐的一大助力。反正年轻皇帝抛弃江山社稷,将国库席卷一空,逃往第五座天下,刚好可以拿来大肆宣扬。

大泉各大城池都已经戒严,只许进不许出,防止百姓任意流徙逃难,暗中被妖族引导、利用,冲散那些防线,最终酿成灭国大祸。

不过斐然今天不是游山玩水来的,是要见个人。

金顶观观主杜含灵。境界不高,元婴地仙,虽不是剑修,但是脑子很好用。

冤句派观水台上的那个少年,福祸相依一瞬间,原本遇到斐然,有望跟随他一起登山修行,结果莫名其妙就死了。

旧北晋州城那个最终被"自己"掐死的卢检心,如果不是姜尚真插上一脚,他遇到雨四,本有机会大获福缘,成为一城之主还是其次,攀附上了雨四,外加一个以他观道的甲申帐木屐,简直就是最大的两张护身符,想死都难。

斐然一直在反复思量周先生的那番言语,儒家学宫、书院太放权给世俗王朝了,不愿以铁腕收拢、约束人心。

儒家三学宫、七十二书院,听上去很多,但是放在偌大一座桐叶洲,就只是大伏书院在内的三座书院而已。结果文庙还要约束书院君子贤人,不许太过掺和朝堂事,绝不允许书院儒生,当那各国幕后的太上皇。

如此一来,各自为政,山上避世,高人厌世,将相公卿多有沽名钓誉之辈,假道学排挤真圣贤。山上山下,各国各地,一盘散沙。

只是斐然很好奇周先生的立教称祖,其根本学问宗旨,到底为何?

如何能够彻底改变这种症结?光是妖族与人族以后的共处,就是天大的难题。

至于周先生的真实身份,斐然有所耳闻。

周密当然是化名,曾经是浩然天下正儿八经的儒生。

根据师兄切韵的说法,周先生少年英才,学问极大。只是学问始终不被文庙接纳,一次与人论道之后,彻底灰心,这才远游蛮荒天下。

这位读书人,为儒家文庙建言了一份太平十二策。

第一,为天下读书人制定一部修身篇,大致上书院贤人、君子、圣人,分别对应家、国、天下。所有世俗王朝、藩属国的皇帝君主,都必须是书院子弟,非儒生不得担任国主。每一位书院山主,都应该是帝王师!君子贤人,担任国师。无论是三公九卿,还是三省六部,这些中枢重臣同样都应该是书院弟子。每一座庙堂,都要设置一个官职,能够无视宫禁,负责详细记录一国君主、将相公卿的功过得失,作为书院三年大考。

第二,杀尽浩然天下当下所有上五境妖族修士,地仙妖族一律被驱逐到一洲之地,严加约束。一旦有妖族跻身龙门境,必须在这前后主动向中土文庙、各地书院报备,将"真名"记录在档案。

这拨妖族修士,跻身金丹后,必须去辅佐各地山水神灵,保证辖境内百年的风调雨顺,主要是打杀作乱的鬼祟精怪,类似"县尉"一职,然后书院按照功绩,判断它们是获封山魁、水仙,还是继续劳作百年。一旦晋升山魁、水仙,就等于是人间官场上的由浊流转清流,此后升迁之路,与江河水神、山岳府君无异。

第三，在倒悬山附近，选择三处作为衔接南婆娑洲、西南扶摇、东南桐叶洲的地盘，例如旧雨龙宗地界。然后逐渐屯兵剑气长城，首先将那些剑气长城本土人氏当中的凡夫俗子，不适宜修行之人，全部迁往雨龙宗辖境岛屿。其后抽调北俱芦洲剑修，长期驻守剑气长城。

所有在浩然天下犯下大罪的修士，都可以在战场上凭借功劳赎命。所有山泽野修，都能够凭借战功购买山上丹药、秘籍和重宝。未必需要他们出城厮杀，战时守城头，战后在幕后，以剑气长城作为根本据点，不断向南方打造出一座座城池，逼迫蛮荒天下至少每隔三十年，必须调兵遣将一次。

剑气长城地理特异，剑修之外的练气士，天然受到压胜，那就栽培出足够数量的纯粹武夫，虽然同样受到大道和纯粹剑意的压制，但是不同于练气士，武夫能够以此砥砺体魄，并且武夫门槛要比练气士低，那么最终剑气长城会是这样一个战争格局：若非剑修，人人武夫。剑修和纯粹武夫之外的诸多练气士，更多是辅佐。

第四，所有仙人境、飞升境大修士，都能够得到额外的自由。

这些山巅人物，需要付出，但是每次每种付出，都必然可以得到更多的回报。

文庙承认他们的"高人一等"。例如赶赴剑气长城，中土文庙承诺他们无须死战，不会伤及大道根本，只需做些锦上添花的事情：战局占优，就扩大优势；战局不利，就以非大炼本命物的法宝，抵御大妖攻伐，或是打造山水阵法，庇护城池、城头和剑修、武夫。

第五，中土文庙在各洲各国，七十二书院之外，打造出七十二座道术院，除了主动勘验修行资质，每年接受各国朝廷的"贡品"，收纳各地的修道种子。这拨儒生，治学之外，主修兵家，而且还不是那种纸上谈兵，泛泛而谈。

最终考核所学之地，便是那处硝烟不断的剑气长城。

第六，将学问繁芜的诸子百家分为九品，会有抬升、下迁两说，与官场无异。不服约束者，逐出九品之列，禁绝学问，销毁一切书籍，一家之老祖师，囚禁在文庙功德林。

第七，打破山上山下的隔阂，其中一项建议，便是诱之以利，推动山上修士结为神仙道侣。

第八，排挤释道两教学问，禁绝一切道观寺庙，保证儒家在浩然天下获得真正意义上的一家独大。

第九，重点扶持兵家、商家和术家。

此外犹有三策，专门详细针对远邻的两座天下，以及远古神灵。

斐然叹息一声，收起复杂思绪，自言自语道："归根结底，周先生当年提出这太平十二策，就是要为中土文庙收权。要让读书人获得更大的自由，为万世开太平。"

在桃叶渡一处渡口附近，乌篷船与乌篷船相逢。

斐然皱了皱眉头。那杜含灵竟然不是一人前来，身边还有个年轻金丹修士，以及一位身穿公服的城隍爷。

斐然只是皱眉,而杜含灵与那徒孙邵渊然,以及大泉骑鹤城的城隍爷,则是白日见鬼似的表情,饶是杜含灵这类枭雄心性的,瞧见了斐然这般青衫背剑、腰悬太平山祖师堂玉牌的熟悉装束,以及那张依稀能辨认几分的面容,都要震动不已,杜含灵只觉得莫不真是那无巧不成书,不然怎的会是此人?

渡口那边走来两人,大泉藩王刘琮与国公爷高适真,见着了斐然,更是差点掉头就走。

斐然心中了然,笑了起来。

看来他们都认得隐官大人?而且看样子,早年闹得不太愉快。

于是斐然微笑道:"山水有重逢,好久不见。"

飞过落魄山山头的一朵朵白云,黑衣小姑娘只要见着了,都要使劲挥动金扁担和绿竹杖,与它们打招呼,这就叫待客周到。

"喂喂喂,我是这儿的右护法,哑巴湖的大水怪,我有两个朋友,一个叫裴钱,一个叫暖树,你们晓得不?知道不?"

今天落魄山右护法,带着一直没能升官的骑龙巷左护法,一个蹲着,一个趴着,一起在崖畔等那白云路过。

骑龙巷左护法,碟儿大的小官,比不得自己比碗大的大官。

哈,白云苍狗。

它在大山之中,最怕阮秀,落魄山上,最怕裴钱,但是它很喜欢这个小憨憨。

它曾经陪着周米粒,一起蹲在龙尾溪陈氏开办的学塾大门口,等那个口口声声说"搛鹅打狗最豪杰"的裴钱下课回家,往往一等就是大半天。小姑娘会与它聊很久,绝对不会像那裴钱,有事没事就一把攥住它嘴巴,娴熟一拧,问它咋回事。

小米粒眼巴巴等着白云做客落魄山。

没法子,如今落魄山上,人人远游不回家,好人山主啊,蹿个儿从不打招呼、最要好的朋友裴钱啊,弯腰低头走路看有没有钱捡却从来捡不到钱的老厨子啊,疯疯癫癫傻乎乎、挨打挨骂从不生气的大白鹅啊,笑嘻嘻乐呵呵最喜欢看书的大风啊,最像读书人的种老先生啊曹小夫子啊……

周米粒皱着眉头,越想越伤心,万一等到裴钱回家,裴钱个儿已经有她和暖树姐姐加一起那么高,怎么办?万一哪天山主背着箩筐登山,箩筐里边又站着个陌生的小姑娘怎么办?

周米粒拍掌大笑,终于有那白云路过山谷间。

米裕来到小姑娘身边坐下。只是米裕刚坐下,就立即起身,以心声与魏檗言语一番,然后米裕就立即祭出了本命飞剑霞满天,同时御剑去往霁色峰祖师堂。

最终在大门口,米裕见到了一个读书人和一个身材魁梧的汉子。

那个佩剑书生,对米裕微微一笑,瞬间消逝,竟是无声无息,便跨洲远游了。

他此次远游东宝瓶洲,只是为好友稍稍遮掩一番,不然好友御风,动静实在太大。老秀才当初在那扶摇洲露个面,很快就溜之大吉,不知所终。

只留下那个高大男子,他对米裕说道:"你可以叫我刘十六,刚刚返回浩然天下,来这边上香。见不着先生,就见一见先生的挂像。等会儿我满脸鼻涕眼泪的,你就当没瞧见。"

米裕无言以对。

好不容易稳住心神,米裕说道:"祖师堂的钥匙,在暖树丫头那边。"

那汉子点头道:"那就劳烦剑仙走一趟,我在这儿等着便是。"

魏檗将那暖树和小米粒一并送来此地,俩小姑娘一起朝魏山君这所谓的"山主师兄",毕恭毕敬作揖行礼。

瞧见了俩丫头后,汉子便多了些笑容,小师弟果真不坏。

陈暖树打开祖师堂大门后,只见那魁梧汉子站在大门外,神色肃穆,先正衣襟,再跨过门槛。

即将御剑跨洲的读书人突然停下身形,原来是遇见了那个鬼鬼祟祟的老秀才。

他问道:"为何不早些现身?"

老秀才胸有成竹道:"先等那傻大个哭完。"

读书人瞥了眼天幕。

老秀才问道:"白兄弟,走过路过不要错过,不如顺手递几剑?何谓剑仙风流,可不就是那临风慨想斩蛟灵?那些个登门做客不打招呼的远古神灵,不比蛟龙强?更该出剑嘛,先前那萧瑟,在桐叶洲出剑,何等惊世骇俗,屁大丫头,就有这份剑意,你白也身高八尺,还手持仙剑,能忍?白兄弟你只管放开手脚!你跟我客气我就跟你急……说句臭不要脸的大实诚话,收拾烂摊子,我在行,不过事先说好,三五剑就差不多了,再多,我也扛不住,你要真觉得不痛快,至多七八剑……"

读书人没搭理老秀才,一闪而逝。

老秀才跺脚不已,随后望向那落魄山。

遥想当年,白也曾以白云歌送刘十六归山。

第六章
只驱龙蛇不驱蚊

雾色峰祖师堂内,刘十六仰头看着那三幅享用落魄山香火的挂像,默不作声。

陈暖树取了一只竹香筒过来,高举双手,刘十六道了一声谢,弯腰低头,从香筒里边拈出三炷香。

周米粒与那壮汉说,回头累了要歇脚,就可以坐她的那张椅子。

黑衣小姑娘指了指一张座椅,椅背上贴了张巴掌大小的纸条,写着"右护法,周米粒"。

刘十六点点头。

陈暖树扯了扯小米粒的袖子,然后一起离开祖师堂,让刘十六独自留下。

她们出了祠堂大门,再走过祖师堂外门。一袭素雅青衫长褂的米剑仙,一袭雪白长袍、耳坠金环的魏山君,并肩站在大门外,譬如芝兰玉树,双生庭阶前。

米裕以心声询问魏檗:"你是怎么知道对方身份?隐官大人可从没提过这茬。"

魏檗解释一番,先前白先生临近北岳地界,就主动与披云山这边自报名号,说了句"白也携好友刘十六拜访落魄山",而那刘十六则自称是陈平安的半个师兄,要来此祭拜先生挂像。

米裕打趣道:"说起那白也,魏兄如此激动?"

魏檗笑道:"不是剑修的剑仙,谁不心神往之。"

能让魏檗仰慕之人,不多,一个白也,一个在剑气长城刻字的阿良,还有那中土穗山大神。

米裕摇摇头，道："在我家乡那边，对此人议论不多。"

当然不是觉得那个读书人盛名之下其实难副，而是白也的出剑次数实在太少，没什么可说的。

除了当年一剑引来黄河瀑布天上水，在之后的漫长岁月里，白也好像就再没有什么战绩。

直到这次，现身于已算蛮荒天下版图的扶摇洲，三剑斩杀了一只王座大妖。

其实在两次出剑之间，火龙真人拜访了那座孤悬海外的岛屿，之后白也便悄然仗剑远游，一剑就斩杀了中土神洲的一只飞升境大妖。

米裕望向大门里边，那个远道而来的大个子，在点燃三炷香后，高举过头顶，久久没有插入香炉，应该是在喃喃自语。

米裕挺羡慕这个刘十六，一到落魄山就能烧香拜挂像。

化名余米的玉璞境剑仙，来落魄山这么久了，一直没在这雾色峰祖师堂里边敬香。只是也怨不得别人，是米裕自己说要等隐官大人回了家乡，等到落魄山上人多了些，再来将"米裕"录入祖师堂谱牒，结果这一拖就等了好些年。米裕是等得真有些烦了，毕竟在落魄山上，事情不少，陪小米粒一边嗑瓜子，看那云来云走，或是在山神祠庙外的那圈白玉栏杆上散步，实在无聊，就去龙须河畔的铁匠铺子，找那同是惫懒汉的刘羡阳一起闲聊，聊一聊那仙家门派关于镜花水月的门道、学问，想着将来拉上魏山君、供奉周肥，还有那白衣少年，求个开门大吉，好歹为落魄山挣些神仙钱，添补山水灵气。

可是这些，有趣归有趣，舒心归舒心，就是做正经事的机会，到底太少。

那个米裕很想认识认识的绣花江水神娘娘，找个机会偷偷摸摸，一剑开金身，看一看她的胆子到底有多大。在家乡，米裕与山水正神打交道的机会，屈指可数。不承想在这东宝瓶洲，处处是祠庙和神祇。

清风城的那座狐国，米裕早就想要去走一遭了。至于那个城主许浑，被米裕当作了半个同道中人，因为许浑被说成是个脂粉堆里打滚的男人，米裕更想要确定一下，与那风雷园黄河争抢东宝瓶洲"上五境之下第一人"名头的许城主，他身上那件曾是刘羡阳家祖传之物的瘊子甲，这些年穿得还合不合身。

至于那个在东宝瓶洲号称"条条剑道通山巅、十座高峰十剑仙"的正阳山那边，刚刚有了个闭关而出的老祖师剑仙。当时米裕在河畔铺子陪着刘羡阳打盹，一听刘羡阳说那"老剑仙"三字，米裕吓了一跳，正掂量着自己这个剑气长城的玉璞境，是不是有机会与东宝瓶洲的仙人境换命之时，刘羡阳递给了他那封山水邸报，山上专属贺报，泥金文字蓝底书页。

米裕看着那封山水邸报，上边那些溢美之词，好像那个老家伙不是跻身了玉璞境，而是跻身了飞升境。米裕就纳闷了，跻身个小小玉璞境，也要闭关百年之久？老子在剑气长城之所以被尊称为绣花大剑仙,赢得类似"玉璞第一人"的美誉,一个重要原因,可不就是闭关时间比预期多了小半年吗?

米裕只觉得自己的佩剑要生锈了,如果不是此次白也携手刘十六造访,米裕都快要忘记自己的本命飞剑叫霞满天了。

一般的修道之士,或是山泽精怪,比如像那与魏山君同样出身棋墩山的黑蛇,或是黄湖山里边的那条大蟒,也不会觉得时日过久,但是米裕是谁,一个在剑气长城都能醉卧云霞、无心炼剑的绣花枕头,到了东宝瓶洲,尤其是与风雪庙魏晋分道远游后,米裕总觉得离着剑气长城是真的越来越远,更不奢望什么大剑仙了,毕竟他连玉璞境瓶颈都不晓得在哪里。

其实按照米裕自身的性情,不知道就不知道,无所谓,成不成为仙人境,只随缘,老天爷你爱给不给,不给我不求,给了我也收。

只是到了落魄山,隐官大人不在山头,大管家朱敛也不在,就连看大门的郑大风都远游了,一来二去,只剩下了暖树和小米粒,还有一些练拳没多久的孩子,不然就是些米裕不爱打交道的精怪鬼物,于是米裕就莫名其妙成了落魄山暂时的主心骨,这让米裕的感觉有些古怪。

毕竟在那家乡剑气长城,米裕早就习惯了有那么多的老剑仙、大剑仙的存在,就算天塌下来都不怕,何况米裕还有个哥哥米祜,一个原本有机会跻身剑气长城十大巅峰剑仙之列的天才剑修。米裕习惯了随性,习惯了万事不上心,所以很怀念当年在避暑行宫和春幡斋,年轻隐官叫他做什么他就做什么的岁月,关键是无论每次米裕做了什么,事后都有大大小小的回报。

米裕突然感慨道:"再这么下去,我就真要混吃等死了。晒太阳嗑瓜子这种事情,实在是太容易让人上瘾。"

尤其是每天早晚两次跟着周米粒巡山,是最有意思的事情。

不知为何,在落魄山上,兴许是太适应这一方水土,米裕觉得自己应了书上的一个说法,犯春困。

魏檗犹豫了一下,问道:"你是打算去老龙城那边看看?"

米裕瞥了眼天幕,摇头道:"之前是想要去瞧瞧,如今实在不放心落魄山,落魄山挨着披云山太近,很容易招来那些远古余孽。"

魏檗点头道:"我这北岳,是唯一一个尚未被远古神灵侵袭的地盘了,是要小心再小心。"

祖师堂内,刘十六敬香后,再次闭眼喃喃。

周米粒肩扛金扁担手持绿竹杖,与暖树姐姐一本正经道:"山主大人的半个师兄,个儿好高,瞧着力气大。这还是半个! 要是一个,那还了得?!"

第六章 只驱龙蛇不驱蚊

陈暖树腰间系挂着几串钥匙，无奈道："一个半个，不是这么个意思。"

黑衣小姑娘双眉齐挑，开心不已："暖树姐姐，我是跟你说笑话嘞，这都没听出来啊，我等于白说哩。"

陈暖树笑眯起眼，摸了摸比自己个儿矮些的小米粒，柔声道："米粒儿今儿又比昨天机灵了些，明天再接再厉。"

周米粒使劲点头，道："对对对，裴钱说过，有志不在年纪大，机灵不在个儿高。"

刘十六离开祖师堂，跨过两道门槛，与陈暖树笑道："可以锁门了。"

粉裙女童点点头，先去关上内门，小米粒犹豫了一下，还是跟着暖树姐姐先去忙正事，至于具体怎么招待贵客刘十六，她得从长计议，好好琢磨琢磨。

刘十六一个抱拳，向米裕和魏檗行礼致谢："小师弟不在山头多年，有劳剑仙、山君的照顾。"

米裕说道："刘先生不用客气，我本就是落魄山供奉。"

魏檗也说道："我能够成为大骊北岳山君，都要归功于阿良，我与陈平安更是好友，远亲不如近邻，些许小事，应该的。"

刘十六说道："不用喊我先生，当不起。喊我君倩好了，虽然也是化名，不过在浩然天下，我对外一直使用这个名字。"

杨家药铺后院，烟雾缭绕。

杨老头将老烟杆别在腰间，起身相迎。

原来是那老秀才和白也联袂登门。

先前白也原本已经离洲入海，却给纠缠不休的老秀才拦阻下来，非要拉着一起来这边坐一坐。白也想起元宝末年在故国春明门的那桩道缘，就没有拒绝老秀才的邀请。

如果说南婆娑洲的陈淳安，独占"醇儒"二字，那么白也，就一人独占了"仙人"这个说法。

剑术高绝，草行双绝，明明已经诗无敌，却偏有那词、曲流传开来，让后世一惊一乍，总觉得是托名伪作，却又不敢确定，以至于成了一桩桩悬案。

到最后，只有一个解释了，仙人嘛，什么事情做不出来。

老秀才到了院子，立即双手握拳，高高举起，使劲晃动，笑容灿烂，道："直到今天，才有幸得见青童天君，白活了一遭，总算没白死一趟。"

杨老头难得有些笑容，道："文圣先生，风采依旧不减当年。"

十四境修士的与天地合道，讲究不小，并不是一味求大那么简单。

眼前这位昔年文圣，真正让杨老头高看一眼的地方，在于对方的合道之地，是南婆婆洲、桐叶洲和扶摇洲,而不是中土神洲、皑皑洲、流霞洲这些安稳之地。

如今两洲沦陷,眼前这个老秀才并不轻松。

白也只是与杨老头点头致意,杨老头也未与白也客套寒暄。

只是老秀才却没打算放过白也,从袖中摸索出一卷珍藏已久的尺牍,交给杨老头,笑呵呵道:"此为《元宝末年》帖,别称《得意法帖》,真迹,绝对的真迹。没道理登门做客不带礼物的。礼不太轻,情意更重。"

杨老头摊开大半,是那《元宝末年,白日醉酒依春明门而睡,梦与青童天君乘槎共游星河,酒醒梦醒,兴之所至,而作是诗》。

杨老头卷起这幅行书字帖,收入袖中。

本来是一桩白也与杨老头无须多言的会心事,结果给老秀才这么一折腾,就毫无留白余韵了。

不承想老秀才厚着脸皮自吹自夸起来:"青童天君不妨摊开了瞧瞧,这幅字帖妙在后边,除了崔瀺的绣虎花押,那小齐的'春风'藏书印,还有略显突兀的'君倩'二字,最后是'顾瞻左右,会心不远'钤印。"

杨老头却没有重新取出字帖,只是心领了。

他说道:"圣人造字之后,除去八人又有开山之功,此外天下书法一途,不得道,无一大家。末流中的末流。"

显而易见,杨老头对书家能够位列中九流前列,并不认可,甚至觉得书家根本就没资格跻身诸子百家。

老秀才是出了名的什么话都能接,什么话都能圆回来,使劲点头道:"这话不好听,却是大实话。崔瀺早年就有这么个感慨,觉得当世所谓的书法大家,尽是些鬼画符。本就是个螺蛳壳,偏要翻江倒海,不是作妖是什么。"

白也倒是很清楚,书家几位别开生面的老祖,与老秀才关系都不差。崔瀺的一字千金,可不是凭空而来,是老秀才早年带着崔瀺周游天下,一路打秋风打来的。世间碑帖再好,终究离着真迹神意,隔了一层窗户纸。崔瀺却能够在老秀才的帮助下,目睹那些书家祖师的亲笔。

"老哥你再多些几幅字帖,趁着这份酒兴,多写点,想到啥就写啥,字帖尺牍嘛,内容越是平易近人越讨喜。买了几斤橘子啊,今儿吃了几顿饭啊,刮风下雨啥的,乘兴上阳台啊,今儿笋烧得有点苦,可劲儿写,实在不行,就说今儿遇见了我,老友厚道,送了一筐梨,害得你老泪纵横了……

"定要当那传家宝供奉起来,老哥你这是什么眼神,我是那种一出门就卖钱的人吗?老哥你会交这样的朋友?

"我撰文,你写字,咱哥俩绝配啊。只差一个帮忙版刻卖书的商家大佬了,不然咱仨合力,板上钉钉的天下无敌。"

至于青童天君所谓的开山八人,白也大致有数,是那大篆太史籀,小篆李通古,隶书元岑,章草史急就,今草张淳化,狂草张怀,正楷王仲,小楷钟繇。只有崔瀺是"不务正业",随手而已,草书名气最大,事实上崔瀺的小楷,更是极为高妙,他抄录的经书,是中土许多佛门大寺的镇殿之宝。

老秀才转身去坐在那条檐下廊道的长凳上,伸手拍了拍凳子,道:"结实。"

杨老头问道:"文圣此次前来,除了让我将字帖转赠落魄山,多盖些印章之外,还要做什么?"

老秀才答道:"别无他事,就是与前辈道一声谢而已。"

杨老头当然不信。

老秀才也不着急打自己的脸,看看左边,瞧瞧右边。

大概早年小齐和小平安,都是在这儿落座过的。先生不在身边,所以学生孤零零落座之时,既不是歇脚,也无法安心,还是比较辛苦。

三人几乎同时,抬头望去。

东宝瓶洲天幕处,出现了一个巨大的窟窿,有那金身神灵缓缓探出头颅,那天幕附近数千里,无数条金色闪电交织如网,它视线好像落在了北岳披云山一带。

老秀才跺脚道:"白兄白兄,挑衅,这厮绝对是在挑衅你!需不需要我帮你喊一声'白也在此'?"

白也神色淡然道:"有刘十六在。"

老秀才起身搓手道:"傻大个赤手空拳的,多吃亏,不如白兄有仙剑……"

只是在老秀才言语之间,一个原本在落魄山霁色峰的魁梧身形,先被山君魏檗送到了北岳地界一处僻静边缘地带,然后方圆百里之内,有那地牛翻背之声势,随后身形笔直一线,冲天而起,扶摇直去天幕最高处。

由于那远古神灵身在天幕,离地还远,故而尚未被大道压胜太多,是当之无愧的庞然大物,如大岳悬在高空。

魏檗擦了擦额头汗水,光是将那自称"君倩"的家伙送到辖境边界线而已,就如此辛苦了?自己早已不是棋墩山的土地公,而是一洲北岳大山君啊,尚且如此费劲,那刘十六的"道",是不是重得太夸张了些?

老秀才笑骂道:"这傻大个,打架总是怎么吃亏怎么来,比他小师弟差远了。不过这股子一往无前的气势嘛,还是很足的。"

东宝瓶洲天幕处,大如山岳的那尊神道余孽,被仿佛芥子大小的那个身形一线撞开,那个无比渺小的人物,对着巍峨神灵出拳不停,一时间天上雷声大作,最终那个不速之客,连同手掌、胳膊和头颅,瞬间崩裂。

将近小半洲之地的高空,溅落了无数金色雨点,不等它们落在人间,绝大多数金身碎片就已经消逝,消融于天地间,然后仿佛被冥冥之中的大道牵引一般,剩下的金色雨水,几乎都落在了披云山周边千里之地,只是在堪堪落地融入山水之时,金光一闪而逝,让好些山水神灵、仙家洞府瞠目结舌,难不成是被那魏大山君截和了?一些个得道高人立即掌观山河,再看那披云山,好像山水灵气也无增长太多,奇了怪哉。

骑龙巷台阶上,一位笑眯眯的女子,抖了抖金光流溢的袖子,不过异象倏忽收起。

老秀才说道:"劳烦前辈帮忙带个路。"

杨老头点点头。

刘十六心思微动,一个急坠,然后临近人间大地后,突然缩地山河数千里,来到了小镇的药铺后院。

见着了那个已经站在长凳上的老秀才,刘十六一下子红了眼眶,也亏得先前在霁色峰祖师堂就哭过了,不然这会儿,更丢人。

老秀才站在凳子上,抚须而笑。

刘十六快步走去,热泪盈眶,作揖朗声道:"君倩拜见先生!"

昔年四个学生当中,崔瀺内敛,左右锋芒,齐静春最得文圣真传,刘十六最木讷,却也最性情中人。

老秀才拍了拍魁梧汉子的肩膀,这才跳下长凳,然后捻须点头,笑道:"不愧是白也兄的好兄弟,我的好弟子,好一个只驱龙蛇不驱蚊!"

老秀才带着刘十六一起游览这座槐黄县城,刘十六不曾游历过骊珠洞天,所以谈不上物是人非之感。

大个子只有伤感。

这里便是小齐身处异乡却视为心安处的地方。

真正的读书人,容易四顾茫然,最难在书海无涯的求学路上,找到可以放下心的"吾乡"。

刘十六有些后悔自己的那趟归山远游,应该再等等的,哪怕依旧无法更改骊珠洞天的结局,总归能够让小齐知道,在他独自远游时,身后犹有一位同门师兄弟的目送。不至于那么孑然一身,好似与整个天地为敌,甚至会让人可怜,让人笑话,让人不理解。

老秀才轻声道:"傻大个,不用太伤心,咱们读书人嘛,翻书求学时,用心会意,与历代前贤为邻为友,放下圣贤书后,当仁不让,舍我其谁。"

老秀才喃喃重复了一句"舍我其谁"。

刘十六点了点头,只不过还是有些心情低落。约束秉性本心,确实一直是他所擅长。

岁月悠悠,海屋添筹,若是按照真实年龄而言,别说是几位师兄弟,就连先生,挚友白也，都不如他"年长"。远远不如。

只是闻道有先后。所以刘十六身边这位个子不高、身材消瘦的老秀才，才会被称呼为"老"秀才。

槐黄县如今是大骊王朝的头等上县。

小镇百姓，曾经最挣钱的活计是那烧造瓷器，靠山吃山靠水吃水，如今本土人氏却几乎都离开了小镇和龙窑，卖了祖宅，纷纷搬去州城享福，昔年小镇最大的、也是唯一的官老爷，就是督造官，如今大大小小的官员胥吏却随处可见。如今桃花年年时令而开，没了老瓷山和神仙坟，却有了文武庙的香火，大山之巅，江河之畔，有了一座座香客络绎不绝的山水祠庙。

昔年的小镇，没有县衙，却有荫覆亩地的老槐树。树底下每逢黄昏，便有扎堆说着老皇历的老人，听腻了故事自顾自玩耍的稚童。酷暑时分，孩子们玩累了，便跑去铁锁井那边，眼巴巴等着家里长辈将篮子从井中提起，一刀刀切在那些天然冰镇的瓜果上，哪怕天热心热衣裳热，可是水凉瓜凉刀凉，好像连那眼睛都是凉的。

老秀才来到那铁锁井遗址处，没了铁锁的水井依旧在，只是内里玄妙已无，如今衙门也就放开了禁制，只是来此汲水的县城门户，少了许多。因为如今小小县城，鱼龙混杂，多有修道之士，都是奔着沾龙气、灵气和仙气，还有那山水气数来的，所以当下小镇的市井气息不多，反而不如北边州城那么炊烟袅袅、鸡鸣犬吠了。

老秀才突然笑道："你小师弟早年当过窑工学徒，手艺极好，只是后来少年就远游，因为自认没有真正出师，从不轻易出手，所以将来你要是见着了小师弟，可以让他帮你烧造些文人清供，书房四宝小九侯啥的，随便挑几件，与小师弟直说，不用太见外，你师弟从来不是小气人。"

刘十六嗯了一声。

此次与先生久别重逢，一路而来，先生句句不离小师弟，刘十六听在耳中记在心里，并无半点吃味，唯有开心，因为先生的心境，许久不曾如此轻松了。

老秀才当然话里有话，结果等了半天也没等到傻大个的开窍，便一脚踹在刘十六的小腿上。

先生对小弟子心中愧疚多多，没脸亲自讨要物件，其余学生就不知道为先生稍稍分忧？傻大个到底是不如小师弟聪慧，差远了。

刘十六立即心领神会，说道："学生也为先生讨要几件。"

老秀才故作为难，搓手道："成何体统，成何体统。"

刘十六说道："先生又没说什么，小师弟那么聪明，自然会心领神会。"

老秀才立即变脸，抚须而笑，道："那当然，你那小师弟，最是能够触类旁通，在'万''一'二字上最有天赋。先生都没怎么好好教，弟子就能够自学得极好极好。如今倒好，人人说我收徒本事天下无双,其实先生怪难为情的。"

其实收取陈平安为关门弟子一事,穗山大神没说过老秀才如何,醇儒陈淳安,白泽,以及后来的白也,其实都没附和半句。

所以老秀才所谓的"人人"到底是何人,天晓得。

刘十六点头道:"只是听白也和先生说的一些传闻,我就确定小师弟是个顶聪明的人。"

老秀才笑哈哈,久违的神清气爽。

傻大个一夸夸仨,先生有眼光,小师弟聪慧,当师兄的笃定不疑。

可以可以,很善很善。

人情世故这一块的处世学问,当年四位嫡传弟子当中,崔瀺当然是排第一,其实傻大个能排第二,只是不爱说话装闷葫芦罢了。他愿意开口的时候,又往往是一根筋,比如曾经攥着阿良打。一门四个师兄弟,谈不上亲疏有别,只说平时相处多寡。小齐和左右虽然纠纷不断,但其实两人关系更近,崔瀺和刘十六关系倒是不差,一个心中所想太多,一个言语太少,所以反而最处得来。

刘十六走在小镇上,除了与先生一起散步,还在留心众多细节,家家户户上所贴门神的灵光有无,文武庙的香火气象大小,县郡州山水气数流转是否稳定有序……所有这些,都是师兄崔瀺越来越完善的事功学问,在大骊王朝一种无形中的"大道显化"。

须知"人心惟危,道心惟微",正是儒家文脉十六字"心传"的前八字。

在刘十六眼中,崔瀺在大骊和东宝瓶洲百余年的精心耕耘,可谓既举重若轻,又举轻若重。

早年还不是什么大骊国师,只是文圣一脉绣虎的崔瀺,有太多话语想要对这个世道说上一说。只是崔瀺学问越来越大,天生性情又太心高气傲,以至于这辈子愿意竖耳倾听者,好像就只有一个刘十六,只有这个沉默寡言的师弟,值得崔瀺去说。

刘十六说道:"先前那远古余孽金身破碎,学生本意是馈赠给北岳地界,算是对披云山魏山君投桃报李,不承想骑龙巷那边有一个古怪存在,竟然能够施展神通,收拢了全部金身碎片,看那魏山君的意思,对此似乎并不意外,瞧着更无芥蒂。"

老秀才点头道:"骑龙巷那位长命道友,出身了不得,是上古金精铜钱的祖钱化身,她如今本就是落魄山暂时的不记名供奉。她来归拢金身碎片,大道契合,自然信手拈来,除了魏山君,北岳地界的修道之人,只能是一头雾水。魏山君也是替落魄山背锅背惯了的,债多不压身嘛。所以说以后遇见了魏山君,你客气再客气些,瞧瞧人家,多大气,夜游宴办了一场又一场,眼睛都不眨一下的。"

刘十六说道:"那我晚些去找左师兄,再打烂几尊觊觎北岳山河的余孽金身。然后事先与长命道友说好,记得让她分给披云山五成。"

老秀才欣慰点头，笑道："帮人帮己，确实是个好习惯。"

左右那个一根筋，暂时不会有大问题。

哪怕真有什么意外，自己当先生的，又不是吃干饭的。

再就是刘十六在师兄左右那边，说话一样不管用。

左右这家伙，打小就比较喜欢摆师兄架子，当年在剑气长城酒铺那边，扭扭捏捏，不太像话。昔年每次老秀才想要多喝酒，或是开个小灶，好款待五脏庙，就撺掇傻大个去和管着钱袋子的左右打个商量，今儿有钱今儿先花了，明儿没钱明儿再借嘛，结果就没一次能成的。还是小齐厚道些，晓得得闲就出门摆摊子，帮人写家书写春联，每次挣了些私房钱，都不从左师兄那边过手，然后先生学生几个，次次偷偷撇下左右，先在宅子外头墙根，打完饱嗝散完酒气再进门，左右就管不着了。

刘十六问道："来的路上，白也与我提过一句，说那剑气长城的前任隐官萧愻，应该是与蛮荒天下合道了。"

老秀才说道："萧愻是剑修，又合道天下，当然不容小觑，只是逼急了左右，不用合道天地，就跻身十四境……"说到这里，老秀才忧心忡忡，摇头道："最好还是别如此了，哪个十四境，能是自在人？何况你左师兄，还是最犯忌讳的剑修。天大的麻烦，你又不是不清楚，左右一犯倔，别说是你们几个师弟，就连我这先生说话都不太管用，所以当年我就不太愿意左右转去学剑。"

刘十六说道："左师兄练剑极晚，却能够让'剑仙坯子'成为一个山上笑谈，便是白也，也觉得左右的大道不小，剑法会高。"

老秀才感慨道："盈亏之道，不可不察啊。"

这一路散步，街上行人多有注意那身材魁梧的刘十六，只是好在如今龙州习惯了山上神仙往来，也不觉得那大个子如何吓人。

因为关门弟子陈平安与泥瓶巷稚圭解契一事，大骊王朝作为报答，将类似小洞天存在的古井只留下一个"假象"，将那"真相"给搬去了落魄山竹楼后边的水塘边，井中别有洞天。大骊宋氏虽然识货，知晓水井的诸多秘用，却一直有心无力，无法将小洞天单独开辟出来。东宝瓶洲到底是剑仙太少，不然水井内的小洞天，虽地盘不大，却是一处相当不俗的修道宝地，尤其适宜蛟龙之属、水泽精怪的修行，当然也有可能是崔东山故意藏私，早就将水井视为自家囊中物的缘故。

老秀才在井边坐了会儿，思量着如何打通洞天福地，让莲藕福地和小洞天相互衔接，思来想去，要找人帮忙搭把手还好说，毕竟老秀才在浩然天下还是攒了些香火情的，只可惜钱太难借，所以只能感慨一句"一文钱难倒英雄汉，愁死个穷酸秀才啊"。刘十六便说我可以与白也借钱，老秀才却摇头说，与朋友借钱总不还，多伤感情。然后老人就抬头瞅着傻大个，刘十六想了想，就说那跟白也就不算借。

相传白也第一次送君倩归山，曾醉书"壮观"二字，且将那壮字，故意多写了一点。寓意吾友君倩，气概雄壮何止一点，观看人间山河千百年。

遥想当年，那个被誉为人间最得意的读书人，能写此书，能有此兴，确实半点不失意。

送友归山后，独自下山时，白也仗剑在人间，一剑劈开黄河洞天，读书人以一己之力抗拒天道，让中土神洲再无大旱之忧，更使得浩然天下之水运，单凭此举，暴涨一成。

何等意气风发。

故而出身神水国旧神灵的魏檗，自然会对白也推崇备至。

而能跟白也如此不客气不见外的，大概就只有这位曾经与白也一起访仙的"君倩兄"了。

老秀才这才笑逐颜开，站起身，使劲拍了拍傻大个的胳膊，夸奖一句："十六啊，有长进。"

天底下哪有不照拂师弟的师兄？反正自家文圣一脉是绝对没有的。

老秀才不是没法子自己弄些钱到手，合道浩然天下三洲，那些个隐匿再深的天材地宝，也逃不过他的法眼，只是有所为有所不为，还是要讲一讲取财有道的规矩，尤其冥冥中大道有序，今日得之无理，明儿难免失之无常，不划算，当先生的，就不给年纪最小、羽翼渐丰的得意弟子添乱了。

带着刘十六去了那座俗称螃蟹坊的大学士坊，老秀才驻足说道："这儿便是青童天君负责把守的飞升台了，结果给炼化成了这般模样。"

老秀才一手负后，一手指向天幕，道："曾经有位天将负责接引地仙飞升，当然了，那会儿的所谓地仙，遍知人间是为真，比较值钱，是相较于天仙而言的，长生住世，陆地悠游，是谓陆地神仙。至于如今的元婴、金丹，一样被誉为地仙，其实是万万比不了的。那仙人境的'求真'，其实大体上就是求这么个真，体悟天道，解脱无累，最终飞升。在那场翻天覆地慷而慨的厮杀当中，这位天将身披大霜宝甲，是唯一选择死战不退的，给某位老前辈⋯⋯错了，是给半点不老的前辈，那谁谁一剑钉死在了大门上。"

世间最后一条真龙，历经千辛万苦也要逃窜至此，不是没有理由的。只要青童天君愿意重开飞升台，那它就有一线生机，天都没了，当然谈不上飞升，但是逃往某个破碎山河的秘境，不难，到时候便是名副其实的天高地远了。只不过青童天君身为天地间最大的刑徒之一，处境艰难，无异于泥菩萨过河，虽然自保不难，但是好似需要每天双手持香火举过头顶，才不至于香火断绝，自然不愿为了一条小小真龙，坏了那三位十五境的大规矩。

一座骊珠洞天，杨老头用环环相扣的一连串真相，遮蔽那个世人可见的粗浅假象，事实上是为了隐藏某个最大的真相，这才是真正的障眼法。

老秀才在牌坊这边停步许久,仰头望向其中一块匾额。

刘十六问道:"蛮荒天下这次进入浩然天下,那个化名周密的家伙,手段很多。先生可知道此人是什么来头?"

刘十六因为身份的关系,对于天下事一直不太感兴趣。

老秀才神色凝重起来,缓缓道:"姓贾,全名就不说了,免得惹来他的窥探,曾是我们儒家正儿八经的门生,那么喊他贾生便是。"

刘十六立即了然,道:"竟然是他。"

再一想,便只觉得是意料之外,又在情理之中。

历史上,不少读书人在贾生死后,都替他抱屈喊冤,甚至有人直言"一代大儒唯贾生",说这话的人,可不是寻常人。

所谓大儒,是赞誉贾生才情大、气魄大、手笔大。显而易见,儒家文脉内部,对如今的规矩,并不是没有半点异议。西方佛国,还有那青冥天下,可没有什么百家争鸣。

刘十六问道:"在先生看来,那贾生的太平十二策,到底如何?"

"是一剂猛药,真能开太平的。"老秀才笑道,"可惜有个问题,在于贾生光顾治病,哪怕救了人,药的力道也太重了,例如我们四周这山下市井,药补再好,熬过数年十年,多半就是个药罐子了。如何能够让人不忧心?这些都还只是表面,还有个真正的大症结,在于贾生此人的学问,与儒家道统出现了根本分歧。"

刘十六轻声问道:"所以先生当年,才会断然否定了大师兄的事功学问?"

老秀才犹豫了一下,摇头道:"事功学问,要比贾生好些,因为不是推倒重来,重建屋舍,再钉死了窗户,只余一门。你师兄的事功学问,远没有贾生这么极端。"

老秀才又指了指那些已经失去光彩的牌坊匾额,问道:"匾额悬在高处,对联往往贴在宽处。为何?"

刘十六顺着先生的手指指向,答道:"从宽处道路行走,才好稳稳当当,走去高处。"

老秀才点点头,表示认可,然后带着刘十六绕了牌坊楼一圈,再以心声与这位弟子说了些内幕。

四块匾额分别是:"当仁不让""希言自然""莫向外求""气冲斗牛"。绕了一圈,他们重新来到"当仁不让"匾额之下。

老秀才着重说了道家一事。

此地道家匾额上的"希言自然",赞誉之人,是那位道祖首徒,白玉京大掌教,他最终一气化三清,骊珠洞天福禄街上,读书人李希圣,身在儒家一脉,神诰宗那位,是置身于道门,剩下还有一位,哪怕是老秀才,也暂时依旧不知,反正当是佛门子弟了。

三教之争,在我一人。

我与己论道,人在世却与世无争,好似有虚船来触舟,虽有偏心之人不怒。

这便是那位道老大的道法之大，得认。相较于白玉京其余两位掌教的褒贬不一，这位道祖首徒，在青冥天下之外的几座天下，口碑风评都极好。何况道老二和陆沉，都是此人代师收徒，唯有道祖的关门弟子，才换成陆沉代师收徒。

刘十六微微皱眉。

老秀才拍了拍他的手臂，道："不用想太多，虽然在骊珠洞天，三人之一的李希圣，属于晚来客，但在浩然天下，小齐才是后到之人。何况道老大自身，对小齐并无针对之意，更多是白玉京其余两脉的手段，李希圣当年一直身不由己。如果不是陆沉来此谋划，原本小齐和李希圣的那种大道之争，如大水砥柱相激，冲起万丈浪，气壮山河，无论胜负如何，绝无半点龌龊，说不定……"

老秀才哪怕是以心声言语，说到这里，依旧没有与弟子吐露完整。

他原本是要说一句："同道中人，立教称祖，一正一副，大道相互裨益。"

无论是李希圣或是道老大也好，还是小齐，一旦双方真正开始论道，想必都会有此心胸。

只是没能走到那一步。

事已至此，大局已定，多说无益。

只是老秀才不愿对此过多言语，不意味着真不计较。老秀才从不推崇无底线的以德报怨，那不是胸襟气度，而是愚昧无知。

刘十六转头，还得低头，才能看到先生的那张侧脸。

先生仰着头看着那四个字，"当仁不让"一样很感伤。

只是先生太寂寞，能与先生会心饮酒之人，能让先生畅所欲言之人，不多。

老秀才久久没有收回视线。

舍我其谁。

我文圣一脉，骊珠洞天的齐静春，东宝瓶洲的崔瀺，桐叶洲的左右，剑气长城的陈平安。

如今又有了一个重返浩然天下的刘十六。

微风拂面，老秀才环顾四周，笑了起来，抬手挠着头，呢喃道："春风知我意，送梦到当年。世间多有不妥之人，世道多有不平之事，却休想打杀我心中之美好。"

刘十六则轻声而念："过去已过去，未来还未来。时时是过去，刻刻有未来。过去曾未来，未来会过去。"

结果挨了先生一脚，被笑骂一句："少来少来，文圣一脉亏得有你小师弟，不然要被人笑话是个和尚窝。"

刘十六咧嘴一笑，学先生挠挠头，所幸头发还多。

只是再一看先生的消瘦身形，若非合道天地，能无九十斤？刘十六便伤心不已，又要落泪。

刘十六一抬头,怎么还不来?天幕处怎个没动静了?心有不快,出拳迎敌,可以忘忧。

老秀才气笑道:"傻大个,盼点好。打打杀杀,太不书生。"

之后老秀才带着刘十六去了趟旧学塾,旧归旧,无人归无人,却没有半点颓败。各处干干净净,物件整整齐齐。

听说暖树小丫头会按时下山,来小镇这边打扫此处学塾和泥瓶巷祖宅。

再去了那龙尾溪陈氏开办的新学塾,只听见书声琅琅。

老秀才尤其喜欢看那蒙童稚子的摇头晃脑,有些孩子能烂熟于心,有些孩子背诵得磕磕绊绊,可其实都是很好的。

老秀才在游览学塾之余,也在看那些教书先生的传道解惑之法,看那些夫子先生的神色语气。

其实真佛只说平常话。

身在官场,打官腔在所难免,只是不能只说官话,切记一切官话,都从人话中来。

人在山上当神仙,也不能只有那云风满袖的一身仙气,人味儿也得有些。

读多了圣贤书,人与人不同,道理各异,终究得盼着点世道变好,不然一味牢骚断肠说怪话,拉着旁人一起失望和绝望,就不太善了。

老秀才离开学塾后,走在那杏花巷中,与刘十六没来由地说道:"当年小齐陪着左右一起游历山河,你则与崔瀺一起拜访白帝城。"

刘十六点头道:"崔师兄与白帝城城主下完彩云局之后,为那郑居中写了一幅草书《前后帖》,'前无古人,后无来者,正居其中'。"

老秀才笑道:"还有这么一回事?"

刘十六说道:"到底是输了棋,崔师兄没好意思多说什么。"

正谐音郑。瞧瞧,文圣一脉弟子,哪个不以诚待人。

之后两人在路上碰到了一个相貌英俊的年轻酒鬼,是那督造大人曹耕心,与那郡守袁正定都是大骊上柱国姓氏子弟。

曹督造正喝过酒,腰悬一只装满的酒壶,人与酒壶,一同晃晃悠悠去往衙署点卯。

有些时候在那酒肆,曹督造实在喝醉了走不动路,就会让相熟的少年伙计,或是路边喊个多半都很熟的孩子,给一把铜钱当作跑路费,帮他将那酒壶带去督造衙门,往桌上一放,就算是帮他点卯了。

老秀才笑眯眯地望向那个年轻人。

曹耕心也察觉到那个身穿儒衫的矮小老人在打量自己,他既没有打招呼,又不愿视而不见,便打了个酒嗝,然后侧过身,横着走在街上,笑着与那位素未谋面的老先生作了一揖。

老秀才点头致意。

天底下当官的读书人,可不能人人都这般风流偶傥、潇洒不羁,但是与此同时,又绝对是需要有那么几个人的。

至于像那个郡守大人袁正定这种,则是多多益善。

在老秀才眼中,双方并无高下,都是极出挑的年轻人。

两人逛过了诸多小镇街巷,走过了那条略显寂寥的泥瓶巷,再走了回骑龙巷,一袭雪白长袍的长命道友在台阶上恭候已久,对着老秀才行礼,她也不言语。

老秀才笑得合不拢嘴,长命道友便带着他们去了压岁铺子里边,老秀才蹭了几块糕点,刘十六也尝了尝,当然没敢放开肚子吃。先前那代掌柜石柔吓了一大跳,刚想要与"从挂像上走出的文圣老爷"行个大礼,老秀才却笑着摆手,说不用不用。刘十六与那长命道友说了正事,她当然没有意见,若是再有一两场金色雨水落在北岳地界,莲藕福地虚位以待的山水神灵座椅,可以如雨后春笋一般涌现出来,而且作为晋升中等福地没多久的莲藕福地,此后无论是神灵、城隍数量,还是它们的金身品秩,都能够不输那些天下最拔尖的中等福地。

天上掉钱,本来就是稀罕事,掉了钱都掉入一人口袋,更是难得。

落魄山有这位长命道友坐镇山头,财源滚滚来,挡都挡不住。

所以老秀才与长命道友进门前、出门后,先后两次都与她笑呵呵道了一声谢。

长命第一次只说职责所在,第二次她便习惯性笑眯眯地笑纳了。

离开了骑龙巷,老秀才说道:"你小师弟不在,就去见一见你小师弟的至交好友。最护着陈平安的人,他肯定能算一个。"

在龙须河畔的铁匠铺子,刘十六见到了那个坐竹椅上晒太阳打盹的刘羡阳。

刘十六自报名号之后,刘羡阳一边让文圣老先生赶紧坐,一边弯腰以手肘帮着老秀才揉肩,问力道轻了还是重了,再一边与刘十六说:"那我与前辈是本家,本家啊。"

老秀才忍俊不禁,也不明言双方是哪门子的本家。

刘十六也觉得有趣,一样不道破,算是认了年轻人的这个本家。

老秀才眯着眼享福,与刘羡阳说力道刚刚好,舒坦舒坦,然后老人学那蒙童念书,优哉游哉摇头,说了句:"人间珠玉安足取,岂如阳羡溪头土。"

刘羡阳一惊一乍道:"咱们地方县志上刚花钱买来的诗句,先生都能知晓?看来先生学问之大,一座浩然天下都要容不下了,最少得加上那第五座天下。"

既然是陈平安的先生,那就算是他刘羡阳的半个先生了。

刘十六身材魁梧,只能是坐在台阶上,他双拳轻放膝上,目视前方,就当没听见。

只是先生倒是十分当真:"这种话,自家人说一说就行了,不外传,不外传,不然容易招人眼红嫉恨。"

刘羡阳坐在一旁竹椅上,大义凛然道:"先生如此,自然是那光风霁月,可咱这当学生弟子的,但凡有机会为先生说几句公道话,义不容辞,好话不嫌多!"

刘十六忍不住看了眼满脸诚挚的刘羡阳,这个听先生说在南婆娑洲醇儒陈氏求学多年的儒家子弟,刘十六再回想那落魄山上的光景,魏山君,那剑仙,粉裙女童陈暖树,黑衣小姑娘周米粒,似乎都很知书达理,那他就放心了,小师弟只要别学这刘羡阳的说话,那就都没问题。

老秀才陪着刘羡阳聊了些正儿八经的书上学问。

一问一答,老秀才很满意,读书深浅,足够努力之后,确实就要看天资高低了,但是用心诚意与否,可不看天资。

之后老秀才让刘羡阳提问,又是一场一问一答。

从头到尾,刘羡阳都正襟危坐。

老秀才最后对年轻人说了一句:"羡阳啊,就当是留给你一门课业,好好想一想如何将立身之本和处世之法,融洽相处。"

刘羡阳点头后,起身再后退几步,以儒家门生身份,与眼前文圣先生,毕恭毕敬作揖致礼。

老秀才站起身,笑着点头,道:"我就不学那后世道学家,与你作揖回礼了,因为我有所问,你尚未有所答。以后你有所得,我再还礼不迟。"

好似退出一座文脉道统小天地后,刘羡阳立即原形毕露,直起腰后,哈哈笑道:"先生折煞弟子了。"

刘十六比刘羡阳更心有会意。

先生此问,是一个大问。

其实儒释道三教宗旨,在高处、大处多有相似。

比如《传灯录》曾有僧问:学人不据地时如何?师云:汝向什么处安身立命?

老秀才说道:"走了走了。"

刘十六赶紧起身作揖,道:"君倩拜别先生。"

老秀才说道:"皇帝爱长子,百姓爱幺儿,我当先生的,难免会偏心关门弟子些,君倩你莫要多想,毕竟陈平安与你们几个不一样,他在先生身边时日最少,靠自己最多,又年纪最小,还太年轻……"

说到这里,老秀才止住话头,因为老人突然发现哪怕是自己的关门弟子,原来也不年轻了。

昔年那个眼神澄澈、还不会喝酒、穿着草鞋走过千山万水的少年郎,竟然都过了而立十年,开始往不惑之年而去了。

老秀才叹息一声，一跺脚，身形消散。

刘羡阳便递出一捧瓜子，刘十六坐回台阶，摇摇头。

刘羡阳主动说了些话，刘十六要么点头，要么言简意赅说几个字，最后两个初次相逢的"本家"就开始沉默，各自想着心事，只是都不觉如此便尴尬。

最后刘十六问道："先前你打盹，看你剑意迹象，流转形骸，是在梦中练剑？"

刘羡阳点点头，随口道："有部祖传剑经，练剑的法子比较古怪，只可惜不适合陈平安。"

刘十六说道："我与白也是朋友，他剑术不错，以后你要是在修行路上，遇到了比较大的剑道瓶颈，可以去找他切磋，白也虽然性子冷清，其实是热心肠，遇见你这样的晚辈，定会刮目相看。"

刘羡阳转过头，笑嘻嘻抱拳道："好嘞，哪怕修行瓶颈不是那么大，只要白先生愿意教，晚辈便愿意学！"

刘十六点点头，年轻人不是个心眼小的，心大。半点不会觉得自己是在居高临下地施舍，这就很好。

难怪能与小师弟是朋友。就像自己与白也？

刘十六站起身，与刘羡阳告辞，他本就是个不喜欢说话的，尤其是客气话。

刘十六请那魏山君帮着隐匿行踪，重返落魄山。他打算在这儿多留些时日，等那天幕再度开门，他好待客。

在落魄山上待久了，与魏檗，还有那来自剑气长城的米裕关系也就熟了，刘十六与米剑仙打听了些小师弟的隐官事迹，大为欣慰。

刘十六如今对落魄山，已经比较知根知底。

虽然小师弟经常远游，在家乡不多，在异乡更久，但是依旧攒下了一份偌大家底，确实不易。

如今落魄山的家底，除了与披云山魏山君的香火情，光是靠着牛角山渡口的生意抽成，就进账不小。

可惜刘十六没能见着那个绰号老厨子的朱敛。

而且先生说小师弟的开山大弟子，那个裴钱，迟早会让整座天下大吃一惊，故而刘十六颇为好奇。

化名余米的剑仙米裕，尚未在霁色峰祖师堂敬香，但是在东宝瓶洲，一位来自剑气长城的玉璞境剑修，其实分量半点不轻。

只不过这位剑修，也确实太惫懒了些。

据说通过那条自家的翻墨渡船，让人购买了许多用来观看镜花水月的山上器物，白碗、画卷、砚台、尺牍字帖等等，给米裕搜罗了二十多件，花钱如流水，周米粒跟刘十六说起这一茬的时候,小姑娘都要替余米心疼不已,说这架势,不是摆明了奔着打光棍去的吗?

看守大门的郑大风,纯粹武夫出身,去了第五座天下。

岑鸳机,是落魄山的祖师堂谱牒出身,同时又是那朱敛的不记名弟子,小姑娘练拳挺心诚,每天都在那条山顶山脚路上,来回走桩。

刘十六看在眼里,打算找个机会,合乎山上规矩地指点她几句拳法拳理。

元宝元来姐弟二人,是那卢白象的嫡传弟子,听说刚刚离开落魄山没多久。所以如今的落魄山上,就更加冷清了。

拜剑台,金丹境瓶颈崔嵬,蒋去成了练气士,而且走的是符箓一道。

云游至此的北俱芦洲老真人桓云,曾专门为了蒋去在落魄山逗留一年之久,为他传授符箓术。

因为蒋去暂时并非落魄山祖师堂嫡传,传道一事,忌讳不多,双方没有师徒之名,却有师徒之实。

另外,那个同龄人张嘉贞,虽没有修行资质,却并未灰心丧气,而是选择跟随那位从不抛头露面的大账房先生,来自倒悬山春幡斋的韦文龙,学习钱财精算之术。

骑龙巷压岁铺子,女鬼石柔,身披一位飞升境大修士的遗蜕。

至于那位长命道友,更是。

草头铺子,目盲道人贾晟、赵登高、田酒儿,师徒三人,那个酒儿小姑娘,鲜血是天生的符泉。亏得是入了落魄山,不然下场不会太好,很容易成为仙家山头的一棵摇钱树。

从落魄山迁徙去往灰蒙山修行的一条黑蛇,棋墩山出身,如今是龙门境。幻化人形之后是那黑衣青年,脸色惨白,身披法袍鸦青,是一件蛇蜕炼化而成。化名云子,真名德章。

关于相当于半条命的"真名"一事,听小米粒说,是那只大白鹅的"旨意",云子不敢不从。好在赐名之外,那个崔东山还赐下一件适宜蛟龙之属修炼的仙家重宝。

作为修行不易的山精水怪之属,云子之所以破境如此之快,与本身资质有关系,却不大,还是得归功于陈灵均赠送的蛇胆石。

至于黄湖山那条深藏不露的大蟒,早已是金丹境瓶颈,只是大蟒自己始终不愿走江。

大山君魏檗为刘十六泄露过天机,它原本有望与某条"小泥鳅",争一争五行之水的大道机缘,遗憾落败,最终未能离开骊珠洞天。

那大蟒的修行资质自然不差,早已经能够幻化人形。但是极少露面,偶尔现世,都以真身露面,喜好蛰伏在大湖水底,默默开辟一座水族洞府。

曾经用金精铜钱买下山头的黄湖山旧主，因为大蟒从未以人身上岸，所以只知道自家湖底盘踞着一条湖泽水怪，但是既不清楚它的境界高低，更不清楚这么一桩涉及骊珠洞天气运流转的天大道缘，不然绝不会将黄湖山半卖半送给落魄山。

大蟒如今化名黄衫女，本命真名，一样是崔东山赠予，在谱牒上为"佛松"。她只会偶尔离水上岸，现身见一见那个周米粒。

周米粒还是不敢独自下山，就靠着一袋袋瓜子与魏山君做买卖，每隔一月就把她丢到黄湖山水边。

黄衫女，有那碧瞳如水涵清秋，她上岸后，浑身上下弥漫着一股若隐若现的天然苍茫水云气。

湖水之畔有一老松，亦是暗藏玄奇，气象内敛，暂未引发山水异动。

好一个伏蟒千年无动意，老松何日不参禅。

与天生气势凌人的云子截然不同，真身为蟒的黄衫女却喜静不喜动。后者巢穴地界名为青泥坡，位于灰蒙山，大有"雾毒飞鸢堕，风腥巨蟒过"之意。

白衣少年曾经带着那条骑龙巷左护法，一起游历黄湖山，临水之时，笑着说文豪曾有诗篇《说剑》，"留斩泓下蛟，莫试街中狗"。

听得湖底大蟒潜藏水底，真身头颅低垂贴泥，至于白衣少年身后的那条土狗，更是瑟瑟发抖，趴地不起。

藩属黄庭国在内，以及红烛镇、棋墩山在内的旧神水国，历史上都曾是古蜀地界，相传蛟鼍窟连绵不绝，惹来剑仙出没云水间，剑光直下，斩杀蛟龙。

只不过刘十六没打算去见那云子和黄衫女，为了不打搅他们的修行，准确说来是不扰乱他们的道心。

毕竟天下水裔，见着了他刘十六，其实都不是什么好事。

唯独那个每天扛着金扁担和绿竹杖、早晚巡山不嫌累的小米粒，哪怕每天与刘十六相处，竟是半点事儿都没有的。

一来是这"哑巴湖大水怪"境界太低，再者周米粒道心清浅澄澈，反而无事。

此外，还有些落魄山祖师堂人物，也都不在山上。

刘十六熟悉了落魄山之后，才发现好像从年轻山主到学生弟子，再到祖师堂嫡传，以及供奉，好像多在远游。

这风气很怪。寻常山头，不会如此。

武夫、剑修、儒生、道门练气士、各色山泽精怪、女鬼，还要加上那位根脚特殊的长命道友，却相处融洽。

也怪。

今天周米粒拉着大个子坐在山巅，陪她一起看那憨憨的岑姐姐练拳下山，岑鸳机身形越来越米粒小,让小米粒高兴得双手挡在嘴边,笑哈哈。

周米粒笑过之后,却发现没裴钱提醒她要淑女些,就有些伤心,于是打算说些开心的话语。她转过头,与刘十六轻声问道:"半个山主师兄,咱们来猜谜语吧?我可是知道好大一箩筐的谜语,莫说是暖树姐姐,就连裴钱都比不过我,她次次想不出答案,就只能着急得原地团团转嘞。"

刘十六笑道:"你问。"

周米粒咳嗽一声,道:"天上有面鼓,藏在云深处。一敲轰隆隆,再敲轰轰隆。是啥个事情,知道不?"

刘十六说道:"打雷。"

刘十六瞥了眼天幕,先前被他打落金身的远古神灵,并非出身雷部,不过说不定下一位,就是了。

周米粒竖起大拇指,然后小姑娘开始沉思。

哦嚯,遇到高手了。

原本还打算提醒大个子一句的小米粒,又问道:"山上有株草,珍珠可不少。我去没拿来,你去也白跑……"

刘十六笑道:"是露珠吧。"

书上有那譬如朝露,去日苦多。

犹有那所幸平安,复见天日,其余何辜,独先朝露。

周米粒双手环胸,皱起眉头,想了个比较有难度的谜语:"棋子多又多,棋盘大又大。咱们只能看,偏偏不能下。我问你,那么棋子是个啥?"

刘十六笑着摇头。

他曾独自远游天外,亲眼所见礼圣法相,拈起那些"棋子",拦阻那些远古存在。

周米粒晃着脑袋,笑眯眯道:"可难可难吧,不知道没关系,只要到晚上一抬头,你就知道答案哩。"

然后小姑娘看那大个子,似乎有些神色落寞,她便说了句"小石碑,一块块,竖在门口分两排"。她微微张开嘴,嘿嘿笑着。

刘十六笑着揉了揉小姑娘的脑袋:"知道了。"

"个儿高,离天近,真羡慕。"小米粒托着腮帮,眺望远方,忧伤小小的,却是真忧愁,"半个山主师兄,我跟你说个秘密啊,我其实也不是那么喜欢巡山,可是我每天在山上,光嗑瓜子没事做,帮不上啥忙,你说愁不愁人?所以每次巡山我都跑得飞快飞快,是我在偷偷地偷懒哩。"

刘十六点点头,道:"我会帮你保密的。"

周米粒凑近些,小声说道:"那我跟你说个天大的秘密,我跟好人山主,当年在北俱芦洲那儿一起走江湖的时候……"

小姑娘将绿竹杖和金扁担都先放在脚边,然后站起身,这才说道:"我就站在一个大背篓里边,可劲儿敲裴钱师父的脑袋。陈好人说一枚雪花钱一记栗暴,我眼睛都没眨一下。"

刘十六会心一笑,一本正经道:"那你真是很厉害了,能敲我小师弟的栗暴,这要是传出去,哑巴湖大水怪的名声,就真是比天大了。"

原本神采飞扬的周米粒,一下子神色黯然,道:"那些谜语,都是他教我的。他再不回家,我都要忘记一两个了。"

刘十六突然想要放开手脚,走一趟蛮荒天下,去那浩然天下的仅存疆域,见一见那个能让先生开怀的小师弟,然后先只说自己从东宝瓶洲路过此地。

那么城头之上,小师弟是不是会以眼神询问,君自故乡来,应知故乡事?

刘十六重重叹了口气,早知道就问过先生,此事是否可行了。

刹那间,刘十六在原地消失。

小米粒使劲眨眼。大个子怎么跑了,她可没有更难猜出的谜语了。

刘十六站在一座金色拱桥之上,微微皱眉。

然后只见一位身穿白衣的高大女子,双手拄剑,朝他缓缓转头望来。

她有一双天地间精粹至极的金色眼眸。

刘十六沉默片刻,疑惑道:"你怎么还在?"

天不怕地不怕的刘十六,一步都没有向前踏出。

道理很简单,刘十六在年幼时,与她打过交道,吃过大苦头。

刘十六瞥了眼她手中那把长剑,继续问道:"你已无剑侍?"

第六章 只驱龙蛇不驱蚊

第七章
时来天地皆同力

刘十六待在山上,其实并不觉得会有多无聊。

山主暂时不在的一座落魄山,如君子藏器于身,待时而动。

天下有道则见,无道则隐。关于这个说法,落魄山就没有了。世道不好,偏不当那与白云青山结伴的神仙隐士,人人下山去。虽然暂时尚未全部水落石出,但刘十六对此不着急。毕竟见过那小师弟的选择和所作所为,作为师兄,已经无法苛求更多。

所以,他这个当山主师兄的落魄山外人,对此山印象越来越好。

但是刘十六心中有一个大疑惑,先前重逢的那个她,到底是昔年跟随那个至高存在一起征伐八方的剑侍,也就是后世所谓的仙剑之灵,还是她根本就是那剑侍的真正主人,只不过她故意换了一副面容,有心欺瞒后世人?因为在刘十六看来,剑侍或者说剑灵并不存在,最少也不是什么完整的存在。

他问了,可惜她没有给出答案。

她一如既往地眼神冷漠,甚至都不屑给一种不屑的神色。

米裕今天没有陪着小米粒巡山,而是去往那台阶顶部,找到了坐在地上的刘十六。

米裕坐在一旁,说道:"有刘先生在落魄山头,我就放心了。"

米裕打算仗剑走一趟老龙城,所以他摘下腰间那枚养剑葫濠梁,笑道:"我不是求死去的,不过以防万一,有劳刘先生交给长命道友。我自己就不去骑龙巷碰一鼻子灰了。"

刘十六摇头道:"我不会待太久。"突然想起那杨家药铺那个存在,落魄山又与披云山相邻,再加上龙泉剑宗的那名女子,刘十六便改了主意:"剑仙多加小心。我南下之时,到了老龙城那边,就当为你多出些拳,到时候你再返回落魄山。"

米裕有些无奈,被刘十六敬称为"剑仙",怎么像是骂人啊!

米裕更无奈的事情,是自己不得不再一次开口提醒:"我姓米。"

哪怕喊我米剑仙也稍微亲近几分不是?

刘十六爽朗笑道:"好的,米剑仙。"

于是米裕放宽心,望向远方山外风光,笑道:"那我就厚着脸皮承情了,在那老龙城战场,会每天掐着手指头等着先生到来。"

刘十六没来由想起那个梦中练剑的年轻人,越发忧心忡忡。小师弟身边之人,脸皮似乎都不薄啊,熟人之间,言语不见外是好事,可这般太不见外的,不多见吧?

按照先生的说法,小师弟的性情,那是"温良恭俭让"一个字不落下的,最能够恪守礼数,人少时我心自由,人多时反而更慎独,为人追求醇儒境,学问往大儒去,处世有那豪杰风采……

先生言语,在昔年他们四个求学时,从来有的放矢,绝不会虚夸弟子,就像当年,面对外界对文圣一脉三弟子如潮水般的赞誉,先生只说我家小齐学问还行吧,离着真圣贤还早呢,你们这些老家伙莫要拔苗助长啊。

说崔瀺的字凑合凑合,下棋一般一般,你看都没能赢过白帝城城主嘛。

说左右的剑术学得晚了,之所以有些本事,那是侥幸侥幸,连剑仙坯子都不算的家伙,能有多大出息,是不是这个理儿?

左师兄闯祸后,先生就更有说头了:"你们辈分高,跟个晚辈生什么气,犯不着犯不着,我回去就收拾他!左右,还瞪眼做啥,不懂半点礼数,快,快给前辈们道歉,诚心些,头低下些……"

米裕有些心中了然,只是也懒得亡羊补牢,容易适得其反。身边这位身材高大异常的刘先生,只是看着个高憨厚,却绝对不能视为什么没心眼的。

米裕虽然是土生土长的剑气长城剑修,到底是见过好些君子贤人的,所以没脸说那些剑气长城的某些怪话,比如"远看是阿良,近看是隐官"之类的。

虽说在家乡,吵架怪话一事,隐官大人只要与人当面,无论是在避暑行宫内外的剑气长城,还是在那春幡斋里外的倒悬山,就从来没输过,可也管不住别人私底下的嚼舌头不是?

再者那些酒铺、赌庄的无数托儿,明面上骂起那个私底下负责送钱的二掌柜,好像比谁都凶。

毕竟刘十六是隐官大人的师兄,有些事,米裕一个文脉外人,说了真不合适。

米裕要是真傻,还能是那个能够惹下情债无数的米剑仙?

刘十六说道："你应该猜得出来,我是妖族出身。"

米裕点点头,道："见得多了,再难奇怪。"

谈及此事,米裕很剑仙。

刘十六不再言语。

只见落魄山上,一个蹦蹦跳跳的黑衣小姑娘,先陪着暖树姐姐一起打扫过了雾色峰祖师堂,然后独自巡山喽,她今儿心情不错,大概是认识了新朋友的缘故,跑得没那么飞快飞快,她这会儿正在欢快喊着："一个小姑娘,坐在水中央唉。身穿红衣裳,撑船不划桨哟。大个儿猜不出是个啥嘞……小小红坛子,装满红饺子。大个儿知不得,还是挠头唉……"

刘十六双手覆在膝盖上,道："剑仙,我就不送了。以后老龙城重逢,你我饮酒过后,一样不为我送行。"

米裕苦笑道："姓米。"然后展颜一笑,"小暖树和小米粒,刘先生千万千万多护着点。"

"剑仙只管放心,有我在,没有什么万一。"刘十六的这个承诺说得无比云淡风轻,然后笑着伸手拍在米裕肩头,"你人不错!"

米裕再不计较那个没有"米"字的剑仙称呼,计较多少次也没用的样子啊。

一袭青衫的剑仙笑着潇洒起身,与刘十六重重一抱拳,随后御剑远游,瞬间化虹远去南方,因为担心小米粒瞧见了伤心,早知道早伤心,晚知道就晚些伤心,米裕便刻意收敛了气息和御剑景象,剑光只是一闪而逝。

只是米裕当下还不知道,刘十六的"人不错"是怎么个评价。

先前刘十六与刘羡阳,谈及自己的好友白也,就是那"好友白也,剑术不错"。

刘十六继续耐着性子,等着天幕重开。

山君魏檗很仗义,他这个当山主师兄的,总要帮着小师弟换上一些人情的,不然自己没脸再见先生。

刘十六突然笑了起来,道："小师弟你这儿,确实太过藏拙,是不是已经给很多人瞧不起了?"

披云山那几场夜游宴,落魄山大管家朱敛,以及御江出身的陈灵均,都是露过面的。至于那会儿的裴钱、陈暖树和周米粒,去了披云山都躲得远远的,凑热闹而已,在谱牒仙师、大小城隍、山水神祇扎堆的夜游宴上,三个小丫头并不惹人注意。

北岳地界,对紧随龙泉剑宗之后开山立派的落魄山,印象还算深刻,除了年轻山主出身骊珠洞天陋巷的原因之外,更多还是因为北岳大山君魏檗对落魄山的青眼相加,太惹人羡慕嫉妒。在这之外,落魄山与龙泉剑宗的关系不俗,也很让人津津乐道。龙泉剑宗与落魄山租借了三座山头,可是公认的事实。关键是传闻说那个发迹于市井底层的年轻山主,在早年发迹前,与圣人独女阮秀,好像比较投缘,此事流传得有鼻子有眼的,加上圣人阮邛与那独女阮秀,好像都没正儿八经否认过此事,这就很值得玩味了。

正是攀附上了阮邛,之后又得了魏檗的庇护,落魄山那个藏头藏尾从不现身的陈姓年轻人,才得以一飞冲天,迅猛崛起,使落魄山成为旧大骊版图上一个不容小觑的仙家山头。

坐拥半座牛角山渡口,占据所有包袱斋遗留下来的建筑产业,同时与从书简湖搬来的珠钗岛结盟,那位金丹女仙刘重润,甚至亲自担任龙舟"翻墨"的渡船管事。

只可惜这落魄山是个空架子,一直没有能够拿得出手的门面修士。

听说那个叫陈平安的年轻人还是个纯粹武夫,连修道之人都不算。

地盘不小,人却太少。作为昔年骊珠洞天千里山河的最大地主,却始终没有一位定海神针的拔尖人物。这二十多年,一直躲在披云山和龙泉剑宗的大树凉荫中,犹抱琵琶半遮面。被外人轻视小觑,似理所当然。

刘十六笑了起来,因为有个黑衣小姑娘沿着台阶,一路飞快跑到了山顶,停步后故意气喘吁吁。

刘十六个子太高,坐着就能够轻轻拍打小米粒的后背。

周米粒坐在一旁,问道:"嗑瓜子不?"

刘十六摇摇头。

周米粒叹了口气,道:"那我也不嗑了。"

陪着大个子坐了许久,周米粒说要看个朋友去,告辞一声,又跑了。

拿出三小袋瓜子,轻轻喊着魏山君魏山君。

魏檗现身于山神祠庙附近,接过三袋瓜子,笑道:"是要去黄湖山水边,还是灰蒙山青泥坡?"

周米粒今天有些愧疚神色,将绿竹杖和金色小扁担搂在一起,伸出一只手掌,说道:"魏山君,我晓得你要忙大事,今儿是最后一次了,我保证!"

魏檗将瓜子收入袖中,笑道:"暂时无事,右护法无须如此。真要有事,你喊了也无用,所以有事无事,你在落魄山喊一喊,都是无所谓的。"

周米粒摇头道:"说了最后一次麻烦魏山君,可不能不作数。今儿我去黄湖山,探望泓下姐姐。"

魏檗只好点头,将小姑娘"丢往"黄湖山水畔。

那头大蟒,化名黄衫女,真名佛松,但是唯独在周米粒这边却喜欢自称"泓下"。

周米粒放下扁担竹杖,像以往那般都需要深呼吸几口气,这才能够壮起胆子,趴在水边,将脑袋探入水中,瞪大眼睛。

许久之后,都没能瞧见泓下姐姐。

一袭鹅黄衣衫的泓下,其实早已笑吟吟站在了岸上,她蹲在周米粒身边,轻轻拍了拍她脑袋。

可怜小米粒吓得整个人钻入水中,双手胡乱扑腾,瞬间在水底远去数十丈。

泓下一时间有些愧疚。

片刻之后,周米粒探出脑袋,先是急得哭花了眼,因为家当都留在了岸上,只是小姑娘很快咧嘴,哈哈大笑。

她在这儿,咧嘴簸箕大,都没人管哩。

周米粒一个蹦跳跃出水面,大摇大摆踏波而行,蹲下身,拍了拍扁担竹杖,一本正经安慰道:"莫怕莫怕,我逗你们玩的。"

泓下想了想,还是没有跟周米粒询问,落魄山上那股似有似无的恐怖气息的由来。

涉及大道,不该将小姑娘拽进来,所以泓下只是笑道:"今儿要与我说哪个江湖故事?"

周米粒嘿嘿笑道:"欸乃一声山水绿。晓不得,听过吗?"

泓下笑道:"听说过。"

周米粒愣了愣,完蛋,今儿没能开门大吉。

泓下突然心有大怖,那个让她根本不敢有半点走江心思的罪魁祸首,第一次莅临黄湖山。

龙泉剑宗,女子阮秀。

这可是一位好似飞升去往东宝瓶洲天幕,亲手打杀过一尊远古神灵的存在。

所幸还有个被蒙在鼓里的周米粒,瞧见了可亲可爱极了的秀秀姐,使劲挥手道:"秀秀姐,吃瓜子喽!"

阮秀笑眯眯,缓缓走到小米粒身边,弯腰揉了揉小姑娘的脑袋,接过她的一大捧瓜子。

阮秀斜眼瞥了瞥那战战兢兢的泓下,以心声问道:"你就是这么当的落魄山一分子,只会混吃等死?还不离湖出山去走江,是打算等我先死了再说?"

泓下脸色惨白。她哪敢有这等心思?真是要冤枉死她了。

阮秀说道:"在我离开后,你立即滚去走江。"

泓下牙齿打颤,只能轻轻点头。

周米粒眨了眨眼睛,看了看嗑瓜子的秀秀姐,再瞧了瞧泓下姐姐,轻声问道:"秀秀姐,怎么泓下姐姐好像有些怕你啊?"

阮秀笑道:"胆子小呗。比米粒还小。"

周米粒本来想要笑,只是秀秀姐在说泓下姐姐,她就没笑,还不忘伸手在身前,朝泓下姐姐偷偷摆手,示意没有的没有的。

阮秀说道:"咱们去神秀山那边玩去?"

周米粒为难道:"我刚到一会儿,还没跟泓下姐姐聊几句话呢。"

阮秀说道:"那你们先聊,我坐一旁。"

最后黑衣小姑娘坐中间,毕竟泓下哪敢坐在阮秀身旁。

阮秀在听过一个关于哑巴湖的故事后,摊开帕巾,拈起一块糕点,递给小米粒。

周米粒立即懂了,摇头晃脑先吃糕点,然后讲个关于好人山主的江湖故事!

好人山主的故事多得很,她有一大箩筐哩。

像上次她说陈好人与自己偶遇山精,吟诗不成,结果给它们撵出洞府,秀秀姐就可开心了,周米粒是第一次见她那么笑呢。

那会儿的秀秀姐,从真好看变成了最好看。

杨家铺子。

杨老头请来刘十六,帮忙护阵,还喊来了阮秀。

刘十六是当真有些无奈了。

先前不碰头,也就罢了,这会儿面对面,确实古怪。

何况还要再加上那个当年双方大有渊源,却由于大道歧路最终不太对付的"李柳"。

小师弟长大的这地儿,怎么回事?

杨老头突然望向阮秀,从腰间摘下烟杆,说道:"给你吧,帮忙转交给他。"

阮秀点头,接过杨老头抛过来的老烟杆。

刘十六顿时眼睛一亮,有些笑意。

当年他们文圣一脉,刘十六的三位师兄弟,哪个不是人中龙凤,偏偏个个好似守身如玉,其实爱慕三人的女子,山上山下,何曾少了?不敢说多如过江之鲫,确实也是不少的。

可惜大师兄崔瀺是因为心无旁骛,志向高远,对待女子,虽然历来不会刻意冷落排斥,但至多待之以礼罢了。师兄左右是觉得女子好烦人,喜欢我做什么?你们喜欢崔瀺或是齐静春去。小齐则是根本不开窍。

在刘十六和阮秀之后,山君魏檗也被喊来,这位北岳地主神色凝重。

魏山君与施展了障眼法的刘十六站在一旁,前些时日,偶有问询,魏檗都对外宣称是自家披云山的中土故友。

至于有无人相信,魏檗不去管了。

反正又不是与外人说自己再也不举办夜游宴了。

魏檗问道:"是否需要晚辈运转山河?"

杨老头摇摇头，道："神通一事，我略懂一二。"

魏檗哑然。

刘十六笑了笑。这个昔年不苟言笑的老头儿，越来越会聊天了，人间万年没白住。

刹那间，整座北岳地界，落在修道之人眼中，皆是一片白雾茫茫。至于凡夫俗子，则毫无察觉。

今天是个万年以来皆未有过的大日子。

因为这个苦守人间万年、要为神道续香火的杨老头，要以远古青童天君的真身，在人间重开飞升台。

依旧不见杨老头如何运转神通，那些悄然赶赴龙州各处的地仙修士，便一瞬间仿佛置身于一座高台之上。此景太过诡谲，以至于不少元婴、金丹修士都面面相觑，不过很快就平稳心神，纷纷稳住道心。

高台之上，有久居山中的老人，有天资卓绝的山上年轻人。这一大拨东宝瓶洲金丹、元婴地仙修士，先前得到大骊刑部密令，内容很惊世骇俗，密信的末尾，措辞更是极为严厉，要他们不许对外泄露半字，只许秘密赶赴大骊龙州地界。

他们当中有神诰宗的道士，真武山和风雪庙的兵家修士，云林姜氏庶子姜筠，正阳山的两位老剑修，元婴瓶颈的清风城许氏家主……龙泉剑宗大弟子董谷、谢灵，落魄山金丹瓶颈剑修崔嵬，云霞山金丹修士蔡金简……

还有一位故地重游龙州的风雷园剑修，刘灞桥。

园主黄河，得到了大骊旨意，竟也直接舍了这桩大道福缘不要，只让刘灞桥启程赶路，与这师弟只说，我黄河此生练剑，一人一剑，不受师父之外的他人半点恩惠。

刘灞桥劝了几句，黄河最后与刘灞桥说了一句"很李抟景、也很黄河自己"的言语："你资质逊色于我，此后百千年，我要专心练剑，你这个新任园主是境界太低，丢的是师父和风雷园的脸，你没资格与我讨价还价，所以赶紧滚去大骊龙州。"

先前正阳山祖师堂嫡传剑修元白，问剑风雷园园主黄河。元白祭出本命飞剑玉石，玉石俱焚的那个"玉石"，使得黄河虽未跌境到金丹，但是大道受损是毋庸置疑的事实。黄河只要来到这大骊龙州，就有望恢复元婴圆满，甚至以黄河资质，说不定都能够就此跻身上五境。

可黄河依旧不愿来此。

玉圭宗的下宗真境宗，隋右边在内刚刚打破龙门境瓶颈的剑修，总计三人。

大乱之世，会有那生灵涂炭，民不聊生，山河陆沉，亦会有那无数豪杰、枭雄趁势而起，应运而生，各显风流。

在药铺后院，刘十六说道："我先去天幕待着好了，省得手忙脚乱，待客不周。在门口迎客，比较有诚意。"

阮秀刚刚吃完糕点,拍手说道:"同理。"
杨老头点点头。

大骊国师,儒生崔瀺,手托白玉京,神人尸坐于天。
崔瀺轻吐一字:"斩。"
一洲大地,崔瀺目光所及,剑光所至,瞬间斩落一只仙人境大妖的头颅。
五岳地界,一切辖境山河,所有远离战火的大骊藩属州郡县城内,设置一处处遥遥祭祀五岳的众多香炉,地方文武官员胥吏带头率领百姓日夜敬香。各地城隍和佐吏、文武英灵、山水神祇则负责勘验、称量一股股精粹香火的分量,上报各国礼部衙门,再按时呈交给大骊礼部、书院汇总。
小小东宝瓶洲,一时间涌现出了数以万计的步虚词、游仙诗,被誉为五岳诗,最终筛选出百首,编撰成册,分发给一洲大小书院、乡野学塾,以歌谣方式让各地稚童去满大街唱诵。
五岳大山君,再将源源不断涌入大岳的精粹香火截留一半,用以维持巍峨巨大的金身法相,其余两成赠予储君之山,剩余三成分发给众多辖境内的山水神祠,用来反哺各大藩属国的山河气运,长国运,延国祚,最终增加国势,再一次反哺大骊王朝和一洲大势风水。
那桐叶洲,是皇帝都跑,地仙也逃。可这东宝瓶洲,竟然连那大街小巷、村野乡下的小小稚童,都在他们自己懵懂不知真意的一声声吟唱中,为一洲大势的稳固默默出力,点点滴滴,积水成江河,积土成山岳。
大骊已经更改律法,准许各藩属国选出两位或者四位英灵,从京城到城池再到乡野,在所有门扉上张贴"自家"门神,重塑金身,庇护地方,不受流窜妖族的那类零星侵袭,联手各地仙家修士、国姓供奉,合力布局,防止妖族扰乱民心,为祸一方。
离着东宝瓶洲中部那崔瀺法相有些远的别处山巅,那位身为商家开山祖师的范先生,领着一拨陆陆续续赶来东宝瓶洲的历代商家祖师,十数人一同俯瞰山河。
相貌并不年迈的商家老祖,在崔瀺出剑之后,收回视线,感慨道:"远水去见远山。故人留下故事。"
只是稍稍感怀世事之后,这位范先生便转入正题,微笑道:"诸位,都说水随山转,天下水脉流动不定,唯有山岳不可动。当真只有水动山不动?"
一位随侍多年的老者笑道:"钱不够嘛。"此人正是那个围杀过阿良还能跑掉的山上高手,还乐呵呵给自己取了个绰号,号称"半绝顶"。
这群在天下九洲皆富可敌国的商家大佬,听闻此语顿时个个爽朗大笑。
他们确实什么都不多,就是钱多。

商家先前就已经出了一大笔钱，搬迁内陆山脉去往沿海，打造成关隘，或者将一些对大骊骑军比较碍事的沿海山脉，迁往内陆，作为一条条"看似天然形成，实则后天造就"的雄伟战线！

接下来还要出更多钱！神仙钱，谷雨钱！

雪花钱小暑钱？自然一枚都无，太寒酸！

总之，商家要保证东宝瓶洲那些骑军不够的藩属兵马能够据守关隘，更要腾出地盘来，让大骊那支所向披靡的铁骑能够肆意驰骋在广袤平原上。

范先生微笑道："各位，忙去，撒钱一洲。"

一个个谨遵老祖法旨，身形随风消散天地间。

老龙城战场之上，先前有那数位神灵现身降世，势不可挡。

那马苦玄，不过是回了一趟东宝瓶洲兵家祖庭之一的真武山，等他返回老龙城没多久，就遇到天外神灵从天上大门落地做客东宝瓶洲。

作为数座天下年轻候补十人之一的马苦玄，竟是同样敕令十数尊远古神灵作为还礼，攻伐天上。

更有南岳大山君，唯一一位女子山君的范峻茂，金身法相高达千丈，她手持那桂夫人秘密赠送的一轮远古大月"真相"的部分月魄，弧月如弓，拉如满月，分别以精粹日月之光作为弓弦和箭矢。当一箭激射而出，不管是去往天幕射杀远古神灵，还是去往海上射杀大妖，皆有惊天动地之威势。

老龙城临海的那座登龙台上，稚圭那一双金色眼眸，死死盯住一只位于海上极远处的王座大妖，对方也在与稚圭对视。

稚圭扯了扯嘴角，缓缓抬起一手，朝那绯妃做了一个拧断脖颈的手势。

书简湖。

一位高冠博带的清雅老人，站在一处岛屿水畔。

真境宗宗主韦滢心有所动，却没有擅自以掌观山河的神通窥探远处。

成百上千的古怪英灵，无一例外皆是百年千年后犹然能够保持一点真灵不散的冤屈阴灵，纷纷涌出湖面，现身后重返人间。

他们皆是书简湖这野修如云、无法无天之地历史上的横死暴毙之徒，死后冤魂不散，有些是无辜之辈，有些是罪有应得，有些是罪不至死依旧枉死在此，然后一个个聚集在老人身边，睁眼看着那书简湖的阳间地界，年复一年的人心依旧，年复一年的生死不定，强者肆意打杀弱者，弱者死也不知真正错在何处，大概只觉得是自己修为太低，仅此而已。

所有的阴灵鬼物，难免有共同的疑惑，湖底与岸上，到底哪个才是阳间，哪个才是阴间？

最终有一个形神枯槁的外乡年轻人来到此地，为无数死后徘徊不去的阴灵鬼物，为它们心中一问，作上一答。

顾璨滥杀，是错的，他不杀顾璨，也是错的，书简湖的这种风俗，再过一千年一万年，都是错的。有些行事之错，一定让人难受一辈子。

因为天地间，错的就是错的。所以，有错就要改错。历来如此，便对吗？难道要让千百年后的后世人还一直有此问？当然不对，自然不行。

同样给出了一个个答案的，是那些与年轻人一一道别的枉死鬼物。

是他们与那个年轻人一起，给了书简湖一个答复，一个依旧会充满伤感和遗憾的答案。

"姓陈的，瘦竹竿似的，以后还怎么找媳妇，以后离开了这鬼地方，一定要记得顿顿大鱼大肉，多吃几碗饭！真不是老子吹牛，老子厨艺极好，是出了名的一锅乱炖能让佛跳墙，哈哈，可惜你小子没这口福。"

"陈平安，悠着点，咱们可别太早重逢了。还有啊，你这个本事稀烂的账房先生，记得有事没事就使劲扇那顾璨几个耳光解解闷。你摊上顾璨这么个王八蛋，算你倒了八辈子的霉。以后少管闲事，不值当。"

"陈先生，我还是觉得世道没有太美好，可……好像还有一点希望在。那我走了啊，陈先生保重。"

那些年里，刚刚不是少年没几年的外乡人，会微笑着与他们挥手作别，会沙哑开口说一句珍重，说不出话的时候，就会伸手握拳轻敲心口，或者是双手抱拳告别。

只在那些鬼物消散后，年轻人就都会越发沉默。

老人除了认可那个年轻人的自讨麻烦和弥补举措，更欣慰那些带着各自遗憾、却又不至于彻底绝望的一场场离别。

老人收起思绪，笑道："你们既然还能秉持一点灵光不散，就说明你们还不至于麻木，才会被我拘押在此，不得解脱，此次魂魄彻底消散，我替你们攒些阴德，有过错抵消过错，有福报积攒福报。"

老人如口含天宪，那些阴物如获大赦，从那英灵宛如化作一尊尊金身水神。

在这之前，便有大骊早早铺设出一条陆路神道，让这些湖水正神一般的英灵存在，去往东宝瓶洲中部那条齐渎。

老人又笑道："天下水裔山鬼皆吾友，是也不是？"

老人自问自答道："不是也是！"

一洲大小山脉、山峰山头皆有无数山鬼蓦然凝聚身形。

老人一手托起，道："上天垂象。"

一洲四面八方的沿海各地，总计有二十四座山头，有一个白衣少年事先埋藏好了二十四枚竹筒。

山鬼队伍浩浩荡荡，如那史无前例的阴兵过境，一同御风去往那二十四座山头。

老人最后去往青峡岛渡口处，站在那里，低头望去。

那天年轻人疲惫熟睡过去后，阮秀、钟魁都曾来此探望躺在地上鼾声如雷的年轻人。

其实不止他们两位就是了。

老人笑了起来，好一个大千世界无奇不有。

老人再抬头，只见这东宝瓶洲虽没有什么三垣四象大阵，但是却有这座更加恢宏、更契大道的二十四天时大阵。

大阵顺天时循环绵延，庇护一洲无缺漏。

一位托钵云游的中年苦行僧，曾在这一洲之地云游四方，年复一年。

他佛唱一声。双脚昔年所及之处，大地之上，市井之间，山上水边，热闹处僻静处，出现了一朵朵莲花。

最终一洲山河，恰似那一只人间某处书案上的清供花瓶，在花瓶之内开出了一大朵金色莲花。

十二艘大如山岳的剑舟，置身于战场第一线之后，悬空于老龙城后方。

有密密麻麻的兵家力士以秘法擂鼓壮声势，为剑舟飞剑添加玄之又玄的天时。

飞剑之上，早有那符箓派修士殚精竭虑，不惜神仙钱与灵气，为每一把飞剑篆刻云纹秘录。

一时间飞剑攒簇密如暴雨，去往海上攻城的妖族大军之中。

浩然天下版图最小的东宝瓶洲，却是大战至今，唯一一个不但守势稳固，还犹有余力与那蛮荒天下展开壮阔对攻的一个洲。

藩王宋集薪既没有镇守东宝瓶洲中部的那座大骊陪都，也没有将藩邸搬去相对安稳的南岳山头，而是始终身在老龙城，与两位大骊武官最高品阶的巡狩使曹枰和苏高山一同作为南方战场的主心骨之一。只不过两位大将军都不在城内，而是在老龙城之后的大地之上，马蹄阵阵，严阵以待。

而早已不是那泥瓶巷少年贵公子的大骊"宋睦"，此刻双拳紧握，两眼发红，大战绵延已经一年之久，藩王没有丝毫退缩之意。听闻蛮荒天下曾以数万剑修与剑气长城问剑，宋集薪站在藩邸高楼顶层，双手按住栏杆，手背青筋暴露，怒笑道："来！与我大骊再问剑一场！"

一位来自观湖书院的君子到了老龙城后，临行之前与书院山长的先生作揖拜别，他要去往战场第一线。

君子手持玉瓷瓶,晶莹剔透,好似装满了震雷与闪电,宛如一座小雷池,实则瓶中雷电皆是一身学问道法细微显化的一个个圣贤书文字。

在与先生道别之后,他私底下与一位年轻且同乡的书院晚辈笑言一句。

"明年故乡花开,替我多看几眼。"

一位与他学问事上有过争执,甚至措辞激烈的书院儒生,刚好与他同行去往战场。

原来读书人的学问之争,就真的只是君子之争。

是同道中人。两人相视一笑,只在不言中。

老龙城苻家首席供奉,一位曾在登龙台附近结茅修行多年的老剑修,与孙家一位樵夫模样的供奉,各自与两位家主请辞,结伴而行,一同赶赴战场最凶险处。

两人御风之时,那个也曾读过圣贤书,却未能成为书院子弟的孙家供奉,微微笑道:"青泥何盘盘,百步九折萦岩峦,我心世道千泥万泞又何妨,那也不是你们这些畜生可以闯门而入的理由。"

那个老剑修笑道:"文绉绉,酸溜溜,我说不来,我就顺着你的说法,来一句粗鄙话,当是遗言好了。要过此路,要入家门,得我先死。"

一个原本已经安然离开桐叶洲的老修士,一个曾经与外乡年轻人和姜尚真做过一桩大买卖的老元婴,聚集了所有门内修士。

老人的门派,正是位于桐叶洲北部的那个天阙峰青虎宫,而老人正是擅长炼丹的老宫主,陆雍。

在蛮荒天下的妖族尚未登岸之时,消息灵通且最擅长自保的陆老宫主,就带着弟子乘坐仙家渡船,早早逃入了东宝瓶洲,再晚一句,可就要吃一个叫天天不灵叫地地不应的闭门羹了。

只是与其余所有聪明人一样,即便进入了老龙城地界,也未能入城安稳避难,只能与其余外乡修士一样,好似关押犯人一般,聚集在一处。

命是保住了,日子却还是不太好过。

那些大骊王朝的随军修士,从不与他们言语半句,要么杀些不守规矩的蠢货,要么就是远远冷冷望着他们这些桐叶洲难民。

不同的随军修士,却有同样的一种视线。

没有什么怜悯,只有沙场上带来的天生冷酷,以及一个人看某些不是人的那种讥讽。

只不过在"牢笼"高处还有那闲情逸致远观战场的话,大骊倒是并不阻拦。

陆雍在目睹了老龙城外那日复一日的惨烈大战后,就越来越少言语,直到今天,蓦然大怒,须发皆张,道:"任你烈风地震,狞雷猛雨,怎敢拔我家中阶下千年树?!"

最后陆雍惨然一笑,让那些嫡传子弟在这异乡好好活着,好不容易逃到了这里,就别轻易死了,哪怕再丢人现眼,以后也要好好修行,多炼出些好丹。

最后他望向那些个年纪最小的孩子,神色释然。

有我一死,笑话你们是苟活之辈丧家犬的东宝瓶洲修士会少很多吧。晚辈们再在东宝瓶洲立足,就会容易很多。

一个大寺僧人来到老龙城战场,凌空振锡,涟漪阵阵。最后悬空而坐,双手合十。

菩萨钩锁,百骸齐鸣。

身如灵塔,发光如火。

有一位不知名的道门高真,脚踩一艘宝舟御风来此,神色闲适,如来此云游赏景一般。

随后,老道人施展了一门撒豆成兵的神通,符纸之多,如老百姓随手撒那纸钱。

云海上矗立有百余尊身高数丈的符箓傀儡。

在老龙城和南岳之间的广袤地带,一望无垠,大地出奇平整。

有两支大骊铁骑,大致上一线排开,在此驻扎。

如一线潮水,停止不动,静候敌人。

一名尚未披挂甲胄的武将,骑马巡视战线,也得佩刀提枪,不然不习惯。

这个位高权重的大骊巡狩使,突然停马,一人一骑,面朝南方。

"我大骊铁骑,马蹄从北往南,打穿一洲!马蹄所及,杀人的本事,到底如何,别说一洲,整个天下都已知晓!如今马蹄所立处,更要杀妖无数!"大将军苏高山轻提铁枪,指向南方,"敢来此地,给老子全部碾为齑粉!"

大骊皇帝宋和,依旧留在北方京城。

退朝之后,他让那些蟒服宦官暂时退远,独自走在一堵高大的红墙墙根下。

在国师授意下,他这皇帝颁布了一道道内容相同的圣旨,接到圣旨的人皆是一洲藩属君主。

大骊若输了这场大战,一洲山河覆灭,人人无家国可言。

可若是大骊赢下此战,一洲所有藩属,战死之人比例最高的三十国皆可复国,就此脱离大骊宋氏版图。哪怕只剩下最后一个人,大骊王朝都会主动帮助其复国,至多百年,定然成为未来宝瓶强国之列,并且与大骊成为世代盟国。

大骊皇帝亲自与一渎五岳发誓,有违此约,人神共愤,大骊宋氏国祚就此断绝。

在圣旨颁下之前,有一场既是君臣又是先生学生的问答。

崔瀺问宋和,国师问皇帝,先生问学生。

"陛下,一旦如此,大骊将来说不定连十大王朝的位置都要保不住。"

"可一旦如此,你宋和身为大骊宋氏子孙,一定会成为千年万年的青史明君。"

"如何取舍,在你宋和。"

宋和当时笑道:"国师未免太小觑学生的气度了。浩然天下来来去去那么多的十大王朝,有几个皇帝君主当得起青史留名千万年这个大说法?宋和要让宋氏后世子孙祭祖之时,一个个面对祖宗挂像,唯独在我挂像下驻足最久,神往最多!"

那头绣虎听到答案后,微笑点头。

宋和有个问题,忍不住开口:"朕只有一问。朕若是不答应,没有让国师遂了心愿呢?"

崔瀺当时笑言:"陛下心知肚明。"

大骊皇帝大笑道:"好一个绣虎。"

最后皇帝看了眼这位僭越太多太多的国师,崔瀺点点头。

皇帝面有悲苦之色,绣虎在侧,难免让他这个当皇帝的有那掣肘之感。可若是大骊真的失去了这位算无遗策的绣虎,他宋和又岂能不心慌几分?

崔瀺最后缓缓说道:"我与齐静春为你们大骊王朝留下了那么多与别处不太一样的读书种子,哪怕大骊版图少了一半,以后一样是大有机会重新崛起的。只可惜你在世时,就未必亲眼瞧得见了。只说在这件事上,你与先帝是差不多的下场。确实是有大遗憾的。由此可见,摊上我这么个国师,是大骊幸事,却未必是你们两位皇帝的幸事。"

"小不幸而已,大骊与宋和皆已万幸,能在先生辅佐之下,有此际遇,有此壮举。"

皇帝向老人作了一揖,轻声道:"那么学生就此拜别先生。"

宋和此刻重重吐出一口浊气,伸手重拍墙壁一下,然后死死撑住墙壁,沉声道:"共挽天倾!"

一名蟒服宦官突然快步上前,然后悄然停步,小声说道:"陛下,北边来人了。"

宋和神采飞扬,快步走到两堵墙壁之间地带,仰头望去,虽然注定看不见,因为那些人不会这么早来到大骊京城上空,但是宋和就是忍不住看这一眼。

如今东宝瓶洲与北俱芦洲,在那通天大手笔之下,俨然一洲版图!

火龙真人和李柳、渌水坑那位飞升境的臃肿妇人,如今依旧负责看守这条海上道路。

双方一左一右,护着勾连两洲的"桥梁"。

一大拨北俱芦洲剑修则沿着那条道路,御剑南下东宝瓶洲。

北地第一剑仙白裳,太徽剑宗掌律祖师黄童,浮萍剑湖郦采……

在剑修之外,还有火龙真人的两位高徒,出自指玄一脉和白云一脉。

大源王朝崇玄署一拨道门真人,披麻宗宗主竺泉,还有骸骨滩鬼蜮谷内的那位白骨剑修，英灵蒲禳。

京观城高承曾经打开天地禁制，让蒲禳祭剑。如今高承已经离开鬼蜮谷，披麻宗修士无事可做，而身死道消于此地古战场的蒲禳则选择去往另外一处战场，就当是与那位一直放不下的心上人无声道别了。既然自己注定无法与他成为一对神仙眷侣，又何苦拖累他成不得一位人间佛？喜欢一人，不该如此。

东宝瓶洲风雪庙剑仙魏晋，曾跨洲问剑北俱芦洲天君谢实。此次亦是与天君谢实同行，两人皆可算归乡之行。

浮萍剑湖郦采在与大弟子荣畅在动身之前，和陈李、高幼清两位嫡传弟子说，自己要去老龙城那边瞧一瞧。

"在你们的家乡，师父的异乡，师父我都杀了不少妖族畜生，没理由在浩然天下这家乡不再打杀一些妖族畜生。不然，岂不是让好友李好看笑话，以后还怎么在你们俩孩子面前摆师父架子？"

只是郦采还有一个理由，没好意思与晚辈弟子多说。

在那边，就是东宝瓶洲的最南端了，不用与北俱芦洲隔着一个洲，所以可以离着某个负心汉近一些。

返乡的郦采在不断听闻桐叶洲形势之后，如解心结。

那个没良心的男人辜负了自己，事实上还辜负了许多痴情女子的一片真心，可到底他没有辜负一个大老爷们的该有担当。

这样的姜尚真值得郦采去伤心，去喜欢。

在他们联袂南下跨海之时，无论是不是剑修，人人都少有慷慨赴死或是意气风发的神色，而是心境平静。

因为就好像是在做一件理所当然的寻常事。

我北俱芦洲修士，自家关起门来，不管如何打生打死，钩心斗角，修士、武夫动辄以飞剑术法拳脚相向自家人。

可大势一来，少了哪个洲修士都可以，唯独不能少我北俱芦洲！

人南下，更是侠气南下。

刘十六，在灰尘药铺先与米裕喝过了酒，只是本该北去的米裕，却说再晚些回落魄山。

刘十六就与这位剑仙多喝了一壶酒。

这天，范家的供奉桂夫人突然来到了灰尘药铺。

刘十六说道："你会这么做，我比较意外。"

刘十六也好，天下最正统的"月宫种"桂夫人也罢，准确说来，都可算是远古余孽了。

后世书上喜好说那光怪陆离的神仙志异事,说那遥遥海上有古仙,沧海桑田,辄下一筹,已满十间屋。事实上,对他们两位而言,真不算什么奇人怪事。

他们,或者说"它们",都曾在天上俯瞰大地,亲眼看那人族出现,看那人族登山,最后看那人族登天。

东宝瓶洲中部。

一条大渎,夜色中风平浪静。

一条小船,有一个孩子在吃力撑篙,却有一个惫懒的白衣少年躺在船头,雪白大袖垂入水。

水光月光,白袖愈白。

少年又闭眼,大声吟唱道:"春水载船船载人,船行春水同在天。"

少年猛然坐起身,苦兮兮埋怨道:"天不惜地不怜我这歌者苦。"

崔东山双手各出一根手指,使劲揉着眼角,想要悲愤落泪才衬景。

只是没等他挤出眼泪,就看到了结伴而行的两位,一个来自北俱芦洲骸骨滩,一位就来自更远的地方了,京观城高承。

崔东山来到那个撑篙的孩子身后,一拍后脑勺,道:"愣着做什么,掉头掉头,快去喊大哥,这位可是你亲大哥!"

岸上,高承终于知道为何自己这些年来,明明鬼蜮谷京观城无内忧外患,却一直心神不宁。

至于那个从一洲东南青鸾国云游至此的鸡汤老和尚,则身穿一件破旧袈裟,行走在水畔。

雾气凝云,云气结成袈裟衣。

月光映水,水光返照菩提心。

高老弟使劲撑篙,崔东山伸手使劲划水,一起去往岸边。

高承看到这一幕后,只觉得不该来见此人。实在太恶心人了。

夜幕中,扶摇洲天幕已经落入蛮荒天下之手,这就意味着镇守此洲天幕的文庙陪祀圣人,没了。

白也与老秀才一起悬空而立,如仙人身在天上星河。

老秀才一脸为难道:"白兄,真要如此作为?蛮荒天下这次可没有王座大妖跑来招惹你了。"

白也都懒得说话。

老秀才笑呵呵道:"不愧是白也,不愧是要我曾经苦苦求诗又求字的白也!你是最知道的，我可不是什么死皮赖脸的人，就为你破例了！"

白也更不想言语了。

这位浩然天下最得意的剑客，最著名的诗仙，俯瞰人间那支离破碎的旧山河。

我白也不做什么，任你是文庙副教主、学官大祭酒在我家门口，苦口婆心与我说圣贤道理，亦是无用。

我白也要做什么，任你是什么中土文庙、王座大妖，要来拦阻，那就请你们试试看。

老秀才闭上眼睛，好似在竖耳聆听一洲声音，云卷云舒，花开花落，老者喘气，稚子哭啼……

白也以拇指轻轻抵住腰间那把仙剑的剑柄，静待老秀才的那个答案，得到了答案，他这位失意人便要出剑一洲。

老秀才喃喃道："太平岁月，花无人戴酒无人劝，醉也无人管，那也是太平世道啊。"

如今这扶摇洲一洲大地，是那死也无人埋。

佛家说，这个世界是那婆娑世界，是为"堪忍"，意思说我们的世道有那百般不足的。

可哪怕事实真如此，犹有那人间处处，春雨杏花急急落，车马春山慢慢行啊。

山下没有半点术法神通的读书人，喝了酒上了头，就敢说挽大江入杯，浇我胸臆。

明月不知君已去，夜深还照读书窗。女子独留在家乡，便会秋波流转，祈愿说愿君如月，夜夜流光相皎洁。

强者拔刃，剑光所去，不但向那强者，更向倾塌大势！

老秀才大袖鼓荡，双手使劲一挥，星光点点。

白也随之推剑出鞘，并未真正拔剑，却有千万道剑光，坠落一洲山河。

扶摇洲那些侥幸尚未被战火殃及处，只要学塾犹有读书处，皆有一道清凉如雪的剑光悄然降临。

今时今日，读书还是有点用处的。

一人仗一剑，剑光化千万，与一洲妖族为敌。

白也最后说道："老秀才，你的絮叨再烦人，总好过没有絮叨。"

老秀才说道："管够！"

白也仗剑去往人间。

老秀才沉默片刻，点头笑道："白也诗无敌，销去万古愁。"

蓦然扼腕痛惜道："这句话，应该在白兄离去前就说的！"

蛮荒天下，托月山下。

一个连西北风都喝不着的邋遢汉子，好似大王八托负山岳一般的尴尬处境，他只好自顾自碎碎念叨：王八念经不听不听？李槐你个小王八蛋，嘴巴真毒。

一个老瞎子，第一次离开自家山头，身边带着条瘦骨嶙峋的老狗，来一起探望阿良。

毕竟一个人看好戏还不够。

老瞎子没有太过靠近托月山，毕竟不是来打架的。只在千里之外站着，歪脑袋竖耳朵。刚好听到了阿良的碎碎念叨，开心不已，心想：当年在剑气长城经常往我家里瞎逛，不是喜欢蹦跶吗，这会儿咋个不蹦跶了？

老瞎子以手掌触地，讥笑道："当年是谁跑到我跟前大言不惭，说'有此剑术不用有此相貌，有此相貌不用有此剑术'来着？"

阿良愣了一下，笑嘻嘻道："哎哟喂，老瞎子你难不成是帮我搬山来啦？别啊，你是不知道大山揉肩，让人多舒坦。你别管我啊，你敢管我，我就……喊你大爷！"

如今英雄落难，只好小声嘀咕道："老瞎子你眼瞎万年，又瞧不见我的英俊容貌。"

输人不能输阵，好习惯得保持。

老瞎子乐呵呵道："见此美景，让人词穷。"

老瞎子嫌脚边团团转的那条老狗十分碍事，便一脚踹飞出去。干瘦老狗几个翻滚，悲愤欲绝，明明是好心提醒你此地不宜久留，早点聊完快点回家。

老瞎子记起一事，笑道："李槐是谁？"

阿良笑嘻嘻道："我的好兄弟，就是你老瞎子的好兄弟。"

老瞎子不以为意，道："就凭孩子的那句谶语，我就看他很顺眼了。"

阿良骂道："瞎子你顺眼个屁啊。"

老瞎子打算离开了。

阿良也不挽留，只是咽了咽口水，道："咦，咱哥俩大冬天吃狗肉，老瞎子你良心极好啊。"

老瞎子抬起一手，在手掌上浮现出"李槐"二字，"盯着"掌心名字片刻，点头笑道："李槐，我记住了。"

阿良错愕道："李槐，我喊你李大爷行不行，嘴巴真开过光啊。老瞎子你帮我捎句话给那小子，让他说一句阿良快快回家喝酒吃肉……"

然后伤心欲绝道："他娘的真的服气了，李槐你是我大爷，这会儿我再答应当你姐夫，晚不晚？成不成？"

老瞎子有些神色复杂，说道："你又不是离不开，胡说八道什么。舍得每天就这么消磨剑意，损耗道行？真当自己已经彻底稳固十四境了？本事这么大，先前我在家门口，咋就没见你一剑捅破天？哦，又喜欢跟人装中五境大剑仙呢？那可真有恒心。"

阿良悻悻然干笑一番，然后沉默下来。

老瞎子以前没这么屁话啊,今儿竟然还阴阳怪气上了,都不知道跟谁学的。

老瞎子收起手站起身,道:"你自己不走,能怨谁。"

在浩然天下打开天幕,引来一位位远古神灵。

在这托月山下,则开地脉穷碧落,有无数厉鬼幽魂涌现。

所以阿良要离开此地,一在托月山之重,二在本心良知,敢不敢,或者说愿不愿意放出那些阴冥之物,任其从西方佛国逃窜到这座蛮荒天下,再被托月山大祖牵引去往浩然天下。

阿良突然说道:"老瞎子,睁眼看一看天下吧,如今不一样了。"

背对托月山的老瞎子停下脚步,双手负后,好似抬头望天,道:"真的吗?"

阿良也就是双手腾不出来,不然肯定拍胸脯震天响,道:"信我一回,不然你是我爹!"

老瞎子依旧没有转身,笑道:"不敢。"

一直隐居在那北俱芦洲偏隅小国闭门治学的李希圣,这一天与那个本该名为李宝舟的读书人告别,说是远游一趟。

李希圣回到自家院子后,让那瓷人出身的书童崔赐不忘继续每天洒扫庭除,勤勉学习。

儒生李希圣第一次在腰间悬挂那块本命桃符。

当他一步跨出,再一脚落地之时,就已经直接从北俱芦洲来到中土神洲。

坐镇两洲天幕的数位圣人对此异象非但并未拦阻,反而与跨洲远游一瞬间的李希圣点头致礼。

一位白玉京大掌教,哪怕只是三尊分身之一,又如何当不起这份礼遇?

李希圣伸手轻拍桃符,这一次在中土神洲的远游悄无声息,连那天幕圣人都无法察觉。

李希圣没有去往中土文庙或是什么大仙家山头,而是在一处山下市井处,找到了一位不起眼的中年汉子。

汉子身边跟着一个古怪的年轻人,好像是被两张纸拼凑起来的,阳神阴神重叠却未彻底融合,依旧是那阳神身外身,以及出窍远游未归的阴神。阳神为男子之身,阴神却是女子皮囊。好似在苦等真身,"两人"才好真正归位,成为完整一人。在李希圣眼中,推衍之下,所见之人,即是未来人。

李希圣不愿继续看破天机,兴许再凝神观看,有那汉子在旁,以李希圣如今的道法,也未必能够看破真身所在。

不过那个事实上并不在此处的女子阴神,李希圣却已经知晓她的大致根脚,来自一处福地,如今名为"流彩",身在东宝瓶洲。

李希圣作揖道:"见过邹子。"

姓氏加"子"字后缀,是一种莫大尊荣。

浩然天下的阴阳家,一直有那"谈天邹"和"说地陆"的说法。

邹与陆是两个姓氏,前者香火凋零,不成气候,家学未能繁衍开来,后者却是天下阴阳家,当之无愧的魁首世家。

而李希圣眼前这个看似木讷的男人,一人独占半壁学问江山,被誉为"尽言天事"。

至于"说地陆"的中土阴阳家陆氏,又是李希圣代师收徒的昔年小师弟,白玉京三掌教陆沉之后裔。

"说地陆"的老祖,却名为陆沉,也算冥冥之中自有天意的一份谐趣了,无比契合陆沉那种"吾在人间逍遥游"的大道之风。

只不过陆沉如今不能算"李希圣三人"的小师弟了,因为陆沉有样学样,代师收徒了一位道祖的关门弟子,后者道号山青。

山青谐音三清,自然是陆沉这般无情之人,一种破天荒的缅怀之意。

那汉子作为半个道家别脉,便客客气气与眼前的李希圣打了个道门稽首,道:"见过大掌教。"

李希圣直腰后,微微侧身,不受此礼,笑着摇头,道:"暂时依旧不算,何况以后也未必能算。"

汉子直言不讳道:"大掌教既然找上门来,就应该算出了早年算计大掌教与福禄街李氏子孙之人正是我。不知此次前来,是问罪,还是……问道?"

李希圣笑而不言,转头看着那个腰间悬挂一连串小葫芦的年轻人,其中两枚与道门是有些渊源的。

至于是否讨还回去,就完全没有必要了。

早年关于一张弓,引来后世三教贤人的各有说法。

到底得失在何人何地,其实都是一个道理。

遗留在浩然天下的养剑葫,在他李希圣"昔年与今年"两个人看来,都还是一样。

李希圣对那汉子说道:"只是确定些事情,以后再与先生论道。"

汉子笑着点头,道:"求之不得,太多年矣。"

李希圣收敛笑意,说道:"可是宝瓶那边,可以收手了。"

汉子又点头,道:"早已收手。"

许多当年的小事、以后的大事,在他手上做来从来只是蜻蜓点水。

那个不成材的师妹,与他的差距何止千万里。

李希圣告辞离去。

汉子身旁，那个一直一言不发的年轻人，被汉子带去一座福地又带出福地，年轻人曾在桐叶洲滞留多年，光顾一座道观多次。

中土神洲的大端王朝境内。

月色下，一个红衣的绝色女子，一手牵白马，一手拿起酒壶，仰头饮酒。

她突然惊喜，又赧颜，将酒壶藏在身后，笑眯起眼，轻声喊了一声哥。

李希圣微笑道："原来没忘记还有我这个大哥啊。"

李宝瓶还是笑眯起一双眼眸。

李希圣犹豫了一下，说道："宝瓶，你应该知道的。"

李宝瓶笑道："我知道啊，你是我哥。"

李希圣也笑了起来。

李希圣瞥了眼远方，一个仙气缥缈的年轻人，好像在远远跟着自己的妹妹。

李宝瓶有些无奈，道："那个家伙自称许白，不算太无赖，就是喜欢跟着。"

李宝瓶与李希圣做了个鬼脸，道："这家伙，喜欢我有什么用，我又不喜欢他。"

李希圣点点头，一闪而逝，来到那个年纪轻轻却大道不低的许白跟前，微笑道："请你离开。"

那许白欲言又止，有些心虚，又有些想要说话。

李希圣笑道："年轻十人候补之一啊，很好，但是别喜欢我妹妹啊。她不会喜欢你的，你何苦自扰又扰人。"

许白眼神坚毅，微微脸红，却大声说道："我就是喜欢！"

李希圣摇摇头，敛了敛笑意，说道："以后我也不多管，这会儿还是请你去往别处，不要耽误我妹妹远游。"

许白小声道："我不会上前去找她说话的，我肯定不会去烦她……"

下一刻，不等许白说完话，他就骇然发现自己不知不觉已经身在千里之外了。

而那个青衫书生则站在自己一旁，许白刚要说话，李希圣说了句"看来还不够"，就直接将许白"请"去了数万里之外。

李希圣返回李宝瓶身边，微笑道："行了。他再敢跟着你，你就在心中喊哥的名字，下一次我就不与他客气了。"

李宝瓶突然有些伤感和委屈，却又不言语。

李希圣便轻轻按住她的脑袋，笑道："我熟悉的那个小宝瓶，去哪儿了呢，帮我找找看。"

李宝瓶笑了笑，晃了晃酒壶，道："不常喝的。"

兄妹二人同行山巅月色中。

李希圣缓缓道："宝瓶，知道为什么你要从小就穿红衣裳吗？"

李宝瓶摇摇头:"我以为是图个吉利。"

李希圣笑道:"伸出手。"

李宝瓶有些疑惑,还是伸出了手。

李希圣轻轻一拍她的手掌,然后笑道:"以后无此规矩讲究了。"

李宝瓶问道:"哥?"

李希圣摇摇头,道:"以后再告诉你。"

李宝瓶也无所谓,反正有哥在,万事不愁。

她歪着脑袋,笑着提了提酒壶。

李希圣笑着点头。

红衣裳的年轻女子喝了一口酒,想着一个人。

以前,她的身边一直是有小师叔在啊。

没事。明天再不喜欢他好了。

一位儒家圣人离开浩然天下,独自远游,现身于西方佛国。

身穿儒衫的老人,与一位宝光万丈、照彻十方的菩萨,作揖行礼,道:"愿为西方净土,略尽绵薄之力。"

那位坐在莲花台上的菩萨双手合十,还礼读书人。

老儒士身在地狱,却会心一笑。

翻佛经,念佛法。在我心中,亦是我辈读书人。

远游至此,既因儒家大义,也有亲情私心,两不耽误。

浩然天下,位于一洲中部的大骊陪都。

崔瀺手托一座仿造白玉京,法相高如天。

一洲即是崔瀺小天地。

一个声音竟是直接破开这方大天地,在崔瀺心湖间响起:"还要让我等待多久?"

崔瀺淡然道:"不会太久。"

金甲洲中部。

一个身材修长的年轻女子,微黑,背书箱,手持行山杖。

她找到了曹慈,先说自己是师父陈平安的开山大弟子,才自称裴钱,然后说要与曹慈问拳三场。

但是如今大战不断,她不敢耽误曹先生出拳杀敌,她就等着,顺便在战场砥砺拳法。

曹慈反正还是那么个性子,微笑点头,说没问题。

郁狷夫则最为震惊,这是当年游历剑气长城的那个黝黑小姑娘?当年看过几次,一看就是个鬼精鬼精的小丫头,怎的如今变化如此之大?

不过郁狷夫随即一想,当年一别已经好些年,个头蹿得快些也正常。

只是绝对不合常理的事情是,这裴钱哪里的境界?天上掉下来的吗?!

裴钱真是纯粹武夫吗?

在那之后,金甲洲中部的战场上,纯粹武夫当中,除了郁狷夫和一位九境老武夫,勉强能够与曹慈并肩作战,又多出了一个比郁狷夫更年轻、境界却相同,且底子更好的裴姓女子,此人沉默寡言,但是也不会缺了礼数,事实上恰恰相反,一场场大战间隙的待人接物都极讲礼。

后来人人觉得这个年轻武夫大概天生就是个不爱说话的吧。

朱枚和金梦真一起偷溜来了金甲洲,一路有惊无险,找到了郁狷夫。

朱枚还是喜欢昵称郁狷夫姐姐为"在溪在溪"。

在得知那个横空出世却早先寂寂无名的裴钱,如今才二十岁出头没几年,就已经是远游境瓶颈之后,朱枚差点给吓个半死。

裴钱在这异乡,还是出拳极多,言语极少。

不过与朱枚,裴钱偶尔会多说些。因为这个朱枚姐姐与老厨子同姓氏,所以裴钱对朱枚有些不讲道理的小小亲近。

裴钱这天撤离战场,比郁狷夫更晚离开,但是可惜要比曹慈早。

她再一次独处,在一条河边,清洗衣衫上的血迹过后,就看着河水发呆。

昔年在家乡山上,可能是竹楼二楼趴着,可能是坐在崖畔石桌旁,可能是一起走在山路上巡游,可能是一起踩在山顶白玉栏杆上,可能是在老厨子那边的饭桌上,小时候的裴钱经常会与周米粒一起,随便聊些都不算什么心事的小事儿。

"白云不招呼就走,月色不敲门就来。小米粒,你说气不气人,咋个才能留下它们,痛打一顿?"

"裴钱姐姐,简单哩,咱俩每天练拳练拳,噌噌噌境界往上涨!到时候让它们都知道厉害!裴钱姐姐,咋还不喊我右护法和副舵主,今儿可还没喊过呢。这会儿不喊没关系,天黑前可别忘了啊。"

"小米粒,你听,风儿在跟竹叶打架,枝头鸟儿在劝架。"

"哈哈,裴姐姐,我也听见了嘞。裴姐姐,我可没有骗你,真听得见!天地良心,我要是骗人,就不是骑龙巷左护法了!"

"大雪给青山盖了一层又一层的被子,溪水吃掉了一颗又一颗的石头,一天天在长大。"

"是嘞是嘞,小姑娘先变成了小河婆,再变成了江水娘娘,最后哗啦啦一入海,就算远嫁啦。所以我是不愿意当那河婆的。对了,裴钱姐姐,你着急长大吗?"

"不太想,也有那么一点点想吧,可是师父让我不要着急。"

"也对,裴钱姐姐最听好人山主的话了。不长大就不长大,我可不想踮起脚尖都够不着裴钱姐姐啊。"

这些个裴钱事后回想起来十分傻傻憨憨的对话,是发生在很多年前的落魄山上。那会儿裴钱的个子只比小米粒略高,与暖树姐姐差不多。

裴钱望向河对岸,怔怔出神。

郁狷夫来到她身边,笑问道:"想什么呢? 东宝瓶洲的家乡,还是你那个师父?"

郁狷夫喜欢来裴钱这边,蹭些小故事听。

裴钱言语不多,只有两人私底下裴钱才会与郁狷夫说点小时候陪着师父一起游历江湖的往事。

裴钱这次没有回答问题,只是起身笑着喊了郁狷夫一声在溪姐姐,然后再一起坐下。

郁狷夫发现今天的裴钱心情似乎格外地不好,就没开口言语。

裴钱却难得主动开口,转头笑道:"在溪姐姐,你知不知道天底下最远的两个地方是哪儿?"

郁狷夫有些奇怪裴钱的突然心情好转,摇头道:"这我哪里能知道。"

裴钱抱住膝盖,望向对岸,轻声说道:"我小时候,陪着师父一起回家的路上,有次我送给师父一件小礼物,师父特别特别高兴,他就偷偷与我说了件小事。在一条小溪边,师父一边炖着鱼,一边问了我这么个问题,我当然与在溪姐姐一样不知道答案啊,就乱说乱猜了一大堆,师父只是笑着摇头……"

说到这里,裴钱便自顾自笑起来。

肌肤微黑的女子武夫,其实细看之下也是好看的女子了。

每当师父与她笑时,那么裴钱的天地其实便如天高月明一般。

裴钱继续说道:"师父最后告诉我说,师父觉得最远的路程都不是什么去远方,不是去大隋书院,甚至都不是去剑气长城,是师父小时候在山上遇到了一场暴雨,然后隔着一条发洪水的溪涧,师父在一边,回家的路在另外一边。"

裴钱红了眼睛,哽咽道:"当时我不懂,后来,哪怕我看过了大白鹅的那幅光阴画卷,那会儿自以为懂了,其实还是不懂的。"

她轻轻呜咽,如溪水流淌。

所有被师父视为亲人的人,有些离别,有些改变,都会让师父伤心,师父却只会自己一个人伤心。

裴钱长大后,渐渐懂了,所以才会越来越伤心。

郁狷夫有些慌张。

裴钱这个纯粹武夫，不得不承认，纯粹至极！

战场之上，出拳疯魔一般，内心却坚若磐石，所谓伤势，无论多重，她身心皆浑不在意。

裴钱流泪？太奇怪了，是郁狷夫根本无法想象的事情。

所幸裴钱很快恢复如常，转过头，泪眼朦胧，依旧笑言："这件事，不许告诉我师父啊。"

郁狷夫轻轻点头，陪着裴钱一起望向无声流淌的河水。

郁狷夫突然说道："大战过后，你与曹慈三场问拳，必输无疑。"

裴钱点点头，脸色神意气势，全部浑然一变，沉声道："我知道。"

然后她补了一句："所以我要问拳四场！"

依旧繁华热闹、游人如织的清风城，暮色中，一处铺子打了烊。

一个男子，坐在自家铺子后院的藤椅上，手捧炭笼，静静赏雪。

他青衫长褂，布鞋白袜，略显寒酸却洁净，像那家道中落、落魄市井的世家子。

而那位狐国之主，竟然如随侍婢女一般，在一旁为那男子温酒。

城主许浑近期离开了清风城，那么她作为城内仅剩的元婴，言行无忌。

记得许多许多年前的一次家乡天下游历，那是一个秋末时分，朱敛覆了面皮，要去会一会某位所谓的武学宗师、江湖名宿。

年轻的朱敛独自游历江湖时，路过一处乡野村庄，小村子有一棵大柿子树，独独高出许多屋顶，树的最高处好些熟透了的柿子无人采摘，落下时都能跟炊烟打照面。一些个胆大的孩子就偷偷爬上屋顶，拿着长树杆子去戳下柿子，讨一顿吃，挨一顿打，不亏。

贵公子朱敛出身于钟鸣鼎食之家，世代簪缨。

朱敛等着一碗冬天温热的酒水，思绪飘远，便也想起了与酒水有关的故事。

当年那次出门游历，是朱敛第一次走江湖。他习武有所成，只是自己拳法到底有多高，心里也没底。在家族内也好，在那人人见他都视为谪仙人的京城也罢，朱敛哪有出拳的机会？更何况朱敛当时从不将习武视为正途，随便拿了家中珍藏的几部武学秘籍闹着玩而已。

所以，那次游历反而是朱敛最用心看待山河的一次。

然后朱敛在一个几两几两卖散酒的村店处，看到有个人穿着皱巴巴的厚棉衣，踩着棉絮翻卷的棉鞋，戴着病恹恹的棉帽，佝偻着跨过村店门槛，但开口说话的时候却一下子挺直腰杆，扯开大嗓门，与酒家说要温二两酒，再加一碟茴香豆。

只是摸出一枚枚铜钱后，结了账，那汉子便好像用完了胆气，偶尔与人搭讪的时候,露出的笑脸好像都不太敢使劲,言语之时不敢与人对视,两边肩头紧绷,总是倾斜着,一高一低。

当时朱敛与店家要买了一斤土法酿造的酒水。那汉子兴许是觉得自己喝二两,外人却足足要了一斤,丢了读书人的颜面,便手指蘸碗底残酒,笑问村店孩子们,晓不晓得"茴"字有几种写法。

孩子们没理睬那男人,只是自顾自嬉闹玩耍。

朱敛便改了主意,与那邋遢汉子问那"茴"字有几种写法。

那汉子擦了擦柜台上的酒水残渍,朱敛便又要了一碗二两酒,递给那个可能读过书、也可能没读过书的男人。

最后那个汉子喝过了花了钱的二两酒,还有不花钱的二两酒,窃喜笑过之后,就嚎啕大哭起来,说来时路上有条狗看了他一眼,是在跟自己说话,太可怕了。

酒店里边的主人客人哄然大笑。

朱敛当时却没说什么,也没笑。

这是旧家乡小事,新家乡也有些故事。

比如昔年在老龙城灰尘药铺,那位与朱敛、郑大风都相逢投缘的一尺枪前辈。

其实苟渊与落魄山恩怨皆有,而且不小。只是不等山主和朱敛去谈恩怨如何了,苟渊就已经死了。

那么天下就少了一位喜欢翻阅神仙书,更喜欢默默观看镜花水月随手一掷千金的豪客了。

落魄山少了一桩恩怨,人间也少了好多趣味。

朱敛弯腰将炭笼放在脚边,后仰躺去。

人间知己,能有几个,却还要一个个少去。

女子柔声问道:"颜放,想事情?"

她还是习惯称呼他为颜放,店铺若有外人,便喊颜掌柜。

朱颜敛放。

朱敛头也不转,随口道:"一个人只要上了岁数,就容易想些旧人旧事。别人的陈芝麻烂谷子,我的心头好。"

女子掩嘴而笑。

由朱敛来说此事,可真是个天大的笑话。

不承想,接下来朱敛没来由说了几句大煞风景的言语。

"很多的自欺欺人,在外人看来是可悲可笑的。

"但是对当局者而言,是幸运美好且是必须的。

"比如你觉得清风城不是可以托付性命之地,却越来越觉得我不一样,肯定要远远好过那许浑和那妇人。真的别这样,要靠你自己,别靠任何人,哪怕是我朱敛,是我那风气极好的落魄山,都不要去完全依靠。"

女子皱眉不已。

只是朱敛又说道:"世间所有的女子,都不该是随风倒的草芥。我一直相信,所有各有各动人处的女子,都不输男子。"

她先是惊讶,随后蓦然而笑,点头道:"知道啦,知道啦,就你大道理多。"

朱敛转头与她对视,微笑道:"我是一面镜子,不信的话你瞧瞧,我眼中有没有你?"

她啐了他一嘴,不去瞧。

朱敛弯腰重新拿起炭笼,起身打趣道:"我却从你眼中看到了自己,那你就是我的镜子了,当然要带回家去。"

她先是心中悚然,随后眼神坚毅起来,问道:"就是今天?!"

朱敛点点头,道:"我又不能公然出拳,没必要故意在这里打打杀杀。"

她犹豫片刻,轻声问道:"别怪我游移不定啊,这么大的动静,藏是藏不住的,若是事后许浑追责,我们真没事?"

是"我们",不只是"我"。

不是她有心如此说,而是心先有意,再如此顺心言语。

朱敛笑意温暖,一手先动作轻柔捏了捏她的脸颊,再一手提了提手中炭笼,道:"老子一泡尿下去,就能让他许浑完犊子。"

她先别过头,再羞恼瞪他一眼。其他男子不去管,唯独你朱敛说不得这种言语。

朱敛自言自语道:"带你和狐国归乡,我得下山一趟。"

她忧心不已,道:"是去南边?"

朱敛没有给出答案。

她越发揪心,若是她才去了落魄山,朱敛便去往战场,以后她如何在那人生地不熟的异乡自处,一座狐国怎么办?

朱敛将炭笼递给她,道:"暖暖手,放心吧,我家公子还未返乡,我可舍不得早早死了。"

她神色古怪,道:"你喊那陈平安为公子?"

朱敛轻轻拍了一下她的脸颊,笑道:"大胆小婢,真真放肆!"

她非但不恼,反而嫣然而笑。

她抬起手,轻轻覆住他的手。

衣绣夜行人少知,天下人间朱衣郎。

蛮荒天下的天上,因为那个董三更,已经永远少去一轮月。

今天一座天下陷入恐慌,因为莫名其妙地又失去了第二轮明月。

剑气长城,一个棉衣圆脸姑娘,破天荒落在了禁制重重的那座城头之上。

龙君也很例外,并未阻拦她的逾越举动。

一袭鲜红法袍的佩刀年轻人,原本正在缓缓走桩,慢慢出拳,收拳后来到她身边,双手笼袖站定,笑眯眯问道:"是那刘材?让我等得有点久了。"

圆脸姑娘啧啧称奇,心中却幽幽叹息一声。

虽非真相,可眼前这家伙真是厉害。

遇到事情,先想万一。

陈平安笑容灿烂道:"十人之一,还是剑仙,太过厉害,问拳求轻,问剑别重,我很怕死。"

终于有个人来城头做客,与自己聊几句话了。

陈平安心情大好,便是蛮荒天下的畜生,暂且也当你是个人好了。

反正你很快就死的!

天大地大,媳妇最大。

所以宁姚之外,任你是什么年轻天下九人,与我为敌,谁来谁死!

圆脸姑娘说道:"我不是刘材,我确实去桐叶洲找过他,只是没能找着。"

陈平安眯眼,满脸诚挚神色,试探性说道:"既然去过了浩然天下,不如姑娘就假装是那刘材片刻,一炷香即可。"

她忍不住笑道:"你确定一炷香,就能杀我?对了,我叫赊月。"

陈平安点头恍然道:"我看人眼光一向很准,赊月姑娘不是刘材,却也是十人之一嘛。"

陈平安非但没有拔出那把狭刀斩勘,甚至将其摘下,随手丢远。

只是双袖之中,各自滑落一把短刀。

他微微弯腰,面带笑意,双手持刀。

赊月拍了拍脸颊。

只见那两把短刀,在那人手中急速飞旋,眼花缭乱,以至于两侧天地气象无比紊乱,如无数条细微剑气纵横天地间。

最终短刀被那人握定之时,异象全无,那人笑容越来越灿烂,只是一双眼眸深处却越来越疯癫,然后他用蛮荒天下的大雅言,与赊月说了一句她却完全听不懂的怪话:"我想好了,以后行走江湖,化名曹沫!"

原本没打算动手的赊月再次拍了拍脸颊,放下手后,道:"那我试试看?"

陈平安大笑道:"试试看!"

第八章
陈十一

陈平安双手持刀,没有着急出手。

面对一位跻身年轻十人之列的"同龄人",这场架该怎么打,有些学问。

要知道那前十之人可是无先后之分的。

而他才是第十一。

眼前这个真实身份、师传渊源、根脚来历,一切一切,依旧云遮雾绕好似躲藏月中的棉衣圆脸姑娘,她既然敢来此地,肯定是有活着离开的把握,不然那条龙君老狗也不会由着她意气用事。

所以绝不能吓跑了她,得让她放心更放开手脚,往死里打自己。

何况跻身十人之列的,若是打不死一个只排在第十一的,说不过去,传出去也不好听。

陈平安向她缓缓行去,一对短刀在他指间、手背飞快旋转。刀光交织,条条流萤,动作太快,刀光太多,光彩不断萦绕裹缠,最终犹如两轮袖珍可爱的团团明月。

赊月见陈平安没有急吼吼动手,也就耐心等着他的起手。

她很好奇对方会以什么路数来开门见山,是障眼法的符箓,或是让甲申帐剑仙坯子吃尽苦头的剑修飞剑,还是纯粹武夫的山巅境拳头?

赊月听说过这位剑气长城末代隐官的不少传奇事迹,尤其有两个说法,不太喜欢记住身外事的赊月难得记得清楚。

在剑气长城内外,远阿良近隐官,南绶臣北隐官嘛。

至于陈平安当下那个花哨动作,赊月视而不见,要论天下人的"玩月"神通,在她身前都是玩笑。昔年那邻居之一的王座大妖荷花庵主,也不过是仗着年龄大些,才占了些便宜。

她只是视线偏移,左看右看,还是觉得这位在蛮荒天下大名鼎鼎的年轻隐官,就像早年北去时远远瞥见的一眼,相貌不错,但也只是不错,确实不如姜尚真那副皮囊好看。

当然了,男子英俊与否,不重要。女子亦是一样道理。

曾有一位天上邻居说,只要遇见对的人,双方眼中便会看见最好看的景色,如天各一方,日月遥对,目光却亘古不变。

可惜赊月对于男女情爱一道,实在没什么兴致。真心痴缠什么的,她想都无法想象。

陈平安慢慢而行,缓缓而问,一脸疑惑试探地道:"先前天上异象,少掉一轮月,以至于连我这边都能够心生感应,该不会是被赊月姑娘收入袖中了吧?若真是如此,咱俩还怎么打,我不过是身在城头小天地,赊月姑娘却是身在明月大天地……何况我才排名第十一,与你们前边十人,一步之隔,天壤之别,这点自知之明,我还是有的。"

圆脸姑娘没说那轮明月去向的事,只说道:"你要不愿意打,我又无所谓。我本来就是来赏景的,是你咄咄逼人,与我喊打喊杀。"

难怪与那桐叶洲姜尚真是好友,都挺不要脸的。

男人不要脸起来,跟年纪大小,果然关系不大。

双方还隔着约莫三十丈的距离,只是对于双方的境界而言,近在咫尺,形容为毫厘之差都不为过。

陈平安在二十丈处停步不前,一个骤然收刀,刀尖朝后,好似在与女子示好,微笑问道:"赊月姑娘,你是客人,你说咱俩该怎么打?先合计出个章程,都由你说了算,不然容易伤和气。"

赊月听而不闻,只是多看了眼对方双刀,说道:"好刀,锐气无匹,敛藏却深。刀的名字是什么?"

陈平安摇头笑道:"路边捡来,不值一提。比不得赊月姑娘囊括大月、炼化天运的通天手笔,可惜先前龙君前辈担心我问道练拳不专心,帮我天地隔绝了,惜哉未能目睹这等奇绝景象。"

赊月说道:"虽然你一直故意示弱,但是杀心一重,你就藏不住了。你不该将刀光不小心凝为月形的。当然,我猜你还是故意为之。你这隐官,离开城头的厮杀,战役大小细节,早已被编撰成册了,我是能够翻阅。那斐然最喜欢翻书佐酒。"

陈平安再次停步,无奈道:"难道真是那手持利器,杀心自起?怪我修心不够,更佩服赊月姑娘的眼光独到。至于那位斐然兄,如此仰慕我的话,姑娘与我切磋过后,帮忙捎句话,让他干脆随我姓陈好了。"

貂月神色略微古怪。

陈平安恍然道:"斐然这个臭不要脸的玩意儿,化名已经姓陈啦?先前来此做客,也不事先与我打声招呼,不问自取是为贼啊,斯文扫地!"

太多年未曾与外人言语,很怀念。

所以陈平安很愿意为她破例。今天打架,先多言语,多多益善。即便只是多出一句话,也能够帮自己打发掉许多的光阴。

光阴长河近乎停滞之煎熬心境,陈平安是真真再不想经历第二遭了。

他手中短刀,狭小如匕首,得自北俱芦洲那场山谷厮杀,当时陈平安被一拨割鹿山刺客设伏袭杀。一场狭路相逢,凶险厮杀过后,不太相信自己运道多好的陈平安,就让隋景澄帮着收缴战利品,其中就给她摸出了这对短刀,分别篆文"朝露"与"暮霞"。事实上起初陈平安和隋景澄不识货,误以为是寻常物件,就连那短刀旧主的割鹿山刺客女子一样不识仙家重宝。之后陈平安是遇到了挚友刘景龙,才被读过杂书无数的刘景龙道破天机,刘景龙不但按照书上记载,传授陈平安炼制之法,而且识破其中一把短刀的真身,铭文"逐鹿",正是史书所记载的那把"曹子匕首",而那曹子,正是陈平安打算以后走江湖的最新化名曹沫。

以后无论是去往蛮荒天下,还是重返家乡天下,对敌一切上五境之下的修士,陈平安会让对方连自己怎么死都不知道。至于那些个死人,能否见到他真容,知晓他真名,得看陈平安的心情。

当然,前提是他能离开剑气长城。

"曹子"曹沫,是那部史书上的刺客列传第一人,且有那三败之地,最终被曹沫失而复得。

多好的兆头!

要知道在这剑气长城的城头之上,陈平安的的确确连输过三场。

就当他这晚辈与那位曹前辈沾沾光,总之陈平安保证绝不会让手中的逐鹿蒙尘便是了。

陈平安当下右手这把曹子匕首,被正史记录为逐鹿,剩余那把,既然史书无载,陈平安就顺着割鹿山,取名为割鹿好了。

先逐鹿,再割鹿!

取名一事,陈平安确实擅长。

貂月说道:"到底打不打?"

貂月当初身在桐叶洲,面对那个"一片柳叶斩仙人"的姜尚真,看似毫无招架之力,除了貂月暂时杀力、境界都逊色对方之外,也有圆脸姑娘根本就没想着与姜尚真如何纠缠的初衷。在赊月看来,大道修行,与人打架一事本就没啥意思,而一场注定打不过对手的架,更让赊月只觉烦心,能躲就躲。而那些她注定能随便打赢的架,棉衣姑娘却更提不起兴致。所以在那浩然天下,她一路独自远游,出手寥寥。

只是今天面对这个同为年轻十人之一的"隐官第十一",赊月确实有些私心。

在桐叶洲,姜尚真追杀万里依旧杀她不得,离去之前,他"好心好意"与她心声悄然言语一番,涉及了赊月的大道根本。好似一句冥冥之中自有天意的谶语,只等她到桐叶洲来听姜尚真与她说破。

赊月不善言辞,却绝不痴傻,当姜尚真一语道破,赊月起先并不当真,只是听过之后,她就有了一丝道心悸动,毋庸置疑,确实是玄之又玄的大道所指。

姜尚真的言语,既像是一首浩然天下的游仙诗,又像是一篇残缺的步虚词。

"欲想乘船登青天,须有圆满补缺钱。且就五湖赊月色,卖酒四海白云边。"

姜尚真当时没有言语更多,但是先前言语中多有提及隐官陈平安,虽看似插科打诨,但赊月还是想要来这边碰碰运气。

不然按照赊月平时的脾气,岂会对这隐官如此出奇耐心?

要么早走了,要么早早动手再早早离开。

只是如果赊月事后知道真相的话,说不定会想要以一轮明月砸死那个姓姜的。因为大道机缘在隐官,纯属姜尚真胡扯一通,他不过是要以陈平安"挚友兄弟"和落魄山供奉的双重身份,当一回月老,为自己找个弟媳。

所以,他故意将两个离着十万八千里的"同龄人"硬扯到一起。可是姜尚真最厉害的地方,就在于谶语是真,这涉及一桩桐叶洲的天大秘闻,历史上曾经只有玉圭宗的老宗主荀渊以及玉圭宗的半个中兴之祖杜懋知晓此事。

桐叶洲,相传曾有一棵通天梧桐树。

有此高树,便自然会有缺月挂疏桐。

树离天近,月来人间,树月一同,半在人间半在天。

赊月最早会选择桐叶洲登岸,而不是去往扶摇洲或是婆娑洲,本就是周密授意,荷花庵主身死道消之后,别有人月横空出世。至于周密让赊月帮忙寻找刘材,其实只是附带之事。

可问题在于,姜尚真暗示赊月大道与陈平安牵连,绝对是假,是姜尚真一个千真万确的胡说八道。

姜尚真对付世间女子,好像总是这般真真假假,假假真真,最后偏能让所有女子都误以为一个真。

所以事实上,姜尚真在远离赊月之后,心中痛快大笑,好兄弟,我周肥就只能帮你到这里了,算是帮你在异乡找个圆脸姑娘,可以聊聊天。

至于赊月会不会得此机缘,会不会当真补缺大道,姜尚真更是嗤笑不已,关老子屁事。

老子这么小胳膊细腿的,都已经做到这个份上,那些个作壁上观远远看戏的,都给老子卷起胳膊下场厮杀来!

再说了,一座蛮荒天下托月山,会不会竹篮打水一场空,为他人作嫁衣裳,圆脸小姑娘会不会竹篮打水月也无,都是说不定的。

因为荀老儿在世时,曾经推衍几分,猜测此谶兴许与那人间最得意的白也有些关系。

赊月去找白也,还是周密去找白也讨价还价?

姜尚真想一想就觉得有趣。

反正哪怕小姑娘得不到圆满大道,可我姜尚真何等大度,都送你这小婆娘一个好友陈兄弟了,还不心满意足?!

陈平安哪里知道这里边的弯弯绕绕。

赊月如果在这里说到了姜尚真,哪怕只有一句半句的,陈平安都说不定能够猜出几分。

可惜棉衣圆脸姑娘,不太乐意主动提起那个口口声声"弟媳妇"的姜尚真。

当下陈平安一脸为难,在十步外停下,再次问道:"真不先谈好规矩再动手?初次见面,无冤无仇的,出拳轻了没意思,术法重了有死伤。"

赊月好奇问道:"以前你跟人打架,都喜欢这么絮叨?"

"我不喜欢啊,从前很不喜欢的。"陈平安收敛笑意,双手持刀,刀尖向前。

关于此事,陈平安曾经在与马苦玄搏命时,还教过对方如何做人。

陈平安身上那一袭鲜红法袍的两只大袖子,如有丝线自行束缚作绳结,束缚袖口,年轻人微微弓腰,身形伛偻,眼神视线微微上挑几分,道:"可是你们一直让我不喜欢,我有什么办法?!赊月姑娘,不如你教教我如何由着自己喜好行事?!"

赊月看着那个年轻人的脸色和眼神,道:"少废话,一炷香,来杀我就是。"

赊月抬起手腕,双指并拢,有月色凝聚如灯,轻轻一挥,月光消散于剑气长城,用以为双方计时一炷香光阴,蓦然之间,月色满城头,又以双方清晰可知的速度缓缓昏暗,好似月色渐次离开人间,凡俗不觉不知,仙人可观可数。

陈平安笑眯起眼,不过已经重新直起腰杆,道:"远来客人有求,主人不敢不给。"

赊月脾气再好,也有些烦这个人了,对方明明心中那么大的杀意,身上那么重的凶戾气,偏要如此笑语盈盈,如故人重逢,与好友叙旧。

她冷声道:"存心杀人,却要糊弄我留力厮杀,你这人,不讲究。"

陈平安气势浑然一变,哪里还有半点怒气怒容,轻轻点着头,满脸的深以为然,还略带几分愧疚神色,嘴上却是说道:"我来自人间陋巷,你来自天上明月。赊月姑娘是书上的谪仙人,与我如此讲究做什么,这不是赊月姑娘欺负人吗?这样不太好,以后改改啊。"

原来能与谁言语,就是一桩生平快意事。真是让隐官大人由衷开怀得快要落泪了。

记得以前在那书上,看到有那喜醉饮酒却独醒之人,有那穷途之哭。当时只觉得圣贤境界太高,自己眼界太低小,所以无法理解为何而哭。当年便觉得以后云游一远,读书一多,就会明白。

然而等知道了古人为何而哭,才知道原来不知才好。

古人车行路穷处,犹可原路而返。

所以陈平安以双刀刀身,有样学样,学那女子轻拍脸颊。

赊月每逢生气之时,动手之前,就会习惯性抬起双手,重重一拍脸颊。

陪这家伙絮絮叨叨这么久,到最后半点没觉得大道契机在此人,还给他说了那么多阴阳怪气的言语,赊月实在是嫌烦恼火了。

这会儿还敢学我?!

赊月使劲一拍脸颊之后,随即从她脸颊处有那清辉四散,化作无数条光线,被她采撷炼化的月光如水,宛如光阴长河流淌,无视剑气长城与甲子帐的各自天地禁制,细细碎碎的月色在半座剑气长城无处不在。

城头站在原地的那个"赊月"被双刀刺中,一刀断去脖颈,一刀戳中心口。

当然那只是赊月的假象,无非是用来勘验对方的出刀速度,以及刀刃锋芒程度。

赊月的本命神通,能够让姜尚真一个仙人境剑修,祭出本命飞剑才找到真身所在,哪怕这隐官合道剑气长城,可终究还只是玉璞境。

赊月能躲能避,更能如玉璞剑仙递出飞剑,如仙人修士祭出千百种术法。

但凡赊月要想学习术法,任你如何独门传承、秘不外传,只要是在那月色映照之下,只要境界没有悬殊太多,那么只须被她"见过"一次,她便得到其中真意至少七八分。

真不是赊月瞧不起以手段迭出著称的隐官大人,蛮荒天下,论捉对厮杀的手段之多杂,同龄人中,赊月第一,当之无愧。

所以在甲子帐那边的秘录上,这个棉衣圆脸姑娘有那"天下武库"之美誉。

符箓,飞剑,金身法相,机关傀儡,大妖真身,仙家宝甲,攻伐重器……

我心有所想,便显化所成,材质无非皆为我之月色。

甚至连那寻常山巅境的武夫体魄,赊月只要想有,就能有。

只可惜赊月受限于目前的道行,武夫体魄如今止步九境的坚韧程度,而且赊月不太喜欢近身的武夫技击之术,这就像月色在人间,月却只会高悬在天。

第一个挨了两记短刀的"赊月",因为赊月有意将其塑造为远游境体魄,所以并无意外,只有一个当场暴毙的下场。

棉衣布鞋圆圆脸的年轻女子那假象一碎,月色消失无踪,无迹可寻。

陈平安虽然尾随另外的赊月之后,跟着一闪而逝,但是城头附近,在他双手出刀之前,就已有一手掌心异象横生,凭空浮现出一道莹澈无瑕的法印,造化掌心中,敕令五法雷。

这道随心而起的五雷正法,并不用以击杀赊月假象,对付一个远游境武夫的对手,哪里需要如此兴师动众。

只是雷光大震,在双刀杀敌之前,就已经普照光明数十丈内,为的就是用以查探之后消散月光的蛛丝马迹,若是两者短兵相接,哪怕只有一处细微的对撞,那么陈平安足可占到一线先机,一线就是万一,陈平安就有希望让其变成山上山下捉对厮杀的一万!

敌手之万一,我便给你一万。

以诚待人,厚礼待客。

称你心遂我愿。

只可惜那赊月姑娘太见外,没有留下这点破绽。

也好。不然所谓的天下年轻十人,岂不是让人太失望?

不然你们有什么资格与她跻身同列?!

陈平安在小天地天幕处,双刀搅烂一大团月色,然后御风悬停,俯瞰城头。

那赊月身形由一化三,相互间相隔极远。

陈平安除了两把真正属于剑修的本命飞剑,笼中雀和井中月,还有两把身为练气士的大炼飞剑,初一和十五,外加两把恨剑山剑仙仿剑,咳雷与松针。

陈平安心意微动,咳雷与松针风驰电掣,直奔其中两个"赊月"而去。

陈平安自己则一个缩地山河,瞬间出现在数千丈之外,对付其中一个竟然面对自己,还摆出了一个对敌拳架的赊月。

先前那远游境体魄不堪一击,你便换了山巅境体魄,来掂量自己的山巅境拳头有多重,真当自己是那萧愻出拳?!

只看那赊月第一拳对敌,饶是陈平安这般喜欢高看对手一眼再一眼的小心人,都要觉得她的拳法太糙,神意太假,底子太差。兴许这位武夫赊月,唯一的可取之处,就是速度不慢,有几分当年那郁狷夫问拳时的感觉。

一袭鲜红,大袖翻摇,手持双刀,辗转腾挪,流萤不断,追逐敌人,切割天地。

武夫赊月空有山巅境体魄和所学拳法,只能一退再退,躲避再躲避。哪怕她转移速度,始终略胜一筹,可陈平安数次"恰巧"出现在她撤退处,险象环生。

她本意是稍稍问拳在对方身上,试试看对方的体魄坚韧程度,只是双方如此问拳,她如何能够得逞？同样是山巅境，同境的纯粹武夫，差距确实还是太大。

一刀即将捅穿对方肩头时，陈平安竟然身形拧转，换了一肘，轻描淡写砸在赊月额头之上。

赊月倒滑出去十数丈，由月色凝聚而成的一双布鞋稀烂粉碎，她止住后退身形之时，才重新"穿上"一双新布鞋。

陈平安身体微微倾斜，又后仰，就那么将后背让给一个山巅境武夫赊月，笑望向她，神色懒洋洋问道："是不是半点不好玩？"

武夫赊月面无表情，身穿棉衣的圆脸姑娘身上多出了一件仙气飘然的华美法袍，而在法袍之外，则又多出一副兵家宝甲，宝光流转，七彩缤纷，绚烂至极。

法袍认不得，可那宝甲却能猜出些端倪，陈平安瞪大眼睛，恢复了几分包袱斋的本色，好奇问道："赊月姑娘，你身上这件幻化而成的宝甲，可是名为七彩的甘露甲？对了对了，蛮荒天下真不算小了，历史悠久不输别处，你又来自月中，是我羡慕都羡慕不来的神仙种，难不成除了七彩，还见识过那云海、霞光两甲？"

好友钟魁，读书多，学问大，当年一眼就认出了魏羡身上披挂甲胄的来历。

佛国、花苞、山鬼、水仙、霞光、彩衣、云海、西嶽。最早的"祖宗"甘露甲总计八件，除了陈平安得手再转借给魏羡的那件西嶽，按照钟魁的说法，据说如今只剩下山鬼和彩衣，还曾有过现世的记录，其余的都已不存于世。

武夫赊月默不作声，再起拳架，朝那欠揍至极的年轻人，勾了勾手指。

拳头再硬，人与双刀再神出鬼没，你当真便能杀人吗？

女子眼神似乎在说，有本事彻底打烂这副武夫体魄，说不定就与你言语一二。

陈平安想到那件得之侥幸的西嶽甘露甲，便很难不想起一些人和事。

有些时候，不得不承认，所见越多，所知越多，并不轻松，不全是好事。

因为容易认命。

好在陈平安从来认命，就是为了可以在某些时刻不认命。

不然世事一旦不小心悲欢相通了，反而会让习惯最小心的人格外难以消受。

既然那赊月姑娘自己找打，自己就拿出点诚意来。身为纯粹武夫，太计较男女授受不亲，不够豪杰！

陈平安转过身，以袖中乾坤的上五境神通，收起那得心应手的一对法刀。

问拳一事，求之不得。

陈平安恨不得她递出千百拳，以她这副山巅境武夫体魄的巅峰拳意，砸在自己身上。

只是陈平安将自己山巅境压在一境最低处时，哪怕武夫赊月速度足够快，竟是半点没有主动出拳的意思，摆明了要么与陈平安对上一拳，要么以体魄加法袍再加七彩甘露甲挨上一拳。

陈平安要是敷衍了事，赊月又无所谓，反正只有一炷香工夫，时辰一到，她就准时走人，离开剑气长城。所以陈平安只好不再藏私得令自己都觉得过意不去，不但出拳加重，也略微加快身形几分，一拳打烂那真假两可说的甘露甲，再一拳打烂那件不知名称的法袍，最后一拳打爆武夫赊月的头颅。

一切皆化为月光。

赊月知道再以此试探年轻隐官的九境毫无意义，身形由一化十，散落在半座剑气长城各处，崖畔与那城头一端就有两位。

不再有那好说话模样的什么圆脸姑娘，而是身姿形象各异，有那金身法相，有御剑仙人，有妖物真身。

哪怕与剑气长城合道，陈平安依旧有些吃不准赊月的真身所在，九假一真？可能皆真，抑或全假。

这些不知真假的存在，异口同声问道："你为何不动用那些从画卷走出的剑仙？岂不是更加省时省力？"

陈平安笑道："一炷香光阴，其实很久很久。只不过我是个无事可做的，所以十分珍惜点点滴滴。"

言语之间，陈平安脚踩一物，身形缓缓升空，因为他脚下出现了一座巨大的仿白玉京建筑，如水落石出，一点一点现出全貌，最终白玉京之巅不断高耸升天，以至于近乎触及天幕之顶才停止。

身穿一袭道门绛紫天衣的年轻隐官，仿佛一位真真切切的白玉京仙人，道法通天，故而得以在此闲庭信步。他双脚一步步踩在白玉京之巅，最后走到了一处翘檐，而后伸手一抓，手握一杆剑仙幡子，轻敲身畔天幕虚空处，一圈圈涟漪荡漾而起，层层环环无穷尽。

赊月突然问道："我不是那刘材，你好像有些……愤怒？你是对那刘材有些猜测了？因为我不是刘材，便印证了你心中某些所想？"

陈平安神色如常，随口笑道："怎么可能？赊月姑娘莫要如此疑神疑鬼。一个能让赊月姑娘看遍天下月色、踏破好多棉鞋都找不着的家伙，我如何去猜？"

一炷香，已过半。

陈平安一瞬间静心凝神，如沉入古井之底，心神幽幽，如逍遥游，心念追随涟漪四散，微笑道："赊月姑娘，身为妖族修士，以后取名要悠着点，不然容易泄露大道根脚。这是行走江湖大忌，切记切记。赊月赊月，太过明显。不如学那斐然，文采斐然，一听就只是个斯文书生。认祖归宗姓陈之后，就更好了。"

那十个赊月，似乎有那"你道高一尺，我就魔高一丈"的争胜心思，由十化百、百化千,城头之上,处处是她。

其中独独一位以真容现身的"赊月"仰头望向那座巍峨建筑,笑道:"可我名字已经取好了,天下皆知,还怎么'以后'？何况我又不想改名。"

天高处有阵阵清风徐徐过,陈平安衣袂与鬓角一起吹拂而动。

他微笑着给出答案:"下辈子啊。"

赊月倒是没有太过忌惮陈平安接下来的手段,她只是忍不住皱了皱眉头。

他才是第十一?!

而站在仿白玉京最高处的那个家伙,似乎一眼看穿了赊月心思,说道:"若不是身在此处,占了些天时地利,我一定连第十一都排不上。"

赊月突然有点想要跟他动真格的了,不再只是试试看。

陈平安没有画蛇添足多说什么,只是稍稍扯动嘴角,一闪而逝的玩味神色,却恰好让赊月一览无余。他似乎在说,我打死你肯定不太行,你打死我其实也不行,那咱俩就都认真点,再试试看。

陈平安手持一杆修补完整的剑仙幡子,立于仿白玉京最为高耸险峻处。

在自家天地内,陈平安目光所及,纤毫毕现,如俗子近观崖刻榜书。

那赊月好像对那件七色彩衣甘露甲情有独钟。

城头上唯一以本来容貌现身的"修士赊月",以本命神通凝聚月色,再次披挂如同炼化了一道远古彩虹的奇异宝甲,她仰头望向那个身穿好似一件道门天衣的年轻隐官。

身上宝甲彩光流转,如佛寺壁画上一位天女的飘逸彩带。

赊月安静等待着那些剑气涟漪散落天地间,与她的明月光色处处对峙,如两军对垒,双方兵马以百万计。

陈平安脚下那座白玉嵯峨的仿白玉京,赊月其实再熟悉不过,出自荷花庵主的那轮相邻明月中,曾是远古遗物,应该是那老妖道为了示好托月山大祖,就赠送给了托月山的关门弟子作为见面礼,离真落败身死后,又给当时还没有担任隐官的陈平安捡了去,显然得到了高人指点,得以完整炼化。

是那位昔年镇守剑气长城天幕的道家圣人？可是指点一个儒家子弟炼化仿白玉京形制之物,会不会不合道门仪轨？

赊月明明知道对方还在辛苦寻觅自己的真身所在,却依旧分心想东想西,难怪周先生会说她实在太懒散。

不过今天赊月打算认真几分,因为她确实有些生气了。

城头之上,赊月的处处月色分身千奇百怪,一位位剑仙祭出飞剑,武夫出拳朝仿白玉京,大妖真身拔地而起,以庞然身躯撞去仿白玉京。所有存在的前行路线上,剑仙幡子的剑气涟漪骤然间在各处打了个绳结,然后结成一张大网,丝线正是半座剑气长城上的千万条细密剑气,显而易见,想要撼动仿白玉京,得先以真身、飞剑拳法或是术法神通,破开那些无处不在的沛然剑气。

赊月一人出手,气势汹汹,如有大军结阵,合力攻打一座仿白玉京。

至于原本容貌的"赊月"则御风而起,身上那件七色彩衣一路撞烂剑气大网,要去往陈平安附近。

玉璞境陈平安哂然一笑,一手抬起,从掌心处正式祭出一枚莹澈神异的五雷法印,蓦然大如山头,再瞬间一个下沉,刚好与那仿白玉京高处重叠,使得陈平安既身在仿白玉京之巅,又立于法印顶部上。

高楼翘檐,如那人间路途,有书生身骑白牛,在牛角处挂书挂。

万法攒簇,电光交织,天幕处如有天劫集聚。

如果不是在这剑气长城,搁在任何一座天下,那些地仙之下的精怪鬼魅、山水阴物,见此白玉京,见此雷法天劫,见此神人在天,恐怕一个照面,就要肝胆俱裂,道心崩碎。

既像是白玉京仙人又好似神人的陈平安,虽然视线所及只有那个身披彩衣宝甲的"赊月",心神却早已巡狩天地四方。

陈平安手持剑仙幡子,一步踏出,结结实实踩在法印之上,左手持幡,右手双指并拢,面朝大地,轻轻书写文字。

说是雷法宝印,可被视为万法之尊的雷法,却无愧造化万千之美誉,此印一出,高悬天幕,术法呈现出来的景象,绝不仅限于雷电。

从那篆文法印,一道道雷电横空出世,如有十六尊天庭雷部神将共同持鞭,甩向人间大地。一条条金色雷电,从四面八方纷纷急坠人间,稍稍一个转折,最终劈中一只只正在撞击仿白玉京的大妖身上,月光碎如齑粉,消散无踪。

陈平安掌心所化之五雷法印,先前在牢狱中得那化外天魔霜降指点迷津,缝衣人捻芯则帮忙将五雷法印转移"洞天",从山祠迁徙到了陈平安掌心纹路处的一座"山岳"之巅。

法印总计六面,被霜降称之为"六满印",别称"月盈印",除了顶部天款篆文有所缺漏,一面空白,底款虫鸟篆文十六字:攒簇五雷,总摄万法。斩除五漏,天地枢机。

所以那十六条仿佛远古神灵雷鞭的出处,正是这十六个古老篆文所显化,法印底款每一个虫鸟篆字,好像就是雷部一司中枢所在。

其余四面,总计绘刻有三十六尊都未"点睛开眼"的闭目神灵,四九三十六,九字意思极大,故而铭刻画像皆是那曾经掌律司职一方天时的雷君电母、风伯雨师、云吏灵将、天女神官等富有苍茫古意的图案。

天地阴阳造化无穷，皆在法印此山中，皆在持印一掌中。

而陈平安当下所写文字，则是为法印"擅自"铭刻天字款。

山下书房清供，装载古砚有那天地盒。这枚因缘际会落入陈平安之手的山上五雷法印，本该就有天地双款。

陈平安要为此印查漏补缺，为最后的空白印面，补上自己的。

二掌柜读书不多，篆刻印章却真不少。

月盈而亏又如何？心如明月两相印，亏了又会圆，大道运转循环本就在一个盈亏间。

我独立城头许多年，也没有每天怨天尤人啊，炼剑画符，练拳修心，可都没耽误。

连那炼化三十万字都给做了。也就是那本山水游记只有这么点内容，不然哪怕三百万字、一千万字，陈平安同样会一一炼化！

将来只要有机会，定会化名曹沫，行走天下。

符箓一途，我亦是登堂入室一炼师。

城头上一座仿白玉京的四周，一只只大妖真身蛮横撼动这座同样与剑气长城合道的巍峨建筑，任由那声势浩荡的道道雷鞭轰砸在身，月色破碎复又圆，不知疲倦，好似没有丝毫折损，仿佛只要撼动仿白玉京一星半点，就是撼动陈平安的魂魄与道心。

更有那一个个金身境、远游境的武夫赊月，攀登仿白玉京高楼与大城，快速登天，一个个健步如飞。

还有那陈平安都不知身份根脚的金身法相，一尊尊身高百丈，手持神兵利器，疯狂打砸仿白玉京。

陈平安心境微动，忍不住微微皱眉，这赊月的家底是不是过多了些？年纪不大啊，手段这么多，一个姑娘家家，瞧着憨傻其实心眼贼多，行走江湖会没朋友吧。

不过，你有你的术法神通多如牛毛，我有我的一点点看家本事。

陈平安将手中剑仙幡子狠狠戳向大地，风驰电掣，从仿白玉京落向人间，幡子与法印皆是炼化之物，自然无碍，幡子一穿而过，转瞬即逝，落在仿白玉京的一座仿造大城中。

剑仙幡子钉入城池中央的一处地面后，大蠹所蠹，兵马集结。

一个个幡子所蕴藏的剑仙随之现身，一一走出幡子，然后如一颗颗流星迸射而出，或御剑或持剑，负责截杀那些蚁附仿白玉京的武夫赊月。

此次剑仙出剑声势，比那离真最早祭出时，确实还是要多出几分剑仙风采。

陈平安更多的心神，还在这补印一事上。

他其实早已将这枚法印炼出四字，作为天款印文。

只是却一直没有真正倾注心神，没有施展《丹书真迹》之上的开山之法。

所以，当下写字才是这枚五雷法印的第一次完整现世。

在陈平安手写文字、心意牵引下，法印印面碎屑如莹莹雪花飞，最终水落石出有四字。文字浮现，初始并不显大，只有巴掌大小，相较于大如山岗平台的法印顶部，可以忽略不计。陈平安低头望向那个四个字，此符第一个奇怪处，在于陈平安在当年吃过苦头和大亏后，此次别开生面，选择倒着书写文字符，再加上一个与天地暂借的玉璞境修为，最终才使得符成不难，简直就是一气呵成。

看到那四个字，陈平安笑眯起眼，确实是会心喜悦。好像大道高远，距离某些高高在上的存在，遥遥可望而不可即，可是他陈平安既然今天能够写出这四个字，就证明在这条路上继续走十年、百年、千年，只会比当年那个撑篙一叶舟的背剑少年，离着那些更近。每天都在靠近。

总有一天，远游天下，就无须仰头看那真正的白玉京。

有朝一日，御剑远游，做客青冥天下，可与白玉京之巅齐平。

那个原本飞掠向高处陈平安和五雷法印的彩衣赊月，突然改变主意，千里山河缩地一步间，就要朝那杆作为大阵中枢的剑仙幡子出手。

天幕处已经补全印章的陈平安笑了笑，也学那赊月分心。

选择合道，虽然失去了阴神阳神，大道受损极重，但是陈平安对此倒是没有太大失落。

我还是我。

陈平安还是陈平安。

我在我心中久住，时时身在家乡。

修士赊月身上像那法袍更多的兵家祖宗甘露甲，让陈平安有点刮目相看，又长了一分意外之喜的见识，钟魁曾经说西嶽在内这八件甘露甲，最玄妙的地方，在于拥有某些类似剑修的本命神通。

而那赊月宝甲，在赊月只是靠近剑仙幡子所在城池之时，就有七位天女由七条彩带依次幻化而成，最终一道彩虹挂空，起始于赊月御风处，最终落在了剑仙幡子之上，一砸而至，虹光与幡子相撞，光线绚烂，光彩四溅，气势却如大河入海，源源不绝，幡子四周气机激荡而起，如大浪拍打礁石，灵气剑气一并，剑仙幡子竟是开始颤动起来。

学那赊月分心后，便也有一个"陈平安"站在幡子之巅，一手负后，一手掐诀在身前，面带笑意，视线透过一道彩虹，望向那跨虹御风而来的女子，微笑道："我这小小白玉京，五城十二楼，唯有此门不开，赊月姑娘还请去往别处赏景。"

竟然是个身穿青衣道袍的陈平安，面容比那真正的陈平安老相些许。

这幅场景，这番言语，估计青冥天下所有道家仙人，都不太乐意看到，不太高兴听见。

赊月并不清楚那个中年道人幻象的真实身份,不过知道了估计她也无所谓。

僭越一事,她自己又没少做。

比如她在行至彩虹弧顶之时,就变成了那位荷花庵主的身姿面容,伸手一按。

大城上空,云海凝聚出一只洁白如玉的手掌,掌心有那荷叶连连,月光皎洁,月色绿荷相依偎,然后倏忽间掌心荷花池开出了无数朵雪白荷花。

中年道人陈平安斜瞥那手掌降落与荷池花开一眼,笑道:"大道至大,岂在物象之大,小了,还是小了。"

道人始终一手负后,掐诀屈指一弹。

一粒金光,缓缓飞升。

荷花池下坠之雷霆声势,山岳压顶,气势雄壮。

荷池每开一花,便有一道雪白光柱落下。

而中年道人的那粒金光,晃晃悠悠,如鸟雀振翅风雨中,率先迎向那场雪白颜色的滂沱大雨。

中年道人陈平安微笑道:"急急如律令,去!"

那一粒金光便突兀消失,来到那掌心朝下的大手手背。

早有蜻蜓立上头。

无论是七彩虹光与剑仙幡子的相互激荡,还是那只大手的大山压顶气象。

这一粒金光的浮现,并无半点天地气象可言,照理而言,根本无济于事。

可偏偏在那金光停在手背时,就让那雪白暴雨原路返回,花先开花再未开,手掌下落又退回。

光阴长河且倒流,竟像是一场中年道人与荷花庵主的道法比拼。

赊月抖了抖手腕,收起看过几眼便学了个大概的那门神通,天空大手随之消散。

依旧将心思放在摇动那根剑仙幡子之上,不只是纯粹武夫,修道之人同样可以一力降十会。

这位修士赊月停下脚步,环顾四周。

危乎高哉,峻极于天,五城十二楼。

一拨拨的雷光闪电,裹挟浩荡天道威势,轰砸在仿白玉京辖境大地上,一次次打散大妖真身的月光。

只是剑仙幡子被虹光压制,先前从此走出的剑仙数量太少,使得那些登高的武夫赊月,剑光杀之不尽,剑仙斩之不绝,武夫赊月的登天路途已经大致过半。

然后赊月察觉到一丝异样,还是第一次有此感觉。

那个陈平安终于开始使用压箱底的手段了。

如果赊月没有猜错,他是动用了本命物之一!

只见仿白玉京内有五个身材修长的武夫陈平安,或草鞋佩刀,或背剑身后,或腰悬酒壶,或头别玉簪,或一袭青衫。

同时现身于仿白玉京高低不一的楼与城中,随意打杀那些境界不够高的武夫赊月。

"太慢,出拳实在太慢了!"

"纸糊一般!"

"武夫问拳,拳在敌身,莫要轻挠!"

五个武夫陈平安出拳不停,将一个个武夫赊月打碎身躯,拧断头颅,或是一记手刀笔直划下,直接将赊月一分为二。

好一个怜花惜玉二掌柜。

又有一个温柔嗓音,从天上落在赊月心湖间。

"赊月姑娘,你与荷花庵主久为邻居,我却与那位天幕道家圣人从未有半句言语,为何你心中之道法如此之轻,不堪一击?"

"所以说啊,找经师不如找明师,不如你与我拜师修行道法?可以先将你收为不记名弟子。我收徒,一向门槛很高的。而我为人传道,其实又是相当不差的。"

"你的术法表象,无非是将一轮明月的浩大月魄,身为主人,分而待客。大道根本,当是归一,不如赊月姑娘诚心些,拿出真正的神通来当登门礼?"

赊月好烦这个人。本事是不小,但是怪话实在太多。

她从没有这么烦一个家伙,可能两个姜尚真,都比不上这个陈平安的烦人。

而站在那个最高处的陈平安,突然一脚踩在法印天款篆文最后书写、却属于符箓开头的两个字上。

先前写字以是那令、敕、沉、陆。

那么,完整符箓正是"陆沉敕令"。

所以陈平安一脚重重踩在"陆、沉"二字上,大手一挥,大笑道:"走你!"

"陆、沉"二字先去法印左上角右下角,"敕、令"二字随后去往其余两个角落。

一枚六满五雷法印,终于补全无漏缺。

赊月内心微颤,心知不妥。

那枚如雷部天司打开大门、光明涌现的五雷法印,以一种不可理喻的速度蓦然坠地,与城头,与大道契合。

将近半数的赊月幻象,都在刹那间,同时置身于天地四方的"陆沉敕令"四字当中。

站在虹光顶部的修士赊月更发现,直到此刻陈平安才动用合道剑气长城的根本手段,隔绝天地。

与此同时,又祭出了那两把甲子帐暂且不知名却知大致神通的本命飞剑。

三座大小天地,拘押半数赊月。

赊月幽幽叹息一声,果然烦人的家伙都有更烦人的手段。

关于剑气长城的天地禁制,以及年轻隐官的那把本命飞剑,她早就心中有数,是做好了最坏打算的。

只是不承想这枚是个人就会用来增加攻伐威势的五雷法印,怎被陈平安加上那么几笔,就给炼化成为一座牢笼?

一个刚刚开始攀附仿白玉京的武夫赊月,而非那身穿七色彩衣的修士赊月,负责收起所有月光,重新变成一个棉衣圆脸的年轻姑娘。

她已经身在飞剑笼中雀的小天地当中。

法印落地,雷光消逝,天地转入昏昧,如那天地未开的混沌之地。

连那巍峨仿白玉京、剑仙幡子和中年道人、五位武夫陈平安,都一并消失不见。

那个身穿鲜红法袍的年轻人,手握狭刀,轻轻敲击肩头,缓缓从天幕落向城头,笑容灿烂,道:"哪怕依旧无法彻底打杀赊月姑娘,也要留下个赊月姑娘在城头。"

年轻隐官嘴上说着客气话,可这剑气森森的笼中雀小天地内,除了陈平安落下的那条路线上,飞剑自行消散,为一袭鲜红法袍让路,其余整座天地间,皆有飞剑攒簇,从小天地天幕处密集布阵,一圈圈一层层,所有剑尖直指赊月。

赊月四周十丈之内,月光如水,将那些飞剑阻挡在外。

赊月疑惑问道:"你擅作主张,将这枚五雷法印的用途篡改,就不心疼如此一来会使得原本有望成为一件仙兵的法印,不但攻伐威势减半,还将失去成为一座'宗'字头传法印的机会?"

陈平安眨了眨眼睛,欲言又止,似乎是说赊月姑娘你的问题太大,太难回答。

赊月好奇问道:"难道不是吗?"

陈平安停下敲刀动作,肩挑那把狭刀斩勘,埋怨道:"赊月姑娘,你我投缘,我不准你如此看轻自己,半个赊月也好,小半个也罢,难道都不值一座宗门的传法印值钱?"

赊月有些自责,说道:"还是你的符箓手段太怪,我猜不到就一种法印禁制,都能够如此诡谲。"

陈平安突然问了一个更奇怪的问题:"一个人的自责,会死人吗?"

又来!

赊月抬起双手,重重一拍脸颊。

没了陈清都坐镇的半座剑气长城,任你玉璞境陈平安手段再古怪,再环环相扣,当真拦得住一轮明月的远游?

陈平安将那斩勘悬佩在腰,收敛笑意,悬空而停,左手双指并拢,在身前右方轻轻抵住虚空处。

最终出现了一粒灯火依稀的光亮,他双指缓缓从右到左抹过。

陈平安双眼眯起，死死盯着那一粒灯火，变成一道光亮，到越来越光明，最终越来越像一把剑。

人身小天地当中，有个金色小人儿，轻轻握住剑柄，它骑乘火龙，一路去往陈平安心湖，抬头望天，天悬一轮月。

而陈平安身后，矗立有一尊顶天立地的金色神灵，正是陈平安的金身法相，身穿一袭道袍，中年面容。

天地四方，四字归拢一处。

有头别玉簪的少年陈平安，脚踩其中两字，笑容自信，近乎自负，有那我辈读书人之舍我其谁的浩然气概。

草鞋少年，脚踩"陆沉"二字，头别白玉簪，腰悬一枚水字印。

先以合道天地的伪玉璞境界，在这里一个人胡思乱想，一个人喃喃自语，一个人独来独往。

再以碎金丹跻身的武夫山巅境，在这城头上，最后一次结成金丹客，最终成为那些山上神仙眼中的我辈人。

又将一本拳法《撼山谱》，一本符箓《丹书真迹》，一本书名直白的《剑术正经》，烂熟于心。

还空余一座开府却未搁置大炼本命物的窍穴。

还剩下一个还乡。

夕阳西照远远去，陌上花开缓缓归。

赊月四周月光越发璀璨，月色越发浓郁。

一层层由井底月本命神通凝聚而成的飞剑大阵，在被镀上了一层月光后，便当场崩碎，赊月身形笼罩月光中，如一轮袖珍小月越发壮大，飞升作大月。

只是赊月突然皱眉不已，一座座剑阵无数飞剑被摧折，但是冥冥之中真正的那把"唯一"飞剑，却好似可凭此本命月色，悄然淬炼！

赊月便立即止住念头，打消了那个以月光强横开阵、连开三层禁制再离去的想法。

哪怕陈平安如今是一位玉璞境的剑修，一剑又能强到哪里去？事实上，这千万把飞剑所指，当真就是真正"赊月"？

她开始收拢月光，月色在她附近越来越凝练浓郁。

试试看？杀杀看！

那陈平安猛然伸手握住剑柄，横剑在前。身后那尊神灵亦是如此动作，如出一辙。

赊月，你当真觉得我不知你身藏何处吗？

我将你视为蛮荒天下的畜生，你也不该把我当个人看待。

来我身前，与我为敌。请多加小心。

一剑斩我心中月,请你现身。

再一剑斩你真身,请你去死。

我有剑要问,请天地作答,先从明月起。

　　那赊月天上摘月返回人间,脑子拎不清地直奔对面城头,这让离真有些不痛快。如今自己打是打不过那小娘们的,关键是论出身论家底,对方也不差。

　　离真只有在那巅峰之时,才能在人间与赊月换命。她那一张圆圆脸,已经不太讨喜,她那万事不上心的模样,那种谁也别来烦我的神色,曾经更是让离真羡慕到了嫉妒。

　　离真立即御剑来到崖畔一袭灰袍附近,埋怨不已:"为何不拦着赊月?天命所归、得天独厚啥的,便了不起啊?能从天上摘下一轮月,就可以随便破坏甲子帐规矩?让咱们隐官大人逮住她,可劲儿聊天,岂不是害你我那么多的心血顷刻间付诸东流?"

　　如今离真与龙君所站之地的半座城头,托月山百剑仙几乎都已赶赴浩然天下,离真还是在这边磨磨唧唧,作为这座天下的大祖关门嫡传,可谓丢尽了托月山的脸面。离真的一位师兄路过剑气长城之时,都没与离真打招呼,直接御风过城头。

　　龙君以千万条细密剑气凝聚出一个模糊身形,老者抬起袖子,手指点了点天幕当空仅剩的一轮明月,说道:"不还剩下个,你有本事摘下,我也让你去对面城头逛荡,随便你要。"

　　托月山百剑仙,当然是蛮荒天下当之无愧的天之骄子,但是在这之上还有身份隐蔽的一小撮人,年纪不大,地位超然,未被甲子帐记录在册。

　　除了这个让离真唠叨不停的圆脸姑娘,天上一轮明月的女主人,其实还有斐然、雨四、涓滩、豆蔻等。

　　离真叹了口气:"龙君啊龙君,前辈啊前辈,你我这般万年老交情,就该多多珍惜,你非但不为我护道几分,还尽说些伤感情的话,一坛老酒,经得起你几口大喝痛饮?处处做人留一线,天才无绝人之路。"

　　摘明月到人间。昔年炼化一轮月半数月魄的荷花庵主,是可以勉强做到的,只是碍于托月山的存在,不敢做。当然做了也无意义。月不在天,以地利换天时,还是亏本买卖,有损大道修行。浩然天下多洞天福地,冠绝数座天下,荷花庵主野心勃勃,试图将各地天上月趋于归一,届时老妖道与一部分天时合大道,以真身显化天道,不是神灵,更胜神灵。

　　相传大战之前,周密曾经去往天上,与那荷花庵主坐而论道,周密在月中笑言,今年何必输往昔,今人何必输古人。

　　只可惜风流总被雨打风吹去,可怜荷花庵主甚至连那浩然天下的明月都没能看到一眼。都不能说是荷花庵主志大才疏,实在是那董三更出剑太霸道。

董老儿之壮举，不只在斩杀荷花庵主一只王座大妖，而是彻底打坏了蛮荒天下的一部分天时气运。就像将一枚谷雨钱打成了一堆雪花钱，哪怕雪花钱依旧悉数落在托月山钱囊中，可这里边的价钱偏差，就是蛮荒天下实实在在的损失。

托月山如果想要重塑一轮完整月，重新悬挂天幕，则又是一大笔损耗。

龙君虽然让那棉衣圆脸姑娘落在了对面城头，却一直关注着那边的动静，那赊月若有半点逾越举动，就别怪他出剑不留情了。

数座天下年轻十人之一，大道注定高远，当然极为不俗，可在龙君这样的远古剑仙眼中，看待这些朝气勃勃的年轻晚辈，无非就像是看几眼昔年的自己，仅此而已。

相较于心不在焉练剑总是懈怠的离真，赊月境界足够，又独具神通，所以能够打破重重禁制，如入无人之境，去与那位年轻隐官相见。

一个刚从对方的家乡返回自己的故乡，一个则喜欢给别家当看门狗。

一对家乡不同、年龄相仿的年轻男女，凑巧都在年轻十一人之列。

离真问道："是在闲聊，还是打架？"

龙君说道："孤男寡女，干柴烈火，你信不信？"

离真嬉皮笑脸道："赶紧打开禁制，让我瞅瞅，眼见为实，看看他俩是否真的天雷勾动地火了。到时候我做一幅神仙画卷，找人帮忙送给宁姚，到时候说不定陈平安没有被刘叉砍死，就先给宁姚砍死了，岂不美哉？宁姚出剑砍他，隐官大人那是万万不敢放个屁的，只能乖乖伸长脖子。隐官大人就数这一点，最让我佩服。"

龙君瞥了眼这个越来越陌生的"观照"，摇头道："此次你我重逢，只有一点我承认你是对的，那就是你确实比陈平安更可怜。你确实不再是那观照了。好歹人家陈平安留在这边当看门狗，没人觉得有多可笑，说不定连那斐然、木屐之流，都要对他敬佩几分。"

龙君仰头望天。

昔年三人三剑，一起修行登山，一起问剑于天。

最后大道歧路于蛮荒天下的那座高山。

他龙君其实不是死在托月山，而是心死在了陈清都说要走一趟托月山的那一刻。

之所以依旧愿意仗剑去往托月山，只是给沦为刑徒的所有同道中人一个交代。

陈清都在那托月山一役当中死了一次，最终在此又死了一次。

那么这个观照呢？同样死在托月山一次，然后在城头之外，输给陈平安一次，离真身上道心，最后一点依稀可见的观照气概，大概就真的彻底死了。

龙君几乎从不两次询问同一件事，但是今天先为赊月破例，又为离真破例，道："与陈平安最后一战，凭借那把飞剑的本命神通，你到底看到了什么？"

离真笑道："一个不是观照，一个不像龙君。你还好意思可怜我。"

龙君便换了一个问题："托月山那位,与你一样看见了那个结果?"

离真想了想,道："不知道我那师父知不知道啊。因为我自己就根本不知道什么嘛。"

龙君不再言语。

这个离真,真是该死。将来就当自己为观照最后送一程。

离真不知是浑然不觉龙君的心意,还是知道了也不会如何,只是纠缠道："龙君前辈,求你打开禁制,炼剑这种事情,多没劲啊。"

不承想龙君还真打开了甲子帐那道山水禁制。

离真哎哟喂一声,啧啧道："白玉京唉,有模有样的,隐官大人对青冥天下的怨气有点大嘛,这玉璞境的术法神通真是了不起,惹不起惹不起。

"看看,隐官大人又开始蛊惑人心了,亏得是啥都不多想的赊月姐姐,换成流白姐姐,肯定要遭了毒手啊。

"龙君,你辈分高见识广,知道赊月真身在何处吗?隐官大人的狗鼻子,嗅不嗅得到?"

龙君忍受着离真的聒噪,难得想起一些不愿去想的陈年旧事。

陈清都之本命飞剑,浮萍,早已破碎于托月山。

所以后世才有了风起于青萍之末的说法,有了一叶浮萍归大海的讲头。

龙君,本命飞剑,大墟仙冢。

观照,本命飞剑,光阴长河。

故而在一本岁月长达一万数千年之久的老皇历上,前边书页记载着"剑修观照",修道路上最为坎坷,被那些远古神灵针对最多。

好友陈清都与龙君为观照一路护道最久,就只是最久。

因为护道最多的剑修,是那些湮灭于历史尘埃中的已故剑修。

曾经有数位剑道成就极高的剑修,剑术之高,剑意之盛,出剑景象之壮阔,能让早已死心的龙君,在万年之后偶尔想起,都会心境起涟漪。

后世很难想象,陈清都的资质,其实在当年他最初练剑时,在纷纷崛起又如彗星坠落的一大拨剑修当中,并不是最好的,甚至可以说平常。只是陈清都机缘不错,那桩机缘最终被陈清都抓住了,又抓稳了,如剑紧攥在手。

只不过以陈清都的执拗性格,万年以来,大概不愿意与谁坦诚此事。

沧海桑田,海屋添筹,人间老来多健忘。

离真踮起脚尖,眺望那边的战场,感慨道："这俩人是真能打啊,啥门道都有,看得我眼花。"

层出不穷的术法,乱七八糟的手段,各处战场的针锋相对。

离真突然问道:"陈平安好像一开始就用上了玉璞修为,不像咱们隐官大人的作风,这场架,结果不会是雷声大雨点小吧?"

雷声大是真大。悬在白玉京高处的那枚五雷法印,地款十六字,字字蕴含道法真意,神灵手执雷电,凶狠鞭打大地。

让人离真有些心神恍惚,好像有昔年剑修观照重返远古战场。

离真晃了晃脑袋,驱散这份毫无意义的心绪。

离真一脸惋惜道:"可惜不是那刘材,只要是刘材,有那两把本命飞剑,一旦再加上某件托月山暂借重宝,任由我们隐官大人小心万分,还是会输得一败涂地吧。"

龙君讥笑道:"喜欢寄希望于他人,已经不是什么观照,如今连剑修都不想当了?"

离真哀怨道:"龙君,你怎么回事,每次与我言语,总是这么阴阳怪气,你怎么不去跟隐官大人掰掰手腕?"

龙君依旧在关注那边的战场走势,随口给出个答案:"言语说不过他,何必自取其辱?"

离真无言以对。

对面城头,两人身影,蓦然消失。

离真笑道:"好隐官,终于按捺不住祭出杀手锏了,赊月姐姐实在托大,入坑再想出坑就难喽。"

龙君说道:"那枚五雷法印,是你送出去的。"

离真微笑道:"赊月姐姐要与我兴师问罪,得活着走出才行啊。"

龙君说道:"本已出井望天再在天,偏要重新再当一只井底之蛙。观照果然与好友陈清都,一个德行一样蠢。"

离真突然变了脸色,再无半点心思与龙君拌嘴解闷。

龙君更是比离真更早就察觉到不对劲。

离真一瞬间就给剑气冲撞得摔落城头。

离真先是错愕,随后双手抱住脑勺,由着身躯飘荡坠地,哈哈大笑道:"龙君出剑帮人,真是天大的稀罕事!"

龙君伸手握剑,现出法相,天地异象,剑气席卷,千里云海尽碎,龙君一身剑气与众多远古剑意,如起大道之争。

离真再不敢随便落地,闹了个灰头土脸,急急祭出一件护身重宝,竭力抵御那些可不认什么托月山嫡传的剑意剑气。城头上那些资质、机缘都输人一筹的剩余托月山剑仙坯子,更是难熬,一个个祭出本命飞剑,护住自身。

龙君一剑朝对面城头倾力劈去,再无任何留力。

不然那赊月就要伤及大道根本极多,虽然龙君对此并不介意,是她自找的,但是龙君绝不会让陈平安得到一份大道神益!

先前由着赊月去往城头,双方闲聊也好,问道厮杀也罢,本就是龙君施舍给一条丧家犬的一碗断头饭。

陈平安在心中一剑之后,心头明月支离破碎。

赊月身形飘荡天地牢笼中,虽非全部赊月,她亦是笼中雀矣。

再一剑,陈平安真身与身后神灵一同落剑。

天地共一剑。

将那身形迅速凝聚为一粒细微月光的一部分赊月真身,先斩开,再粉碎,碎了再碎。

天地月圆碎又圆,无处不在的月色,一次次化作齑粉,一剑所斩的是赊月真身,更是赊月道法。

陈平安仰头望去,嗤笑一声。

龙君前辈倾力一剑,好像也不算太快嘛。

半座剑气长城之上,天地恢复清明。

龙君伸手拂乱一处紊乱剑气与稀碎月色,再一抓。

一个脸色惨白的圆脸姑娘站在了龙君身旁,沙哑道:"赊月谢过龙君前辈。"

龙君看了眼赊月的一身气象,说道:"还好,所幸伤及大道根本不多,刚好借此机会改改性情,用心修行,去那浩然天下勤勉修行一段时日,应该弥补得回来。"

赊月默然点头。

一个鲜红身形双手笼袖,站在对面,望向赊月,笑呵呵道:"一个不小心,没掌握好分寸,赊月姑娘见谅。"

赊月心中有个疑惑,只是她并未开口言语。当下大道受损,并不轻松,若非她真身奇异,确实如离真所说的得天独厚,那么这会儿寻常的纯粹武夫,会疼痛得满地打滚,那些修道之人,更要心神惶惶然,大道前程,就此前途渺茫。

离真挂在距离龙君、赊月稍远的城头处,往对岸探头探脑,只见那位隐官大人抬起一手,掌心处有一轮天地间最为精纯粹然的袖珍明月。

说不定都能跟醇儒陈淳安的那轮明月,比拼一下纯粹程度了。

陈平安手掌微动,明月微微扶摇起伏,如在掌心纹路山岳巅。

以此弥补心中一剑碎月的那笔损失,何止是一个绰绰有余能够形容的。

赊月说道:"今天之争,必有报答。"

陈平安点头道:"有空再来,欢迎至极。"

陈平安转移视线,望向远处那个鬼鬼祟祟的离真,微笑道:"瞧瞧赊月姑娘的登门礼,再看看你的小家子气,换成是我,早一头撞墙撞死自己拉倒了。"

离真双手撑在城墙上,身姿挂空贴壁,只露出一颗脑袋,一脸可怜兮兮不言语。

赊月尚且下场如此惨戚戚,自己躲着点隐官大人为妙。

要知道在甲子帐秘录上,赊月是那种哪怕打不过也是最能跑的修道之士、得道之人,况且赊月被誉为天下武库,术法手段茫茫多,所以同境之争,她会极其占便宜。

不过赊月这次吃亏,归根结底还是不该不以全部真身来此城头。

离真叹了好大一口气,隐官大人今儿这桩买卖,不光没亏,还大赚,不像话,伤人心。

龙君重新打开禁制,陈平安依然双手笼袖,微微点头,视线上挑,盯住那赊月,笑眯眯道:"赊月姑娘,恕不远送。"

陈平安也有一个不大不小的奇怪事,这个棉衣圆脸姑娘到了浩然天下为何如此懒散,都不杀人吗?

离真跃上城头,可惜那赊月已经化作月色,瞬间远去,过了倒悬山遗址处的大门,远游千里万里,最终与那桐叶洲的大半真身相融。

如今浩然天下和蛮荒天下不断碰撞,尤其是那桐叶洲和扶摇洲逐渐大道融合,天时逐渐趋同,不再是那一门之隔日夜有别的光景。

赊月心中有个谜团,为何那陈平安第二剑,似乎并未倾尽全力。

不然哪怕龙君出剑相助,赊月也需要留下更多月魄。

只是心大如圆脸姑娘,也不免心中惨然,半成月魄就这样没了啊。

在一处山巅,圆脸姑娘使劲皱着脸,然后缓缓蹲在地上,轻轻拍打脸颊,自己安慰自己,说没事没事啊,不哭不哭啊。

陈平安转身离去,不承想龙君又有一剑至。

看来龙君老狗此次是真恼火了。

身形消散,再在前方重新凝聚,陈平安放声大笑。

对面城头,离真偷偷摸摸小心翼翼走到一袭灰袍身边,道:"此次赊月归乡,不是全部真身远游来此啊。隐官大人也是真舍得下狠手,赌大赚大,服气服气。"

龙君根本不搭理离真,只是自顾自冷笑道:"胆敢公然脚踩那个名讳,半点不怕那三掌教在白玉京心生感应。"

而那青冥天下的那座真正白玉京,一个头顶莲花冠的年轻道士,一边走在栏杆上,一边抬起手掌远观,笑道:"好字好字,好名好名。"

陈平安坐在一处城头,双脚悬空,轻轻晃荡。

一手托起一轮精粹小圆月,一手翻转那把后世胡乱增添铭文的曹子匕首。

这来自割鹿山的短刀,后世浮刻篆文"朝露"二字,最终落入姓陈名平安的年轻人之手。

陈平安看了眼袖珍明月，笑了笑，收入袖中。

以后送给自己的开山大弟子，就当是五境破六境的礼物好了。

如果已经跻身六境又破七境，那么弟子可就有点为难师父了啊。

那把曹子匕首在陈平安指尖、手背翻转如飞。

陈平安突然一个急停，收起短刀，双手撑在城头上，仰头喃喃自语。

所幸平安，复见天日，其余何辜，独先朝露。

阿良昔年从青冥天下重返剑气长城，两人一起饮酒，阿良曾经说，陈平安，其实真的可惜。

你没有见过三教论辩，尚未开口说话就好像已经赢了的老秀才，没有亲眼见到那个意气风发、神采飞扬的文圣。

你没有见过那个只是双鬓微微霜白、容貌还不算太苍老的先生。

你没有见过彩云之上，白衣胜雪拈黑子的年轻崔瀺。

你没有见过犯错之后，永远高高扬起头的少年左右。

你没有见过读书之时，喜欢微微皱眉头的年少小齐。

你没有见过伸出双手，按住两颗脑袋不让两个师兄弟气呼呼打架的刘十六，他咧嘴憨笑，然后在先生的眼神示意下，稍微松开一颗脑袋的大手，让年纪更小的师弟小齐，能够轻轻踹上不讲道理的左师兄一脚。

最后，先生就当起了捣糨糊的和事佬，说可以了可以了。小齐双臂环胸，眉眼飞扬，与传道授业时的先生有很多神似。身材修长的大师兄崔瀺，会双手搭住师弟左右的肩头，下巴轻轻搁在恼火少年的脑袋上，说算啦算啦，你是师兄，让着点小师弟。小齐就会得了便宜还卖乖，笑着朝那左师兄摇头晃脑，说我需要他让?！当左右狠狠瞪眼，小师弟就立即跑到大个子师兄身后，可当大师兄一放开左师兄的肩膀，小齐觉得不妙，就立即躲去先生身后，先生便张开双手，护着那个小弟子在身后，左一步，右一脚，拦着身前那个依依不饶的二弟子，那个名为左右的少年郎。

对啊。陈平安都未见过。

当时陈平安笑着喝酒，痛饮一碗酒水，说我只是听你说过，听说了也只能想象，可只是听说只是想象，我就很高兴。

阿良见着那些好像从一个年轻人笑容中、一只空白酒碗里跑出来的伤感。

伤感总是这么顽劣，眼睛都藏不好，酒水也留不住。

于是最后阿良跟着喝完最后一碗酒，既感慨又安慰，说那次离开剑气长城我好像就已经老了，然后有天一个黝黑消瘦的草鞋少年，身边带着个红棉袄小姑娘，一起向我走来。

此时此刻的城头上，陈平安也想要往家乡走去，与很多心有牵挂的人快步走去。

归乡路远,一路上哪怕见到了再多的陌生人,也要认真看遍。

陈平安双手捧着后脑勺,挺直腰杆,一直望向无人的远方。

泥瓶巷祖宅的对联和"春"字、"福"字,一定会年年换新吧。

当一个远方游子辛苦忍着不想家,当然是因为很想家乡啊。

第九章
不是剑客心难契

陈平安突然站起身，视野豁然开朗，便向远方某位来客恭敬抱拳。

老大剑仙已不在，自己就相当于剑气长城的半个客人和半个主人，当然需要帮着待客。

陈平安一眼望去，视野所及，南方广袤大地之上，出现了一个意料之外的老前辈。

陈平安根本不知对方施展了什么神通，能够直接让甲子帐精心设置的山水禁制形同虚设。一旦境界相差太多，那么想太多也无用。

真是由衷羡慕那位自剐双目丢在两座天下的老前辈！天大地大，想要远游，何处去不得？想要回乡，谁能拦得住？闭门谢客，谁敢来家中？

果然修道登高当如此。

龙君见到此人突兀现身后，如临大敌，心情凝重几分。

一袭灰袍飘荡到南边城头上，以剑气凝聚出一个模糊身形，龙君也未开口言语，只是盯住那个蛮荒天下的唯一的例外。

这个性情乖张的老瞎子，万年以来，还算守规矩，就只是守着自己的一亩三分地，喜好驱使犯忌大妖和金甲神人搬动十万大山，说是要打造一幅干干净净不碍眼的山河画卷。

龙君对此人怀有忌惮，却谈不上半点敬畏，事实上龙君与老瞎子认识已久，双方知根知底，曾经还是关系不错的朋友，只是双方年岁皆老，却最终没能成为什么老朋友。

离真比较识趣，担心神仙打架俗子遭殃，便二话不说立即御剑跑了，一路北去，甚至直接躲到了大门那边,与抱剑汉子插科打诨,最后问张禄有无酒喝。

盘腿坐在拴马桩的大剑仙张禄就丢了一壶雨龙宗的仙家酒酿给离真,说是萧愻托人送来的,你省着点喝,我如今燕子衔泥一般,才积攒了两百多坛。

离真觉得剑气长城的后世风气习俗,真是全给阿良、隐官这些外乡读书人给祸害得稀烂了。如今剑术不咋高,倒是一个比一个会说话。

离真喝着酒,弯曲手指,轻轻敲击那拴马样式的圆柱,道:"门前门后,总计四桩,历史上分别拴过龙牛马猿。可惜暂时要压胜这道大门,不然那袁首老儿眼馋万年了,先前路过此地,肯定要打碎一根,再将其余三柱收入囊中才罢休。"

张禄笑道:"归根结底,还不是那仰止的妍头,打不过你师父。"

那袁首,正是王座大妖之一,在战场上御剑扛长棍,长臂如猿猴,手上一串粗糙石子,皆是蛮荒天下历史上凭空消失的座座雄伟山岳,先被化名袁首的大妖,以本命神通搬走,再精心炼化而成一颗手串石珠子。

袁首此次去往浩然天下,东南桐叶洲和西南扶摇洲都已去过,所到之处,但凡有那祖师堂的山头,无论大小,一棍碎之。

离真跳到大门口另外一根拴牛桩之上,学那张大剑仙盘腿而坐,小口喝酒,盘算着如何才能拐骗来第二壶。

张禄问道:"你们家中大月又少一轮,先前赊月往返一趟,先后两次气息有差,怎么,她跟陈平安打过了一场?受伤不轻的样子。"

离真点点头,惋惜道:"吃了点小亏而已,赊月姐姐多厉害,打个排名第十一的,那还不是手到擒来,她真生气了,三两下就打得隐官大人跪地磕头,喊姑奶奶。一世英名毁于一旦啊,亏得见到此事的人不多,就我跟龙君。而我又是那种守口如瓶的人,喜欢把话烂肚子里,除非……有人请我喝酒,才稍稍多聊几句。"

张禄笑道:"不该送你酒喝的。"

离真说道:"听说你与陈平安是旧识?还打过很多次照面?"

张禄拍了拍屁股底下的那根拴龙桩,道:"一个看大门的,外乡人的来来往往,不都要与我打照面?"

当初十三之争,张禄落败,就被贬谪来此看守大门。

离真抬起头望天,将手中酒壶轻轻放在脚边柱子顶端,突然以心声笑道:"看大门啊,张禄兄说得对,只是没有全对。一把斩勘,最终遗落在你家乡,不是没有理由的。而那小道童看似随便丢张蒲团,每天坐在这根拴牛柱附近,打发光阴,也是有道有法可依可循的。"

离真转过头,满脸怜悯,道:"你好像总是这么心神不定,所以总是这么下场不太好。"

张禄竟是丢了一壶芦花岛储藏仙酿给离真。

离真惊喜笑道:"本来以为以后都喝不到张大剑仙的仙酿了。"

张禄说道:"离真说几句真话,多难得,理当有酒喝。"

离真将有酒的酒壶与那空酒壶一左一右放在脚边,破天荒有些感伤神色,喃喃道:"记得不如记不得,知道不如不知道。"

真正的有识之士、得道之人,才会真正害怕那大道无常。

张禄笑道:"看来陈平安打赢了赊月,让你心情不太好。"

离真一探手,对那正在喝酒的大剑仙笑道:"昔年神游桂树边,垂下人间钓诗钩。如今举头望明月,陆地剑仙饮天禄。多应景。我以一首打油诗与你打一壶酒,莫要让故友手无扫愁帚。"

张禄摆手道:"滚蛋。"

离真哀叹一声,只好打开那壶酒,仰头与欢伯畅谈无声中。

不知道那个老瞎子来到剑气长城图什么?

如果老瞎子与龙君舍生忘死地打起来,导致河床改道,就要乱上加乱了。

离真又笑,与我何干?

离真又哭,为何有我?

张禄瞥了眼离真,看来在陈平安那边还是没能讨到便宜。

困守一地已久的年轻隐官没有失心疯,万般自由的托月山关门弟子倒是快要疯了。

陈平安没有一直站在高处城头,一步踏出,身形急坠,想要就这样笔直落地,不承想尚未双脚触地,就挨了龙君毫无征兆的一剑。

龙君老狗太记仇。

陈平安只好心意微动,现身于一个城墙大字离地最近的笔画中。

尽量离着那位老前辈近一些。

在最高处与一位老前辈言语,太不敬。

前辈计不计较,是前辈的胸襟肚量。晚辈在意不在意,是晚辈的家教礼数。

不是只对老大剑仙和老瞎子是如此,陈平安行走江湖,千山万水皆是如此。

老瞎子脚边趴着一条无精打采的老狗,百无聊赖,抬起一只狗爪子,轻轻刨地。

陈平安也就是无法破开甲子帐禁制,不然肯定要以心声招呼龙君前辈,赶紧来看亲戚,就地上那条。

老瞎子先与龙君说道:"不打架,我就跟隐官大人聊几句。"

龙君点点头。老瞎子虽然脾气臭,但是从来有一说一,信得过。

然后老瞎子偏转脑袋,对陈平安道:"剑气长城的方言,蛮荒天下的雅言,说哪个习

第九章 不是剑客心难契

惯些？"

陈平安说道："都随前辈。"

老瞎子笑了笑，陈清都确实最喜欢这种性情外圆内方、看似很好说话的晚辈。

陈清都不太喜欢与人说心里话，自古便是。就像阿良早年一路匍匐、偷溜上山，在自家门口瞎显摆，说一个只喜欢独自喝酒的男人，一定是有很多故事的。

当然阿良除了吹嘘兼拍马屁，说主人客人都是有故事的男人，也想要从自己这边骗去些老皇历的陈年旧事。

老瞎子当然都没让他遂愿，至于阿良登门带来的酒水，不喝白不喝。

老瞎子突然一脚踹飞脚边老狗，骂道："一只飞升境，就算没钱还能没见过钱?！还是说地上有屎吃啊？"

那条老狗差点就能从这处战场遗址地底深处，刨出一件品秩尚可的遗失法宝了。

几个翻滚，呜咽一声，它干脆趴在地上不动弹了。

陈平安笑容如常，确实确实，堂堂飞升境大妖与一个小小元婴境的晚辈抢什么天材地宝，要点脸。

病恹恹的老狗撑开眼皮子，瞥了眼那个一袭鲜红法袍的年轻隐官，听那几位做客大山的剑仙说，这个年轻人才是捡钱的高手。老瞎子你真是眼瞎，不去骂外人，反而骂自家狗。

老瞎子以蛮荒天下大雅言与那年轻人问道："你是如何知晓赊月的藏匿处？赊月现世没几年，托月山那边都藏藏掖掖，避暑行宫不该有她的档案记录。"

"晚辈在赌个万一！"陈平安甚至懒得用那心声，直接开口说道，"我几乎同时祭出大小三座天地，赊月还是气定神闲，甚至没有选择凭借她的本命月魄蛮横破阵，与我互换大道折损，所以她几乎是白送给我的答案，她也在赌，赌我找不出她。我同时维持三座大阵，需要损耗灵气，而她就可以作那心月壁上观，何乐不为？"

陈平安轻轻握拳敲击心口，笑道："远在天边近在眼前，比眼前更近的，当然是我们修道之人的自家心境。我们都曾见过明月，故而心中都有明月，或明亮或黯淡罢了，哪怕只是个心湖残影，都可以成为赊月最佳的藏身之所。当然，前提是赊月与对手的境界不太过悬殊，不然就是自投罗网了。遇到晚辈，赊月可以如此托大，可要遇到前辈，她就绝对不敢如此莽撞作为。"

至于有些真话，略有大话嫌疑，陈平安就没好意思在老前辈这边开口。

赊月又如何，在我天地中，还是被我占到先机，成功递出先手两剑，下场就是你赊月需要龙君出剑来阻拦我的那第二剑。

老瞎子点点头。比起陈清都年轻那会儿，陈平安的心思缜密多了。

那会儿天下众多剑修当中，以观照思虑最多，谋而后动，龙君只会喊打喊杀，锋芒毕露，陈清都在出剑之余，则最喜欢睁眼看，看天下看天上，什么都要学，至于脑子和心眼嘛，好像相同的岁数，还真没眼前这个隐官多。

所以说读书人就没个好鸟。

老瞎子再次问道："若是赊月乐意拼个一两成本命月魄不要，也要将你那把古怪飞剑打碎，怎么办？"

陈平安摇头，终于以心声言语道："她做不到的，我放她走就是了。我会撤掉那把笼中雀，只维持那把井底月，大不了就用一枚五雷法印的崩碎，换取她的那一两成月魄，来帮我淬炼飞剑井底月。即便如此，最后买卖还是不亏，有赚。"

以天上明月精魄，淬炼井底月，砥砺剑锋，陈平安哪怕现在只是想一想，都觉得以后若有机会与赊月重逢，双方还是可以试试看。

其实当时留不留得住赊月，陈平安并没有太大执念。

尤其是通过以飞剑碎月之时的某些大道显化，陈平安大致得知赊月在浩然天下几乎都没怎么杀人，陈平安就更没有过重的杀心了。

先前赊月刚刚登城头，陈平安将她视为蛮荒天下的妖族。当然是怎么痛快斩杀怎么来，因为犹然身在大战场，陈平安面对的好像还是整个蛮荒天下的妖族大军。

可当变成一场名副其实的捉对厮杀，陈平安就立即更换了心境。

何况陈平安也担心那赊月恼羞成怒，以全部真身的圆满姿态重返剑气长城，来与他拼个鱼死网破。

所以最后收手，只截取了她的半成月魄。

陈平安想到这里，抬头望向天幕处，日月星辰运转有常，那里原本算是赊月修道之地的虚空，她摘月到人间，一轮明月，月分二十，我得其一。很知足了。

如果搁在家乡那座中等品秩的莲藕福地，就会是一轮极其明亮的悬空明月，中秋团团月，花好月圆人齐聚。

每年八月十五，圆月如大镜，天下福地所有人，赏月如对镜，除了自己之外，可以看到所有想要看到的人。

当然，说好了要送给开山大弟子当武道破境的礼物，陈平安没有丝毫舍不得。

城外大地上，老瞎子还是轻轻点头。

虽说这位隐官的读书人身份难免有些碍眼，可是一个年轻人足够聪明，肯定无错，如果还能多盼点世道好，就更好了。

历史上曾经有一位出身浩然天下小说家的书生，辈分不低，修为尚可，先是游历剑气长城，再来十万大山，找到老瞎子后，言之凿凿，说我们文人落笔在纸上，只写世道如何真实，只需要写尽世间惨事可怜人，至于翻书人感受如何，绝不负责，看书人是否绝望更绝望以至于麻木，更不去管，就是要所有人知道这个世道的不堪与难忍……

结果听烦了的老瞎子,不管三七二十一,一巴掌将其拍了半死。

倒不是老瞎子如何生气那番言语,大道万千,随便你走。既不是儿子又不是弟子的,老瞎子懒得多管。只不过来了山中家门口,先坏了规矩,还敢空手而来,总得留下点什么。

之所以只是半死,不是老瞎子手下留情,而是那小说家老祖师匆匆赶来,出手救下了对方的残余魂魄,带回浩然天下。

一旁还有个幸灾乐祸的阿良,一脸我可什么都没做啊的表情。

后来阿良去而复还,难得不喝酒,说了几句人话。说那样的传世名作,写得再好,还是不够好。还是一个懦弱者,要拉上读者分摊心中难以消受之苦难。

哪怕是笔下一样的再好却非最好文,还是分出两门心思。到底是心怀热衷肠写冷文字,还是文字与心思同冰冷?是恨天地有大悲,还是只恨天地众生不与我同悲苦?天壤之别。

一样文字,同一篇悲文,却有冷热两副心肠。寻常人随便翻书看,不知便不知,读书人欲想修齐治平,岂可不知?

老瞎子当时问他为何自己不写。

那个阿良只是斜靠柴门,双手捋过头发,说我已经见过太多不用笔写书的小说家,在人间只以人生作文,熠熠生辉,长篇长那千年万年,短篇短那数十年。

有些读之心醉,有些见之心碎,可都是他阿良心中的真正好文。

陈平安见那老前辈沉默许久,忍不住问道:"前辈此次前来是有事要晚辈去做?"

老瞎子收起思绪,摇摇头,道:"就是来看看。"

那条老狗只敢腹诽,老瞎子一双眼珠子都丢了,看你大爷的看。

它有些怀念那个狗日的阿良,老瞎子只有碰上那厮,才会比较没辙。

陈平安突然作揖行礼。

老瞎子笑道:"怎么,是要怂恿我多出力?"

陈平安直起腰后,道:"晚辈是感谢老前辈虽大失所望,却能独自失望一万年。"

古语有云,山岳耸巍峨,是天产不平。

这位无异于画地为牢一万年的老前辈,心中更有大不平。

老瞎子点点头,抬起枯瘦一手,挠了挠脸颊,破天荒有些笑意,道:"很好,我差点就要忍不住打你个半死。果然够聪明,是个晓得惜福的。不然估计就不用龙君和刘叉来找你的麻烦了。"

陈平安苦笑不已。

这位能让老大剑仙专程拜访两趟的老前辈,可不像是个会开玩笑的。

老瞎子转身离去。确实就只是来这边看看,随便聊几句。

至于与龙君，老瞎子没什么可说的，想必对方也是如此。昔年故友，形同陌路。

那条飞升境的老狗，屁颠屁颠跟在老瞎子身后。

龙君也随之散去身形，恢复成一袭空荡荡的灰袍。

陈平安突然喊道："老前辈，阿良如何了？"

老瞎子没有转头，说道："当个托山的王八，他开心得很。"

陈平安既忧心又放心，看来要想阿良有空常来，暂时是不用想了。

陈平安最后看的那一眼，山水禁制已经重开，只是心中所见，是那托月山与剑气长城，遥遥相对。山河迥异，故人无恙。

又想要喝酒了。陈平安先偷偷摸摸从飞剑十五当中取出一壶酒，再鬼鬼祟祟腾挪到袖中乾坤小天地，刚从袖中拿出酒壶，要喝上一口，就被龙君一剑将那酒壶与酒水一并打烂。

陈平安习以为常，身形一闪而逝，重回城头，学那学生弟子走路，肩头与大袖一起摇摇晃晃，大声说那臭豆腐好吃，就着炖烂的老狗肉，想必更是一绝。

陈平安见不得剑气长城的外边天地。

老瞎子却清清楚楚"瞧得见"城头风光。

那条老狗趁着老瞎子心情尚可，嘟哝道："我又没招惹他，才见面一次，就开始惦念我这一身肉了，可恨可恨。"

老瞎子讥笑道："你也配招惹剑气长城的隐官，谁借你的狗胆？"

老狗不敢反驳，只敢乖乖摇尾乞怜。

托月山千里之外一处大地上，老瞎子当初停步驻足处，已经临时圈画为一处禁地。

当中搁放着一壶美酒，老瞎子故意将此物留在此地。

驻守托月山的大妖都没有去挪动酒壶，睁一只眼闭一只眼，就由着它孤零零摆在地上。

哪怕已经确定了那壶酒水并无半点异样，就只是一壶寻常酒水，还是没有大妖去动它。

万年以降，蛮荒天下，强者为尊。

那个割据一方的老瞎子，是数座天下屈指可数的十四境之一。

如今的蛮荒天下，在那个萧瑟走过一趟古井深渊后，则又多出一位，只不过她是以气运合道蛮荒天下，并非纯粹以本命飞剑合道天地。

十四境实在太过玄妙不可测，两者差距到底在何处，都没人可问。

事实上可以问那托月山下的阿良，只是谁敢去招惹？火上加油，雪上加霜，真当他离不开托月山吗？

托月山与阿良，既是镇压，更是一种形势微妙的井水不犯河水。

毕竟是阿良自己不愿让出那条道路，来问剑托月山。

一个按照辈分算离真师姐的大妖女修，以浩然天下的美人容貌身段，来到托月山之下的混沌虚空中。

她远远看着那个盘腿而坐的儒士法相，他以数量极多的金色文字作为蒲团，挺像一位来此借山修道的世外人。

她无法理解，为何这个男人会如此选择。天下文海周先生，曾经为她解释过"人不为己，天诛地灭"的大道真意，所以她更加不理解这个阿良的自毁道行。

那个邋遢汉子瞧见了那托月山女修，立即坐直，道："新妆姐姐，为何还是当年相见时的旧妆容？故人相逢旧妆容，真是诗情画意啊。"

化名新妆的大妖，凭借记忆回想一番，然后皱眉道："放你的屁！"

自个儿的胡说八道，撞铁板了？

阿良最不怕这种状况，一脸深情道："看来新妆姐姐对咱俩的初次相逢记忆犹新，大慰我心。有几个好男儿值得新妆姐姐去记百年？"

新妆嗤笑道："你要是换个选择，会用几剑砍死我？"

阿良有些羞赧。

新妆不解深意，只当这个男人又在神游万里，分心驾驭剑意，镇压双方脚下的虚空异象。

阿良觉得机会难得，得使出杀手锏了。

毕竟难得重逢，自己英俊容貌依旧，剑术更高，想必那位姐姐都习惯了，那就来点才子佳人的。

阿良咳嗽一声，润了润嗓子。

不承想新妆冷笑道："闭嘴。"

这个男人，曾经独自御剑远游蛮荒天下，因为惹祸不断的缘故，他那御剑之姿不少大妖都亲眼见识过。

他一边双手撑腰，一边大声吟诗，美其名曰剑仙诗仙同风流。要知道他身后还跟着术法轰砸不断的追杀大妖。

阿良叹息一声，美人不解风情，最煞风景辜负良人。

新妆问道："你有了这么个境界，为何不好好珍惜？"

阿良说道："我可以真心回答，但是新妆姐姐也要先听我一番言语。"

新妆点点头。

果不其然，没有半点意外。

只见那男子以手拍膝，微笑吟诗，笑容不多，嗓门不小："此为我阿良独创的三别歌。

"蜀道难,将进酒,梦游天姥吟别留。
"琵琶行,长恨歌,赋得古原草送别。
"哀王孙,无家别,丹青引赠曹将军。
"若非押题,不然其实换成那泥功山,负薪行,一百五日夜对月,也是很不错的。
"洗兵马,赠花卿,江畔独步寻绝句。嗯,换成三川观水涨十韵,好像更好些。
"好家伙,这般文思如泉涌,车辘辘似的刹不住啊,厉害的厉害的。"

新妆说道:"胡扯够了没?"

最后阿良点点头,神色似笑非笑,双手握拳撑在膝上,自言自语道:"好一个贾生恸哭后,寥落无其人。好一个醉为马坠人莫笑,有请诸公携酒看。"

新妆安静等待那个答案。你阿良为何如此不珍惜一位剑修的十四境?

"因为我很珍惜这个来之不易的十四境。"阿良倒是没有耍无赖,笑道,"可惜新妆姐姐年纪不小,远游太少,所以不懂。毕竟不是剑客心难契。"

新妆默不作声。

剑客也好,剑修也罢,一座天下都承认。

唯独这个男人过于用力去"假装"的斯文人,实在让人腻歪,总觉得何必如此,当你的剑仙便是。

新妆曾经询问周先生,若是浩然天下多是阿良这样的人,先生会如何选择。

周先生笑言,那就不来你们家乡了,而阿良之所以会是阿良,是因为只有一个阿良。

相传阿良之所以一人仗剑,数次在蛮荒天下横行无忌,其实正是为了寻找周密,昔年浩然天下不得志,只好与鬼神同哭的那个"贾生"。

只是周密始终不愿意见他。

阿良猛然站起身,神色肃穆,沉声朗诵一番年少时读书后早早得其大神意的书上言语。

"目极万里,心游大荒,魄力破地,天为之昂。

"云蒸龙变,春交树花。造化在我,心耶手耶?"

阿良所有的言语,都化作一个个大如山岳的金色文字,砸入金色蒲团之下的深渊中。

文字更显化出那金色蛟龙,春风树花,出没白云中,将那股冲天而起的煞气压下。

儒家圣人,浩然正气。口含天宪,言出法随。

地底极其深远处,有那天崩地裂的动静,好似被阻拦道路,只得暂时退回,只是那残余声势依旧缓缓传到金色蒲团处。

新妆只觉得惊心动魄。

阿良双手抹过脑袋,笑问道:"读书人,猛不猛?!"

刘十六在离开落魄山去往老龙城战场之前，除了去霁色峰祖师堂敬香，还去了趟落魄山竹楼一楼，那里除了墙角摆放一张木板床，其余更像书房些。

小管家暖树拿钥匙开的门，周米粒手持绿竹杖和金扁担当那门神，挺起胸膛，站得笔直。

刘十六翻开了一些桌上摆放齐整的书籍，书页大多有密密麻麻的旁白注解，以小楷写就，若是真的人字相契，那么小师弟应该会是个很认真且喜欢较真的读书人。毕竟当年大师兄崔瀺的珍藏书籍也是这般，左右每逢在书上看到与崔瀺不同的见解，就会让小齐代笔写字，往往一本书上边会有数十处的书上打架。

刘十六放回书籍，稍稍抬头，望向墙上悬挂有一副书斋对联，蓝底金字云蝠纹。按照小米粒的说法，是小师弟从北俱芦洲捡来的。

山外风雨三尺剑，有事提剑下山去。

云中花鸟一屋书，无忧翻书圣贤来。

刘十六看似粗犷，实则心细，几乎一眼就发现对联角落钤印有"陈十一"。

文武兼备，修力修心。

刘十六归山之前，先去杨家铺子护阵，再与阮秀一起去往天幕待客，得偿所愿，拳碎两敌，两场金色大雨落在一洲北岳地界，五成金身碎片被长命道友收入袖中，五成转赠披云山。阮秀更夸张，竟然直接过门而入，走了趟天外。不知她是否见过礼圣了。

归山之后，刘十六有次得了个落魄山右护法私底下封赏的官职"巡山使节"，小米粒说官儿不大，别嫌弃啊。

之后巡山时，刘十六横着摊开双臂，一条胳膊挂着一个小姑娘，一个粉裙，一个黑衣，他们一起走在晨曦中。

还有次巡山，则有个莲花小人儿坐在他的脑袋上，一起欣赏月色。

青童天君在人间重开飞升台，对于一洲众多地仙修士而言，可谓一桩天上掉下来的福缘，深厚至极。

一座飞升台。

是名副其实的飞升去往一处古遗址，最终会有一座破败天门耸立云海上。

在这个天台抬升的过程当中，就是一种砥砺大道。

地仙修士只要稳住道心和魂魄不散，就可以登顶，虽然注定无法跨越那道禁制森严的远古大门，但是修士能够站在云上天门外，就算功德圆满。

不断有修士从飞升台坠落，重返人间，收获大小只看随台登天之高度。

十之七八，都有大收获。清风城城主许浑，身披猴子甲，在飞升台上始终心神稳如山岳，终于一举破开元婴瓶颈，跻身上五境。

风雷园剑修刘灞桥,相对比较可惜,由于剑心存在瑕疵,止步于元婴境,其实他原本有了一丝大道契机,可应该是心魔作祟,反而受伤不轻。跨出一大步后,非但没能顺势再跨出第二步,反而小退些许。可哪怕只是从金丹境剑修成为实打实的元婴境,刘灞桥在即将卸去园主身份的师兄黄河那边也算有了个不错的交代。若是无功而返,刘灞桥觉得就师兄那脾气,都能够将园主转送别人,再将自己封山禁足百年,这辈子不练出个元婴就别想着下山了。

刘灞桥与许浑一样登顶云海上,很快就又不由自主地退回人间,刘灞桥重游小镇,去了趟督造官衙署,与那初次见面的曹督造相逢投缘,一起饮酒。

云霞山金丹女仙蔡金简,则比较让人意外,以她的资质,山上几位祖师爷其实都不看好她此生能够跻身元婴,可这次竟然咬牙支撑到了最后,虽然只是瞥见那天门一眼,也算大功告成。

此次蔡金简可算一步登天,不出意外的话,她此次返回师门,除了先前的那把祖师堂交椅,还该是云霞山历史上一位最年轻的女祖师了。

东宝瓶洲的不少仙府,往往是修士成为金丹客,除了能够单独开峰、昭告一洲之外,还能够在山水谱牒上抬升一个辈分,若是有幸跻身元婴,则再高一辈。

至于上五境,大可以开山立派去。

蔡金简退出飞升台后,独自一人来到一座旧学塾外,她望向空无一人的学堂,不知在想什么。

黑衣男子姜韫,作为云林姜氏子弟,没有立即直奔云林姜氏坐镇的那条东海战线,去与师父和大都督韦谅会合,而是稍作停留,与那刘灞桥、蔡金简的选择差不多,在这昔年的骊珠洞天小镇上,一人故地重游。

只是等他去了那座铁锁井,便有些失望,昔年那条垂入井底的铁链给他扯出后,就早早炼化为本命物了。既让他将一座人身小天地,成功淬炼为失传已久的铁山丛林、莹澈道场,又有了一件攻守兼具的仙家重宝。

这次姜韫亦是跻身了元婴境。

其余地仙,境界攀升,各有高低。能够见到天门古貌的幸运儿,到底还是少数。

秘密赶赴此地的一洲地仙当中,只有那十之二三乘兴而来败兴而归,全然无所得,很快就摔出飞升台,只是却不敢流露出半点异样脸色。

唯一的"补偿",大概就是没有在此破境的地仙事后去往老龙城战场,需要积攒的战功就不用太多。

隋右边在那书简湖真境宗内,破开龙门境瓶颈没多久,算是这拨人当中资历最浅的金丹地仙。但是隋右边从纯粹武夫中途转去修行,这都能够成为剑修,已经算是一桩大怪事。在十多年间,就成为一位金丹剑修,更是惊世骇俗。不过玉圭宗和真境宗,

第九章 不是剑客心难契

一炷香火的上下两宗,都帮着隋右边隐瞒极多。

所以如果不是玉圭宗下宗嫡传的障眼法身份,此次飞升台聚会皆是东宝瓶洲地仙,哪个不是将人心修炼成精的货色,肯定要对隋右边大起疑心。

可是隋右边此次未能破境,只是到了金丹境瓶颈。

她只是看了些比一般地仙更多的天上风光。

愿随夫子上天台,闲与仙人扫落花。

可惜身边无夫子,天上无仙人。

其实隋右边是有一定机会跻身元婴的,但是隋右边不知为何,在所背长剑愿意为她护道一程的关键时刻,她反而刻意压制了那把痴心的出鞘。

由于并未出剑,不愿以剑意抵御天上罡风,她单凭修士体魄稳固心神,失去了更大的机缘。

隋右边退出飞升台后,剑心澄澈,非但没有半点颓丧神色,道心反而更加坚定,她在骑龙巷的压岁铺子买了些糕点,然后御风去往州城。

与隋右边一起离开书简湖的真境宗嫡传,都是宗主韦滢从上宗九弈峰带来东宝瓶洲的,两个与隋右边同行北游之人,皆是韦滢的嫡传弟子,与他们师父一样都是剑修。那个年轻女子,名为岁鱼,总喜欢吵着去剑气长城砥砺大道,要去亲眼验证那剑仙米裕到底有无师父那般容貌俊美。另一男子,名为年酒,好像除了修行练剑之外,对于世情庶务一窍不通,他唯一可做之事,就是拦着心爱的师姐不要去剑气长城。

不过两人记录在真境宗山水谱牒上的名字,却是韦姑苏和韦仙游。他们的本命飞剑,分别是鱼龙和酒壶,都是师父韦滢帮他们取的。岁鱼喜欢她的,年酒也喜欢自己的,因为酒壶之中别有洞天。

他们要比隋右边稍早退出飞升台。先前暂住于州城内的一座仙家客栈,掌柜的姓董,年纪不大,在北岳地界有董半城的美誉。哪怕眼光挑剔如岁鱼和年酒,也觉得客栈环境幽静不俗,以后再来就要首选此地。

岁鱼以心声言语道:"隋右边长得这么好看,师父都喜欢,你怎么不去喜欢?"

年酒实诚答道:"我只喜欢会喜欢自己的。"

岁鱼大怒,骂了榆木疙瘩的师弟一句:"去死!"

隋右边身形落在客栈大门外,董水井的仙家客栈规模不大,规矩不小,哪怕是住客,都不能随便御风,出入此地,只能走门。

隋右边找到了韦姑苏和韦仙游,只说道:"去牛角渡。"

那韦仙游看了看那位隋右边,看久了还是次次有惊艳之感,年轻人再看了看师姐,心想师姐你再这么蛮横不讲理,我可就要喜欢别人去了。

隋右边和两位真境宗嫡传都有剑符,能够在龙州地界御风远游,隋右边作为落魄山嫡传,自然早就拥有一枚龙泉剑宗打造的关牒剑符,只是花真境宗的钱,多得一枚也无妨。

隋右边背剑御风,去往牛角山渡口。

失而复得的那把长剑,既是痴心,也是吃心。

只是不知谁吃了谁的痴心,谁是夫子谁是负心人。

一男一女连夜离开清风城地界,一路小心隐匿身形,敛藏踪迹,只是等到进入北岳地界,就好似游山玩水一般。双方年龄悬殊,老者身形佝偻,少女面容清丽,不算太过出挑,老者时不时取出一枝梨花,轻轻捻动,少女见此倒也不羞恼,这位颜掌柜若是真敢如此,谁占谁便宜还两说呢。

那老者比较过分,还要取笑她如今是乡下姑子乡里样儿。

老者与少女正是朱敛和清风城的狐国之主,一个返回家乡,一个远游他乡。

如今的清风城,一定很是鸡飞狗跳。

狐国之主,化名沛湘。元婴境,七条狐尾。

一座狐国,到底是放入莲藕福地,相对与世隔绝,还是选择将狐国安置在某座藩属山头,朱敛主要是看沛湘自己的意思。

可事实上,沛湘到现在还是不太相信,一座落魄山能够拥有一座中等福地。说到底,她只是相信朱敛,又不相信落魄山。

朱敛笑道:"忘记提醒你一句,到了我家公子山头,务必务必牢记一个道理,以诚待人。"

沛湘有些惴惴不安,越发神色柔弱,咬了咬嘴唇:"你还是说得具体点,我记性好,低眉顺眼做人做事惯了的。"

实在是她与清风城许氏打交道久了,最怕"山上"二字。

朱敛摇头道:"我一多说,你会懈怠。而且也不需要我多说什么,我家落魄山上,风和日丽得很,山外风雨,只是拿来赏景之物。别处山头,比如清风城,分银子都有人骂。落魄山不一样。"

她又问了个问题:"落魄山上有没有比较小心眼的女子,我也很怕这个。"

那个许氏妇人确实让沛湘至今忌惮不已。

只是一想到那妇人当下的尴尬处境,沛湘又忍不住笑了起来。那妇人大概是觉得相貌不如自己,最喜欢天天往自己绣花鞋里放那软钉子,现在遭报应了吧?

用颜掌柜的话说,反正许浑刚刚跻身了上五境,正好为清风城冲喜。

清风城确实擅长造势一事,先是将嫡女嫁给上柱国袁氏庶子,而后许氏好像又以那个心机深沉的嫡子与那正阳山陶家老剑仙一脉联姻。如今许浑跨过天大门槛,跻身

第九章 不是剑客心难契

上五境,以清风城的脾气,若非一座狐国不翼而飞,别说北俱芦洲,估计消息都能传到皑皑洲去。

朱敛笑言一个人得意忘形,容易吃耳光。沛湘深以为然,十分快意。结果当时她就挨了朱敛轻轻一巴掌,道:"说你呢。"

黄昏中两人途经热闹繁华的红烛镇,只要过了棋墩山,那落魄山就算近在眼前了。

沛湘如释重负,仰头便清晰可见那云海缭绕的披云山了,让她又吃了颗定心丸。

朱敛在一处市井铺子买了很多瓜子,然后带着沛湘去往一条街巷。

沛湘以心声轻声问道:"是要见什么人?"

朱敛带着身边这位狐国之主,走在行人如织的街道上,笑答道:"冲澹江水神,李锦。"

朱敛又补充了一句:"他卖书,我买书,一直关系不错,远亲不如近邻嘛。"

之前因为那位玉液江水神娘娘的事情,难免会让李锦兄弟心有芥蒂,毕竟兔死狐悲是人之常情。此次路过,得顺便解一解那位掌柜的心结。

毕竟朱敛最擅长对付的从来不是女子。

女子需要对付吗?反正朱敛是从来不需要的。

沛湘心中了然,脚下这红烛镇位于三江汇流处,便有了三位江水正神,其中李锦刚刚被大骊封正没几年,祠庙香火倒是不差。

狐国本就是个三教九流鱼龙混杂的地方,山上消息流转极快,所以沛湘对于一洲秘闻秘事,所知颇多。

至于朱敛与李锦相熟,沛湘还不至于如何惊奇。因为那李锦虽然品秩不低,可毕竟才是一个大骊山水官场的新人,说不定需要与落魄山搞好关系,毕竟与落魄山熟络了,差不多就等于跟披云山魏大山君攀附了关系。

元婴狐魅沛湘虽然与那魏檗只有一境差距,可双方无论是身份,还是真实修为,云泥之别。

如今有个小道消息开始流传开来,说那魏山君的金身得了那三场金色大雨的浸润和淬炼,很快就会百尺竿头更进一步,相当于修道之人跻身仙人境界,再次成为一洲五岳中金身最为精纯、法相最高的一尊山君。

那掌柜是个容貌俊美的黑衣青年,躺在藤椅上,一边持壶饮茶,一边看书。

只是沛湘也没多看李锦几眼,容貌风姿一事,最怕货比货。

李锦见到了覆有面皮的朱敛后,很快就认出对方的身份,没办法,对方熟门熟路得过分了,书架上为数不多的几本与艳本沾边的书籍,眨眼工夫就给那家伙拿在手中。以前经常爱不释手,天人交战,最终还是不舍得买的,今儿阔气啊,拿得毫不犹豫,大有一种"老子是读书人,买书哪怕只看一眼价格,就算愧对圣贤书"的架势,看来朱敛出门一趟,挣着大钱了?李锦瞥了眼那"少女",由于是坐镇一方水运的江水正神,稍稍看出些端倪,境界高低还是无法确定,没关系,这本就是个答案,那就是元婴了?对了,清风城许氏有座狐国,名气很大,狐皮美人更是远销一洲王朝、仙府,好一个狐媚子,怎么上了朱敛的贼船?落魄山是打算与清风城彻底撕破脸皮?这朱敛,果然是落魄山的主心骨人物,哪怕年轻山主不在家,都能够如此决断。

李锦心中有了一个个猜测,可是只当没有认出朱敛,更不多看那沛湘,依旧喝茶看书,当他的书肆掌柜,爱买不买,砍价滚蛋。

大概真正的聪明人就是李锦这样,看破了不说破,假装傻子。

无论是生而为人的幸运儿,还是好不容易修炼成形的山泽精怪,好不容易学会了开口说话,却又要学会不说话才算聪明,这个世道唉。

朱敛打了个响指,沛湘立即取出一件砚池方寸物,旧有铭文二字"山君"。

后来朱敛又以小篆铭刻一串文字和一个花押。

"石寿万年,纸寿千年,人寿百年,真心几年。"

朱敛的私人花押为"不言侯"。

朱敛接过砚池,如何打开这件方寸物的山水禁制,沛湘早已完整告知他。

她其实还有一件珍惜异常的咫尺物,算是狐国的宝库财库,也算她的私房钱,她半点不怕朱敛染指,只不过朱敛不感兴趣。

当女子身心皆与某个男子坦诚相见,那男子若是稍稍讲点良心,就该有所负担。

朱敛恰好最怕这个,所以朱敛对这位狐国之主,可没有半点绮念。

朱敛取出了两幅工笔白描的小品画卷,先将其中一幅摊放在柜台上,转头对那水神笑道:"掌柜的来掌掌眼?"

李锦闻言后起身,笑着将茶壶与书籍放在一旁茶几上,茶几之上原本就搁放了一只浮雕云龙纹铜花器,精美异常,根根龙须纤毫毕现。铜花器当中,斜插数枝桃花。

李锦来到柜台旁,会心一笑,道:"这位客人,我以钱购买便俗了,不如咱们以书换画?"

沛湘也是头一次看到这幅画,大概是在那清风城的香料铺子,颜掌柜得闲时随手为之。

她瞥了眼朱敛,明眸善睐,秋波流转。

对于李锦的提议,朱敛不置可否,打开了第二幅画卷。

第一幅所绘是那《鲤鱼高士图》,文士相貌清雅,骑乘一条大鲤,鲤鱼只露出首尾,庞然身躯笼罩于茫茫白云中。朱文钤印小篆八字,"吾心深幽,大明境界"。

另外一幅则是《龙门俯瞰激流图》,是那文士一手撑住龙门大柱,则以白文钤印八字,"鱼龙变相,出神入化"。

李锦笑意更浓,啧啧道:"朱敛老哥,大手笔啊。"

朱敛点头笑道:"李锦老弟,好眼光啊。"

李锦视线没有长久停留在画卷上,斜靠柜台,道:"说吧,什么价格。千金难买心头好,当我讨个好兆头,就是谷雨钱,都好谈。"

掌柜化名李锦,真身锦鲤。

朱敛拍了拍沛湘的手背,她便会意,动作轻柔,小心卷起画卷,系好绳子。

朱敛笑呵呵道:"咱们以钱财往来已久,今儿不谈钱,以书换画就是,如何?"

李锦看了眼两幅画,收回视线,摇头而笑,道:"还是老规矩,亲兄弟明算账。"

朱敛不以为意,大笑道:"那就送给李锦老弟!"

李锦这才点头,伸手覆在画卷上,道:"承情。铺子以后就为朱老哥破例,书籍一律八折。"

沛湘何等聪慧,立即知晓双方深意。

朱敛以大管家的身份,希望落魄山与冲澹江多走动,各取所需,多积攒香火情。

只是李锦也以冲澹江水神的身份,婉拒了朱敛的结盟。

朱敛就退了一步,双方称兄道弟,只是一份私交友谊。

一场好聚好散后,朱敛带着沛湘去往与红烛镇山水相依的棋墩山。

徒步行走时,朱敛捡了根树枝当作行山杖,越发像个年迈老人了。

沛湘随口问道:"若不是白描,将那条鲤鱼绘为鲜红色,岂不是更熨帖他心?"

朱敛摇摇头:"打个比方,我知道沛湘是狐魅根脚,可若是当着沛湘的面,见一次就喊一声狐狸精,合适吗?不合适的。不出意外,李锦自己会为画卷添色,无须外人代劳。"

朱敛又笑问道:"不信是吧,咱们赌一赌?小赌怡情,一枚雪花钱。"

沛湘不愿与他赌,谁胜谁负又无半点意义。

这一路行来,不仅是沛湘这位元婴境狐魅,东宝瓶洲所有地仙修士,稍稍仰头便可见到那覆盖一洲的金色莲花。

以东宝瓶洲为一只宝瓶,开出一朵莲花,随风摇曳春风中。

这等异象便是沛湘都要觉得匪夷所思。

只不过时日一久,也就见怪不怪,只当是人间罕见的美景去欣赏。

在这还乡路上,朱敛却很少欣赏这份赏心悦目的美景气象,只是与她询问了那书上记载的花神庙司番尉,是否真的掌管花信香泽。

沛湘就只当是一位纯粹武夫大宗师,对此不上心。

朱敛也不愿与她说那些内幕,终究才是好聚,能否好散,善始善终,又不只是他一人事,人心脆如琉璃碎,除非公子在山头。

朱敛拣选了一条棋墩山僻静小道,以前裴钱和周米粒来这边等公子,都喜欢走这条道路。相信那会儿的裴钱没少耍那套疯魔剑法。

离乡多年,变化很大。

比如先前在红烛镇,就得知这棋墩山多出了一座山神祠,而落魄山就同时少去了一位山神。

落魄山上的那座山神祠已经搬迁来了棋墩山,品秩不变,看似官场平调,实则贬谪无疑。

没了匾额与神像,建筑依旧保存。这个举措,是山君魏檗与大骊王朝的一种心有灵犀。

山神宋煜章没什么怨言怨气,好像早已预料到这一天的到来。反而在搬迁之前,第一次走出本就没什么香火的祠庙,在落魄山四处逛了逛,大有无官一身轻的意思。

朱敛其实很能理解那个宋煜章。只是既然各为其主,当朋友就免了。不过朱敛也从不拦阻裴钱她们去山巅祠庙游玩。

除了山神祠一事,朱敛还得了冲澹江水神李锦的一句祝贺。

因为黄湖山那条大蟒,竟然有胆子离山走江了,既然李锦道贺,那位黄衫女肯定是走水成功了。

李锦谨慎,先前在书肆只以心声与朱敛语言此事。

而沛湘作为实打实的元婴修士,先前哪怕身在龙州边境,依旧能够心生感应,她立即御风高处,远眺龙州水运的急剧变化,断言是有水中大物在走水。

朱敛觉得行走沉闷,便干脆与沛湘说了这件事情,与她说了个大概,只是比沛湘胡乱瞎猜的那条水蛟的根脚来历肯定要更接近真相。沛湘先前御风在天,施展掌观山河的神通,虽然三江汇流处,山水气运激荡不已,又有神灵施展障眼法,使得视线模糊不清,沛湘认定那条走水时气势惊人的大蟒,定然是龙泉剑宗的护山供奉之类的显赫存在,不然怎能走水如此顺畅,洪水滔滔不说,好像还有沿途各地水神帮忙护驾似的,以免大水冲岸,殃及百姓,遭来天谴。寻常水裔走水,不被各地山水神祠处刁难就已经是万幸了。

在山下的凡夫俗子眼中,在大骊旧版图属于疆域格外广袤的龙州地界,不过是接连暴雨,白昼如夜,天昏地暗,江河汹涌。

只是在山上修士看来,却是一场声势浩大的走江化蛟。

既然沛湘早就提及,如今又邻近家乡,朱敛就不再隐瞒什么,道:"她叫泓下,在落魄山一处藩属山头修行已久,与你如今可算半个自家人了。都是女子,要是性情相合,你们以后多往来就是了。落魄山没有什么小山头不小山头的忌讳,都是摆在台面上的,亲疏有别,就是亲疏有别。"

反正山规就那么几条，连小米粒都能背诵得滚瓜烂熟。

沛湘微微讶异，埋怨道："这等不容小觑的助力，你事先都不与我说？"

一条元婴境水蛟！完全可以当半个玉璞境练气士看待！

这等天生肉身强悍、兼具本命神通的水蛟，剑修之外的元婴境修士，谁敢轻易招惹？！尤其是那些个邻近江河大水的仙家门派，一旦与之结仇，简直就是阎王爷发请帖，收下是死，不收也是死。

如果不是清风城许浑已经跻身了上五境，作为兵家修士，他又以杀力巨大名动一洲，落魄山光是有这条水蛟压阵，加上朱敛，就完全可以与清风城硬碰硬掰手腕了。

"泓下姑娘走水化蛟，能让沛湘宽心几分就好。"

朱敛笑了笑，面对沛湘的震惊，他只是提了这么一嘴，就没有多说什么。

不凑巧，在家乡那边，泓下都不敢去落魄山说句话的。如果朱敛没有记错，泓下连霁色峰祖师堂都还没见过一眼。

朱敛当下比较不放心的，还是那个陈灵均在北俱芦洲的大渎走江。

既然如今还没有确切消息传到东宝瓶洲，就意味着陈灵均尚未走水。

倒是不太在意陈灵均远比泓下夸张的那个走水结果，朱敛只是担心陈灵均的性子太跳脱，出门在外，没个照应，容易吃亏。就陈灵均那脾气，在家乡这边还好，反正早就乖乖认命了，打死都不会死要面子了，美其名曰"天下恩怨一拳事"，可是在外边，大概就又喜欢打肿脸充胖子了。

沛湘心情大好，摘下一朵树花递给朱敛。

朱敛摆摆手，笑道："人越丑，才越爱戴花。还是你戴吧。"

昔年藕花福地是有那男子簪花习俗的，不然后世就没有那簪花郎周仕了。

沛湘瞪了他一眼，却还是簪花在鬓。

朱敛可以御风远游，沛湘也是元婴地仙，兴之所至，就无所谓脚下道路有无了。朱敛来到棋墩山一处人迹罕至的山脊，只是与那宋煜章所在山祠已经有些远。

朱敛双手负后，站在一棵古松枝头，会心一笑。

可见落魄山矣。

沛湘坐在树枝上，双指轻轻抵住鬓角耳边那树花。

朱敛感慨道："哪家敢挂无事牌，豆腐青菜有太平。吃得下，穿得暖，今儿睡得着，明儿起得来。就是我们这些凡夫俗子的太平世道。"

沛湘打趣道："非是我自矜自夸啊，你我如何能算凡夫俗子？"

朱敛抬头望天，轻声道："哪怕只在一人之下，也是俗子。"

在朱敛的旧家乡，哪怕晚辈丁婴武道境界更高些，可要论心境，未必。丁婴属于应运而生，趁势而起，拳法高不高，其实在朱敛眼中亦是身外物。

按照后来裴钱的讲述,丁婴便未能做成朱敛当年事。甚至可以说,后来魔头丁婴所走之路,就是武痴朱敛踩出来的那一条。

那顶仙家高冠,便是朱敛随手丢给年轻丁婴之物。

朱敛一人杀九人,杀绝天下高手,眼中身边皆无人。

只是朱敛没觉得那是什么壮举,距离心中所想还差得很远。

比如落魄山上那位前辈,已在朱敛心中高远处,朱敛得一步步走过去才能看得真切。

落魄山上三幅挂像之一,有武夫崔诚。

而当年将已经疯疯癫癫百余年的老人引到落魄山,正是缘起于那位托钵云游、最终步步生莲的中年僧人。

沛湘伸出手指,道:"那就是落魄山?"

朱敛点头道:"环水皆山也,环山皆水也。其中最为蔚然而深秀者,吾乡也。"

沛湘玩笑道:"这么酸,很会做酸菜鱼?"

因为朱敛曾经开过玩笑,自诩为厨艺第一,拳法尚可,琴棋书画也凑合。

朱敛哈哈笑道:"沛湘你凑巧说到这里了,我就提醒一句,在落魄山,除了公子,谁都别谈什么酸菜鱼,不然容易被记在账本上。"

天河璀璨的夜幕中,两人重新行走在棋墩山道上,朱敛缓缓走桩,沛湘无所事事,便仰头赏景。

最后来到棋墩山最后一处高坡,朱敛收拳,眺望远方,没来由感慨道:"梦醒是一场跳崖。"

沛湘笑问道:"何解?"

朱敛摇头道:"无解。"

沛湘并未深思此语。朱敛偶尔言语,往往奇怪,让人摸不着头脑。

她又忍不住想起那条已经与自己同境的水蛟,问道:"那条大蟒的走水,运道真好。是不是你们大骊龙州这个名字取得好?"

朱敛说道:"龙州名字再好,也不如我家公子名字好。"

沛湘伸出一根手指,轻揉眉心,头疼。

朱敛朱敛,你再这样,我可就要怀疑一件事了啊。

朱敛自言自语道:"狗看了他一眼,他看了我一眼,我看了一眼天地,真的是真吗?我越来越不确定。"

朱敛很快就又说道:"只是痴人梦呓,沛湘不用在意。"

沛湘问道:"若是我问你,你回答了我,岂不是可以反过来证明你?"

朱敛摇头感慨道:"我岂能知道你是不是真,问了白问,答了白答。"

沛湘恼火之余，又有些释怀，朱敛能够如此坦诚，已经很不把自己当外人了。

沛湘问道："那么到底谁才能给你一个答案？"

朱敛抬起一手指向天幕，又伸手指向远方，最后轻轻拍掌，道："日月在天，一个'明'字。我心光明，一个好人。由这个人告诉我答案，我便相信。"

朱敛抖了抖袖子，自嘲道："放心，我很少如此的，近乡情怯使然。"

沛湘有些心乱。

大概一个会这么想的人，会很奇怪，又很孤独。

朱敛却已经收拾好心绪，继续赶路。

昔年独行家乡天下，披星戴月朱衣郎。

夜幕中，阮秀站在玉液江畔。

临时在此养伤和稳固境界的泓下立即运转神通，出水登岸，来见阮秀。

化蛟之前，面对阮秀，泓下战战兢兢，不承想化蛟之后，更加魂不守舍，不由自主。所以化蛟成功的泓下先前那份心中难以抑制的喜悦，最少消去一半。

那位玉液江水神娘娘，犹犹豫豫，怯怯生生，在泓下现身片刻后，也跟着来觐见阮秀。

阮秀看着她们俩，一个化蛟水裔，一个封正水神，阮秀没有说话，只是小口吃着一块压岁铺子的桃花糕。

这段玉液江水域，早已被水神娘娘将所有水府官吏、江水精怪驱逐，就怕一不小心触怒眼前这位扎马尾辫的青衣女子。

先前得了阮秀"旨意敕令"，在那夜幕暴雨中，黄衫女惴惴不安，选择一处源头水，现出真身，开始走水。

如今龙州能算仙家山头的，其实就三座，龙泉剑宗、披云山、落魄山。

所以这次走水顺利得让化名泓下的黄衫女只觉得做梦一般。

先是从一条源头溪涧走出大山，有神位却无祠庙香火的龙须河河婆马兰花只敢谄媚送行，同时帮着拘押洪水，然后是经过最为水运浓厚的铁符江，有那大骊第一等江水正神杨花坐镇，她没有现身，却也压制水势，再然后是路过一小段的绣花江，最后逆流那条最为险峻、水性最烈的冲澹江，两位江水正神都护驾犹如护道，泓下就是这般顺遂无碍，走江化蛟了。

之后还能去往玉液江一处灵气充沛的天然水窟疗伤，是那位水神娘娘亲自来邀请的"泓下道友"。

玉液江水神娘娘实在艳羡这条大蟒的机缘，反观自己，莫说是大道福缘，好像就只有灾殃祸事。

那青衣女子不说话,泓下和水神娘娘便更加噤若寒蝉。

阮秀吃着糕点,看了眼泓下,道:"不堪入目。难怪会输给一条小泥鳅。"

泓下小心翼翼瞥了眼阮秀的手腕,一条火龙盘踞如手镯。

原本死气沉沉的那条火龙立即眼珠灵巧转动,最终死死盯住泓下。

泓下立即心中一震,赶紧偏移视线,艰难稳住道心,才不至于顺着本心挪步后退。

火龙已是上五境,绝对是上五境!

阮秀大概不清楚,自己吃糕点的慢悠悠,对于她眼前两位而言,就是一种莫大的煎熬,如鱼在油锅,大火烹煮。

估计就算清楚了,她也不会在意的。

阮秀刚刚返回浩然天下,还是那位中年儒士帮忙开的门。

怕爹骂她胡闹,就先来这边躲躲。

因为心情不佳,看这泓下自然就没什么好脸色。

阮秀轻轻抖了抖手腕,在天外得了一场奇异走水的火龙对主人温驯万分,继续酣眠。

最一般的山泽水裔之属能够成功走水一条大河,就已经算功德圆满,运气好,血统正,说不定就能得到蛟龙之属的某种祥瑞特征,例如龙爪、龙鳞,或是龙须。

就像那桐叶洲黄鳝大妖,昔年试图走水埋河,若非那位水神娘娘百般阻拦,其实早就走江化蛟了。

至于本就是蛟龙之属的大泽水裔,则需要最少走过一条大江,才可算是被天道封正,除了拥有一副名正则言顺的蛟龙之躯,关键是可以孕育出一颗本命蛟珠。

只是三千年前,那场殃及天下所有水裔的浩劫,使世上再无真龙,只剩下血统不正的众多龙裔。

加上浩然天下的大渎,就那么几条,一路上往往宗门林立,蛟龙哪敢造次?别说走水数万里,躲在僻静水底,寻一处水运相对浓郁的老巢,随便挂个某某龙宫、某某水府匾额,就已经烧高香了。

故而走渎成功、再化龙的大蛟,三千年未有。

天下蛟龙之属、万千水裔,哪个不想化龙?可是又有谁敢?

因为没有谁敢断定,当年那个杀绝真龙的不知名剑仙会不会再次出剑。

直到东宝瓶洲有一条浑身雪白甲鳞的蛟龙走水一洲大渎,真龙归位,一举攫取了一份不可估量的天下水运。

泓下这条小蟒比那泥瓶巷稚圭差了十万八千里,比稚圭走渎时跟在身后的那条小东西都还不如。

阮秀朝玉液江水面抬了抬下巴,道:"都回吧。"

一条水蛟,一位水神,如获大赦。

她们立即没入水中,在江底遥遥对视一眼,都不敢以心声交流,双方只觉得同病相怜。

阮秀皱了皱眉头,依旧看着眼前河水,问道:"好看吗?"

有一位老舟子撑篙缓缓沿水而下。

哪怕相隔十数里,那阮秀的嗓音还是清晰入耳,老舟子却并未作答,只是啧啧称奇。

一名年轻女冠站在船头,望向那阮秀,微笑道:"阮姑娘,又见面了。"

阮秀以前对那个以神诰宗女冠身份游历骊珠洞天的贺小凉印象还可以,可是如今,就算不得好了。

北俱芦洲清凉宗,宗主贺小凉。身边还站着一位从骸骨滩壁画城走出来的骑鹿神女。她得到授意,站在了主人贺小凉身后,因为方才她只是看了那青衣女子一眼,就觉得刺眼,开始心神不宁。

贺小凉与半个师兄的老舟子,前不久得到了一道玄之又玄的师尊法旨。

只有两件事,一件与陈灵均有关,已经事了,再就是让贺小凉重返东宝瓶洲,去找泥瓶巷稚圭和杏花巷马苦玄,贺小凉可以顺便见见某位师兄。

至于老舟子,相较于那个师弟,更想去老龙城见桂夫人。

李希圣一步跨越中土神洲,来到家乡的福禄街大门外。

拜见了父母后,李希圣来到妹妹住处的那座小池塘。

看着里边的一只金色小螃蟹,微笑道:"莫道无心畏雷电,海龙王处也横行。"

第十章
贾生让人失望

朱敛和沛湘走出棋墩山,依旧缓缓而归,邻近落魄山的山脚门口,沛湘看到一个黑衣小姑娘,双手环胸,怀抱绿竹杖和金扁担,站得笔直,瞪大眼睛,好似是个负责看守山门的……小水怪?

沛湘忍俊不禁道:"你们落魄山,真是……"都不知道该如何形容落魄山的山风了。

朱敛介绍道:"她可是咱们落魄山的右护法。"

沛湘笑出声。

朱敛说道:"又没骗你,小米粒是落魄山谱牒上的右护法,在雾色峰祖师堂的座椅很靠前的。"

沛湘将信将疑,道:"真的假的?!"

朱敛呵呵一笑,道:"对了,你等会儿见了小米粒,只管开门见山寒暄一句,'你就是传说中的那位哑巴湖大水怪',她会很高兴的。"

他抹掉脸上那张面皮,恢复了落魄山老厨子的那张。

沛湘也摘掉了面皮,再撤去了障眼法。

周米粒揉了揉眼睛,然后一路飞奔到朱敛跟前,哭腔哽咽道:"老厨子老厨子!我都以为你迷路,不晓得怎么回家了!我又不敢去红烛镇接你……"

小姑娘伤心得说不出话来,都顾不得什么面子不面子了,还不小心承认了自己不敢去红烛镇和玉液江。

朱敛伸手揉了揉小米粒的脑袋,耸了耸背后的大包裹,笑道:"猜猜看有啥。"

小米粒擦了擦眼泪,怯生生看了看老厨子身边的女子,紧紧抿起嘴,与沛湘施了个万福。她方才只顾着看老厨子是胖了还是瘦了,都没瞧见这位贼好看的姐姐嘞。

沛湘微笑点头。记起朱敛的那个提醒,笑道:"你就是哑巴湖大水怪?"

周米粒愣在当场,她一时间都不知道是该挠脸还是挠头了。

这个姐姐咋个突然又好看了些?大概这就是裴钱心心念念的女大十八变吧。

唉,变个锤儿嘛,长大有啥好的。不过小米粒是不敢与裴钱这么说的。

周米粒想起老厨子的问题,小声道:"是裴钱说的那种神仙书?图画上边的小人儿会打架的?可惜裴钱不愿意多说,你给我瞅瞅呗?如今我可喜欢读书,学问老大了,呵,等裴钱回了家,要吓她一大跳。"

朱敛老脸一红,无奈道:"是瓜子。"

周米粒哀叹一声,老气横秋道:"恁大人了,还嗑瓜子。"

不过小姑娘很快笑道:"买都买了,就这样吧!"

朱敛笑着点头。

久违的家风山风,终于不再只是遥遥怀念了。

我已归乡,身在此山中。

一只小水怪,好似变作山间小黄雀,在朱敛身边蹦蹦跳跳,叽叽喳喳,说着家里事。

一些个不能说的事儿,小米粒就没说。落魄山上的机灵鬼,裴钱第一,她第二,暖树姐姐都只能排第三!

沛湘实在觉得荒诞不经,只好以心声询问,小姑娘真是落魄山的右护法?

山上门派、仙家洞府的护法职位分量极重,被谱牒仙师誉为半座山水大阵。

沛湘确定这小水怪境界何止是不高,简直就是低得离谱了。小姑娘既然都是右护法了,难不成那泓下是左护法?或是落魄山首席供奉?

可那朱敛竟然置若罔闻,只顾着与小姑娘言语鸡毛蒜皮。

沛湘气笑不已。活该你被称呼一声老厨子!

然而沛湘的小小郁闷很快就变成了惊悚。

一个身穿白衣的俊美男子凭空现身,与朱敛微笑道:"你倒是有样学样,甩手掌柜当得很过瘾?这都多少年了?"

沛湘只觉得此人俊如玉山。

在她眼中,此人姿容只比朱敛略逊半筹。

山君魏檗!一洲北地山水,神位第一尊。

朱敛感慨道:"久别家乡,甚是想念魏兄。"

魏檗扯了扯嘴角,道:"你可拉倒吧。"

你不仁别怪我不义,朱敛立即搓手道:"山君道行暴涨,理当天地同贺,等到乱世结束,咱们名正言顺办一场夜游宴!"

魏檗没有理睬朱敛,只与那狐国之主点头致意,心中大致猜出了朱敛的谋划。真够损的,朱敛这一锄头下去,直接挖掉了清风城许氏的一半财源。

沛湘赶紧与山君大人施了个万福。婀娜多姿,妩媚天然,倒不是她有意为之。

小米粒笑着喊道,魏山君魏山君魏山君,平时只喊两遍,今儿贼高兴真开心,多喊一遍。

魏檗会意,微微弯腰,摊开手掌。

小米粒放下一大把瓜子。

魏檗道了一声谢,自然而然嗑着瓜子,以心声与朱敛收起了正事。

沛湘在一旁看得眼皮子直跳。

朱敛听到魏檗所说一事,嗤笑道:"那小崽子救了自己一命。"

那个来落魄山避难得以逃过一劫的朱荧王朝余孽,原来同样得到了一道大骊密旨,却没有去往飞升台,等于主动放弃了近水楼台先得月的天大福缘。

这当然是宋氏皇帝与落魄山的一种明示,我大骊已经知晓此人根脚,但是仍然愿意既往不咎,刑部粘杆郎的追捕也会就此收手。

朱敛比较满意那条丧家犬的选择,很明智,没有得寸进尺。落魄山给了他一处栖身之所,就要知足。若是还敢依仗落魄山,不知轻重,误以为一张用完就没的救命符可以当成长久的护身符,那么朱敛就要往他尸体上贴一张催命符了。

不然朱敛回了落魄山,第二件事肯定就是问拳。

而朱敛问拳,是要分生死的。

至于第一件事,当然是给暖树、米粒她们送去瓜子,然后做上一大桌子好吃的山野时令菜,到时候摘了围裙,再去问拳。

朱敛抬起头。

然后沛湘只见山上缓缓走下一位青衫男子,笑意温柔。

朱敛愣了一下,瞥了眼魏檗。

魏檗是故意不说此人此事的,反正朱老哥都回家了,自己瞧去。

在那清风城这些年秘密谋划,朱敛以防万一,免得功亏一篑,就与落魄山没有任何密信往来。

毕竟那个许氏妇人真不是什么省油的灯。比如关于凭借狐国悄悄聚拢文运一事,朱敛其实早已发现蛛丝马迹,可哪怕到现在沛湘依旧没有与他坦言。

所以朱敛还真不知道此人身份,只看出对方是位境界不低的剑修。

米裕以心声与朱敛笑言:"见过大管家。我来自剑气长城,米裕,白米的米,富裕的裕,玉璞境剑修。在落魄山,朱老哥喊我余米就是。"

朱敛抱拳笑道："余老弟生得好俊朗，为我落魄山增色许多。"

米裕赶紧抱拳还礼道："不敢不敢。"

魏檗笑容玩味。

周米粒朝余米眨眨眼，然后悄悄身体后仰几分，朝老厨子背后的包裹丢了个眼色，示意余米，老厨子今儿回家，买了好些瓜子。

沛湘觉得自己有些不合群之余，更被那个"余老弟"震惊到了。

剑气太重！

当然不是米裕故意显摆境界，这种事情太无聊。

事实上，米裕刚刚从老龙城返回落魄山没多久，剑气夹杂残余杀意，尚未褪尽，自然流露而已。这还是米裕刻意压制剑意的结果。

除了米裕和朱敛先后返回落魄山，其实还有人正在赶来。

种秋、曹晴朗终于远游归来东宝瓶洲。从北而来，乘坐披麻宗那条跨洲渡船。

从中土神洲直接返回东宝瓶洲，一无跨洲渡船，二来太过凶险。

种夫子就带着曹晴朗走了趟皑皑洲，去往北俱芦洲，再乘坐渡船，南下归乡。

另外一拨人，则是浮萍剑湖的隋景澄和师兄荣畅，他们从东宝瓶洲南方游历北归，会再次路过落魄山。

其间，他们专程跑去老龙城找了师父郦采，郦采没让大弟子荣畅留在战场，说她要是一个上头，死翘翘了，以后浮萍剑湖岂不是要给人欺负个半死，所以荣畅就别凑热闹了，反正浮萍剑湖有她这宗主撑场子，谈不上赢多大面儿，反正丢脸是不至于的。

此时山上，竹楼外，拜剑台修行的剑修崔嵬倒是要下山去了。

既是与剑仙前辈米裕道别，也顺道看一看那个修行符箓的蒋去。

崔嵬同样走了一趟飞升台，如今已是一位元婴剑修。

如今魏檗这位北岳山君算是相对比较清闲的一位，倒不是魏檗偷懒，实在是那几场天幕开门后的大战，从头到尾都不用他如何出手，他光捡便宜了。估计以后与那身为同僚的中岳山君晋青重逢，对方不会少说怪话。

朱敛拉上魏檗和米裕，还有那账房先生韦文龙，一起商议正事。

有太多事情要商量，而且没有一件小事。

连那安置狐国一事，都算不得最重要的。

沛湘跟着那个名叫陈暖树的粉裙女童，跟着那个奇奇怪怪的小米粒，去了一处雅静院落住下。

沛湘心情复杂，夜不能寐，干脆就离开住处，独自散步，坐在了山顶台阶上。

她自己都觉得自己当下心情过于没道理了。未到落魄山，只怕落魄山家底太薄，不承想到了落魄山，古怪事一桩接一桩，让她目不暇接，又难免心中惴惴。

然后沛湘发现朱敛应该是聊完了事情,这会儿正陪着那个岑鸳机一起走桩下山。

朱敛发现岑鸳机拳法精进不少,得知她是得到了刘十六的点拨。

朱敛让岑鸳机继续走桩上山,他则率先快步登高,来到沛湘身边坐下。

朱敛轻声道:"是不是才回过神来,原来已经身在异乡了?没事,不用太久,你就会习惯的。"

沛湘轻声问道:"颜放,你是不是一直在心里偷偷笑话我是井底之蛙?"

朱敛笑道:"怎么变得如此多愁善感了?在我的印象里,清风城的狐国之主是女中豪杰。精算计,敢决断,还好看。"

沛湘幽幽道:"若是没有遇见你就好了。"

有些女子的情绪,是真没有道理可讲的。

心情好时,万事都好。心情不好,诸事不佳。

后者总是突如其来,往往让男子措手不及,那就不要听她具体说了什么,莫名其妙的细碎怨言也好,不知道理何在的恼人气话也罢,莫要着急,自乱阵脚,且当个无法反驳的道理去听好了。一旦为此不耐烦,或是一旦以理说理,还能如何,完犊子。哪怕不说话,也要听着,也得认真看着她。

男子愿不愿意如此,往往才是女子真正的心结所在。

只不过朱敛是谁,很快就让沛湘笑开颜。

岑鸳机在半山腰处就停步收拳,看见山顶台阶那温馨一幕,对朱老先生越发钦佩。才回家乡,就要为落魄山照顾客人。

若是换成了年轻山主坐在那女子身侧,估计岑鸳机就要担忧那位沛湘姐姐的处境了。

是那山主又如何?眼神不正,还喜欢醉醺醺走夜路,万事不管,只顾着独自远游,让朱老先生劳碌异常。

而她岑鸳机每天勤勉练拳,谁都挑不出半点毛病。何况说不定下次擦肩而过,双方的拳法差距就被她拉近许多了。

夜幕沉沉的小镇,杨家药铺。

长命道友离开骑龙巷,夜行来此,轻轻敲门。

去一处古战场砥砺武道的苏店和石灵山,如今都已经远游归来,继续当着不起眼的铺子伙计,不过石灵山住在桃叶巷,就只有师姐苏店住在这里。

苏店得到师父授意,给那位女子开了门。

长命去往后院,苏店则干脆搬了条凳子坐在门口。

后院,长命与那位老人施了个万福。执晚辈礼,甚至没有落座。

只询问铺子这边是否需要金精铜钱。毕竟如今大战正酣,老龙城主战场之外,其余东西两边沿海战线虽然不如老龙城惨烈,却也是硝烟万里。"

杨老头摇头道:"好意心领。你积攒那么点家当不容易,好好余着吧。"

之所以愿意与她多说几句,除了她心诚之外,她与神道的那点渊源更是缘由。

长命就要告辞离去,老人却突然问道:"压岁铺子那石柔,身上有条伏线,看出来了吧?"

长命摇头道:"不曾看出。"

杨老头换了一根老烟杆,装烟草之前,轻轻磕了磕台阶,道:"古蜀地界,大有神异人事,那石柔的身上传承只是其中之一,起先并不显眼,只是余着余着,就显得比较水落石出了。"

长命对东宝瓶洲十分感兴趣,落魄山上藏书颇丰,她经常翻阅书籍,倒是看到一个古蜀八百仙的书上说法。

老人继续道破天机:"她跟那位白玉京三掌教有些渊源,藕断丝连。至于何时牵动荷花带动藕,得看对方心情,看他将来要不要重返真正故乡,来见他的师兄了。"

长命只是听着,默默记在心头。

杨老头没来由说一句:"野猫夜路遍地腥。"

马苦玄的那个"儿时玩伴",来历当然要比石柔的那点道种灵光要大得多。

杨老头指了指对面檐下那条长凳,道:"坐吧,随便掰扯几句。"

长命领命坐下。

杨老头沉默许久,缓缓道:"只是一个巴掌大小的地方,天底下没有比这里更能吓唬外乡人了。"

甲子以来。

崔瀺、齐静春,一对反目成仇给天下人看的师兄弟。崔瀺离经叛道是真,欺师灭祖就算了。

文圣老秀才、君倩刘十六,加上陈平安,那么文圣一脉嫡传就只差一个左右未曾现身此地了。

人间最得意,白也。

白玉京三掌教陆沉,在此摆摊算命;阴阳家邹子,在此摆摊卖糖葫芦。

天君谢实。

阮邛、阮秀、李二、李柳,两对父女。

曹曦、曹峻,一对泥瓶巷祖孙。

"目盲道人贾晟"、白帝城郑居中,又是一对师徒。

道老大分身之一的李希圣。

昔年白龙鱼服的宋长镜。

墨家许弱。

只差几步路就会走入小镇的阿良。

好似凿壁偷光的泥瓶巷婢女稚圭。

东宝瓶洲历史上第一位上五境山君魏檗。

剑修姜尚真、米裕、郦采……

当然最后还有那桥下悬古剑。

对于山上修道之人而言，短短甲子六十年算什么。

所以只要稍稍运道不济，不管谁来这里，任你境界再高，只要胆子一大，就都要命悬一线。

哪怕一时得意，在这里与人结了仇，暂时性命无忧，也要放眼看远，多悠着点，毕竟骊珠洞天的年轻人，尤其是陈平安、马苦玄这一辈，走出去很多，出息都不会小。

杨老头破天荒笑了起来，道："这等开篇真是雄文。"

长命始终屏气凝神，只听不说，然后她转头望去。

有个风尘仆仆的年轻儒士，背着竹箱，手持绿竹杖，一手猛然掀开帘子，刚好看见那杨老头难得的笑容，便大笑道："老头儿，看把你乐的，傻了吧唧，咋的？找着媳妇啦?!老当益壮，相当可以啊！"

长命愕然。

那年轻人不知长命身份，就只好抱拳而笑，然后屁颠屁颠跑到杨老头身后蹲着，一把勒住老人脖子，道："想不想我，想不想我?!"

他倒是没觉得杨老头有本事能找到这么个如花似玉的漂亮姐姐。

长命长久呆滞，然后蓦然而笑。

知道了，是那个久闻大名不见其人的李槐，他年幼就与主人关系极好。

杨老头也由着李槐造次，只是说道："还舍得回来。"

李槐松开手，一屁股坐在旁边，轻轻捶腿，抱怨道："这一趟好走，累死个人。屁福缘没有个。"

杨老头呵呵一笑。

长命告辞离去。杨老头视而不见。

李槐摘下书箱放在一旁，后仰躺去，神色疲惫道："杨老儿，你说世道怎么一下子就变得这么乱了？"

杨老头说道："还好吧。"

李槐问道："跟你没啥关系吧？"

杨老头默不作声，开始吞云吐雾。

李槐坐起身，道："你倒是给个准话啊。真当自己是世外高人啦？老胳膊老腿的，可别逞强。"

杨老头说道："没啥大关系。"

李槐稍稍松了口气，嬉皮笑脸道："先前看你笑得贼兮兮，不像个正经人，有啥好事？真找着媳妇了？不能够吧。"

杨老头没有说话。

李槐又躺回去。能躺着是真不想坐着，坐着就不想站着，反正他打小就这样。习惯了啥都高不成低不就，谁都比不过，比不过身边朋友，李槐其实也无所谓，但是出远门，总能遇到些事，不是那么让人舒心快意的。

可娘亲总说他是享福的人，原因是他姐姐生得还算有几分俊俏水灵，以后找个愿意帮衬小舅子的姐夫，可不就是躺着享福。

只是李槐一想到姐姐李柳就犯愁，老大不小的姑娘了，还没个着落。瞧瞧，错过了我那斩鸡头烧黄纸的好兄弟陈平安，嫁不出去了吧？爹娘咋个意思，尤其是娘亲，姐姐你是真不懂还是假不懂啊？就咱们娘亲那脾气，能舍得给儿子准备的屋子腾出来给外人住？

杨老头好似知晓李槐的心念，说道："你姐又不喜欢陈平安，强扭的瓜不甜，这点道理都不懂，这些年读的什么书。"

李槐白眼道："扯啥犊子，先找个媳妇，再来跟我谈男女之情。"

李槐坐起身，打开竹箱，唠唠叨叨着自个儿这趟北俱芦洲游历就没花过钱，临了倒好，破功了。

老人听着笑着。

惫懒货刘羡阳，难得做客落魄山。

他不常来，毕竟他那河畔铁匠铺子，离着山头可不近。

刘羡阳懒到了都没去什么飞升台。反正又不是没有在梦中去过，许多次了。

一般人莫与我刘羡阳说什么惊心动魄。

看着那个坐在小板凳上、好似小鸡啄米打盹儿的周米粒，刘羡阳轻轻咳嗽一声。

周米粒打了个激灵，睡眼惺忪，揉了揉眼睛，立即起身，哈哈笑道："刘瞌睡来了啊。"

在小米粒这边早早得了个刘瞌睡绰号的刘羡阳先点点头，然后坐在一旁，笑嘻嘻道："小米粒啊，身为右护法，担任小门神多跌份儿。"

周米粒无奈道："没法子嘞，大风叔叔远游去喽，元来也跟着他姐下山去喽。暖树姐姐每天那么忙，我又这么空。"

然后小姑娘悄悄说道："裴钱一回来，就看到我在这儿守大门，功劳簿上重重一笔，跑不掉的！"小姑娘突然伸出一手，再握拳，"就算长脚跑路也不怕，我一下子就能抓住。

就跟……裴钱按住骑龙巷左护法的脑袋差不多!"

刘羡阳双臂环胸。

周米粒说道:"咋了,想好人山主啦?"想吧想吧,咱俩刚好一起。

不料刘羡阳笑着摇头,道:"想他个屁,一想就烦。"

刚刚拿出一捧瓜子想款待刘瞌睡的小姑娘,默默把瓜子放回袖子里。

咋说话的,想个屁? 那就吃个屁嘞。

小米粒轻轻摇晃脑袋。

刘羡阳忍住笑,问道:"以前你那个好人山主,经常当我的跟屁虫,一起去那溪边,寻一处水面窄的地儿,我先跳,他后跳。嗖一下,跳向对岸,咚一下,掉进水里。我就在对岸笑他。"

小姑娘瞪大眼睛,使劲摇头,道:"刘瞌睡,你吹牛皮不打草稿,好人山主可厉害可厉害。"

除了不会吟诗。

再说了,如果好人山主是刘瞌睡的跟屁虫,那自己和裴钱怎么算,辈分岂不是低了去了。

刘羡阳缩着肩头,笑道:"小米粒啊小米粒。"

小姑娘嘿嘿笑道:"刘瞌睡啊刘瞌睡。"

刘羡阳望向远方,望向那明月,玩笑道:"要赶紧找个媳妇喽,然后生个与小米粒一样可爱的女儿!"

周米粒想了想,用小脑袋画了一个圆,道:"一般来说,可难可难。嗑了瓜子,不难不难。"

刘羡阳喃喃道:"短亭又长亭,长亭更短亭。亭亭复停停,归路行不尽。"

周米粒眼睛一亮,道:"刘瞌睡,你还会吟诗哩。能不能借我用几天啊? 我以后好跟裴钱显摆显摆。显摆完了,我肯定还你。"

刘羡阳微笑道:"当然可以啊。"

然后一大一小一起看着圆圆月,各自想着远远人。

金甲洲中部。

裴钱在一处结局惨烈的战场上,捡到了一个满脸泥污的小孩子。

这是一个大王朝仅剩的最后一支精锐边军了,足足十六万人,就这样一下子打没了。

双方当时初次相逢,孩子趴在地上,先看到了一双破败靴子,鲜血浸透靴子,停步在孩子不远处。

裴钱伸出手去,要将孩子从死人堆里拽出来,那个孩子坐在地上,一动不动,只是死死盯住那个浑身浴血的年轻女子,脸庞开裂,颧骨裸露,眼神死气沉沉。

郁狷夫来到裴钱身边,看了眼那个瘦骨嶙峋的可怜孩子,再与裴钱说道:"那一拳,谢了。"

裴钱挤出一个笑容,轻轻摇头。

她先前在战场上远远救下郁狷夫的那一拳,学自雷公庙沛前辈一脉,所以裴钱不觉得有什么好谢的。要是给师父知道了,害自己白吃一栗暴吗?

一袭白衣极为瞩目的那个年轻男子,独自站在一处山坡顶上。

修道一途,青冥天下有个道老二,被誉为几座天下的真无敌。

武夫路上,此人也有了几分真无敌的气概。毕竟在他之前,还有个女武神的师父在等他。

曹慈不但出拳杀敌,还能出拳救人。

裴钱至多就是能够分心留意在溪姐姐的安危,这还是因为郁狷夫与她并肩作战,相距不远。但是那个曹慈,双拳却能照顾极远处的战场。

不愧是师父在武道上的唯一宿敌。

师父找对手,与师父做其他事一样,始终厉害。

就是找开山大弟子,好像不是太能够拿得出手。

裴钱与那孩子说道:"起来,该装死的时候装死,该起身的时候起身。起身再低头,这样才能活得久。留在这里,死了就是死了。"

裴钱其实早就注意到了这个古怪孩子,只是先前照顾不到。

这孩子,是个妖族。

但是战场上,出身金甲洲的孩子,竟然死死护住了一个人,只可惜孩子拼死守护的那个人早已死无全尸。而刚刚幻化人形没多久的孩子,只是被一道术法殃及,就付出了被打断长生桥的代价,所以先前不是主动装死,而是晕死过去,等到清醒过来,才开始装死。

孩子最后起身默默跟在裴钱身后,一瘸一拐行走。

裴钱走得快,他就走得快,裴钱走得慢,他就走得慢。

郁狷夫没有藏藏掖掖,直截了当说道:"裴钱,我多嘴说一句,你以后又要出拳,又要照顾好一个孩子,并不容易。"

郁狷夫倒是不会因为那个孩子的妖族出身就心存芥蒂。

裴钱点点头,道:"很难。"

她转头看了眼那个瞬间停下脚步的孩子,好像那个人死后,孩子身上的那股野兽气息就开始重新聚拢,变得更像一个修行时日未久、不太擅长遮掩妖族本相的山野精怪。

哀莫大于心死。

裴钱停下脚步,转身面朝那个孩子,用金甲洲大雅言问道:"要不要跟我学拳?"

那个孩子无动于衷,只是站在原地。

郁狷夫皱了皱眉头,因为她从那个孩子眼中看到了刻骨仇恨,对自己,也对裴钱,好像对整个天下和世道都是如此。

没有道理,可事实偏偏如此。

那个孩子与裴钱对视,他终于愿意开口说话,伸出一手,嗓音沙哑,含糊不清,好似伤到了大道根本,以至于说话都难。

郁狷夫好不容易才听清楚,孩子是说:"借我钱,我就走。买命钱,以后还。"

裴钱说道:"学拳可以挣钱。"

孩子面无表情,低下头。

郁狷夫有些无奈,裴钱和这孩子,这都什么跟什么啊。

桐叶洲天阙峰青虎宫,老元婴陆雍心怀死志,找到了随军修士的领头武将,说要按照国师订立的山上规矩,与大骊王朝做一笔买卖。

那位身材敦实的武将点点头,说可以商量。然后立即喊来了两位大骊文秘书郎,与这位外乡老元婴商议细节,来的时候,还带上了一本秘录,记载之事正是桐叶洲青虎宫和陆雍的详细消息。一位文秘书郎便与武将建言,陆雍不用去战场杀妖换取战功,炼丹即可,战功只会更大。那武将皱了皱眉头,直截了当,询问那文秘书郎,所谓的炼丹折算战功,到底是怎么个算法,这陆雍搭上了一条性命,在跟我们谈此事,劳烦说仔细些。这位文秘书郎便先与一旁同僚仔细合计一番,然后开诚布公,按照大骊制定的既定章程,给出了武将和陆雍一个面对面的确切说法。

文秘书郎语速极快,措辞精准,没有任何含糊地方。

比如炼丹一切所需天材地宝,都不用陆雍和青虎宫给出,只是不与大骊计较工钱。

比如青虎宫的几种炼丹之法,如果当真能够对修道之人和纯粹武夫有立竿见影的效果,那么只要陆雍愿意与大骊公开,也可以计算一笔相当可观的战功。

武将只是插嘴说了一句:"你陆雍只管放心,若是不愿给出秘传的炼丹仙方口诀,大骊绝不会因此刁难青虎宫,更不会秋后算账。"

陆雍喜出望外,强压着心中激动,一一答应下来。

从头到尾是不到半个时辰,连陆雍和青虎宫所有炼丹修士去往何处,如何去,各种丹药价格,折算成一笔笔具体战功如何计算,临时驻地的对接之人,那两位文秘书郎皆给了陆雍详细的说法。

谈完事情,两位年纪都不大的文官就迅速离去。那武将也只是一抱拳,与他们没有任何客套言语。

陆雍心有感叹。大骊边军的雷霆之势,原来不只在那战场上。

负责盯住此地外乡修士的大骊武将,每次披甲悬刀,巡视山水禁制,偶尔望向那些好似圈养起来的神仙中人,眼神都很冷。

与这位擅长炼丹的桐叶洲老元婴谈买卖,是作为一位大骊边军的职责所在。

大骊边军,律法最重,由不得谁不当回事。那些大大小小的规矩都是刻在武夫的骨头里的。

大骊铁骑与随军修士,没有什么山上山下之分,皆是武夫。

可既然当下谈完买卖,就没太多忌讳了,武将离去前,突然露出笑脸,朝老修士抱拳沉声道:"就凭老真人舍得死在异乡,我与袍泽同僚都会记住天阙峰青虎宫。几个沙场莽夫的记住,当然不算什么,就当是与老真人说句心里话。"

武将大步离去,铁甲铮铮作响,只留给老人一个背影。

陆雍忍不住朝那武将背影一抱拳,然后悻悻然放下,快步转身离去。做事去!

远处那老龙城战场上。

大寺高僧与那不知名的道人并肩作战。

老道人打开一幅享誉天下的行书《初霁帖》,内容不过二十八个字,后世印章竟然多达一百七十二个。字字是符箓,一尊尊金甲傀儡砸向妖族大军当中。

他是一位名副其实的玉璞境修士,却在东宝瓶洲寂寂无名。

东宝瓶洲的武运半点不输给中土神洲之外的其他七洲,甚至比那皑皑洲还要更加武运昌隆。可是要论一洲本土上五境修士的人数,确实太过寒酸。

而那老僧亦是丢掷出锡杖,化作一条青色蛟龙。更摘下身上袈裟,蓦然大如云海,遮覆十数里战场,一件袈裟之上,似有水面清圆,——风荷举。

大骊宋氏皇帝曾经下旨在一洲之地广建寺庙。

佛门当有还礼。

今天老僧与那道人在短暂休歇时,同坐云海上,相隔数百丈,以心声言语,老僧笑问道:"为何来此?"

"山中久居无事,就来山下看看。"

老道人的修道之地,是与昔年朱荧王朝一样国势雄壮的白霜王朝。只是那一次的大骊铁骑打穿一国,马蹄过境,他并未出手。

山上修行,道心无情。

不过他却不是东宝瓶洲本土修士。云游至东宝瓶洲,一住多年罢了。

老道人最后笑道:"山外青草年年生,看不看,是贫道的事;开不开,也还是贫道的事。"

老龙城苻家首席供奉，剑修楚阳，曾经被许弱所救，然后又一同相逢于异乡。

好教那位常年横剑身后的墨家游侠觉得昔年没白救他楚阳。

如今老龙城以一座苻家山水大阵作为屏障，这条南海战线上已经出现了三个大窟窿，楚阳就在此负责拦阻妖族闯入。疲惫不堪，却也杀得酣畅。

以老龙城作为阵法中枢的山水大阵，既负责阻挡那些送死不断、尸体堆积成山的攻城妖族，又能够为南岳山君范峻茂和一些得道之人，找出那些能够单独打破大阵禁制的上五境和地仙妖族。

大骊悬空剑舟负责与蛮荒天下以攻对攻。

如今东宝瓶洲老龙城以南，其实就已是蛮荒天下了。

一洲之地，宝瓶开出金莲花，是一座大阵。更有那二十四节气大阵，依旧流转无缺漏。

崔瀺坐镇白玉京，负责剑斩大妖。

有一位远道而来的女剑仙厮杀不断，出剑不停。

昔年佩剑早已碎裂不堪，无法再用，手中所持还是郦采从浮萍剑湖宝库中扒拉出来的一把剑，至于一位剑仙作为山巅立身之本的本命飞剑，在异乡、在家乡先后两场大战中，郦采又都受损。

这位女剑仙蓦然展颜一笑。

因为有个男人神出鬼没，远远递出一剑，斩杀了一个元婴妖族剑修就远遁，只扯开嗓子撂下一句："今夜娘子尤为美人，最最动人！"

郦采大笑答道："老娘好不好看，还需要你说？！"

老龙城战场最南方，周密现身于此，身边跟着嫡传弟子剑仙绶臣，以及从剑气长城赶来的流白。还有刚收的关门弟子，不是剑修的甲申帐木屐。昔年少年，如今青年。

绶臣皱眉道："小小东宝瓶洲到底有哪些奇人异士，甲子帐前后都有记录，那些个意外是从哪里冒出来的？是我错过甲子帐谍报了？"

木屐摇头道："师兄不曾错过一封谍报。"

周密微笑道："怪我离乡太久，也怪崔瀺谋划太多。"

浩然天下历史上，曾有"天下机谋智计并归贾生也"的感叹。

在他眼中，其实所谓的意外一个个都有迹可循。来了个意外，抹平就是了。

木屐神采奕奕，说道："绣虎崔瀺，不愧是隐官的师兄。"

周密笑道："到底有几斤几两，崔瀺不死就不知。"

周密一挥手。

片刻之后，一望无垠的壮阔海面上雷声渐大，惊天动地。

原来是靠近老龙城的海面之外，又有一层高达百丈的海面，齐齐汹涌而至。

正是王座大妖绯妃、如今蛮荒天下摇曳河共主的一记水法神通。

她要水淹老龙城!

北去路上,不断有那精通水法的妖族修士,各自施展本命神通或是添加术法,纷纷为那道铺天盖地的巨浪推波助澜。

滔天大浪凶狠撞向东宝瓶洲南端的那座碍事城池。

登龙台上,稚圭身形化作一道虹光,越过老龙城大阵,撞入海中,尚未现出真龙之身,她就已经将方圆十数里之内的妖族当场震杀无数。

周密对此视而不见,只是与关门弟子木屐笑道:"先前你说崔瀺不愧是隐官的师兄,是不是不太妥当,该是那年轻隐官不愧是崔瀺师弟才对。"

周密仰头望去,以心声言语道:"绣虎以为然?"

巍峨法相身在大骊陪都高空的崔瀺手托白玉京,十二飞剑大如剑舟,悬停在四面八方,他答非所问,微笑道:"贾生计谋,让人失望。"

左右来到一处山清水秀的形胜之地,手持一根绿竹杖,登山去。

寺庙在山脚,道观在山巅,书院在半山腰,哪怕不在浩然天下的洞天福地,亦是大抵如此。

左右当下置身于一座名为羽化福地的异乡,闲来无事,不愿也不宜挪动真身,就只好阴神远游,借此机会,顺便游览天下风光。

此次左右游历之地,在这福地是一处修道圣地,被誉为人间仙府,天下隐士访仙的必经之地,也是人间善男善女的远游烧香首选。

相传此地古代多有真人,在山中修炼道法仙术,于是就有了皇帝敕建的山顶翠松宫,后来果有真人证道,骑乘古松所化的一条青龙,飞升成仙,天下皆知。当世君主见此前无古人、史无记载的天地祥瑞,立即顺应天命更改年号,在祥云元年,敕建宝积观,用来尊崇那位道门神仙的羽化飞升,百余年后,王朝更换,宫观香火凋零,那位仙人最后一次有据可查的重返人间,是运转无上神通,将那不知为何沉入水中的宝积观重新打捞起来,搬去山巅。

新王朝的历代皇帝赶紧为那宝积观祖师不断加封尊号,真人真君天君,步步登天,更为宫观一次次赐下匾额、赠送道书,使得此处香火鼎盛,绵延至今。

后世众说纷纭,笃定这位真人飞升后不仅得以位列仙班,还被天帝授予品秩极高的绿牒青章,官职类似人间的六部尚书,故而所到之处山野湖泽之神、海上隐仙皆来逢迎拜谒。

左右当然知道这些往自家脸上贴金的福地传闻是以讹传讹,被视为得道仙人的老修士其实不过就是在桐叶洲的一座宗门,担任了祖师堂供奉,最终成就是那元婴境瓶颈,未能破境延寿,只能一天天形神腐朽,然后就遇到了蛮荒天下的大举入侵,无论是老修士自认大限已至,苟活几年无意思,还是有什么其他理由,老修士选择战死于那场妖族登岸桐叶洲的战场上。而羽化福地却未能逃过一劫,落入一座军帐之手。

羽化福地本该交由一位宗门嫡传随身携带,去往东宝瓶洲,交给老龙城,好帮宗门修士与大骊王朝换取一处修道之地。

羽化福地,地广人稀,因为灵气淡薄,加上手握福地的宗门"老天爷",又不愿如何砸钱,使得历史上勉强成材的修士寥寥,对于一座桐叶洲仙家宗门而言,确实就只是一座很鸡肋的下等福地。大把大把撒钱给福地,若是耽搁了自家山头练气士的修行,终究得不偿失。何况一位宗主哪怕已是玉璞境,只要无法跻身仙人,寿命有定,那就是近观山河,不敢说千年以后福地会如何,至于其余祖师堂老人、供奉和嫡传境界更低,道法更浅,所以只会更加短视,未必是真看不见福地提升的长远裨益,只是以后千年于我大道何益?

可是对大骊宋氏而言,确实是可以解决一部分燃眉之急,用来迁徙一洲最南部的藩属国百姓最为便捷,羽化福地的品秩太低反而是好事,因为隐患极小,山上和山下、修道之人和凡夫俗子的冲突几乎可以忽略不计。安置难民,几无成本。

至于福地为何最终还是落入妖族军帐之手,左右不太感兴趣。人心贪婪也好,世事意外也罢,反正就是他左右被拘押在此了。

对于这位青衫绿竹杖的儒生模样男子,路上香客们都未太过在意,毕竟很常见。

左右在半山腰一处摊贩云集的地方停步,其中有那"最后饮酒处,赶紧喝饱"的一杆旗招子。

大俗得让人备觉可亲。酒摊主人在提醒世人烧香须心诚,嗜酒之人赶紧在此解馋,不然登高再喝酒,一身酒气醉醺醺,给开天眼的神仙瞧见了,容易惹来不快,祈福许愿便要不灵验了。

上山烧香的神道,除了虔诚香客,还有众多以苦力挣钱的挑夫,或是为香客搬运行李,或是为香客挑石上山,好让山顶宫观能够积累石块,修建出新府邸。前者挣钱少,后者挣钱多,只是这笔辛苦钱委实是让人辛苦,所以一些家底殷实的香客都会让挑夫在此落脚休歇,请他们喝上一碗酒水,壮一壮气力和心气。

左右掏钱买了一碗散酒,因酒客较多,占据了几张桌子不留太多空位,他不愿与人拥挤拼桌,就要走远些。

摊贩见那客人要走去远处喝酒,便赶紧扯开嗓子,要他先付一笔订金,不然就不能走太远喝酒。毕竟,若是遇上良心不好的酒客,喝完了酒,直接往山崖外随手一丢,酒客是省心省力还豪气了,摊贩做小本买卖的,找谁赔偿要钱去?

左右只好端酒折返,与摊贩多垫付了几文钱,才走到崖畔栏杆处,眺望远方山水,山水蜿蜒起伏如盆中景。

先前绶臣问剑桐叶宗，主动送给了桐叶宗一份大好前程，不论妖族用心如何，明摆着是要让桐叶宗大祸转福，毕竟连那化名周密的读书人都现身了，他身为蛮荒天下的王座大妖第二高位，他的誓言和承诺确实可以当真。

须知桐叶洲最南边，没有宗主落座的那场玉圭宗祖师堂议事，拒绝了棉衣圆脸姑娘的提议，没有交出姜氏掌握的那座云窟福地，以至于妖族大军攻伐不断，不再留力。

玉圭宗那个脾气暴躁的掌律老祖，一边大骂姜尚真是个丧门星，一边打杀妖族修士。

"哪天老子要是挂了，玉圭宗和云窟福地皆有幸犹存，就让姜尚真来我坟头磕头谢恩，响声得大，不然听不着。"

大概这就是所谓的风水轮流转。喜欢看笑话的，容易成为笑话。

玉圭宗看了几年桐叶宗的天大笑话，好像这会儿就该轮到了桐叶宗修士来看玉圭宗的笑话了，而这个机会唾手可得，点头就行。

只要桐叶宗祖师堂抓住了这个机遇，说不定以后直接吞并了玉圭宗，将那个死对头变成藩属下宗，都不是什么奢望。

但是桐叶宗的一宗修士人心将碎却未碎，因为桐叶宗祖师堂点头的人数，竟然只有一半。

左右其实已算比较意外，原本以为桐叶宗修士上上下下，无论老少都会立即倒戈，一起驱逐自己出境。不料那些个辈分更低些、年纪更小的桐叶宗年轻修士，竟然能够拼着近忧远虑一起承担下来，非但拒绝了蛮荒天下的邀请，还找到左右，敢说一句"恳请左先生务必留下，左先生身后只管交给我们负责"。

活了更多百年千年的老修士还要多活，大道行走还没几年的年轻人却偏愿就此一死。

左右在那一刻突然觉得世道好像实实在在变好了。

以往世道很少让左右如此为难。比如以往遇到那些个恃力行事、仗剑更仗势下山的剑仙坯子，左右就会比较为难，是打死，还是打个半死？

只要左右还身在桐叶宗，剑气还在桐叶洲，对于蛮荒天下而言，就是如鲠在喉，不吐不快。

萧愻在剑碎飞升境荀渊金身后，就去了战局相对安稳的南婆娑洲，说要打落陈淳安肩头的日月，同时顺便见一见陆芝。

所以甲申帐木屐建言，剑仙绶臣负责具体实施谋划，最终用一座总计人数不足千万的下等福地成功拘押左右。

绶臣看似问剑左右，实则真正的手段却是突然打开一座羽化福地的天地禁制，凶狠砸向左右，同时福地之内，有一心存死志的玉璞境妖族修士朝左右勾了勾手指。意思很明显，要么入局，要么眼睁睁看着一座福地破碎在你左右眼前。

与此同时，周密施展更换天地的大手笔，使得左右身在福地中。

左右没有任由福地破碎于桐叶宗地界，除了剑斩妖族，还以剑气远游天地屏障，以一身剑气作为天地大阵，庇护福地。

左右毫不犹豫，然后周密就恢复原本山河，绶臣则立即关上福地禁制，隔绝大小天地，使得左右暂时被拘押在此，同时先将福地扎根桐叶洲，与蛮荒天下大道契合，又下令两只仙人境大妖不断以术法神通持续攻伐福地屏障，仙人术法与大道联手，以此不断消磨左右的剑意和道行，既不追求打碎福地的结果，也不让左右在羽化福地中太过轻松。

如此一来，左右哪怕随便递出一剑，都要扯动天地，可一旦左右离开，无人管福地，福地就会天崩地裂，死很多人。

左右稳固住天地屏障界线后，就开始仔细打量起这座小福地。

一身浩然剑气，还是远离人间。

左右想要离开福地，重返浩然天下桐叶洲，简单至极，随便一剑开天幕即可，不理会羽化福地的生死存亡即可，别说是左右，就是姜尚真祭出那一片柳叶，都一样做得到。

所以将姜尚真困在此地，毫无意义，姜尚真必然出剑果决，出剑后别说是福地死伤百万，甚至是福地破碎，千万俗子都死绝，姜尚真都不会有半点心境涟漪。

昔年姜尚真差点在自家阴沟里翻船，问罪云窟福地那拨带头作祟的桀骜地仙，山上山下死伤何止百万人。

可是左右打算在此暂居，直到想出一个不两难的破解之法。这就使得左右真身丝毫动弹不得，恍如入定在先前落脚处。那周密手段不俗，在让绶臣砸出福地之前，就早早在福地内设置了一条"大道敕令"，好似名副其实的"替天行道"，专门用来压胜人间剑气，所以左右只能是阴神远游，不然牵一发而动全身，此地所谓天道，无法伤及剑仙左右分毫，却要让人间处处落难。

比如先前左右剑斩妖族，就在福地天幕之上一剑劈砍出了一条长达万里的巨大沟壑，这还是左右竭力牵引自身剑气和大道运转，不然一剑杀妖之后，人间万里就要灾殃无数。

那条如同将天幕撕扯出一条缝隙的万里沟壑，在福地踏足登山的少数修士眼中，宛如一道剑气长虹，长久悬在天地间，琉璃光彩，与剑气一同流转不停。

左右一身剑气，无敌可杀，就只能用以撑开天地边境，防止妖族修士的术法神通，肆意打破福地屏障。否则天地异象稍稍一起，羽化福地之苍生百姓，就要受那种种天灾之难，或暴雨绵延一旬，导致洪水滔天，或数年大旱，赤土千里，或大雪下满整个冬天，冻死万物。

一开始左右以为福地之内犹有妖族留下后手，伺机而动，比如一只王座大妖隐匿在此，不过左右几次巡视天地，始终没有什么发现。

也正常，双方大战一旦打碎了福地，导致山河覆灭，就等于让左右彻底挣脱了牢笼，到时候再轮到他倾力出剑，可不是姜尚真祭出柳叶，东一戳西一刺那么简单了。

确定羽化福地再无大妖隐藏后，左右就开始阴神出窍远游。

福地名为羽化福地，名字意思很大，事实上却是名不副实，就真的只是桐叶洲一座末流"宗"字头仙家的私产。

昔年此地修士结丹飞升离去，被那座"宗"字头仙家招徕，哪怕修士隐藏极深，家乡福地依旧被山头祖师察觉，一番推衍，循着蛛丝马迹，得出大致地址，耗费数十年，最终将这座小福地从光阴长河的邻近岸边处打捞起来。

那之后便是顺理成章地大门一开，谪仙降落，勘验福地，搜刮应运而生的天材地宝，寻觅适宜修道的良材美玉。

只是此处福地物产太过贫瘠，能入眼的天材地宝屈指可数，所谓的修道天才，更是青黄不接，偶尔有那么一个，带出福地后，倾心栽培，也往往不堪大用，至多修成金丹。对于一位"宗"字头仙家而言，虽然手握一座福地，却是典型的入不敷出。

至于其他山头的谱牒仙师和富贵门阀子弟，以谪仙人姿态花钱游历福地一事，受限于福地资质和品秩，到底收益太小，所以桐叶洲其他的仙家山头都觉得做了一笔亏本买卖，久而久之，羽化福地就一直是一座下等福地。天下宗门都愿意将中等福地提升为上等福地，砸再多神仙钱都孜孜不倦，唯独将下等福地提升为中等福地，真就未必愿意，所以山上才有了一个"下等福地，有不如无"的说法。

落在大宗门手中，可以不计本钱，最终细水长流，得到一笔长远收益，转亏为盈。可是历史上不少家底不够雄厚的小宗门往往反受其害，最终大多选择转手卖给财大气粗的山上宗门。

福地的品秩高低，除了福地山河的广袤程度和人口的数量，天地间蕴藉之灵气多寡更是重中之重，不然任你福地幅员辽阔千万里，人口多达大几千万，凡夫俗子不适宜登山修行，修道门槛太高，瓶颈又太大，以至于修道之人皆是下五境，连那洞府境都是奢望，或者所谓得道成仙，便只是中五境第一层的洞府境，福地品秩当然就只能得个"下等"之评。

而这座羽化福地，山巅青龙宫的第三十六代道士，宝积观的首任观主，就属于汇聚天地灵气、福缘万千的修道天才，在一座下等福地不但修出了前无古人的龙门境，最终竟然还修出了一颗金丹，故而被天地大道青眼相加，准许他破开了天幕，远游他乡。

只可惜世事无常。福地出身的修道之人，某些承载天地气数的幸运儿，一人之仙缘起,天下之忧患始。

这座羽化福地还算不幸中的万幸,保住了福地,至今未被毁弃。浩然天下历史上不少福地,因为有人飞升之后,一着不慎,泄露根脚,未能被某个大宗门收入囊中,牢牢护住,最终都是福地山河破碎人死绝的悲惨下场。也有许多下等福地被修士涸泽而渔,彻底断绝了本土修士的登山之路。

当然下等福地因为一人在浩然天下应运而起的,还是多数。

一名衣着华美的年轻女子趁着家里长辈在此歇脚,带着身边丫鬟与娘亲借口赏景,来到那位独自端碗饮酒的青衫书生身边,她掀起帷帽一角,俏脸微红,轻声道:"敢问公子是何方人氏?"

左右转头答道:"一个姑娘没有听过的地方。"

那女子脸颊红若胭脂,笑道:"公子说了,我就会知道了。"

左右摇头说道:"就算我说了,姑娘还是不知道的。"

若是以往,左右要么置若罔闻,要么只答一问。但是上次与先生重逢又别离后,左右觉得可能自己的脾气确实需要改一改。

比如将世间女子的搭讪认认真真当作一场问剑?

所以左右今天就多说了一两句。

那位姑娘不知为何羞恼离去,姑娘身边的少女更是恼火万分。这书生好木讷,白生了一副清俊皮囊。

很好,问剑结束。干脆利落,毫不拖泥带水。

左右转身走去,与那摊贩还了手中空碗,那摊贩还嘀咕埋怨了几句,一碗酒喝上老半天,不是耽误挣钱是什么,读书人净扯这些虚头巴脑的,到底是烧香来了,还是坑骗有钱家的女子来了?

我心有怨气,只是小声说,你听得见,旁人听不见,你这读书人要是肚量不大,就是斯文扫地,真要打架,怕你不成?!

换成一般读书人,也就只当耳旁风了,上山烧香,不惹是非。

可那书生却停步道:"你再说一遍。"

摊贩蓦然一阵火大,只是再看了眼对方,青衫书生好像个子不矮还挺高的,便悻悻然偏转视线,不敢与那脾气真差的家伙对视,小声道:"没什么没什么,客官听岔了。"

左右伸出手。那摊贩愣了半天,才记得交还那笔对方先前垫付的铜钱。给了钱后,腹诽不已,穷鬼一个!

左右继续登山去往翠松宫。一个老元婴的战死异乡,对浩然天下的汹汹大势好像只是杯水车薪,毫无用处,可是左右不这么觉得。

昔年文圣一脉四位嫡传见到类似小事,崔瀺会探究人心细微处,说不定借此观道某人某事,消耗数月半载的光阴;大个子是不痛不痒,更大的事情落在头上都一样,要想惹我生气,就得本事足够,不然都是虚的;小齐可能会更多思量些一地风俗之类的;唯独左右,偏要当面与人较劲,不掰扯清楚不罢休。左右年轻时候,为此吃过很多苦头,害得先生多次走出书斋,分心劳神,为学生解决麻烦收拾烂摊子,尤其在左右转去练剑之后更是如此。

拉着左右当面道歉时,每次老秀才见那死犟死犟不低头的学生,气就不打一处来,老秀才往往跳下来就是一巴掌,不然还真按不下学生那脑袋,让左右赶紧低头,与人道歉!

只是次次不情不愿低头认错后,老秀才带着左右一离开外人视线,就与他说一些更大的道理,以及真正的对错到底在何处,个中道理早已依次远离左右与人的是非,最后肯定会让低头生闷气的左右脑袋抬高些,再高些!要读书,多读书,别光学剑,只会闯祸,将来真要读懂了圣贤书,哪怕以后出剑捅破天,先生都为你补天!但是在这之前,你要多读书啊,要以天地大道、人间苦难作为剑鞘啊,不然先生如何能够放心学生练剑不读书……

左右登顶之后,见到了那座覆有碧绿琉璃瓦的翠松宫,只不过此地琉璃只象征着人间帝王的青睐,并非仙家材质。

左右没有去那香火袅袅的道宫,拣选人少处,比那半山腰更高,凭栏远眺。

自己只会连累先生忧心,不会为先生分忧。

在这件事情上,确实只有那个傻大个做得最好,不说自己这个闯祸如吃饭的,其实连小齐都不如他。

挨骂不还嘴,挨打不还手,常伴先生身边,几乎从不惹事。

左右仰头望去,先是皱眉,然后眉头舒展,忍住笑。

有人拳开天幕禁制,随手就打散那处剑气屏障,所以左右起先以为是某只飞升境大妖来到此地,难免忧虑福地安危。

等到左右看清那位不速之客的容貌,就心情大好。左右稍稍泄露出几分精粹剑意,让对方能够一眼看到,同时以剑气为其开道,帮忙遮蔽气象,免得对方在羽化福地的行踪太过瞩目。

而对方察觉到左右的剑意所在,立即收敛了气机,笔直一线,做客左右所在的山头,可哪怕如此,一座山头还是因为那个魁梧汉子的双脚触底微微震颤,松涛阵阵,一时间让香客们误以为是仙人显灵,许多原本已经走出了翠松宫大门的香客脚步匆匆又去请香了。

刘十六咧嘴笑道:"让我好找。"

来此之前,刘十六跨洲远游桐叶洲,先去了趟最北边的那座桐叶宗,也不掺和那边的事情,只问了左右去向,然后一路南下,从一个名叫周肥、自称落魄山供奉的剑修嘴里,得知了左右具体被关押在桐叶洲山水何处,拳开大门之前,果真看到了那两只周肥嘴中所谓能够吓死人的仙人境大妖,周肥还让刘先生务必多加小心,刘十六对他印象不错,桐叶洲一片柳叶斩仙人的姜尚真嘛,名气很大了,如今连东宝瓶洲都在聊这位玉圭宗新宗主的厮杀风格,真是一绝,大快人心。连带着整座真境宗的声望,都在东宝瓶洲水涨船高。

此人在刘十六心中的唯一印象不佳处,就是实在太能絮叨了,跟了刘十六一起御风数千里不说,一直在耳边唠叨不停,问些刘十六根本无法回答的问题,比如他这辈子到底有无机会能够晋升为落魄山的首席供奉,还有自己帮着刘先生师弟抚养的那个孩子,如今在那书简湖顽皮不顽皮……

所以刘十六与姜尚真分别后,一个不小心,就轻轻屈指一弹,打爆了一只仙人境妖族修士的身躯。

仙人下尸解,遗蜕如蝉蜕。大道受损,小跌一境。

刘十六没有对那远遁逃离的妖族修士不依不饶,先忙正事。

左右默不作声。刘十六习以为常,主动说了些先生近况和东宝瓶洲形势走向。

然而左右听完了还是面无表情。

刘十六无奈道:"就这些了,再多我也不清楚。"

左右这才说道:"喊师兄。"傻大个还是不开窍。

刘十六只得喊了一声左师兄。

同门规矩最多,当属师兄左右。

左右这才说道:"辛苦你了。"

刘十六试探性说道:"咱俩换一下?我在浩然天下打杀几个远道而来的远古神灵还好说,其余的,不太适合。"

左右想了想,点头道:"可以。"

与师弟君倩无须半点客气。

刘十六反而犹豫起来。

左右皱眉道:"君倩,有话直说。"

刘十六说道:"南下东宝瓶洲的时候,我找了大师兄,他好像已经知道你的处境,所以我这次前来,可以让你直接跨洲去往大骊陪都,当然,你要是不愿意,就继续留在桐叶洲,只是在这边,你至多是去往玉圭宗了,因为你先前护着的桐叶宗那边已经严重分裂,其中一派年轻人都被几位祖师爷带着修士关押起来了,不过你放心,那些阶下囚暂时性命无忧。"

左右说道:"那我去玉圭宗。"没有任何多余的思量。

刘十六叹了口气,果不其然,所以只好说了大师兄早早想好、交代给自己的那番言语:"左师兄,你还没去过落魄山吧,有人希望霁色峰祖师堂外每一张椅子上都有人真真正正在那边坐着,或者说有人真切坐过,最后所有人一起补上一幅画卷。我们先生离去前就居中落座了,我这次离开落魄山,也搬了张椅子在某个位置上……当然,你去不去,有没有真正的左师兄落座门外,以后画卷都还是可以补全,毕竟如今的落魄山不差这点神仙术法。"

左右沉默片刻,点头道:"那就先去趟落魄山,我再去老龙城,刚好看看魏晋剑术有无精进几分。老大剑仙曾经对此人寄予厚望。"

在那之后,再走一趟桐叶宗,好教某些人知道一个什么叫剑修左右让人为难至极。

刘十六嘴角刚有细微变化,就发现左右冷冷看来,刘十六立即压下嘴角,先以一身气息笼罩天地屏障,加上左右的那些剑气,打造出第二座天地屏障,这才取出一幅绘有中岳、大渎和大骊陪都的山河图,丢在地上,只要左右踩上去,便可缩地山河,跨越两洲。

其实大师兄先前与他笑言坦言,让远方之人自行跨洲,此举不比寻常,他崔瀺也是首次开创山河,反正即便不成事,他左右是大剑仙,也不怕出现意外。

只不过刘十六又不傻,岂会将这些与左师兄坦言。左师兄本就与那大师兄不对付,相互间真会出剑砍人的。

师弟告状,师兄遭殃;师兄打架,师弟遭殃。是自家文圣一脉的老传统了。

第一个师弟,是小齐,可怜第二个师弟,是他君倩。

尤其是有些无妄之灾,先生会一身浩然正气地安慰小师弟:"小齐啊,这次确实是你不对,你师兄左右还是破天荒占理的嘛,没关系,真要气不过,就打君倩好了,记得别打疼自己啊,耽误了明儿读书写字就不美了。君倩啊,过来啊,膀大腰圆杵那儿当木头人做啥。"

所幸这样的次数不多,先生次次都会眨眼睛丢眼色,而小齐也不会次次动手打人,反而很快就消了气,反过来一板一眼教训先生,不可以如此偏袒自己,应该偏袒道理。老秀才便恍然大悟,以拳击掌,信誓旦旦说先生下次一定改。这样的场景,拐角处就经常会探出两颗脑袋望风的,低些的是师兄左右,高些的就轻轻搁在左右脑袋上,是大师兄崔瀺。

刘十六难免会心中遗憾,好像那些美好一去不复返了。

所以刘十六才会答应崔瀺,让左右去一趟落魄山,好让文圣一脉仅剩的三位嫡传弟子心中,哪怕时过境迁,物是人非,好像依旧能够重新多出些美好。

左右在挪步之前,正色道:"君倩,不管缘由为何,我来此做客,到底有些天地异象,先前我以剑气撑起天地,有那大小劫难正在潜藏壮大,迟早会落在此处。"

刘十六似乎没听明白。

左右沉声道："君倩师弟！"

最喜欢摆师兄架子的家伙又开始了。没办法，师兄就是师兄，师弟还是师弟。

刘十六叹息一声，说道："知道了，我不但会护着这里的天地安稳，还会负责帮你补偿福地几分。"

左右将手中那根行山杖轻轻丢给刘十六，道："君倩，送你了。"

刘十六展颜一笑，接住那根寻常行山杖。昔年想要从负责管钱的左师兄手里拿到额外的东西，难如登天。师兄弟做不到，先生也做不到。

然后左右与师弟作揖告别。刘十六则作揖与师兄还礼。

左右走向那幅画卷，真身瞬间来此与阴神归拢为一。

剑仙与画卷，同时一闪而逝。

刘十六在这座小小福地当中，因为少去了压胜剑气的大道负担，就没有师兄左右那么多的行走禁忌。只是刘十六对这人间也无甚游历兴致，一边打消师兄左右真身迁徙引发的天地异象，一边御风远游天幕，最终寻了一处人迹罕至的孤山，在那边待着，准备遵从师命，好歹收个嫡传，资质天赋什么的，算一回事吗？教他些圣贤道理、咬定几句话，弟子最终又能身体力行，就足够了。

所以刘十六在这孤山之巅却在留心一个尚未完整幻化人形的下五境妖族，只见那个小妖族两脚站立，在洞府外边的粗糙石桌上有一碗不知哪来的馄饨，凉透更糊稠，它用一双爪子在学习使用一双筷子，只是次次夹不起馄饨，筷子还要滑落在碗中，到最后小精怪便恼火万分，将筷子摔在碗中，抬起爪子对着桌上碗筷大骂不已，吃吃吃，你自个儿吃你的馄饨去！

于是刘十六便尽量收敛起一身苍茫远古的大道气息，落在那处洞府外，加上那山野精怪无论眼界、境界都太低，大概只会将他当作一个进山砍柴的樵夫人物。

刘十六坐在石凳上，拿起筷子，吃起了馄饨，真是难吃，是不是馊了？这半个拜师礼，是不是亏了？

那小精怪刚刚原路返回，走出洞府，一碗馄饨，费了好大劲才从山外村庄搬来上山，可不能给山中那些乱拉屎的扁毛畜生糟蹋了去，结果给它突然瞧见了那身材魁梧的樵夫，吓了它一大跳，追债讨钱来了？小精怪怕是真怕，那汉子个子如此孔武有力，瞧着不像是会好好说话好好商量的人啊，自己那点胡乱学会的仙家术法不顶事吧？小精怪心中愤懑不已，一碗馄饨，老子给钱了的，一串铜钱不说，还故意多丢了几只山中野味在灶台旁，要不是老子读过洞中那几本圣贤书，早就是一位读书老爷了，不然给个屁钱，莫说是抢你一碗馄饨，连你家煮馄饨的大锅都给抢了！

好家伙，得了钱还有脸来我家里骂街不成？岂有此理岂有此理，小精怪在洞口徘徊不去，果然是没读过书的乡野莽夫，不与你计较，吃了碗馊馄饨……想到这里，小精怪哀叹一声，壮起胆子，躲在洞府旁边也不露头，故意发出声响动静，好吓跑那个下筷如飞的饿死鬼，吃多了，它怕自家门口真要多出个饿死鬼，多晦气。

它可不会替人治病，书上又没教它这些。道书上只有些拜日月炼人形的图案，给它懵懵懂懂翻了去，学了些皮毛，勉强开了窍。

一个自封的旋风大王，又当不得真，只是它自个儿拿来乐和乐和的。

刘十六突然记起自己刚来福地没多久，既不会讲什么官话，也不会听什么方言。

这就有些尴尬，刘十六望向洞府那边，放下筷子直挠头。

那小精怪一看，差点吓哭气哭，好家伙，吃饱喝足长气力，还要打人不成？忍不住浑身打摆子，莫打莫打，我又不是人……

这些喜欢上山的樵夫猎户，哪个不是凶悍之辈，今天只要这汉子不计较，咱就收拾家当立即搬家，搬家远远的还不成吗？

刘十六想了个法子，就近抓个半吊子的修道之人过来，先学了言语，三方才好聊天。也当是好事成双，一口气收了两个暂且不记名的弟子。至于最终自己能否收徒，对方能否拜师，是成为他的嫡传，还是不知师尊名讳的不记名弟子，都看双方的造化吧。刘十六还不至于滥收弟子。先生有一件事提醒过他们这些学生多次，千万别总觉得收徒是一种施舍，将弟子收入门中，当学塾先生也好，当山上师父也罢，一个传道人在自己心中，如果一直是在高处往低处丢学问、仙法，人心只会江河日下。

那小精怪见汉子大步下山去了，松了口气，收拾一份胆怯心情，如收拾大好山河一般，大摇大摆走出洞府。威风威风，真是威风，旋风大王一瞪眼，就吓走了魁梧大汉。搬个屁的家，回头老子还要挂上一块"旋风大王府邸"的金字匾额哩。这么豪气干云想着，小精怪还是拿起了碗筷，飞快跑去洞中收拾好一个包裹，将那几本书小心收起，最后它对着一个小坟头毕恭毕敬跪下磕头，心中念念有词，说只能以后再来探望神仙老爷了，磕完了头，小精怪这才溜之大吉。

刘十六其实并未真正远去，施展了障眼法，一直跟在小精怪身后。

远古岁月，神灵直指人心本相的一些个神通手段，刘十六其实也学过些，只不过凑近了多看几眼，总是无错。结果这一看，就让刘十六高兴几分。与自己一般，还挺开窍。

东宝瓶洲中部，大骊陪都上空云海中，法相手托一座仿白玉京的崔瀺，竟是在为众多各国书院的年轻儒生传道讲学，在座士子，哪怕有那观湖书院和山崖书院出身的儒士，却无一个获得君子贤人头衔的。

一道青衫修长身影凭空出现云海边缘，崔瀺目不斜视，依旧为年轻读书人讲解诸子百家的学问精妙处。

不少读书人却察觉到异象，尤其是一些个观湖书院修行了浩然气的儒生，神识更加敏锐，所以大多立即转头望向那人。

左右也不去看那继续讲学说理的崔瀺,望向转头看向自己的众人,皱眉训斥道:"进了七十二书院,就是让你们当神仙?!"

左右随后化作一道恢宏剑光,直奔一洲北岳地界,白玉京附近的云海被剑气分开,竟是久久未能并拢。

崔瀺只是继续讲学,既不与那位跨洲远游的左剑仙言语半字,也不拦阻那些年轻人暂时分心,由着他们神采奕奕,窃窃私语,猜测那位剑仙的身份。

左右在北岳地界门外略微悬停,在这之后,最终落在了落魄山上,陈暖树帮忙开门,左右先在霁色峰祖师堂内上香,然后周米粒已经早早搬好了椅子在外边,好像摆放在了一个很有讲究的位置上,一点都错不得。黑衣小姑娘最后都趴在地上了,再仰头仔细看,就怕摆放不端正。

左右最后在椅子上落座,青衫左右,左右看去。

好像有先生居中而坐,有师弟君倩,师弟齐静春,小师弟陈平安,大师兄……崔瀺。

都在左右的左右。

好像身后还会有落魄山众多嫡传学生、弟子。

文圣一脉,开枝散叶。

热热闹闹,不再孤单。

左右正衣襟,端坐椅上,双拳紧握,轻放膝上,目视前方,面带微笑。

左右起身后,就是剑仙左右。此后出剑,不再为难。

图书在版编目(CIP)数据

剑来25：天地皆同力 / 烽火戏诸侯著. —杭州：浙江文艺出版社，2021.10（2025.1重印）
ISBN 978-7-5339-6626-3

Ⅰ.①剑… Ⅱ.①烽… Ⅲ.①长篇小说—中国—当代 Ⅳ.①I247.5

中国版本图书馆CIP数据核字（2021）第189895号

选题策划	柳明晔
责任编辑	张　可
营销编辑	宋佳音
封面绘图	温十澈
责任印制	吴春娟

剑来25：天地皆同力
烽火戏诸侯　著

出版	浙江文艺出版社
地址	杭州市环城北路177号
邮编	310003
电话	0571-85176953（总编办）
	0571-85152727（市场部）
制版	浙江新华图文制作有限公司
印刷	杭州杭新印务有限公司
开本	710毫米×1000毫米　1/16
字数	337千字
印张	16.75
插页	2
版次	2021年10月第1版
印次	2025年1月第9次印刷
书号	ISBN 978-7-5339-6626-3
定价	48.00元

版权所有　侵权必究
（如有印装质量问题，影响阅读，请与市场部联系调换）